Aurélien Molas
Die elfte Geißel

PIPER

Zu diesem Buch

Blandine Pothin von der Pariser Polizei wird zu einem Noteinsatz gerufen, als zwei Mädchen von der Metro überfahren werden. War es Selbstmord, Unfall – oder gar Mord? Nach der Auswertung der Videoaufnahmen ist klar: Die beiden Opfer wurden absichtlich von einem Unbekannten vor den einfahrenden Zug gestoßen. Die Identität eines der beiden Mädchen ist schnell ermittelt: Es handelt sich um die Psychologiestudentin Amandine Clerc. Wie ihre Professorin Clarissa Katz gegenüber Blandine Pothin angibt, wollte die junge Frau in ihrer Forschungsarbeit zeigen, dass wir in einer pädophilen Gesellschaft leben, weil wir das Kind zum König erheben, indem wir alles für es tun. Besteht etwa ein Zusammenhang zwischen dem Mord und einem Kinderschänderring, der derzeit im Internet mit grausamen kostenpflichtigen Websites handelt und die Titelseiten der französischen Tageszeitungen seit Monaten dominiert? Und wer war das zweite tote Mädchen?

Aurélien Molas, geboren 1985 in Tarbes, hat in Madrid gelebt und wohnt heute in Paris, wo er als Drehbuchautor tätig ist. »Die elfte Plage« ist sein erster Roman, der 2010 mit dem Prix Sang pour Sang polar, dem Prix Noir de Noir des lycéens und dem Prix Raisin Noir du polar ausgezeichnet wurde.

Aurélien Molas

DIE ELFTE GEISSEL

Thriller

Aus dem Französischen von
Thorsten Schmidt

Piper München Zürich

Mehr über unsere Autoren und Bücher:
www.piper.de

MIX
Papier aus verantwortungsvollen Quellen
FSC® C083411
FSC
www.fsc.org

Deutsche Erstausgabe
November 2011

Titel der französischen Originalausgabe:
»La Onzième Plaie«

Umschlagkonzept: semper smile, München
Umschlaggestaltung und -motiv:
Hauptmann & Kompanie Werbeagentur, Zürich
Satz: Kösel, Krugzell
Gesetzt aus der Quadraat
Druck und Bindung: CPI – Clausen & Bosse, Leck
Printed in Germany ISBN 978-3-492-26453-2

Für Éloïse, meine Ratgeberin
Für Jean Douchet

1 Le Havre, Sondereinheit

Der November zog sich hin. Es wurde immer früher dunkel, und die Nächte wurden immer länger. Die sinkenden Temperaturen, der Mangel an Sonnenlicht – alles trug dazu bei, die Menschen zu ermüden, sie reizbar zu machen. Das Eingesperrtsein in den eigenen vier Wänden, die ungesunde räumliche Enge – all diese Zwänge schufen einen fruchtbaren Nährboden für Ausschweifungen und Verbrechen aller Art.

Alain Broissard hasste diesen Monat.

Vor sich hin schimpfend stieg er aus dem Waggon aus. Während der Fahrt hatte er versucht, ein Nickerchen zu machen – er fühlte sich gestört von den Reisenden, die verstohlene Blicke auf die Pistole unter seiner Jacke warfen. Sein Abzeichen hatte nichts genutzt. Selbst Polizisten flößten kein Vertrauen mehr ein. Nachdenklich kraulte er seinen Bart. Vor allem Polizisten, korrigierte er sich.

Da er nicht schlafen konnte, hatte er sich in die Akte über diesen neuen Fall vertieft. Mit einer geradezu zwanghaften Sorgfalt arbeitete er sie durch und wollte zwischen den Zeilen alles um sich herum vergessen.

Er suchte die Bahnhofstoiletten auf, ging in eine Kabine und verriegelte die Tür. Diese verfluchte Migräne wurde er einfach nicht los, sie hatte ihn wieder aus heiterem Himmel überfallen. Er wühlte in seiner Aktentasche nach Tabletten und hoffte inständig, der Schmerz möge nachlassen. Aber der Geruch nach Urin, vermischt mit dem Minzduft eines Raumsprays, ließ ihn die Kabine fluchtartig verlassen.

Auf das Waschbecken gestützt, blickte er in den riesigen Spiegel an der Wand. Das grelle, senkrecht einfallende Licht betonte seine hohlen Wangen und unterstrich erbarmungslos die purpurvioletten Schatten unter seinen Augen. Er kämmte seinen Schnurrbart und bemerkte, dass seine Wangen von Schrammen überzogen waren, die er sich beim Rasieren beigebracht hatte. Müdigkeit und Stress machten ihn immer ungelenker. Mit siebenundvierzig Jahren war sein Körper knorrig, gedrungen, und auch wenn die Muskeln nach wie vor plastisch hervortraten, fehlte ihnen die Kraft, war er ausgelaugt von allzu vielen Strapazen.

Auf der Auffahrt wickelte er sich den himmelblauen Schal um den Hals, knöpfte seinen Überzieher wieder zu und ging auf den jungen Polizisten in Uniform zu, der ihm vom Parkplatz aus mit ausgestreckten Armen zuwinkte.

»Ich habe Sie erwartet. Brigadier Carrère, Kriminalpolizeidirektion Rouen. Ich soll Ihnen zur Hand gehen.«

»Alain Broissard. Capitaine der Sondereinheit.«

»Oh, ich weiß, wer Sie sind! Es ist eine Ehre, mit Ihnen zu arbeiten.«

Broissard starrte ihn an. Der etwa zwanzigjährige Brigadier, der die Statur eines Rugbyspielers mit Stiernacken hatte, glich auf seltsame Weise ihm selbst, als er in dem Alter war. Nur die Augen strahlten nicht in der gleichen Weise.

»Sind wir uns schon einmal begegnet?«

»Ja, an der Polizeihochschule. Sie haben dort an einem Kolloquium über Ermittlungsmethoden teilgenommen.«

»Das ist ziemlich lange her.«

»Ich habe keinen einzigen Ihrer Vorträge verpasst! Ihre Vorgehensweise war echt originell. Das kleine Einmaleins des versierten Kriminalisten.«

»Es hat dir also etwas gebracht?«

»Ich hatte noch nicht die Gelegenheit, die dort erworbenen Kenntnisse praktisch anzuwenden. Aber in Anbetracht dessen, was uns heute Abend erwartet, wird es nicht mehr lange dauern«, sagte der Brigadier und schlug dabei die Tür zu.

Das Blaulicht auf dem Dach eingeschaltet, fuhren sie mit Vollgas los, in die Nacht hinein.

Die von Blaulichtern gesprenkelte Stadt Le Havre erstreckte sich in harten Linien und rechten Winkeln vor ihnen. Straßen und Plätze waren verwaist – die eisige Kälte hatte die Menschen in ihre Häuser getrieben. Vor dem Rathaus – einem ockerfarben beleuchteten Bunker – flatterten zerfetzte Fahnen in den französischen Nationalfarben träge im Wind. Wracks von Motorrollern türmten sich am Fuß der Treppe und bildeten eine Art chaotisches, kriegerisches Totem inmitten aufgeschlitzter Müllsäcke. Ein Tornado schien den Platz vor dem Rathaus verwüstet zu haben, und die Fensterscheiben auf der gesamten Länge der Avenue Foch schienen unter heftigen Windstößen geborsten zu sein. Der Brigadier nahm den Fuß vom Gas und deutete auf die Überreste einer Pizzeria, in der ein völlig ausgebrannter Renault 19 verkeilt war.

»Allein heute haben sie sechzehn Autos in Brand gesteckt und zwei unserer Leute krankenhausreif geprügelt.

So was habe ich noch nie erlebt – zum ersten Mal dauern die Ausschreitungen so lange.«

»So schlimm war die Lage in Frankreich schon fünf Jahre nicht mehr«, sagte Broissard, während er die apokalyptische Szene hinter der Windschutzscheibe betrachtete.

Der Wagen glitt geräuschlos zwischen den verzweigten Gebäuden hindurch, fuhr vorbei an schwach beleuchteten kahlen Rasenflächen und die Strandpromenade entlang. Linker Hand öffnete sich die Seinemündung zum Meer, eine glatte schwarze Wand, an der die Leuchtfeuer von Supertankern und Fabrikschiffen wie aufgehängt waren.

»Und was hältst du von diesem Fall?«, fragte Broissard und checkte nebenbei die E-Mails auf seinem Handy.

»Das ist unbegreiflich. Diejenigen, die das getan haben, sind sehr gut organisiert. Das ist nicht ihr erster Versuch, aber das erste Mal, dass sie aufgeflogen sind.«

Am Ende des Strandes zeichneten sich die verschwommenen Konturen des Industriehafens ab. Broissard öffnete das Fenster, und die Seeluft drang in den Fahrgastraum ein. Der Brigadier hielt auf die Docks zu und fuhr fort:

»Wenn man Drogen schmuggeln will, macht man das heimlich. Auf dem Ärmelkanal wimmelt es nur so von Schiffen, die Schmuggelware geladen haben – meistens sind es kleine Motorboote, die unbemerkt von einem Ort zum anderen fahren. Aber hier haben sie groß aufgefahren. Verplombter Container, regulärer Frachter – echt die Härte. Als ob diese Schweinereien völlig legal wären. Was ins Auge springt, sieht man nicht, oder?«

Alain Broissard nickte nur nachdenklich.

Der Wagen fuhr durch die Gassen zwischen den Containerstapeln durch, die das Terminal vollkommen geometrisch durchschnitten. Im Frost erstarrte Kräne knarrten, und Transparente mit der Aufschrift »Bestreikt« baumelten über der Wasserfläche. Vier Polizeiautos standen im unheimlichen Schatten eines Frachters. Broissard atmete den Geruch nach Jod, Diesel und frittierten Speisen ein, der aus den von Rost und Graffiti überzogenen Lagerhäusern drang. Er schaute sich um und bereitete sich darauf vor, in Aktion zu treten.

Gischt schlug ihnen ins Gesicht, als sie ausstiegen. Eine Gruppe von Polizisten notierte fieberhaft die Worte eines fülligen, etwas plumpen Mannes. Der Brigadier deutete auf ihn.

»Das ist unser Kommissar.«

Der Mann erblickte Broissard und eilte ihm mit kleinen Schritten entgegen.

»Capitaine Broissard? Ich leite die Ermittlungen. Möchten Sie einen Kaffee?«

»Ja, gerne. Schwarz bitte, ohne Zucker.«

»Zwei Kaffee, aber dalli, ohne was drin«, rief der Kommissar einem seiner Männer zu. »So was kommt hier in dieser Gegend nicht alle Tage vor. Ein Zollbeamter hat das Zeug in diesem Frachter entdeckt.«

Broissard kniff die Augen zusammen und las in weißen Lettern auf dem von Algen überzogenen Schiffsrumpf den Namen *Dolly Bell*.

»Der Junge macht seinen üblichen Kontrollgang und bemerkt, dass etwas mit der Plombe eines Containers nicht stimmt. Darum wirft er einen Blick ins Innere.«

Der Kommissar senkte die Stimme.

»Unter uns gesagt, glaube ich, dass es einige Zeit dauern wird, bis er sich von dem, was er gesehen hat, erholt. Nur verdammte Psychopathen sind zu so was imstande. Kurz und gut, was den Stand der Ermittlungen anlangt …«

»Mit Verlaub, ich habe mich durch Ihre Berichte durchgearbeitet. Unter welcher Flagge fährt das Schiff?«

»Deutscher. Es sollte in drei Tagen wieder in See stechen.«

Ein Polizist in Zivil brachte ihnen den Kaffee. Der Kommissar trank einen Schluck, verzog das Gesicht und warf den Becher in die schwarzen Strudel im Hafenbecken.

»Wir vernehmen gerade die Besatzung. Einige haben gestanden, dass sie aus den Containern was mitgehen ließen, um ihre Heuer aufzubessern. Andere verticken heimlich Zigaretten oder ein bisschen Stoff. Die Kollegen vom Rauschgiftdezernat haben Cannabisharz und Crackpfeifen sichergestellt. Aber nichts, was im Zusammenhang mit dem steht, was wir im Frachtraum gefunden haben.«

»Lassen Sie einen Ihrer Männer den ganzen Papierkram durcharbeiten. Aufzeichnungen über die geladenen Güter, Frachtbuch, Fahrtrouten, Wechsel des Schiffseigners – ich will alles über dieses Schiff wissen, wann es zum letzten Mal einen neuen Anstrich erhielt, ob sein Name geändert wurde, einfach alles. Stellen Sie Nachforschungen über den Reeder und all seine Geschäftspartner an, Schiffsausrüster, Schiffsmakler, Lagerarbeiter, ermitteln Sie die Transithändler, vielleicht ergibt sich da eine heiße Spur.«

»Ziemliche Rackerei.«

»Ich will eine Akte über jede Person, die sich diesem alten Kahn auch nur genähert hat, überprüfen Sie die Vorstrafen. Die Mannschaft nehmen wir uns besonders gründlich zur Brust. Lassen Sie das zwei Ihrer Männer erledigen, die schnell mal die Geduld verlieren …«

»Okay.«

Ein Nebelhorn hallte in der Fahrrinne wider. Ein von Schleppern gezogener Frachter schob sich langsam, begleitet von Möwengeschrei, wie eine riesige Festung an ihnen vorbei. Der Kommissar zündete sich eine Zigarette an und hielt Broissard die Schachtel hin, der die Offerte jedoch ablehnte.

»Ich beneide Sie nicht.«

Der Capitaine zerdrückte den Becher in der Hand, ohne die Bemerkung weiter zu beachten.

»Schließlich brauche ich noch einen Beamten als Verbindungsoffizier zwischen unseren Dienststellen. Lassen Sie das Brigadier Carrère erledigen. Kann ich jetzt sehen, was Sie gefunden haben?«

»Kommen Sie, aber zuvor muss ich Sie noch der Ermittlungsrichterin vorstellen.«

Wie um sich zu entschuldigen, fügte er hinzu:

»Die Vorschriften, immer die Vorschriften.«

Etwas abseits von den Polizisten hatte eine etwa dreißigjährige junge Frau gerade ein Notizbuch zugeklappt. Sie gingen auf sie zu.

»Frau Richterin, der aus Paris entsandte Beamte ist eingetroffen.«

Sie drehte sich zu den beiden Männern um, die in ein sehr hübsches Gesicht blickten. Die Hand, die Broissard ergriff, fühlte sich allerdings kalt und sehnig an.

»Meine Herren, Sie sollten wissen, dass die Presse noch nicht unterrichtet wurde, und in Anbetracht der außerordentlichen Umstände dieses Falles möchte ich, dass sie so spät wie möglich davon erfährt. Sehen Sie darin ein Hindernis für die ordnungsgemäße Durchführung der Ermittlungen?«

»Nein.«

»Capitaine Broissard, aufgrund des Rufes, der Ihnen vorauseilt, verzichte ich auf ausführliche Berichte.«

»Danke, Frau Richterin.«

»Kommissar, das werden Sie übernehmen. Was die Anordnung von Untersuchungshandlungen und von vorübergehenden Festnahmen anlangt, werde ich mich bemühen, die entsprechenden Verfügungen schnellstmöglich auszustellen – einverstanden?«

Die beiden Männer nickten. Broissard starrte der Richterin nach, als sie fortging, und spürte die Leere, die sie hinter sich zurückließ. Der Salzgeschmack in seinem Mund war unangenehm.

»Wo ist die Höhle des Löwen?«, seufzte er.

Der Kommissar deutete auf einen jungen Mann, der einen verstörten, verschlafenen Eindruck machte.

»Er wird Sie hinführen. Zwei meiner Männer werden …«

»Am Tatort arbeite ich allein.«

»Ganz, wie Sie wollen. Es hat den Anschein, als wäre diese Scheiße Ihr tägliches Brot. Wenn ich das meinen Männern ersparen kann, umso besser.«

Le Havre, Sondereinheit | 2

»Passen Sie auf!«, sagte der junge Zöllner und deutete auf die brunnengroßen Löcher im Stahl über den Laderäumen. »Dieser Klapperkahn ist ein Wrack. Man müsste diese Schrotthaufen aus dem Verkehr ziehen.«

Sand- und Graupelschauer peitschten das Oberdeck. Broissard band seinen Schal enger und ging vorsichtig los; er achtete darauf, sich nicht mit den Füßen im Gewirr der Kabel und Taue zu verheddern, die überall auf dem Frachter herumlagen.

»Hier entlang.«

Nachdem sie am Fuß der Kommandobrücke eingetroffen waren, einer in der Finsternis unheimlich aufragenden Wand, stießen sie in das Schiffsinnere vor. Sie durchquerten den Speisesaal, in dem es nach Alkohol, Fett und Zwiebeln roch, und gingen durch mehrere klapprige Türen, bis sie die Mannschaftsquartiere erreichten.

Ein muffiger, modriger Geruch sättigte die Atmosphäre. Das Quietschen des Blechs und die Wellen am Rumpf durchbrachen die Stille. Der Bodenbelag, grünliches Linoleum, war so mürbe, dass Fetzen an den Sohlen kleben blieben. Die Kabinentüren standen offen und gaben den Blick frei auf winzige, schummrige Zellen. Alain Broissard richtete seine Taschenlampe auf ausgeblichene Poster, die die Wände überzogen.

Ein widerlicher Geruch nach kaltem Tabakrauch und säuerlichem Schweiß stieg von den Laken auf, die zu

Kugeln zusammengerollt waren. Er ging schneller, und ihm war speiübel. Sie betraten einen Fitnessraum ohne Bullaugen. In großen, staubbedeckten Spiegeln sah man die abgeblätterte Farbe, und Fotos von Brünetten mit rasierter Scham dichteten die Risse in den Wänden ab. In dem Lederüberzug der Flachbänke zeichneten die Schweißeinlagerungen die Konturen der Körper nach, die darauf gelegen hatten. Dem Dieselgestank folgend stiegen sie die Treppe hinunter, die in den Maschinenraum führte, immer tiefer ins Innere des Schiffes vorstoßend.

Auf der untersten Ebene blieb der Mann vor einer Stahltür stehen, die dicker war als die anderen.

»Da wären wir. Seien Sie vorsichtig. Verlassen Sie auf keinen Fall den Mittelgang. Der Container befindet sich ganz hinten.«

»Ist er erkennbar?«

»Nein, ich wäre beinahe dran vorbeigelaufen, ohne ihn zu sehen. Er war versiegelt, aber die Nummer stand nicht auf meiner Liste. Ich habe meinen Vorgesetzten angerufen, der mich angewiesen hat, ihn aufzubrechen. Kollegen sind auf diese Weise schon auf Leichen gestoßen. Doch da war nichts Ungewöhnliches – überall nur Kartons. Ich habe den ersten aufgemacht und … Dutzende von DVDs ohne Verpackungen gefunden. Ich habe geglaubt, dass es Raubkopien von Filmen wären, also habe ich eine mitgenommen zur Zollstelle, um sie zu überprüfen, und … ich weiß nur …«

Broissard erriet, was jetzt im Kopf des jungen Mannes vor sich ging. Die überschäumenden Emotionen setzten ihm schwer zu. Es brachte nichts, sich dagegen aufzulehnen. Manche Bilder ließen sich nicht löschen.

»Sind Sie sicher ... entschuldigen Sie, ich bin ziemlich durcheinander ...«

Broissard wusste nicht, was er sagen sollte. Er kannte dieses Gefühl der Verstörtheit nur zu gut. Er widmete sein Leben der Aufklärung jener Verbrechen, die dieses Gefühl hervorriefen.

»Das, was du gesehen hast, lässt sich nicht verstehen.«

Er drückte die Klinke und trat über die Schwelle der letzten Tür. Sie schlug hinter ihm zu. Unter seinen Füßen tat sich unvermittelt ein feuchter Abgrund auf, aus dem dumpfe Geräusche aufstiegen. Die jähe Veränderung der Helligkeit brachte Broissard zum Wanken; er hielt sich an dem eiskalten Geländer eines schmalen Ganges fest, der in den Laderaum hineinragte.

Er tastete sich voran und näherte sich der Treppe, die in der Mitte hing. Zwischen den Stufen gewahrte er den Abgrund unter seinen Füßen, und ihm wurde schwindelig. Der Lichtkegel seiner Taschenlampe enthüllte eine riesige Halle, die sich im Dunkeln über die gesamte Länge des Rumpfes erstreckte.

Gewaltige Containerstapel ragten vom Boden des Laderaums auf. Grüne Ampeln markierten eine Vielzahl von Fluchtpunkten und Quergängen. Im Licht der Taschenlampe schien das Gleichgewicht der Linien ins Wanken zu geraten. Broissard bewegte sich langsam auf diesem gigantischen Schachbrett und suchte am Boden die Buchstaben und die Nummern der Reihen.

Er erreichte die Stelle, wo die Reihen K und 43 aufeinandertrafen, und blieb vor einem bordeauxroten Container stehen.

»Hier also …«, flüsterte er und suchte das Stahlgehäuse nach Spuren ab.

Er kniete sich vor den halb geöffneten Türflügeln nieder.

Vor ihm befanden sich Hunderte von identischen Kartons.

Er schrieb in sein Notizbuch: *Keine Beschriftung. Keine Stempel. Kastanienbraune Würfel, mit Tesafilm zugeklebt. Polystyrolchips zum Schutz des Inhalts.*

Er streifte sich Latexhandschuhe über und breitete ein quadratisches Stück dehnbarer Folie auf dem Boden aus – sein Operationstisch. Er legte seine Werkzeuge darauf: Skalpell, Umschläge für Rückstände, Fingerabdruckpulver, Klebebandstreifen, ein Fläschchen mit Entwickler, Zerstäuber.

Alain Broissard stellte das Objektiv seiner digitalen Kamera auf Makromodus ein und griff nach einem Karton, den er vorsichtig auf die improvisierte Arbeitsfläche legte. Er hatte den Eindruck, in ineinandergeschachtelten riesigen Matroschkas gefangen zu sein: Laderaum, Container, Karton.

»Jeder Fall hat seine eigene Musik … Jeder Fall hat seine eigene Musik …«, sagte er sich.

Das Polizeihandbuch ist das Musiklehrbuch. Der Tatort ist das Instrument. Ein Indiz entspricht einer Note. Übertrage das, was du siehst, in eine Partitur.

Das war seine ganz persönliche Art, das Grauen zu bewältigen. Es war auch das einzige Mittel, das er gefunden hatte, um seiner Gewaltausbrüche Herr zu werden.

Das auf den Pinsel aufgetragene Pulver enthüllte keine Fingerfurchen, nichts als glatte Fingerabdrücke, die keinerlei Profil erkennen ließen. Er folgerte daraus, dass es sich um die Abdrücke von Handschuhen handeln musste.

»Nichts überstürzen ... die Akkorde isolieren ...«

Er trug eine Schicht feineren Pulvers auf, das sogar an kaum sichtbaren Schweißspuren kleben blieb. Gleiches Ergebnis. So viel Vorsicht ließ nichts Gutes erwarten. Er zwang sich dazu, dem Tempo der Ermittlungen zu folgen, sich ihrer melodischen Ordnung zu öffnen, aber schon erhoben sich Fragen wie Riffs, die das zentrale Thema übertönten. Ein improvisiertes Jazz-Stück.

Er begann mit dem Sezieren. Die Musik in seinem Kopf wurde leiser, wie ein Saxophon-Solo, das sich in den Bässen verliert. Seine Hand zitterte leicht, als er das Skalpell ansetzte, um die Kiste der Länge nach aufzuschneiden. Er wühlte zwischen den Polystyrolchips und fand das, was er suchte.

Die Stiftlampe zwischen den Zähnen eingeklemmt, hielt er sich eine DVD dicht vor die Augen. Die Schutzhülle war nicht beschriftet und trug auch sonst kein Kennzeichen. Schwarz. Geheimnisvoll. Er legte sie auf die dehnbare Folie und begann mit der Analyse der Oberfläche. Er schaltete den Kassettenrekorder ein:

»Montag, 28. November, 21.12 Uhr, Laderäume des Containerschiffs *Dolly Bell*. Objekt: pädophile Video-DVD.«

Er nahm einen tragbaren DVD-Player aus seinem Aktenkoffer, öffnete vorsichtig die Hülle und führte die DVD ein. Die erste Einstellung zeigte ein eintönig blaues Bild, das nach und nach verblasste. In seinem Kopf überblendeten sich die Töne. Der Rhythmus des Schlagzeugs überlagerte seinen Herzschlag. Ein aus dem Nichts aufgetauchtes Crescendo explodierte. Seine Stimme dröhnte in der Tiefe des Laderaums.

»Sieben Kinder. Vier Mädchen. Drei Jungen. Vier Erwachsene. Männliche Geschlechtsteile. Sichtbare Körper. Maskierte Gesichter. Das Mädchen rechts im Bild hat dunkles Haar. Es dürfte nicht älter als acht Jahre sein. Es hat blaue Flecken an den Handgelenken, Knutschflecken am Bauch, an den Brüsten. Der Mann, der neben ihm liegt, hat eine athletische Figur. Geburtsmal unter der Achsel. Schwarzes Schamhaar. Erigierter Penis. Unbeschnitten …«

Jeder Fall hat seine Musik.

Aber er hatte sich gründlich getäuscht. All dies hatte nichts mit einem Jazz-Stück zu tun.

Unter seinen Augen entfaltete sich die Partitur eines Requiems.

3 | Paris, Justizpalast

»Gibt's was Neues?«

»Nichts, abgesehen davon, dass die Geschworenen für ihre Beratungen um eine weitere Stunde gebeten haben«, antwortete der Journalist und zog an seiner Zigarette.

»Und die Fernsehsender? Haben die neue Informationen?«

»Die wissen auch nicht mehr als wir.«

»Mist, jetzt können wir uns die Nacht um die Ohren schlagen, und das bei diesem Regen«, brummte sein Vorgesetzter und betrachtete dabei den Himmel. »Scheißprozess, sag ich dir.«

Der graue Himmel über der Stadt verfinsterte sich sehr schnell. Schwarze Wolken, die mit Graupel und Schneeflocken beladen waren, sausten den Montmartre herunter und verdunkelten den Himmel über dem rechten Seineufer.

An diesem Spätnachmittag wurde der Boulevard du Palais von einer ungeduldigen Menge belagert. Polizisten bewachten den Eingang des Gerichtsgebäudes. Wohin man blickte, Kameras, die auf die Goldverzierungen des kunstvoll geschmiedeten Eisengitters gerichtet waren. Geplagt von den allmählich sinkenden Temperaturen, traten die Journalisten von einem Fuß auf den anderen, stampften auf den Boden, um sich aufzuwärmen, und tauschten Informationen aus, während sie in einem fort ihre BlackBerrys konsultierten.

Im Ehrenhof, am Fuß der Treppe, äußerten Staatsanwälte in Robe Hypothesen über den Ausgang des Prozesses, der Frankreich seit fast zwei Wochen elektrisierte. Die Angst vor einem neuen Skandal und seinen Folgen verdüsterte ihre Gesichter. In dieser Zeit schwerer sozialer Unruhen würden sich die Justiz und die Polizei davon nicht erholen.

Im Inneren des Gebäudes herrschte eine noch größere Unruhe, die sich mit den beunruhigenden Gerüchten von Flur zu Flur und Stockwerk zu Stockwerk ausbreitete. Genau dieser Anspannung versuchte Lieutenant Léopold Apolline zu entgehen.

Unter dem Gewölbe der Sainte-Chapelle sitzend, genoss er die relative Ruhe hinter den Kirchenfenstern.

Seine grauen Augen folgten dem Lichterspiel, und dabei musste er in einem fort an die letzten Stunden denken. Er hatte den Eindruck, beim langsamen und minutiösen Scharfmachen einer Zeitbombe dabei gewesen zu sein.

Die Fehler seiner Vorgesetzten anstelle von Sprengstoff.

Die Beratungen der Geschworenen als Zeituhr.

Es war unmöglich, die Explosion einzuschätzen.

Er durchwühlte seine Taschen und zog ein Fläschchen Venlafaxin heraus. Er nahm eine Tablette und zerbiss sie – und war froh, dass das Medikament auch stimmungsaufhellend wirkte. Dies gehörte zu den wenigen Annehmlichkeiten seiner Erkrankung. Eine Annehmlichkeit, auf die er nicht mehr verzichten konnte.

Nur bei den medizinischen Untersuchungen an der Nationalen Polizeihochschule hatte er gezwungenermaßen darauf verzichtet. Die medikamentöse Abstinenz war eine traumatische Erfahrung gewesen, aber die Mühe hatte sich gelohnt: Seine Blutwerte lagen wieder im Normbereich, und er hatte sein Diplom bekommen.

Nachdem er die Hochschule verlassen hatte, war Léo ins Dezernat für Sittlichkeitsdelikte eingetreten, dann ins OCLCTIC, eine Dienststelle, die der Generaldirektion der Kriminalpolizei zugeordnet war. Hier arbeiteten Ermittler einer neuen Art, Polizisten, die weder Streifendienst noch Beschattungsmaßnahmen kannten und die ihre Pistole nur auf dem Schießstand benutzten. Eine Abteilung ermittelte in Fällen von Internetbetrug, Produktpiraterie, Offshore-Transaktionen und bei anderen Finanzdelikten. Die zweite Abteilung war für die Bekämpfung der Kinderpornografie zuständig.

Im Juli 2000 hatte das Innenministerium in Anbetracht der rasanten Zunahme pädophiler Websites beschlossen, eine spezielle Dienststelle einzurichten, die unabhängig agieren sollte und nur wenig Personal zugewiesen bekam. Ihre Hauptaufgabe: die Zerschlagung großer Netzwerke und die Aufklärung bislang ungelöster Fälle. Die Leitung der Dienststelle wurde Kommissar Maxime Kolbe anvertraut, dem ehemaligen Chef des Jugendschutzdezernats, und seiner rechten Hand, Capitaine Alain Broissard. Léo wurde im September rekrutiert, nur wenige Tage nach seinem fünfundzwanzigsten Geburtstag.

Sie waren also insgesamt zu dritt; Polizisten, die nicht in das System eingebunden waren, Einzelgänger, die einen erbarmungslosen Kreuzzug führten.

Aber diese operative Freiheit des Teams um Maxime Kolbe wurde innerhalb des Apparats nicht gern gesehen. Die Führungskader hofften insgeheim, der Kommissar würde einen Fehler begehen, damit man ihn abservieren konnte.

Und tatsächlich machte er einen Fehler.

Ein Geräusch von schweren Schritten, das von der Wendeltreppe kam, riss Léo aus seinen Gedanken. Das von weißen Haaren eingerahmte Gesicht des Leiters des Pariser Instituts für Rechtsmedizin, Stéphane Firsh, tauchte in der Tür auf.

»So besinnlich, Lieutenant?«

»Ich wollte nur mal kurz abschalten ...«

Der alte Mann setzte sich neben Léopold und verzog das Gesicht, während er sich den Schenkel hielt.

»Verdammte Arthritis ...«, murrte er.

Seine Hüftknochen entzündeten sich bei der geringsten Feuchtigkeit. Chronische Schmerzen, die durch die zwei Stunden, die er gerade im Zeugenstand verbracht hatte, noch verschlimmert worden waren.

»Die letzte Verhandlung hat mich erschöpft«, stöhnte Stéphane Firsh, der über fünfundsechzig Jahre alt war. »Dieser beknackte junge Anwalt hat mich mit seinen detaillierten Fragen zur Obduktion ziemlich genervt. Er wollte mich unbedingt zu der Aussage bewegen, der Herzinfarkt des Opfers stehe nicht unbedingt in einem kausalen Zusammenhang mit dem Mordversuch seines Mandanten. Die Alte, die dieser Ganove zu erdrosseln versuchte, war neunzig und hatte ein kaputtes Herz – was hätte ich mehr sagen können? Wie hätte ich als Arzt widerlegen können, dass sie auch dann, wenn dieser Scheißkerl ihr keinen Strick um den Hals gelegt hätte, an diesem Tag einen Herzstillstand erlitten hätte?«

Stéphane Firsh streckte die Beine aus und massierte sich die Muskeln, um die Krämpfe und die stechenden Schmerzen unter seiner Haut zu lindern. Mit dem Alter ertrug er diese unvermeidlichen Begleitumstände seiner Arbeit, dieses ständige Infragestellen eines kleinsten Skalpellschnittes immer weniger.

»Und bei Ihnen? Ich habe gesehen, dass da draußen ein regelrechter Menschenauflauf ist. Wie verläuft der Prozess?«, fragte der Mediziner.

»Ich habe kein gutes Gefühl. Der Anwalt des Angeklagten will unbedingt beweisen, dass sich die Anklage nicht aufrechterhalten lässt, und der Richter scheint ihm recht zu geben. Hinzu kommt, dass der Beschuldigte nach dem, was seiner Frau und seinem Sohn geschehen ist, die Sympathien der Geschworenen hat.«

»Glauben Sie mir – wenn dieser Mann dieses Kind tatsächlich vergewaltigt und getötet hat, werden die Geschworenen sich nicht beeindrucken lassen. Ein Dreckskerl bleibt ein Dreckskerl, auch wenn er seine Familie verloren hat.«

»Sie unterschätzen den Einfluss der öffentlichen Meinung. Alle sprechen von einem polizeilichen Übergriff. Das ist ein gefundenes Fressen für die Journalisten.«

»Sei's drum! Offen gestanden, Lieutenant, würde ich gern wissen, was Sie denken. Schuldig oder nicht schuldig?«

»Ehrlich gesagt, ich weiß es nicht«, stammelte Léo. »Ich weiß nur, dass ein Freispruch eine Katastrophe für unsere Dienststelle wäre. Ich habe den Eindruck, dass um meinen Posten russisches Roulette gespielt wird.«

»Aber dafür können Sie nichts. Sie waren nicht einmal mit den Ermittlungen betraut.«

»Meine beiden Vorgesetzten haben diesen Fall bearbeitet. Und Sie wissen so gut wie ich, dass diese Sondereinheit mit Maxime Kolbe steht und fällt. Die Kommissarin wird sich die Chance, ihn loszuwerden, nicht entgehen lassen.«

»Und Alain Broissard?«, hakte Firsh nach, in dessen Stimme plötzlich Besorgnis anklang.

»Wenn Maxime fällt, wird Alain mit ihm untergehen.«

Die letzten Schimmer des Tageslichts fielen durch die Kirchenfenster und warfen einen farbigen Glanz auf die Marmorplatten. Die Traurigkeit linderte kurz die stechenden Schmerzen im Körper des Rechtsmediziners. Seit dem Beginn der »Affäre von Jarnages«, wie sie von den Journalisten genannt wurde, verstand er nicht, wie sein Weggefährte, sein Freund, einen solchen Mist hatte bauen können. Dieser Fall stank förmlich zum Himmel, und trotzdem hatte Broissard weiterhin darin herumgestochert, als hoffte er geradezu, alles würde ihm um die Ohren fliegen.

Léo gingen ganz ähnliche Gedanken durch den Kopf, als er auf seine Uhr sah. Vor Angst zuckte er kurz zusammen. Die Zeit der Ungewissheit neigte sich dem Ende zu. Die Stunde der Entscheidung war nah.

»Die Beratungen dürften beendet sein. Ich will nicht, dass Maxime diesen Moment allein durchstehen muss«, sagte er im Aufstehen.

»Léopold …«

»Ja?«

»Wenn es Ihnen danach ist, dann schauen Sie doch einfach bei mir vorbei. Wir wärmen meine rheumatischen Knochen mit einer guten Flasche Wein. Das ist besser als nichts.«

»Ich werde versuchen, dran zu denken.«

»Und wenn Ihnen Alain über den Weg läuft, dann sagen Sie ihm, dass sein alter Freund an ihn denkt.«

Léo stürzte sich in den peitschenden Regen und lief quer über den Hof des Gerichtsgebäudes. Er hielt dem Wachmann, der vor den gewaltigen Türen des Schwurgerichts stand, seinen Ausweis hin. Er nahm die Ruhe vor dem Sturm in sich auf und betrat den überheizten Gerichtssaal.

Etwa fünfzig Personen drängten sich in einer Atmosphäre drückender Schwüle, denn die Neonröhren glühten regelrecht. Kondensierte Wassertropfen liefen über die Fensterscheiben. Ein starker Geruch nach Schweiß verriet die Anspannung, die in der Luft lag. Die vergilbten Wände vermittelten die Illusion, man befinde sich in einer Seifenblase, die gleich platze. Das Gemurmel und Getuschel im Saal schwoll zu einer verstörenden Kakophonie an.

Die Geschworenenbänke waren noch verwaist. In der Mitte des Saals waren die Beweisstücke ausgebreitet. Makabre Bilder hinter Plexiglasscheiben, Fotos von einem toten Kind, das in einem Feld aufgefunden worden war, lagen neben Aufnahmen von der Obduktion, die in Großaufnahme die Verstümmelungen zeigten, die dem Kind zugefügt worden waren. Ausgerissene Zähne, verbrannte Fingerbeeren, Blutergüsse, äußere Verletzungen. Der Rechtsmediziner hatte daraus den Schluss gezogen, dass der Junge von einer wahren Bestie misshandelt worden war.

In der ersten Reihe versuchte der Staatsanwalt die in den Armen ihres Ehemannes kauernde Mutter zu trösten. Die Eltern des Opfers hatten dem gesamten Prozess beigewohnt und dabei stillschweigend die detaillierte Schilderung des Martyriums ihres Sohnes über sich ergehen lassen. Alle beide bemühten sich, die Fassung zu behalten, aber ihre geröteten Augen und die nervösen Zuckungen in ihren Schultern verrieten den unvorstellbaren Kummer, der sie schier erdrückte.

Gegenüber den Bänken der Geschworenen saß der Angeklagte Gérard Maurois. Von der Presse »die Bestie von Jarnages«, »der Kinderschänder des Departements La Creuse« genannt, starrte dieser kleine, schwächliche Mann von etwa fünfzig Jahren in einem fort Kommissar Maxime Kolbe an. Léo bahnte sich mit den Ellbogen einen

Weg durch das Gewühl zu seinem hochgewachsenen Chef.

Im gleichen Moment läutete es, und der Protokollführer verkündete den Prozessbeginn.

4 | Paris, Justizpalast

Kommissar Maxime Kolbe zuckte zusammen, als sich der Vorsitzende dem Mikrofon näherte. Er spürte die Blicke, die auf ihn gerichtet waren, ahnte, dass die Menge in seinem Rücken den Atem anhielt. Seine Karriere, ja, seine ganze Existenz hing von den Überzeugungen neun Unbekannter ab, neun Personen, die sich untereinander nicht kannten und die ganz verschiedene Meinungen vertreten mochten. Und dann erging ein Urteil, das allen Gesetzen der Wahrscheinlichkeit widersprach.

»Das Gericht und die Geschworenen, die als Spruchkörper zusammengetreten sind, erklären nach eingehender Beratung und Abstimmung, entsprechend den gesetzlichen Vorschriften, den Angeklagten Gérard Maurois einstimmig für nicht schuldig.«

Im Saal erhob sich lautstarker, wütender Protest. Das erste flüchtige Lächeln des Angeklagten galt dem Kommissar. Es war ein rachsüchtiges Lächeln, kalt und hart wie ein Dolchstoß. Zu viel Gewalt und Hass verband diese beiden Männer. Das an diesem Novemberabend bei prasselndem Regen ergangene Urteil zerschnitt das Band zwischen ihnen.

Der Anwalt der »Bestie von Jarnages« fuhr Maxime an und deutete drohend mit dem Finger auf ihn.

»Wir sind noch nicht fertig miteinander, Kommissar Kolbe! Sie werden für Ihre Vergehen bezahlen! Für den Tod der Frau und des Sohnes meines Mandanten! Ich werde Sie vor dieses Gericht hier bringen! Glauben Sie mir, ich bin noch nicht mit Ihnen fertig!«

Maxime antwortete nicht. Die Zunge klebte ihm am Gaumen. Er konnte keinen klaren Gedanken fassen. Sein Rückgrat stützte ihn nicht mehr, es war so, als wäre es unter dem doppelten Schlag seiner Bestürzung und seiner Verantwortung zerbröselt. Wie hinter einer Nebelwand nahm er Léopolds Arm wahr, der ihn stützte und so verhinderte, dass er hinfiel.

»Stehen Sie zu Ihrer Verantwortung, Maxime Kolbe!«

Ja, das tue ich.

Wie könnte es anders sein?

Er musste nicht einmal die Augen schließen, um den mit einem Handy aufgenommenen Film in Technicolor wieder vor sich ablaufen zu sehen. Die mit Brecheisen und Benzinkanistern bewaffneten Einwohner von Jarnages hatten einige Stunden, nachdem bekanntgegeben worden war, dass Anklage gegen den mutmaßlichen Vergewaltiger erhoben würde, dessen Haus verwüstet. Sie hatten ihrer Wut freien Lauf gelassen, ehe sie das Haus des »Kinderschänders der Creuse« in Brand setzten, um ihre Hexen zu verbrennen und ihren Zorn durch die Flammen zu besänftigen. Niemand von ihnen hatte geahnt, dass sich sein achtjähriger Sohn und seine Frau auf den Dachboden geflüchtet hatten. In den Trümmern hatten die Feuerwehrleute eine Pietà des Schreckens gefunden, zwei ineinander verschlungene Körper, die bis auf die Knochen verbrannt waren.

Er stürzte zum Ausgang, von einem dumpfen Schmerz gebeugt, der den älteren in seiner Magengrube verstärkte.

Schmerzen, die ihn nie verließen. Er verdankte ihnen kurze Nächte, die von Alpträumen durchzogen waren, und Tage, die mehr und mehr von ihnen überschattet waren. Er musste einräumen, dass er nicht mehr gegen sie ankämpfte. Schließlich handelte es sich um einen vergeblichen Kampf, der von vornherein verloren war. Das kalte Monster, das er in sich trug, fiel ein weiteres Mal über seine Erinnerungen her, und das Vergessen, der einzige mögliche Balsam, würde ihm nicht zuteilwerden.

Er wusste es.

Er hatte es immer gewusst.

Léo zog ihn nach draußen. Die frische Luft verschaffte ihnen keine Erleichterung. Sie stießen gegen die Menge, die sich in den Ehrenhof ergoss, und so mussten sie um das Gebäude herumgehen, um der Phalanx aus Journalisten und entgegengestreckten Mikrofonen auszuweichen.

»Kommissar Maxime Kolbe! Hierher! Was sagen Sie zu dem Urteil?«

»Was sagen Sie zu den Beschuldigungen, die gegen Sie erhoben werden?«

Salven von Fragen, mit denen er bombardiert wurde und die nur ein Ziel hatten: ihm den Rest zu geben.

»Kein Kommentar! Kein Kommentar! Lassen Sie uns durch!«, schrie Léopold und schob sich zwischen die Kameras und seinen Vorgesetzten.

Von allen Seiten bedrängt, begab er sich mit gesenktem Kopf in das Gewühl, ohne Maximes Arm loszulassen. Polizisten kamen ihnen zu Hilfe und versuchten, die zudringliche Menge in Schach zu halten. Als hinter ihnen die Eltern des Opfers zum Vorschein kamen, lenkte dies die Geier von ihnen ab. Der Kommissar sah noch flüchtig, dass der Mutter der Schrecken ins Gesicht geschrieben stand, dann prasselte auch schon der eisige Schauer auf ihn nieder. Im Regen entfernten sie sich vom Gerichtsgebäude, wobei sie durch Pfützen wateten und dem Unrat folgten, der von dem schmalen Sturzbach im Rinnstein mitgerissen wurde.

Die übliche Hektik im Hauptkommissariat war eine weitere Bewährungsprobe. Fragen und scheele Blicke. Im Hintergrund übertrug der Fernseher in der Cafeteria live die Vorwürfe des Anwalts. Sie schlichen dicht an den Wänden entlang, wichen den Wachposten aus und benutzten die Treppe, um in den obersten Stock zu gelangen.

Erst als sie sich in ihrem Büro eingeschlossen hatten, ihrem Adlernest im Dachgeschoss des Quai des Orfèvres 36 – dem Sitz der Pariser Kriminalpolizei –, entspannten sich Léo und Maxime. Die klösterliche Strenge des lang gestreckten Raumes beruhigte sie nach und nach. Der Lieutenant trat an eines der Fenster, die auf die Seine gingen.

»Wieso ist Broissard heute nicht gekommen?«

»Ich habe ihn nach Le Havre geschickt. Ziemlich große Sache.«

»Ich hätte doch hinfahren können!«

»Ich wollte ihn von Paris fernhalten. Ich glaube nicht, dass Alain diesen ganzen Zirkus ertragen hätte. Er wird dir seine ersten Ergebnisse zuschicken. Der vorläufige Bericht ist da«, sagte er und hob einen dicken Umschlag auf. »Es geht um …«

Er wurde von einem dumpfen Klopfen an die Tür unterbrochen. Die Kommissarin des OCLCTIC wirbelte wie eine Furie herein, ohne eine Antwort abzuwarten.

»Jetzt reicht's aber wirklich, Maxime! Sich so vor den Journalisten aufzuführen. Was wollen Sie? Die Polizeibeamten als verantwortungslos hinstellen?«

Die schlanke, etwa vierzigjährige Frau war von bemerkenswerter Schönheit. Jetzt hingegen, wo sie Maxime gegenüberstand, glich sie plötzlich einer wütenden Katze, die ihre Krallen zeigte. Von dem Angriff überrumpelt, wich er kurz zurück, ehe ihm das Blut zu Kopfe stieg.

»Wo glauben Sie eigentlich, wo Sie sind, verdammt?«, fauchte er sie an, während er sich in seiner ganzen hünenhaften Statur wieder aufrichtete. »Hier sind Sie in meiner Abteilung. Sie haben mir keine Anweisungen zu erteilen oder Vorhaltungen zu machen!«

Die Kommissarin ließ sich nicht einschüchtern. Klein beigeben gehörte nicht zu ihren Gewohnheiten. Getreu ihrem Ruf als »eiserne Lady« machte sie einen Schritt auf ihn zu, elektrisiert von der Konfrontation.

»Da sind Sie noch nicht auf dem neuesten Stand! Das Ministerium hat mich beauftragt, Sie persönlich darüber zu informieren, dass Sie zeitweilig Ihres Amtes enthoben sind.«

»Das ist unmöglich! Diese Dreckskerle können mir das nicht antun!«

»Es wurde eine interne Untersuchung gegen Sie eingeleitet. Das Dezernat für interne Ermittlungen hat Ihre

Personalakte und die von Capitaine Broissard beschlagnahmt. Sie sind mit sofortiger Wirkung vom Dienst suspendiert.«

»Bis wann?«, schnaufte er mit rot angelaufenem Gesicht.

»Der Staatsanwalt hat die Strafanzeige, die gegen Sie erstattet wurde, zur Kenntnis genommen, allerdings noch nicht entschieden, wann der Prozess beginnen soll. Das hängt ganz allein vom Ergebnis der Ermittlungen und der Zahl der Straftaten ab, die Sie begangen haben. Aber in Anbetracht dessen, was sich heute Abend ereignet hat, ist dies nur eine Frage von wenigen Tagen.«

Sie starrten sich feindselig an, bereit, übereinander herzufallen. Maxime Kolbe gab als Erster nach. Er ließ die Schultern sinken, und ein enttäuschtes Lächeln verzog seine Lippen.

»Sind Sie jetzt zufrieden? Sie konnten es doch kaum erwarten …«

»Ob Sie es glauben oder nicht, Ihr Fall ist mir ziemlich egal. Ich war von Anfang an der Meinung, dass Ihre Dienststelle überflüssig ist und nur unnötig finanzielle Ressourcen verschwendet. Was Ihre kriminalistischen Fähigkeiten anlangt, so ist Ihre Aufklärungsquote beeindruckend, vielleicht zu beeindruckend …«

»Was wollen Sie damit andeuten?«

»Dass es Zeit ist, aufzuklären, was in diesem Büro vor sich geht, Herr Kommissar.«

Léopold Apolline stieg hinunter zur Uferpromenade – im Hintergrund floss träge die Seine dahin. Obdachlose verbrannten Zeitungen in Blechwannen, andere schlüpften in ihre Zelte, die zwischen den Gerüsten an den Brückenpfeilern aufgeschlagen worden waren.

Ein Teil von ihm konnte nicht verstehen, dass der Kommissar so leicht nachgab. Das sah ihm gar nicht ähnlich. Maxime wusste genauso gut wie er, was diese Wörter bedeuteten: Suspendierung, Pensionierung. Seine Dienstmarke abgeben, auf die Überweisung der Rente am Monatsbeginn warten, in seinen Erinnerungen dahinvegetieren, während man sich auf den Tod vorbereitet. Undenkbar bei jemandem wie Maxime Kolbe. Seine Versetzung in den Ruhestand wäre wie ein Todesurteil.

Und die Totenmesse war noch nicht einmal gelesen. Der von Neonlichtern durchzuckten, von Blau- und Rottönen gesättigten Nacht gelang es nicht, den Dreck, der die Place Joachim-du-Bellay übersäte, zu kaschieren. Um den Brunnen herum saßen Trauben von Halbwüchsigen und rauchten den Shit, den sie in den Gärten der Pariser Markthallen gekauft hatten. Fantasten in Lumpen lungerten auf den Gässchen herum und redeten Geister an. Aus den thailändischen Restaurants drangen scharfe, würzige Gerüche, die den schweren Duft der Stadt überdeckten. Der Regen hatte die Straßen nicht von dem ganzen Schmutz gesäubert, den die Fassaden ausschwitzten. Die gleichen schwarzen Flecken tropften wie mit Kajal umrandete Augenringe von den Fenstern herab und bissen sich mit der Schminke bunt bemalter Ladenschilder.

Léo schlenderte lange ziellos vor sich hin, mitgerissen von der heimlichen Dynamik von Paris. Seine Muskeln waren steif – sie glühten wie nach einem Langlauf, und die letzten Worte seines Chefs ließen ihm keine Ruhe: *»Du solltest keinen Kontakt mehr mit Alain und mir haben. Du* *warst nicht an den Ermittlungen in Jarnages beteiligt, von daher haben die Typen vom Dezernat für interne Ermittlungen keinen Grund, dich aufs Korn zu nehmen. Ich will, dass du dich fernhältst und dich auf diesen neuen Fall konzentrierst. Die Kommissarin kann dich nicht feuern, wenn du ihr die Täter auf dem Silbertablett servierst.«*

Er stand gerade vor der Porte Saint-Denis, einem düsteren Triumphbogen, da vibrierte sein Handy dreimal. Er klickte auf den E-Mail-Eingang.

»Ich bin in Le Havre. Lässt sich schlecht an. Ich habe dir Fotos von dem geschickt, was ich gefunden habe. Alain Broissard.«

Der Download der angehängten Datei zog sich hin. Als er das Bild sah, spürte Léo, wie ihm der kalte Schweiß auf die Stirn trat, und er klappte das Handy zu.

Vergeblich versuchte er sich auf den Himmel und die Dunkelheit zu konzentrieren, kein schwarzer Schleier konnte das abscheuliche Bild überdecken, das vor seinen Augen schwebte.

5 Paris, Quai des Orfèvres 36, Mordkommission

Blandine Pothin, verspätet wie immer, winkte den übermüdeten Polizisten zu, die aus den Einsatzfahrzeugen ausstiegen und sich in den ersten Sonnenstrahlen rekelten.

Die junge Frau stürmte in das lang gestreckte Gebäude aus Quadersteinen und verzog das Gesicht, als ihr der übliche Gestank, der im Hauptkommissariat herrschte, den Atem verschlug. Körper, die auf den Sitzen im Empfangsbereich zusammengesackt waren, schliefen schnarchend ihren Rausch aus, neben ihnen saßen Jugendliche in Handschellen. Aus den Ausnüchterungszellen schlug ihr der Geruch von betrunkenen Körpern entgegen – sie beeilte sich, die Dunstschwaden hinter sich zu lassen, und erklomm schon die Treppe bis zum dritten Stock.

Der Versammlungsraum war von dem Qualm von Zigaretten und Zigarillos erfüllt. Die Teams von Zivilpolizisten wurden langsam wach und zogen sich gegenseitig auf, während sie auf die Verteilung der Dienstaufträge warteten. Hinter den Fenstern wich die Dunkelheit im Osten allmählich dem siegreichen Morgengrauen, und die nächtliche Raserei legte sich nach und nach im Rhythmus der Lastkähne, die den Fluss durchfurchten.

Der Commandant, ein schlanker, vornehmer Mann im tadellosen anthrazitfarbenen Anzug, betrat den Saal mit einem Stoß Akten unter dem Arm und wandte sich an die Polizisten, die vor ihm saßen.

»Ruhe bitte … Ihnen allen einen guten Morgen. Beginnen wir mit den schlechten Nachrichten: Zwei Kollegen von der Kriminalpolizeidirektion Argenteuil wurden in der letzten Nacht schwer verletzt. Beide befinden sich in Lebensgefahr.«

Diese Worte wurden mit einem dumpfen Murmeln aufgenommen. Blandine nutzte diesen Moment, um sich in den Saal zu schleichen und sich unauffällig zu ihrem Kollegen zu gesellen. Paul Garcia tippte mit dem Finger tadelnd auf seine Armbanduhr.

»Nun, was uns betrifft ... nichts besonders Aufregendes, soweit ich sehe«, fuhr der Commandant fort und blätterte dabei die Seiten durch, die er in der Hand hielt. »Ein Obdachloser, der im Canal Saint-Martin ertrunken ist. Es handelt sich wohl um einen Herzinfarkt infolge eines Kaltwasserschocks. 2,9 Promille im Blut. Aber man hat ihn mit blauen Flecken und dem ganzen Trara aus dem Wasser gezogen. Bei dem Opfer handelt es sich um einen etwa vierzigjährigen Schwarzen. Geht behutsam vor, es gibt Vereinigungen, die bereits von einem rassistisch motivierten Verbrechen sprechen«, sagte er, während er zwei Beamten ein Blatt hinhielt. Sie nahmen es murrend entgegen. Der Commandant verteilte weitere Dienstaufträge.

»Ein Schwuler, der bei einem SM-Spiel, das aus dem Ruder gelaufen ist, seinen Partner umgebracht hat, im 4. Arrondissement. Mordversuch wegen einer Erbschaftsgeschichte im 17. Arrondissement ...«

Paul Garcia konnte, wie immer, nicht stillsitzen und spielte mit seinem Feuerzeug, er konnte es kaum erwarten, zu erfahren, mit welchem Fall sie betraut würden. Blandine Pothin zuckte zusammen, als sie ihren Namen hörte.

»Pothin und Garcia, Kommissar Jean-François Rilk erwartet sie an der Metrostation Porte des Lilas. Jemand hat sich vor die U-Bahn geworfen. Sie müssen den Bediensteten der Verkehrsbetriebe zur Hand gehen. Weitere Informationen habe ich nicht.«

Die Sirene auf dem Dach heulte, und das Blaulicht pulsierte in der undurchdringlichen Finsternis. Der Wagen schoss durch die dampfende Dunkelheit dahin, in den Nordosten von Paris.

»Was hat er uns da für einen Scheiß aufgebrummt?«

Paul Garcia beachtete die quietschenden Bremsen nicht weiter, auch nicht die dröhnenden Hupen rechts, und fuhr mit Karacho, ohne sich umzusehen, auf die Place de la République. Verstreut herumliegender Abfall, Konfetti, Luftschlangen-Kanonen, mit Graffiti besprühte Fensterscheiben. Verkohlte Überreste von Mülleimern. Es schien, als hätte man auf dem Platz gerade eine Orgie gefeiert. Er gab Vollgas.

»Mist! Was glaubt er eigentlich? Dass wir seine Lakaien sind? Wir sind Beamte der Mordkommission, keine Verkehrspolizisten! Weshalb machen das nicht die Typen vom Verkehrsdezernat? Das ist doch ihre Aufgabe, oder?«

Blandine streichelte seinen Hals, um ihn zu besänftigen.

»Was soll ich dazu sagen? Ich weiß auch nicht mehr als du.«

Paul musste sich nicht groß anstrengen, um sie zu verführen. Der Charme dieses Mannes, der sich nach wie vor wie ein ungezogener Spitzbube gebärdete, der nicht erwachsen werden wollte, hatte sie schier überwältigt. Noch am gleichen Tag, an dem sie sich kennenlernten, hatten sie abends ausgelassen in seinem Bett herumgetollt, und an diese erste Nacht, die jetzt neun Monate zurücklag, hatten sich viele weitere angeschlossen.

Der Wagen schoss über die schnurgerade Fahrbahn dahin. Sie erreichten die Place de Ménilmontant. Mannschaftswagen der Bereitschaftspolizei standen noch immer am Straßenrand und bildeten eine blaue Mauer entlang der Verkehrsadern. Die Treppe vor der Kirche Notre-Dame-de-la-Croix war mit Überresten der Demonstration vom Vortag übersät. Das Hellrosa der Nebelgranaten schwebte noch wie von der Morgenröte erhellte Dunstschwaden über dem menschenleeren Platz. Die winterliche Kälte kühlte die Gemüter nicht ab.

Blandine fragte sich, wie lange der Kommissar sie wohl bräuchte. Allerhöchstens einige Stunden. Vielleicht würde man ihnen gleich danach einen anderen Fall übertragen – einen, mit dem man sich als Polizist einen Namen machen konnte. Aber das war doch eher unwahrscheinlich.

Die Aussicht darauf, einen weiteren Tag damit zu verbringen, Stapel von Papieren zu sichten und Zeugenaussagen zu aktualisieren, ließ ihre gute morgendliche Laune schwinden. Auch wenn sie noch nicht lange im Polizeidienst war, hatte sie die Hochschule doch als Zweitbeste ihres Jahrgangs verlassen. Was der logische Abschluss eines tadellosen Werdegangs war. In Rechtsmedizin war sie besonders gut, und am Schießstand konnten es nur wenige Männer mit ihr aufnehmen. Doch ungeachtet all dieser Fähigkeiten hatte der Kommissar ihr nicht mehr Freiraum gegeben.

Seit über einem Jahr hatte sie das Gefühl, dass ihr Leben in dem eintönigen Alltagstrott zunehmend erstarrte.

Es war acht Uhr morgens.

Als sie ausstiegen, schlug ihnen die beißende Kälte ins Gesicht. Nur vereinzelte Passanten waren auf den Straßen, einige Geschäfte hatten bereits geöffnet. Die noch in Dunkelgrau gehüllten Fassaden begrenzten die Blickweite. Bislang waren keine Krankenwagen eingetroffen. Ein schlechtes Zeichen.

Sie stiegen eine Treppe hinunter, aber vor dem U-Bahn-Schacht hielt sie ein schweres Eisengitter auf. Paul wählte die Nummer von Jean-François Rilk.

»Garcia am Apparat. Wir sind da, Herr Kommissar.«

Blandine zündete sich eine Zigarette an und trat von einem Bein aufs andere, um sich aufzuwärmen. Hinter dem Eisengitter sah sie undeutlich zusammengekauerte Gestalten, die vom Licht eines Passbildautomaten schwach beleuchtet wurden. Luftströmungen, die in der Station herumwirbelten, trugen einen merkwürdigen Geruch heran. Überdeckt von dem Gemüffel der Metro-Gänge roch sie darin den beißenden Gestank von Angstschweiß. Schwere, schleppende Schritte, die typisch waren für ihren Chef, kamen auf sie zu.

Jean-François Rilk, ein eingefleischter Junggeselle und bekennender Frauenhasser, der den Spitznamen »Bär« trug, gehörte zu den letzten Urgesteinen der Staatspolizei; ein Kriminaler aus einer anderen Zeit, ein harter Knochen mit einer feinen Spürnase, für viele eine lebende Legende. Er hatte im Oktober seinen achtundfünfzigsten Geburtstag gefeiert, aber das Alter hatte diesem Energiebündel nichts anhaben können. Seine athletische Figur, die durch die Gaumenlust ein wenig angeschwollen war, verlieh ihm das Aussehen eines in die Jahre gekommenen Boxers, der sich an den Ring klammerte. Seine Hände glichen knorrigen, übergroßen Pranken, die imstande waren, ein Genick wie einen dünnen Zweig zu brechen. Bei der spektakulären Schießerei im Bahnhof von Lyon 1992 verwundet, waren die Muskeln seines rechten Oberschenkels verkümmert, was ihn dazu zwang, sein Gewicht auf das rechte Bein zu verlagern – eine unverwechselbare Art des Gehens, die ihm in Verbindung mit seinen brutalen Methoden seinen Spitznamen eingebracht hatte.

Mit zwei Bediensteten der RATP – der Pariser Verkehrsbetriebe – im Schlepptau traf er am Eingang der Station ein. Ein junger Mann im gleichen Alter wie Pothin wankte, während er sich diskret auf seinen Kollegen stützte.

»Nun? Worum geht's?«, fragte Garcia und drückte dabei fest die Hand des Kommissars.

»Wir müssen die Ankunft des Staatsanwalts abwarten. Wir beeilen uns – ich will nicht den ganzen Tag hier verbringen. Paul, Sie kommen mit mir. Pothin, Sie helfen diesen Herren bei Verfahrensfragen und kümmern sich um die Zeugenaussagen. Gehen Sie behutsam vor, und fordern Sie von der Zentrale ein psychologisches Kriseninterventionsteam an.«

Er deutete auf eine Gruppe offenbar unter Schock stehender Personen, von denen die meisten am Boden saßen und sich gegen die Wand lehnten. Blankes Entsetzen stand auf ihren Gesichtern. Blandine lief ein Schauder über den Rücken. Diese Sache war vielleicht doch ernster, als sie geglaubt hatte. Ihr fiel ein dunkler Urinfleck in der Hose des Bediensteten der RATP auf. Er zitterte noch immer.

Kommissar Rilk hielt ihr die Liste mit den Namen der anwesenden Personen hin.

»Ich war da, als es passiert ist. Sie nehmen meine Aussage auf, sobald wir den vorläufigen Bericht fertiggestellt haben.«

Er wandte sich Garcia zu und erwähnte den Bahnsteig der Linie 3a. Blandine zögerte einige Sekunden und sah ihnen nach, wie sie sich entfernten. Ein seltsames Gefühl schnürte ihr die Kehle zusammen. Sie ließ ihren Blick abermals über die Gesichter gleiten – ihr Herz schlug jetzt noch schneller.

»Herr Kommissar?«

»Was ist?«

Sie machte einen Schritt vor.

»Kann ich wenigstens sehen, was passiert ist?«

Kommissar Rilk schaute sie fest an.

»Pothin, ich glaube nicht, dass Sie die Nerven dafür haben.«

»Lassen Sie mich das selbst beurteilen, Herr Kommissar.«

»Mist! Wenn Sie unbedingt wollen und der Anblick von blutigem Fleisch Ihnen nicht den Magen umdreht, bitte!«, sagte er nickend.

»Mein Magen ist robust.«

»Garcia, Sie kommen mit mir. Wir müssen uns vergewissern, dass sich niemand mehr in der Station aufhält.«

An einer Weggabelung stehen bleibend, deutete Jean-François Rilk in einen Gang.

»Sie gehen geradeaus weiter. Schauen Sie sich an, was Sie sehen wollen, und nehmen Sie die Zeugenaussagen auf, aber fix! Noch Fragen?«

Blandine kam nicht mehr dazu zu antworten. Der Kommissar stapfte schon mit Paul im Schlepptau davon.

6 Paris, Metrostation Porte des Lilas, Mordkommission

Sie drang in die Eingeweide der Stadt vor. Die schimmernden Werbeplakate verzerrten die Perspektive und verwandelten die Station in ein organisches Labyrinth. Unmerklich verkrampften sich ihre Muskeln.

Was erwartete sie dort unten?

Auf dem Bahnsteig schlug ihr ein süßsaurer Geruch entgegen. Unter dem gekachelten Gewölbe herrschte eine drückende Stille.

Blandine starrte in den Tunnel, geblendet von dem krassen Gegensatz zwischen dem tiefen Schwarz und dem aggressiven Weiß der Scheinwerfer. Sie ging weiter, wobei sie die Szenerie genau in Augenschein nahm.

Ein gelb erleuchteter leerer U-Bahn-Zug war nicht ganz aus der Tunnelröhre herausgefahren. Zwei Waggons blieben von der Finsternis verschluckt. Blandine nahm keine Notiz von dem immer stärker werdenden Gestank und begab sich ans Ende des Bahnsteigs. Sie spähte durch eine Scheibe, konnte aber nichts Ungewöhnliches entdecken. Sie streifte sich Latexhandschuhe über und öffnete eine Waggontür. Sie stieg ein und leuchtete mit ihrer Taschenlampe den Raum unter den Sitzen aus. Dann ging sie vor bis zum Führerstand, entdeckte jedoch nur schmutziges Papier, zerrissene Fahrscheine, Lachen von Erbrochenem und zerdrückte Dosen unter den Klappsitzen.

Als sie den Fahrerstand betrat, wurde ihr speiübel. Es

roch nach faulem Fleisch und Gedärmen. Ein süßlicher Blutgeschmack legte sich auf ihre Zunge. Sie presste die hohle Hand auf den Mund und versuchte herauszufinden, von woher der Gestank kam. Sie leuchtete mit der Taschenlampe in alle Winkel und sah plötzlich etwas funkeln.

Ein rotes Glitzern hinter der Scheibe.

Blandine drehte sich langsam um und richtete die Taschenlampe auf die Mündung des Tunnels. Sie erblickte die von rubinroten Tropfen gesprenkelte Windschutzscheibe, woraufhin sie die Augen aufriss.

Anschließend ging sie um den Triebwagen herum und sprang hinunter ins Gleisbett. Die Übelkeit überfiel sie mit voller Wucht. Sie trat einen Schritt zurück und schloss die Augen, um das Bild dessen zu vertreiben, was auf dem Gleis lag. Sie wartete, bis sich ihr Herzschlag verlangsamte, ehe sie die Augen wieder öffnete und die Leichen betrachtete.

»Mein Gott, nein ...«

Die Gesichter der beiden jungen Mädchen waren schmutzverschmiert, ihre leeren Augen starrten an die Decke. Der linke Arm der Älteren war von den Reifen zerfetzt worden, der nackte Knochen war mehrfach in sich geknickt. Die in Höhe der Schultern und des Halses herausgerissenen Sehnen glichen Tentakeln, die durch Blutergüsse blau angelaufen waren. Aus dem aufgeschlitzten Bauch hingen Gedärme heraus, die sich wie lange ekelerregende Würste über die Eisenbahnschwellen schlängelten. Ein schlimm zugerichteter, verdrehter Schenkel – die Haut durch die Reibungshitze verbrannt – war unter einem Rad eingeklemmt. Kirschrote Streifen zogen sich über das Blech des Zuges und begannen zu gerinnen.

Das Licht der Neonscheinwerfer verstärkte den roten Glanz des Blutes.

Der Oberkörper des zweiten Mädchens hatte Spuren an der Karosserie hinterlassen. Durch den Aufprall auf der Metallplatte war der Torso regelrecht zu einer unidentifizierbaren runden Fleischmasse gepresst worden. Der Gummibelag auf den Reifen war durch das starke Bremsen leicht geschmolzen, und ein feuchter Geruch, ähnlich dem einer aufgeheizten Straße nach einem Regenguss, stieg auf und verband sich mit dem Geruch der Körperflüssigkeiten, die aus den Leichen heraussickerten.

Die Polizistin spuckte die bittere Galle, die sich in ihrem Schlund angesammelt hatte, aus und versuchte, ruhiger zu atmen. Vor Bestürzung krampfte sich ihr der Magen zusammen. Auf die Übelkeit folgte ein seltsames Schwindelgefühl, das aus dem Inneren kam. Während sie das Gleis entlangging, massierte sie sich den Plexus, um die Durchblutung anzuregen. Winzige elektrische Entladungen zuckten unter ihrer Haut. Hypnotisiert vom Anblick der toten blondhaarigen Mädchen, kniete sie sich neben dem nieder, was von den beiden Körpern übrig geblieben war, ihren Ekel überwindend.

Sie betrachtete das düstere Menuett, das die jungen Mädchen im Liegen tanzten.

In alle Ewigkeit.

»Haben Sie gefunden, was Sie suchten?«

Sie zuckte zusammen. Die massige Statur ihres Chefs überragte sie; ohne mit der Wimper zu zucken, musterte er die Leichen.

»Ich habe gesehen, wie sie vor den Zug gesprungen sind. Da war nichts mehr zu machen.«

Der Kommissar zündete sich eine Zigarette an und räusperte sich.

»Was für ein Jammer ... die Kleine da dürfte nicht älter als zwölf sein. Ich habe versucht, wenigstens eine zu retten, aber es war vergebens. Ich habe sie fünf Minuten am Leben gehalten! Fünf armselige Minuten! Und – peng! – ist sie mir in den Armen verreckt!«

Ein Rechtsmediziner traf in Begleitung des Staatsanwalts auf dem Bahnsteig ein und stieg hinunter ins Gleisbett, um eine schnelle Untersuchung der Leichen in situ durchzuführen. Der Staatsanwalt, ein vierschrötiger kleiner Mann, der ein zu eng sitzendes Vichy-Hemd trug, und der Kommissar entfernten sich, um ihre ersten Schlussfolgerungen zusammenzutragen und zu entscheiden, ob die Eröffnung einer polizeilichen Voruntersuchung angezeigt war.

Blandine hielt sich im Hintergrund und beobachtete den Mediziner dabei, wie er sich an der Leiche des jüngeren Mädchens zu schaffen machte. Bei dem stark verrenkten Nacken brauchte man nicht viel Fantasie.

»Genickbruch?«, fragte sie.

»Fünf Wirbel sind gebrochen. Die Wirbelsäule ist total zertrümmert«, antwortete der Rechtsmediziner. »Die U-Bahn muss schnell gefahren sein. Jedenfalls musste dieses Mädchen nicht leiden. Die Versteifung der Muskeln und die Farbe der Blutergüsse deuten darauf hin, dass zuerst der rechte Arm getroffen wurde.«

»Weiter nichts?«

»Mehrere Brüche des Beckens, der Arme und Beine.

Die Wunden sind offensichtlich auf den Sturz und den Aufschlag zurückzuführen. Ohne Obduktion lässt sich nicht mehr sagen.«

Mit ihrem Handy machte Blandine eine Reihe von Fotos, angetrieben von der seltsamen Ahnung, dass hier etwas nicht stimmte. Sie näherte sich ihrem Vorgesetzten und unterbrach ihn in seinem Gespräch.

»Entschuldigen Sie bitte, Herr Kommissar, hat außer Ihnen sonst noch jemand die Körper berührt?«

»Was für eine Frage, natürlich nicht! Weshalb fragen Sie mich das?«

Sie wusste es nicht.

Suizid.
Krank.
Verrückt.

Diese Wörter kehrten oft wieder – sie bestätigten die Darstellung des Kommissars. Keiner derjenigen, die ungewollt zu Augenzeugen wurden, hatte die jungen Mädchen vor ihrem Sprung beachtet. Die einzige Ausnahme: Alle hatten einen Schrei gehört, der von dem Kreischen der Bremsen verschluckt wurde. Blandine teilte ihre Visitenkarte aus und las ihre Aufzeichnungen noch einmal durch, während sie einen Schluck Kaffee trank.

Der Vergleich der Zeugenaussagen ergab nichts Verwertbares, und es blieb nur noch eine Person zu befragen. Der Tod der beiden Mädchen würde in den Medien als tragischer Unglücksfall dargestellt werden.

Selbstmord.

Das Wort passte perfekt. Dennoch verschaffte es Blandine nicht die Befriedigung einer unwiderlegbaren

Schlussfolgerung. Sie näherte sich einem etwa dreißigjährigen Mann, der in den Armen eines von der Zentrale entsandten Psychologen leise weinte. Der Psychologe bedeutete ihr, sie könne mit der Vernehmung beginnen. Mitfühlend legte sie eine Hand auf die Schulter des Zugfahrers.

»Möchten Sie ein Glas Wasser?«

»Nein, danke. Ich will nur zum Ende kommen«, stammelte er mit müder Stimme.

»Könnten Sie mir schildern, was passiert ist?«

»Ich habe meinen Dienst um sechs Uhr heute Morgen angetreten. Normalerweise ist es eine eher ruhige Linie. Ich kam von der Station Mairie des Lilas. Ich habe … ich habe die Geschwindigkeit überprüft, als ich in den Bahnhof eingefahren bin. Ich habe die Anzeige etwa ein, zwei Sekunden betrachtet, als plötzlich Blut spritzte. Ich habe sie nicht fallen gesehen. Nur das Blut.«

»Erinnern Sie sich noch an etwas anderes vor dem Unfall?«

»Ich glaube, da war ein Mann, der mit der Größeren sprach. Aber ich bin mir nicht sicher.«

»Ein Mann?«

Blandine bekam nur eine ganz grobe Personenbeschreibung – die Figur, sonst nichts. Sie brach die Befragung ab, da der Fahrer wiederum mit den Tränen kämpfte.

Sie ging durch die langen Gänge, über die gewundenen Treppen zurück nach draußen, und das Tageslicht belebte sie. Sie nahm eine Zigarette von Paul, inhalierte tief und hielt den Rauch so lange wie möglich in ihrer Lunge. Die Straßen erwachten sanft unter dem Sprühregen, und dicht über den Dächern legte die matte Sonnenscheibe einen ockergelben Schleier über die winterlichen Farben.

»Der Rechtsmediziner hat gerade die Ergebnisse seiner Untersuchung dargelegt. Der Kommissar und der Staatsanwalt werden wahrscheinlich als Todesursache Selbstmord feststellen«, eröffnete ihr Garcia, während er sich rekelte.

Ihm fiel das fahle Aussehen von Blandine auf, und so nahm er sie sanft in die Arme und drückte sie an sich.

»Bist du okay?«

Sie antwortete nicht.

Suizid.
Krank.
Verrückt.

Die mit weißen Leinentüchern bedeckten Leichen wurden in einen Krankenwagen geschoben, einen Ersatz-Leichenwagen. Der Wagen fuhr leise davon und fädelte sich in den Verkehrsstrom ein. Blandine sah ihm nach, bis er nur noch ein leuchtender Punkt im Lichtermeer war. Sie schüttelte sich, um dieses merkwürdige Gefühl loszuwerden, das ihr das Herz zusammenschnürte. Doch das Gefühl blieb.

»Findest du nicht, dass irgendwas an der Lage der Leichen seltsam ist?«, fragte sie Paul, als sie ihm die Fotos zeigte, die sie mit seinem Handy gemacht hatte.

Ein Detail ging ihr nicht aus dem Sinn. Ein Detail, das nicht zu einem Sturz passte. Aber auch wenn sie die Elemente noch so gründlich analysierte, kam sie nicht darauf, was genau nicht stimmte.

»Die Metro hat sie ein Stück mitgerissen. Die Bremsspuren sind zehn Meter lang.«

»Möglich …«

Sie sah den Kommissar und den Staatsanwalt, die, heftig miteinander diskutierend, aus der U-Bahn-Station herauskamen. Blandine drückte ihre Zigarette aus – sie wollte sich nicht so einfach geschlagen geben.

»Entschuldigen Sie, meine Herren, aber …«

»Was gibt's denn jetzt noch?«, seufzte Jean-François Rilk.

»Ich würde gern die Ermittlungen übernehmen.«

»Verdammt noch mal, Pothin, welche Ermittlungen?«

Die Verärgerung des Kommissars bemerkend, schaltete sich der Staatsanwalt ein.

»Mademoiselle, ganz offensichtlich handelt es sich um einen Selbstmord im öffentlichen Nahverkehr. Das Verfahren verlangt, dass sich ein Kripobeamter an Ort und Stelle begibt. Kommissar Rilk in seiner Eigenschaft als Zeuge kann diese Aufgabe nicht erfüllen. Ich glaube, das ist der einzige Grund, weshalb Sie hier sind.«

Blandine verkrampfte sich. Die Herablassung, mit der er zu ihr sprach, begann sie zu ärgern.

»Wie können Sie behaupten, dass es sich um Selbstmord handelt? Weder wurden die Aufzeichnungen der Überwachungskameras angesehen noch die Leichen obduziert.«

»Mit Verlaub, zehn Augenzeugen, darunter Ihr Vorgesetzter, ist das nicht hinreichend aussagekräftig? Und eine Obduktion ist angesichts der Tatsache, dass wir wissen, wie sie ums Leben gekommen sind, nicht nötig.«

»Sich auf Zeugenaussagen von Personen im Schockzustand stützen – ist das Ihre Methode? *Mit Verlaub*«, sagte sie im gleichen Tonfall.

»Lieutenante Pothin, alles zu seiner Zeit«, fiel ihr Rilk ins Wort, nahm sie am Arm und zog sie zur Seite. »Verdammt, was ist in Sie gefahren?«

»Geben Sie mir ein paar Tage, bevor Sie die Akte schließen. Das ist alles, was ich verlange.«

»Es gibt drei Möglichkeiten: Es ist ein Selbstmord, ein Unfall oder ein Mord. Ich bin lange genug Polizist, um zu riechen, wenn etwas faul ist, doch im vorliegenden Fall habe ich es mit eigenen Augen gesehen! Haben Sie irgendetwas vorzuweisen, was dem, was ich gesehen habe, widerspricht? Können Sie irgendwelche rationalen Beweise vorbringen?«

Er trat noch näher an sie heran. Vor Erregung hatte er die Stirn in Falten gelegt.

»Ja oder nein?«

»Nein.«

»Ich weiß nicht, was für Flöhe man Ihnen an der Polizeihochschule ins Ohr gesetzt hat, unter meiner Verantwortung läuft das allerdings so ab! Sie brauchen sich nicht zu wundern, wenn ich Ihnen keine Fälle übertrage!«

»Geben Sie mir Zeit, um sie zu identifizieren und ihre Familien zu benachrichtigen«, forderte sie trotzig von ihrem Chef.

»Aber das ist nicht Ihre Aufgabe! Was ist nur mit Ihnen los?«, schrie er sie an und ballte drohend die Fäuste. »Sie sind bei der Mordkommission und unterstehen meiner Weisungsbefugnis! Falls Sie es nicht wissen sollten: Frankreich steht am Rande eines Bürgerkriegs! Alle Dienststellen sind überlastet. Ich werde also weder meine

Zeit noch die meiner Mitarbeiter vergeuden, nur weil zwei arme Mädchen lebensmüde waren! Ist das klar?«

»Ja, Herr Kommissar, glasklar.«

»Alle hier wollen die Sache schnellstens abschließen. Ich ganz besonders. Und damit Schluss! Tun Sie mir also den Gefallen, und fahren Sie mit dem fort, worum ich Sie gebeten habe und wofür Sie bezahlt werden! Ich erwarte Ihren Bericht am späten Nachmittag.«

7 | Paris, Quai des Orfèvres 36, Sondereinheit

Die Cafeteria des Hauptkommissariats war fast menschenleer. Léopold ging zwischen den beigefarbenen Kunststofftischen hindurch zu dem Getränkeautomaten. Drei Mitarbeiter des Drogendezernats unterhielten sich gähnend und nippten an ihren Kaffeebechern. Sie hatten ihre Nachtschicht beendet, total erschöpft von einer Razzia in Clichy-sous-Bois, die aus dem Ruder gelaufen war. Im Näherkommen hörte Léo, dass sie von zwei Schwerverletzten, einem Kilo mit Saccharose verschnittenem Kokain und sechs Festnahmen sprachen. Einer der drei Männer stieß seinen Nachbarn mit dem Ellbogen an und deutete unauffällig auf Léopold.

»Da kommt einer der Pfaffen!«

Léo überhörte die Bemerkung und ging mitten durch die Männer hindurch, die ihn anstarrten. Er wühlte in seinen Taschen nach Münzen.

Die Pfaffen.

Diesen Spitznamen hatte man ihnen in der »Firma« gegeben. Aus zwei Gründen. Zum einen wegen der Regeln, die Maxime Kolbe selbst aufgestellt hatte und die besagten, dass nur kinderlose Junggesellen in sein Team aufgenommen würden. Zum anderen wegen der gehässigen Sticheleien zwischen den einzelnen Dienststellen, wenn es um das Thema des sexuellen Missbrauchs von Kindern und die Geständnisse von Kinderschändern ging.

Léo spürte die spöttischen Blicke in seinem Rücken. Dabei hatte er anfangs versucht, sich einzuordnen. Aber während die anderen Geschichten von Säufern erzählten, die sich gegenseitig verprügelten, von Rauschgiftschmugglern, die sich ungewollt eine Überdosis verpassten, weil die Magensäure das Packmaterial der verschluckten Beutel zersetzte, konnte er keine Anekdoten beisteuern. Er musste den Mund halten, wohingegen die anderen sich mit düsteren Geschichten gegenseitig überboten. Er kannte natürlich Witze über Pädophile, doch der Sinn stand ihm nicht danach.

Im obersten Stockwerk des Gebäudes nahm er die Hintertreppe, um ins Dachgeschoss zu gelangen. Er fühlte sich in dem riesigen Zimmer mit Hängeboden und niedriger Decke wie bei sich zu Hause. Kleine Fenster liefen den Loft entlang; das flach einfallende Licht fiel auf ein Gewirr aus Computern, Netzwerkgeräten und Kabeln.

Er öffnete einen Umschlag, der mit »DRINGEND« gestempelt war. Broissard hatte sich beeilt. Vorläufiger Bericht, ausführliche Analyse und Beweisstücke. Er steckte den USB-Stick mit der Aufschrift »Havre. DVD« in den Computer, atmete tief ein und öffnete die Audio-Datei.

»Erster Bericht. Montag, 28. November, 21.12 Uhr, Laderaum des Containerschiffs *Dolly Belly*. Betr.: DVD mit Kinderpornografie.«

Vorsichtig legte Léo eine DVD unter das Lichtmikroskop und drehte so lange an den Linsen, bis der Code klar und deutlich zu lesen war. Im Hintergrund begann Broissard mit seiner mechanischen, methodischen Stimme die Schandtaten zu schildern, die Opfer und die Täter zu beschreiben, wobei er die tiefe Verzweiflung und Not einer Welt der Verderbnis auf Details und Näherungen reduzierte.

Léo brummte der Schädel. Er drohte in eiskalten Wellen zu versinken. Es handelte sich nicht um eine DVD, die mit den an Bord verfügbaren Mitteln aufgenommen worden war. Die Laser-Gravierung war perfekt. Er drehte die Scheibe auf der Suche nach dem Zonenanzeiger, der es den Herausgebern der DVD erlaubte, in jeder Region der Erde die Kontrolle über die Preise zu behalten. Zone 0. Diese DVD war mit allen Lesegeräten kompatibel und mit einem Kopierschutz versehen, der die Übertragung der gespeicherten Daten auf einen Rechner verhinderte.

Warum ein solches Bemühen um Qualität? Vor allem in Europa, wo kinderpornografische Videos auch von Amateuren aufgenommen wurden. Die meisten Netzwerke in Frankreich bestanden aus Familien oder Perversen, die verschworene kleine Gemeinschaften bildeten. Schnell gedrehte, billige Schundfilme. Geld spielte keine große Rolle. Verglichen mit dem Umsatz mit Kinderpornografie in den Vereinigten Staaten – fast zwei Milliarden Dollar pro Jahr –, waren das Peanuts.

Er dachte an die Möglichkeit, dass der Film in Deutschland gedreht worden war, wofür die Flagge des Frachters sprach. Aufgrund seiner geografischen Lage und der gesetzlichen Regelung der Prostitution kamen viele minderjährige Prostituierte, die nur auf dem Papier volljährig waren, nach Deutschland. Und was die Pornografie-Branche anbelangte, schätzte die deutsche Polizei, dass 130 000 Kinder dazu gezwungen wurden, in Pornofilmen mitzuwirken – das entspricht der Einwohnerzahl einer ganzen Stadt.

Er rief bei der Botschaft an, nahm mit dem Fachkommissariat zur Bekämpfung der Pädokriminalität in Berlin Kontakt auf, aber Fehlanzeige. Niemand hatte von einem solchen Film gehört.

Das Schlimmste stand ihm noch bevor.

Wie viele derartige Filme hatte er sich in den letzten fünf Jahren angesehen? Hundert? Zweihundert? Er wusste es nicht mehr. Er wollte es nicht wissen. Wie immer zögerte er, gepackt von der Lust, das Weite zu suchen, sein Leben ganz von vorn zu beginnen, in der Amnesie die Kraft zu finden, sich neu zu erfinden. Er wollte vergessen, was er mit eigenen Augen gesehen hatte – die Rückstände des Grauens, die sein Gedächtnis vergifteten. Einfach vergessen. Aber wenn er aufgab, wer würde dann seinen Platz einnehmen?

Du darfst nicht schwach werden.

Das, was er durchmachte, war nichts im Vergleich zu dem, was diese Kinder erlitten. Gar nichts im Vergleich dazu. Er beschloss, auf die Taste LESEN zu drücken, und die ersten Bilder flimmerten in rascher Folge über die Wand.

Ein Junge ging in ein schmales, fensterloses Zimmer

hinein. Rosafarbene Wände mit blauen Pailletten. In der Mitte ein großes Himmelbett. Der Junge warf verängstigte Blicke um sich wie ein gehetztes Tier, gefangen im Bildausschnitt. Er setzte sich aufs Bett und starrte auf etwas, das außerhalb des Blickfeldes der Kamera lag. Nervöse Zuckungen durchliefen sein Gesicht. Er entkleidete sich langsam und zögerte kurz, ehe er seine Unterhose herunterstreifte. Allein in dem weitläufigen Zimmer, verbarg er sein Geschlechtsteil hinter einer Hand. Wieder richtete er die Augen auf etwas, ein Flehen im Blick. Ein nackter, maskierter Mann betrat das Blickfeld der Kamera. Die anderen Kinder wurden ins Bild geschubst und in statischer Einstellung, ohne Schnitt gefilmt.

Und die Orgie begann.

Und der Lieutenant steckte einen Schlag nach dem anderen ein. Schrille Schreie, erstickte Seufzer. Sauggeräusche. Die Leinwand wurde zu einem Fenster auf eine Welt widerwärtiger Fantasien und grausamer Wahnideen. Die verrenkten, verdrehten Körper der Kinder vermischten sich mit den Puppen auf dem Boden. Léopold, die Nerven zum Zerreißen angespannt, zog unvermittelt seine Pistole und feuerte zweimal auf das Bild. Der Schlagbolzen schlug ins Leere.

Keine der Bestien fiel zu Boden.

Paris, Sondereinheit | 8

Léo fand sein Büro so vor, wie er es vor einer Stunde verlassen hatte. Er war ins Saint-Merri-Bad zum Schwimmen gegangen und fühlte sich ruhiger. Zumindest oberflächlich. Sein Herz pochte noch immer, und er war total durch den Wind.

Maxime hatte nicht gelogen, als er von einer »ziemlich großen Sache« sprach. Er musste daran denken, dass die Opfer irgendwo – Gott weiß wo – noch immer gefangen gehalten wurden. Oder tot waren.

Ein weiterer Punkt: Im Augenblick deutete nichts darauf hin, dass die Vergewaltigungen in Frankreich stattgefunden hatten. Falls das Verbrechen außerhalb Frankreichs begangen worden wäre, hätte er Interpol eingeschaltet. Dic Erweiterung der Europäischen Union machte die Dinge nicht leichter. Die alten Transferrouten, die noch aus der Zeit der Sowjetunion stammten, funktionierten in Osteuropa weiterhin und dienten dazu, gefälschte Produkte, Drogen und billige Prostituierte nach Westeuropa zu schmuggeln. Jetzt ging es darum, herauszufinden, wer Wind von diesem Netzwerk bekommen hatte und wie.

Er loggte sich ins Internet ein und suchte auf seinen bevorzugten Websites Links zu den offiziellen Foren propädophiler Vereinigungen. Die Website der NAMBLA – North American Man/Boy Love Association – wurde angezeigt. Über den Bildschirm lief ein Band mit der im Jahr 1980 verabschiedeten Resolution:

1. Die North American Man/Boy Love Association fordert die Abschaffung der Altersgrenze für einvernehmliche sexuelle Handlungen und sämtlicher Gesetze, die Männer und Heranwachsende beim freien Gebrauch ihrer Körper behindern.
2. Wir fordern die psychologische Befreiung aller Männer und Jugendlichen, die ihre Neigungen unter dem Einfluss dieser Gesetze unterdrücken müssen.

Er meldete sich mit seinem Nutzernamen – Sérapion – und seinem Kennwort im Diskussionsforum der Website an. Schon seit fünf Jahren trieb er sich auf den Internetplattformen verschiedener propädophiler Bewegungen herum. Seine Tarnidentität im Netz war die eines Aktivisten im Dienst ihrer Sache, mit heterosexuellen Präferenzen für Mädchen vor der Pubertät.

Er musste sich mit den komplizierten Gepflogenheiten des Forums vertraut machen, ehe er an verwertbare Informationen kam. Die für alle zugänglichen Diskussionsrunden boten nur harmloses Geplänkel, raffinierte Sprüche, um Leute zu ködern und so die Reihen derjenigen zu schließen, die an die Sache glaubten. Internetsurfer, die besorgt waren, weil sie sich insgeheim über dem Bild eines Klassenkameraden ihres Sohnes einen runtergeholt hatten, suchten Unterstützung, Antworten, um die Schmach, die an ihren Händen klebte, loszuwerden.

Léopold klickte auf die Links, die nur beschränkt zugänglich waren. Die Administratoren der NAMBLA blockierten bestimmte Diskussionsrunden, an denen nur Stammmitglieder der Organisation teilnehmen durften.

Er wurde sofort zu einer autonomen Website umgeleitet. Im Allgemeinen stöberte er hier seine Informationen auf. Hier ging es nicht mehr um offene Worte im Namen der sexuellen Selbstbestimmung. Und es ging auch nicht darum, »Jüngern«, die sich in diesem verborgenen Forum versammelt hatten, den Rücken zu stärken. Pädophile aus aller Herren Länder versammelten sich auf dieser Website, um die Welt des Lasters in Schwung zu bringen.

Er erkundete die Thematiken auf der Suche nach Gerüchten über die Filme, die gerade in Umlauf waren. Er sah sich die letzten Aktualisierungen an. Drei Fotos von einem kleinen Rumänen. Zwei unscharfe Fotos aus einer pädiatrischen Fachzeitschrift, auf denen man den von Ekzemen bedeckten nackten Körper eines Mädchens erkennen konnte. Darunter standen belanglose Kommentare. Stutzig geworden, spürte Léo ein leichtes Kribbeln, als er einen Blog-Link erblickte, der ein sensationelles Video versprach. Er klickte darauf und entdeckte das erbärmliche Video eines nackten Sechzigjährigen, der an einem idyllischen Strand von zahllosen kleinen Asiatinnen verwöhnt wurde. Von Altersflecken überzogene Hände, wie Klauen gekrümmt, streichelten die zierlichen Schultern der Mädchen, und ein hässliches Lächeln durchschnitt sein Gesicht. Ein Urlaubsfilm. Léo kopierte den Link und schickte ihn per E-Mail an die zentrale Dienststelle.

Nichts, um sich daran festzubeißen. Er checkte nacheinander die Rubriken des Forums ab. Sie enthielten keinerlei Informationen über gefilmte Sexorgien. Er müsste welche aufstöbern. Die Befragungen potenzieller Zeugen begannen, altmodische Polizeiarbeit, aber hinter einem Rechner. Er warf den Köder aus.

Sérapion: Ich habe gehört, dass ein Film mit violetten Engeln in Umlauf ist. Hat jemand Informationen darüber?

Im pädophilen Jargon stand »Engel« für Kinder. Rosa und blau bedeuteten Junge und Mädchen. Violett: die Mischung von beidem. Er programmierte ein Alarmsignal, das ihn benachrichtigen sollte, sobald Antworten eintrafen.

Draußen stiegen von der Place Saint-Michel unterdrückte Schreie auf. Léo warf einen Blick durchs Fenster und sah Demonstranten, die sich versammelten. Die Kundgebung erreichte das Seineufer – ständig stießen neue Gruppen zu dem Zug. Léo wollte gerade das Diskussionsforum wechseln, als jemand klopfte.

Eine junge Frau trat ein, ohne dazu aufgefordert zu werden, und schreckte zusammen.

»Ich dachte, es wäre niemand da. Lieutenant Apolline, nehme ich an?«

Im Zimmer breitete sich ein Duft von Süßholz und Orangenblüte aus. Das ebenmäßige Gesicht der Frau wurde eingerahmt von einem Pony und nachlässig gebundenen langen Haaren. Er wurde unsicher, als sie seinen Blick auffing, der sie von Kopf bis Fuß musterte. Er sah sie fest an, doch ihre grün beschatteten goldbraunen Augen zwinkerten nicht. Sie war höchstens fünfundzwanzig Jahre alt und wirkte sehr zerbrechlich.

»Ja, und wer sind Sie?«

»Zoé Hermon, Lieutenante der OCLCTIC. Kommissarin Dussaud schickt mich.«

Léo durchzuckte es, als er den Namen der Kommissarin hörte. Die junge Frau achtete nicht darauf und beugte sich ohne viel Federlesens über den Computer.

»Ich war am frühen Nachmittag schon mal hier, doch du warst nicht da. Ist das der Film, der auf dem Frachter gefunden wurde?«, fragte sie und nahm eine der DVDs an sich.

»Entschuldigen Sie, aber ich verstehe nicht, was Sie hier tun. Was wollen Sie?«, sagte Leo, überrascht und auch ein wenig verärgert darüber, dass die junge Frau ihn so einfach duzte.

»Ich soll dir bei den Ermittlungen in dem neuen Fall zur Hand gehen, der Sache in Le Havre.«

»Mir helfen? Helfen wobei?«, stieß er hervor. Ihm versagte beinahe die Stimme. »Ich unterstehe nicht der Dienststelle Nanterre.«

»Ich befolge nur meine Anweisungen. Man hat mir erst heute Morgen gesagt, dass ich Ihre neue Kollegin bin.«

»Machen Sie Scherze?«

»Sehe ich so aus?«, fragte sie mit wirklich erstaunter Miene. »Bringst du mich kurz auf den aktuellen Stand?«

»Ich schulde niemandem Rechenschaft. Tut mir leid, falls es ein Missverständnis gegeben hat. Nehmen Sie sich, was Sie brauchen. Es ist alles da. Damit müssten Sie zurechtkommen.«

Zoé Hermon starrte ihn fassungslos an, nahm dann wortlos den Karton mit den DVDs und den vorläufigen Berichten an sich. Sie blieb in der Tür stehen und wandte sich um, um ihm etwas zu sagen. Léo kam ihr zuvor, in einem aggressiveren Tonfall und plumper, als er es gewollt hatte.

»Worauf warten Sie?«

»Ich hätte nicht erwartet, dass das so abläuft.«

»Und wie sollte das anders ablaufen?«

»Ich hätte dich auf einen Drink eingeladen, damit wir uns kennenlernen ... als Kollegen.« Sie betonte das letzte Wort. »Und du hättest mir den Fall ausführlich geschildert.«

»Ich bin allein ... damit meine ich, dass ich allein arbeite«, erklärte er und schloss die Tür hinter ihr.

An ihrem Schreibtisch sitzend, überflog Zoé Hermon den Bericht über die Spuren, die Léopold als die vielversprechendsten betrachtete, während sie noch erbost darüber war, dass sie von ihm wie der letzte Dreck behandelt worden war. Gewiss, Apolline stand in dem Ruf, ein ausgezeichneter Polizist zu sein, aber das änderte nichts daran, dass er genauso bescheuert und rüpelhaft wie die meisten war, sagte sie sich.

Sie stellte ihren iPod lauter, und der dritte Zug an ihrer Zigarette beruhigte sie. Sie verübelte es sich vor allem, klein beigegeben zu haben. Das war ihr zum ersten Mal passiert. Trotz ihrer sechsundzwanzig Jahre kannte sie die Männer in- und auswendig. Doch dieser Mann war anders, eine explosive, labile Mischung, der man sich vorsichtig nähern musste. Durch ihr allzu forsches Auftreten war ihr ein typischer Anfängerfehler unterlaufen, einer dieser Fehler, die ihr zu der Zeit, als sie beim Kampfmittelräumdienst des Zivilschutzes gearbeitet hatte, einen zweimonatigen Krankenhausaufenthalt eingetragen hatten.

»Zoé, wie oft habe ich Ihnen schon gesagt, dass in unseren Räumlichkeiten Rauchen verboten ist?«

Zoé Hermon lächelte, setzte den Kopfhörer ab und hielt ihrer Vorgesetzten die Schachtel hin.

»Möchten Sie eine, Frau Kommissarin? Schlechter Tag?«

»Gelinde gesagt. Diese Sitzungen wegen der Reformen nehmen kein Ende.«

Die Kommissarin schloss die Tür hinter sich und zündete sich eine Zigarette an, während sie sich setzte.

»Unser Minister ist wegen der Ausschreitungen in Panik. Der Präsident und auch die Gewerkschaften setzen ihn unter Druck. Er weiß nicht mehr, was er noch tun soll! Aus heiterem Himmel gefriert er die Gelder für die Umstrukturierung der Brigaden ein, und am nächsten Tag soll das Ganze in drei Monaten über die Bühne gebracht sein! Zu allem Überfluss ist mein Nesthäkchen ans Bett gefesselt, und ich weiß nicht einmal, wann ich heute Abend nach Hause komme«, seufzte sie. »Und Sie? Haben Sie Lieutenant Léopold Apolline kennengelernt?«

»Kann man wohl sagen. Ich sehe gerade die Dokumente durch, die er mir angedreht hat.«

»Was haben Sie für einen Eindruck?«

»Die Unterlagen sprechen eine klare Sprache.«

»Und wie finden Sie ihn als Person?«

»Ein bisschen schwierig. Er misstraut uns. Er hat mich ziemlich kühl abblitzen lassen.«

»Genau das habe ich befürchtet«, sagte sie, ihre Zigarette ausdrückend. »Maxime Kolbe hat alles getan, um die Sondereinheit vom Rest der Polizei zu isolieren. Es ist verrückt, stellen Sie sich vor, dass zehn Jahre lang niemand einen Blick in ihre Akten geworfen hat. Nicht eine Überprüfung, nichts!«

»Und da Léopold Apolline von diesem Maxime Kolbe

ausgebildet wurde, ist er natürlich genauso misstrauisch?«

»Ganz genau!«

»Kann man ihn disziplinarisch nicht unter Druck setzen?«

»Nein, solange die Justiz im Fall Kolbe kein Urteil gefällt hat, sind uns die Hände gebunden.«

9 | Paris, Räumlichkeiten des Dezernats für interne Ermittlungen

»Wir haben die Schnauze voll von deinem Blödsinn, Broissard!«

Der Kommissar des Dezernats für interne Ermittlungen, ein korpulenter Mann in den Vierzigern, ein richtiger Bürohengst, der Karriere gemacht hatte, weil er sich bei seinen Vorgesetzten eingeschmeichelt hatte, wuselte um den Vernehmungstisch herum. Mit dem Ärmelaufschlag wischte er sich den Hals ab, wo von schwabbelnden Hautlappen ein erstickender Geruch nach Moschus und Eau de Cologne aufstieg.

»Weshalb bist du so stur? Du weißt, dass man dich fristlos feuern wird.«

Broissard spürte einen Knoten zwischen seinen Schulterblättern. Der am Boden festgeschraubte Stuhl hinderte ihn daran, es sich bequem zu machen. Die feuchte Atmosphäre im Zimmer, das eintönige Grau der Wände raubten ihm den Atem.

Wie lange müsste er sich das noch gefallen lassen?

Seit einer Stunde war er in eine der zahlreichen fensterlosen Buden in den Räumlichkeiten des Dezernats für interne Ermittlungen eingesperrt. Die internen Ermittler hatten ihn mit einer einfachen Absicht vorgeladen: Sie wollten ihn dazu bringen, Maxime zu verpfeifen. Bis jetzt hatte er ihrem Druck widerstanden, doch die Müdigkeit machte ihm zu schaffen. Er hatte auf einen Anwalt verzichtet, in dem festen Glauben, ihnen Paroli bieten zu können, aber jetzt begann er es bitter zu bereuen.

»Fangen wir von vorn an? Kommissar Kolbe und du, ihr wurdet ins Departement Creuse gerufen?«

Der junge Mann im schmucken Anzug, weißem Hemd und Krawatte, Bürstenfrisur, der so aussah, als hätte er die Elite-Militärakademie Saint-Cyr überlebt, trug den Spitznamen »Fallbeil«. Obwohl er erst seit drei Jahren im Dienst war, war er schon weithin gefürchtet als jemand, der viele Karrieren zerstört hatte. Er hatte sich für das Dezernat für Amtsdelikte entschieden, da er glaubte, dies wäre der schnellste Weg nach oben.

»Wir haben Nachforschungen über eine Reihe von Fotos angestellt, die übers Internet verbreitet wurden. Die Leiche eines Kindes, auf das die Personenbeschreibung passte, wurde in einem Feld, unterhalb der Festung von Crozant, gefunden. Die Kriminalpolizeidirektion Limoges, die Gendarmerie und der Kommissar von Guéret haben uns davon unterrichtet.«

»Handelte es sich bei der Leiche um das Kind auf den Fotos?«

Alain Broissard schüttelte den Kopf. Der junge Lieutenant fegte mit der Hand Blätter, Aufzeichnungen und Zeitungen vom Tisch und legte die Fotos des kleinen Jungen vor den Capitaine. In einem brachliegenden Maisfeld lag die nackte Kinderleiche mit verrenkten Gliedmaßen. Der Kopf war halb im Schlamm begraben. Die Fingerspitzen waren verbrannt, und die Nägel waren herausgerissen und nur noch über dünne Sehnen mit den Fingern verbunden. Broissard wandte den Blick ab. Ihm brummte der Schädel.

»Was hat der Rechtsmediziner festgestellt?«

»Tod durch Ersticken.«

»Wurde er in dem Feld umgebracht, wo ihn die Polizei von Guéret gefunden hat?«

»Nein, als er dort abgelegt wurde, war die Leichenstarre bereits eingetreten. Der Mörder hat ihm die Schulter ausgerenkt, während er ihn hinter sich her schleifte. Der Umstand, dass Gelenkknorpel und Muskeln gerissen waren, deutet zweifelsfrei darauf hin, dass das Opfer bereits tot war, als dies geschah. Weniger als zehn Meter vom Fundort entfernt, wurden Reifenabdrücke entdeckt. Doch sie waren unbrauchbar, der Regen hatte alles ausgewaschen. Kurzum, der Junge ist zweifellos bei seinem Entführer gestorben, und dieser entsorgte anschließend die Leiche auf dem Feld.«

»Haben Sie Ihre Ermittlungen auf der Basis dieser Hypothese geführt?«

»Ja, wir gingen davon aus, dass der Täter in der Nähe wohnt.«

»Wieso?«

»Bei einem derartigen Verbrechen gibt es nur eine begrenzte Anzahl von Möglichkeiten. Ein Pädophiler verhält sich wie Sie und ich, wenn sich eine hübsche junge

Frau in unserer Nähe aufhält. Entweder Sie kennen sie, weil sie zu Ihren Bekannten gehört, oder Sie treffen sie zufällig. Was machen Sie, wenn Sie eine völlig unbekannte Frau bei sich aufnehmen, und nach ein paar Nächten ist der Ofen aus? Sie setzen sie vor die Tür.«

»Das ist wohl eine etwas allzu einfache Sicht der Dinge«, sagte das Fallbeil und zog die Augenbrauen hoch.

»Es gibt nicht das Profil des typischen Pädophilen«, seufzte Alain Broissard. »Aber die meisten lassen sich relativ leicht einkreisen. Der unkomplizierte Zugriff verlockt sie. Oftmals sind sie überzeugt, dass das Kind einverstanden ist. Daher stammt das Opfer im Allgemeinen aus dem familiären Umfeld. Bei Vergewaltigungen ist das was anderes. Der Pädophile reproduziert ein sadomasochistisches Schema, mit dem Unterschied, dass das Kind nicht die Möglichkeit hat, Stopp zu sagen. Bei den meisten Entführungen und Videos handelt es sich um solche Fälle.«

»Ist das auch mit Ihrem Opfer passiert?«, fragte sein Gesprächspartner, der offenkundig sehr stark an der Lektion von Broissard interessiert war.

»Ja.«

Der Capitaine trank einen Schluck Wasser. Er hatte das Gefühl, einen Schnellkurs in Psychologie und Ermittlungsmethoden zu geben. Einmal abgesehen davon, dass er die Prüfung ablegte.

»Grob vereinfacht gesagt, ist der Vergewaltiger eine Art Raubtier, und das Kind ist seine Beute. Daher ist er bereit, Hunderte von Kilometern zurückzulegen, um es zu finden. Sobald er allerdings seinen Trieb befriedigt hat, wird er unvorsichtiger und geht bei der Entsorgung seines

Opfers fahrlässiger vor als bei der Jagd danach. Aus diesem Grund haben wir uns bei den Ermittlungen zunächst auf zwei Departements beschränkt: Indre und Creuse, da das Dorf Crozant an der Grenze zwischen beiden liegt.«

»Wo du schon mal Crozant erwähnst«, schaltete sich der Kommissar ein und wischte sich mit seinem Taschentuch die Stirn ab, »ich habe die Zeugenaussage eines Geschäftsmanns aus diesem Ort vor mir. Er versichert, das Opfer im Wagen von Gérard Maurois, der sogenannten ›Bestie von Jarnages‹, gesehen zu haben. Der Bericht wurde von Maxime Kolbe und dir abgezeichnet. Ist das deine Unterschrift?«

»Ja.«

»Das Problem ist nur, dass dieser gute Geschäftsmann vor Gericht einen Rückzieher machte. Er hat euch beschuldigt, ihr hättet ihm diese Fotos gezeigt und ihm versprochen, ihr würdet euch nicht lumpen lassen, wenn er lügen würde. Eine falsche Zeugenaussage gegen einen Geldumschlag …«

»Das ist doch total absurd!«

»Da steht dein Wort gegen seines.«

»Ihr habt keine Beweise.«

»Wenn du meinst. Und was ist damit?«

Das Fallbeil schob ihm einen Ausdruck mit dem Briefkopf des Gerichts von Guéret über den Tisch.

»Was ist das?«

»Eine richterliche Anordnung vom 12. Juni. Doch das Erstaunliche ist, dass wir im Archiv des Ermittlungsrichters nachgesehen haben und dass der Richter behauptet, an diesem Tag keinen Durchsuchungsbefehl ausgestellt zu haben. Haben Sie eine Erklärung dafür?«

»Der Richter hat sich zweifellos vertan. Vielleicht ist die Kopie beim Zurückstellen der Akte verloren gegangen.«

»Wir haben das Gleiche gedacht wie du, aber ein Experte hat die Unterschrift analysiert. Sie ist gefälscht. Wer also hat anstelle des Richters unterschrieben? Maxime Kolbe? Oder hat er dich gebeten, es zu tun?«

»Verletzung des Ermittlungsgeheimnisses, Meineid, rechtswidrige Durchsuchung, es gibt da etwas, was ich nicht kapiere«, erregte sich der oberste Boss der internen Ermittler, während er mit der flachen Hand auf den Tisch schlug. »Weshalb war es euch so wichtig, Gérard Maurois hinter Gitter zu bringen?«

Ungeachtet seiner raubauzigen Art, legte er den Finger in die Wunde und stellte die Frage, auf die es ankam. Und er, Broissard, konnte darauf nicht objektiv antworten. Maxime war überzeugt davon, dass Gérard Maurois der Täter war, und das hatte genügt.

»Der Kommissar hat dir eine Frage gestellt«, fuhr das Fallbeil mit honigsüßer Stimme fort. Er hatte ihnen den Rücken zugewandt und überflog einen Bericht.

Er schien sich im Griff zu haben, im Gegensatz zu seinem Vorgesetzten, der ein rotes Gesicht hatte, auf dem der Schweiß stand.

»Gut, probieren wir etwas anderes. Kommissar Musil?«

Er legte Fotos von einem etwa fünfzigjährigen Polizisten auf den Tisch.

»Was soll das?«

»Ich werde deinem Gedächtnis nachhelfen. Kommissar Musil wurde vom Polizeirevier Guéret abgestellt, um euch zu unterstützen. Er schreibt, ich zitiere: ›Auf Anfrage von Kommissar Maxime Kolbe teile ich Ihnen mit, dass ich Ihnen im Rahmen der Ermittlungen zur Verfügung stehe.‹ Erinnerst du dich wieder?«

»Ich bin ihm begegnet. Wenn man in einem Fall ermittelt, begegnet man vielen Leuten.«

»Bloß begegnet? Willst du dich über uns lustig machen? Weil uns der Kommissar aus der Provinz nicht die gleiche Version aufgetischt hat? Maxime soll ihm für die Unterschlagung von Beweisen das Blaue vom Himmel versprochen haben.«

Sein Vorgesetzter schnitt ihm das Wort ab:

»Kommissar Musil hat über Maxime Kolbe und dich ganz schön hergezogen. Es gibt da eine zehnseitige Aussage!«

Er schwenkte vor Alain einen Stapel zerknitterter Blätter.

»Du solltest sie lesen. Der Richter wird das bestimmt spannend finden. Deine Akte wird immer dicker! Aber gehen wir doch Punkt für Punkt deine dienstlichen Verwendungen durch.«

Abwechselnd führten sie Daten und Abschnitte seiner Laufbahn an, unermüdlich, als würde ihnen jede Frage neue Kraft zuführen und eine weitere nach sich ziehen. Broissard fühlte sich wie benommen, betäubt von seiner Biografie, die teilnahmslos heruntergebetet wurde. Die Migräne breitete sich von seinen Schläfen her aus und setzte sich über seinen Augen fest. Der fensterlose Raum wurde zu einer Erweiterung seines Gehirns, das von den Schatten einer Vergangenheit bevölkert wurde, die er nicht mehr als seine anerkennen wollte. Er massierte sich die Schläfen, um die Migräne und die Nervosität zu besänftigen. Dieser verfluchte Knoten in seinem Rücken hielt ihn vom Nachdenken ab.

»Aus einem Bericht geht hervor, dass dich Beamte in eine Zelle stecken mussten, um dich davon abzuhalten, einen Verdächtigen kaltzumachen. Was sagst du dazu?«

»Ihr habt alles ausgegraben, was ihr finden konntet, oder? Was beweist das schon?«, schrie er, mit seinen Nerven am Ende. »Dieser Mistkerl hat versucht, mich zu erstechen, als er sich in polizeilichem Gewahrsam befand. Ich habe ihm das nur in gleicher Münze heimgezahlt. Ich wurde wegen dieser Sache nicht einmal vom Dienst suspendiert!«

Das Fallbeil sah ohne jegliche Rührung zu ihm auf.

»Erzähl uns doch, wie es kam, dass du deinen Sohn im Stich gelassen hast.«

Alain Broissard sprang auf, um dem jungen Polizisten an die Gurgel zu gehen.

»Du, Dreckskerl, ich mach dich alle!«

Das Lächeln von Letzterem stoppte ihn in seinem Schwung. Er bemerkte, dass er instinktiv seine Hand auf sein leeres Holster gelegt hatte und einen imaginären Griff umfasste. Der Kommissar war jäh zurückgewichen und hielt, eine Hand in seiner Jacke, eine ganz reale Pistole umklammert. Broissard kehrte um. Der Kommissar befahl ihm, sich hinzusetzen.

»Scher dich zum Teufel, du Drückeberger. Du bist kein richtiger Polizist. Hoffentlich macht deine Kleine nie das durch, was die Kinder erlebt haben, die ich gerettet habe. Ich wünsche es dir nicht, auch wenn es dir helfen würde zu verstehen, weshalb ich manche Sachen getan habe.«

Er schlug die Tür hinter sich zu – in dem Luftzug wirbelten die maschinengeschriebenen Blätter seiner Existenz auf.

Die erste Kugel riss das Ohr ab.

Die zweite durchschlug den Bauch.

Die Zielscheibe aus Karton flog in Stücke. Alain Broissard leerte ein ganzes Magazin, lud nach und feuerte abermals. Selbst die Seine hätte ihn nicht beruhigen können. Er hatte das Gefühl, von einer Strömung erfasst worden zu sein, die ihn auf gewaltige Brückenpfeiler zutrieb.

Wann würde er dagegenprallen?

An dem Schießstand drängten sich Polizisten, die an den Stehplätzen trainierten, schwarze Silhouetten zu durchlöchern. Hände und Pistolen in einer Flucht angeordnet, inmitten eines lauten Geballers. Broissard schoss in einem fort, bis er die Geste automatisch ausführte. Er konzentrierte sich, bis das Kartongesicht die Züge des Fallbeils annahm. Eine Kugel in den Bauch. Eine Verletzung, die zu einem langsamen, schmerzhaften Tod führte. Ein Mantelgeschoss in den Hals. Er schloss die Augen, und als er sie wieder aufmachte, zeichnete sich das Gesicht des Kommissars des Dezernats für interne Ermittlungen auf der kartonierten Oberfläche ab. Broissard zielte auf den Schritt, und zwei Hülsen sprangen aus der Patronenkammer. Er hob die Waffe leicht an und zielte über das Korn zwischen die beiden Brauen. Er stellte sich vor, wie die beiden internen Ermittler verzweifelt die starken Blutungen aus ihren Schusswunden zum Stillstand zu bringen versuchten.

Aber plötzlich tauchte Tatianas Gesicht an der Spitze des Laufs auf, ihre Schönheit unverändert, kaum von den

Jahren beeinträchtigt. Er war wie gelähmt, unfähig, den Abzug zu betätigen. Er erinnerte sich noch sehr genau an sie – bis hin zu ihren sanften Lippen, bis zum kupfernen Schwarz ihrer Augen. Er konnte das Gedächtnisbild mühelos abrufen und folgte mit den Augen dem sanften Schwung ihrer Hüften, der fülligen Rundung ihrer Brüste, dem zarten Nacken und dem dunkleren Saum der Schambehaarung. Er kämpfte gegen das Chaos in seinen Gedanken, um das Bild ihrer ineinander geschmiegten Körper heraufzubeschwören. Aber andere Bilder überblendeten diese fragilen Schnappschüsse des Glücks.

Erzähl uns doch, wie es kam, dass du deinen Sohn im Stich gelassen hast.

Der alte Schmerz schnürte ihm das Herz zusammen.

Erzähl uns doch, wie es kam, dass du deinen Sohn im Stich gelassen hast.

Aber die Erinnerungen verblassten.

Ein letztes Mal betrachtete er Tatianas Gesicht und feuerte eine Kugel vom Kaliber 9 mm auf diese Phase seines Lebens.

10 | Paris, Leitstelle der Pariser Verkehrsbetriebe, Mordkommission

In einem kreisrunden Raum mit elektronischen Schalttafeln an den Wänden verfolgten einige Männer in der Mitte aufmerksam die Fahrtstandanzeiger jeder Metrolinie. Vor der Rückwand des Saals übertrugen Bildschirme, die in Form eines riesigen Puzzles angeordnet waren, die Bilder der Überwachungskameras in allen Stationen. Hunderte von Unbekannten, die in regelmäßigen Abständen gefilmt wurden, bewegten sich schweigend fort, entsprechend den Bewegungen der Masse im Rhythmus der ankommenden und abfahrenden Züge.

»Die meisten Verkehrsleitzentralen wurden 1967 gegründet. Sie werden auch ›Gehirne‹ genannt. Ohne sie lässt sich der U-Bahn-Verkehr nicht steuern. Jeder Lichtpunkt entspricht einem Zug, der unterwegs ist. Die Fahrdienstleiter tauschen Informationen mit den Fahrern aus, die Telefonleitungen verlaufen entlang der Gleise. Bei Verspätungen oder Betriebsstörungen von U-Bahn-Zügen werden von hier aus Gegenmaßnahmen ergriffen …«

Der alte Mann zeigte Blandine die Anlage, während er gleichzeitig seine Mitarbeiter hinter ihren Bildschirmen überwachte. Er beugte sich vor, um einen Hustenanfall zu unterdrücken.

»Entschuldigen Sie … Aber Sie sind nicht gekommen, um unsere Spielsachen zu bewundern, wenn ich Sie richtig verstanden habe.«

»Eigentlich nicht. Ich ermittle im Tod zweier junger

Mädchen in der Metrostation Porte des Lilas. Ich bräuchte die Videoaufzeichnungen von der Station.«

Der Fahrdienstleiter hustete erneut und deutete mit dem Kopf auf eine Tür.

»Kommen Sie, hier entlang.«

Sie folgte ihm in ein Labyrinth, das in gedämpftes Licht gehüllt war. Sie durchquerten die Empfangsräume. An den beigefarbenen Wänden reihten sich Schwarzweißfotos aus unterschiedlichen Phasen des U-Bahn-Baus aneinander. Eröffnung der ersten Linie zur Weltausstellung im Jahr 1900. Trockenlegung des Canal Saint-Martin. Opera. Place de l'Étoile. Châtelet. Im Lauf der Jahre hat sich die Anzahl der Stationen und Linien vervielfacht – sie haben sich unter der Oberfläche von Paris in ein feines Nervengespinst verzweigt.

»Was Ihren beiden Opfern zugestoßen ist, nennt man ›Unfälle mit Personenschäden‹. Nach den amtlichen Zahlen ist jeder zweite Zwischenfall auf Personen zurückzuführen, die sich auf den Gleisen aufhalten. Am häufigsten sind das Selbstmörder. Bevor ich hier gelandet bin, habe ich auf mehreren Linien als Zugführer gearbeitet. Sechzehn Jahre lang war ich Zugführer auf den Linien 12 und 6, und ich bin stolz darauf, dass kein Mensch unter meinen Reifen zu Tode gekommen ist! Kein einziger. Aber dreimal hat nur wenig gefehlt. Zum Glück habe ich ein gutes Reaktionsvermögen, und die Bremsen haben funktioniert!«

Blandine betrachtete die Bilder von der durchwühlten Stadt und wunderte sich über die funkelnde Sauberkeit der Metro auf den Fotos. Blitzende Kacheln, lächelnde Gesichter, das freudestrahlende Bürgertum. Eine aseptische, von Reklametafeln beherrschte Welt, aufgenommen aus den unterschiedlichsten Gesichtswinkeln. Auf den Schnappschüssen hatte es den Anschein, als wären die Eingeweide der Stadt gespült worden, als wären das lärmende Getöse und der ganze Dreck wie weggefegt. Der alte Mann fing wieder an zu husten und wischte sich den Mund mit einem Taschentuch ab.

»Die RATP hat versucht, diese Verzweiflungsakte einzudämmen. Auf der Linie 4 wurden Gräben zur Suizidprävention ausgehoben, ohne überzeugende Erfolge. Bahnsteigtüren funktionieren etwas besser. Weniger Suizidversuche auf der Linie 14. Doch nicht alle haben den gewünschten Effekt! Die meisten tragen schwere Verletzungen davon, aber immerhin überleben sie, das ist das Entscheidende. Ihre beiden jungen Mädchen haben dieses Glück nicht gehabt. Manchmal hängt das von sehr wenig ab, nicht wahr?«

Die Lieutenante nickte nur, sie hört ihm bloß mit halbem Ohr zu, weil sie die ganze Zeit daran denken musste, dass sie sich immer tiefer in eine missliche Lage hineinritt. Sie war aus eigenem Antrieb hier, ohne Dienstanweisung, während ihrer Arbeitszeit, und als Erklärung dafür hatte sie lediglich das sie nicht loslassende Bild zweier zerfetzter Körper und ihrer seltsamen Lage auf den Gleisen.

Im Zwischengeschoss betraten sie einen weitläufigen, schmucklosen Raum. Ein Computerbildschirm, der neben einer Plastikpflanze stand, warf ein Gewirr von Schatten und Lichtpunkten auf die gelben Wände. Rings um den Schreibtisch aus weißem Resopal stapelte sich vom Boden bis an die Decke das chronologisch und geografisch geordnete Archiv mit den Aufzeichnungen der Überwachungskameras.

»Da sind wir«, sagte der Fahrdienstleiter, »die Aufzeichnungen erfolgen kontinuierlich, und diejenigen von heute Morgen sind noch auf der Festplatte gespeichert. Sie finden dort die Videoaufzeichnungen der Linien 3a, 7a und 11.«

Er klickte auf das Icon eines Ordners, und Hunderte von Filmdateien tauchten auf der Registerkarte auf.

»Die Uhrzeiten und die Stationen sind hier unten angegeben«, erklärte er und deutete auf die Time-Codes und die Abkürzungen. »Im Gang steht eine Espressomaschine, falls Sie müde werden. Glauben Sie, dass Sie allein zurechtkommen?«

»Ja, ich danke Ihnen.«

Der Aufsichtführende schickte sich an, den Raum zu verlassen, doch als er Blandine vor dem Rechner sitzen sah, zögerte er kurz.

»Ich möchte nicht misstrauisch erscheinen, aber da ist trotzdem etwas, das ich nicht ganz verstehe. Weshalb ermittelt die Mordkommission über den Unfall von heute Morgen? Ist das nicht Sache des Verkehrsdezernats?«

Sie witterte die Falle in der Frage und gab selbstsicher zurück:

»Das Verkehrsdezernat wird der Ausschreitungen nicht mehr Herr.«

»Das erklärt nicht, warum Sie sich diese Filme ansehen wollen. Der Staatsanwalt hat mir mitgeteilt, dass das Verfahren am frühen Nachmittag eingestellt wurde, oder stimmt das nicht?«

»Wir sind nicht sicher, ob es sich wirklich um einen

Selbstmord handelt.« Sie bewegte sich auf Glatteis, sagte sie sich.

»Kein Selbstmord, haben Sie gesagt?«

»Wir sind uns nicht sicher.«

»Sie vermuten also, dass es sich entweder um einen Unfall handelt oder dass jemand die beiden jungen Mädchen gestoßen hat? Aber wieso ist der Staatsanwalt dann so schnell zu dem Ergebnis gekommen, es handele sich um Selbstmord?«

Blandine lächelte den alten Mann höflich an und antwortete mit der notwendigen Bestimmtheit, damit er endlich ging.

»Ich danke Ihnen für Ihre Hilfe, doch ich will Sie nicht länger aufhalten.«

Als sie allein war, wählte sie die Aufzeichnungen der drei Kameras der Station Porte des Lilas zwischen sechs und sieben Uhr morgens aus. Drei verschiedene Aufnahmewinkel: Die erste Kamera erfasst den Eingang der Station, die Schalter und den Passbildautomaten. Die zweite und die dritte Kamera erfassen die Bahnsteige der Linien 11 und 3a. Blandine startete die Videoaufzeichnungen von dem Suizid und verfolgte dabei aufmerksam die Zeitanzeige.

Um 6.24 Uhr kamen die beiden Mädchen ins Sehfeld der Kamera: Sie hielten sich bei der Hand und setzten sich auf eine Bank. Sie kamen aus dem rechten Gang heraus, was bedeutete, dass sie nicht von der Linie 3a, sondern vom Eingang der Station kamen. Um 6.26 Uhr hielt eine Metro, und eine Schar von Fahrgästen – eine wimmelnde Menschenmenge – strömte auf den Bahnsteig. Blandine kniff die Augen zusammen, um die Gesichter zu erkennen, die sich voneinander abzuheben begannen und auf das Objektiv zueilten. Die beiden jungen Mädchen rührten sich nicht und ließen die U-Bahn vorbeifahren. Um 6.30 Uhr strömte eine neue Gruppe von Fahrgästen, die von der Linie 3a kamen, auf den Bahnsteig. Und jetzt ging alles sehr schnell. Die beiden Mädchen mischten sich unversehens unter die Menge und näherten sich dem Gleis. Um 6.31 Uhr stürzten sie in den Graben. Die Metro überfuhr sie unter den entsetzten Mienen der Passagiere. Wenige Sekunden später sah Blandine, wie Kommissar Rilk auf die Gleise sprang und versuchte, die ältere der beiden durch Herzmassage zu reanimieren. Um 6.36 Uhr gab er auf.

Die Lieutenante hielt den Film an und schaute sich die letzten beiden Minuten noch einmal in Zeitlupe an, wobei sie sich bemühte, noch auf das kleinste Detail zu achten. Die Bildqualität war schlecht, aber nicht so schlecht, dass man den Unfallhergang nicht erkannt hätte. Die am Ort des Vorfalls aufgenommenen Zeugenaussagen deckten sich mit dem aufgezeichneten Geschehensablauf. Ende.

Um auf Nummer sicher zu gehen, sah sich Blandine noch das Video der Kamera an, die auf den Eingang der Station gerichtet war. Die Eisengitter wurden kurz nach 6 Uhr aufgezogen. Es vergingen ungefähr zehn Minuten, ehe die beiden Mädchen die Treppe herunterkamen – das waren also etwa zwanzig Minuten vor ihrem Tod. Die beiden Gestalten gingen zum Passbildautomaten und lehnten sich bis 6.20 Uhr an die Wand, dann passierten sie die Sperren und schlenderten in Richtung des Bahnsteigs der Linie 11.

Warum hatten sie so lange gewartet, ehe sie zum Bahnsteig hinuntergingen? Hatten sie im letzten Moment gezögert?

Die herangezoomten, durch die grobkörnige Pixelung entstellten Gesichter wirkten ausdruckslos, nichts deutete auf das unmittelbar bevorstehende Drama hin, bei dem Körper und Metall, Knochen und Glas aufeinanderprallen würden, als ob die Choreografie dieser letzten Augenblicke weder Gefühl noch Angst erforderte. Aber irgendetwas stimmte nicht, spürte die Lieutenante, als sie zum fünften Mal die jungen Mädchen in der Nähe des Passbildautomaten betrachtete. Der Vorhang der Kabine war zugezogen und schwankte leicht, es war ein kaum merkliches Bauschen des Stoffes zu erkennen. Sie stoppte die Wiedergabe auf diesem Bild. Ihre Hände waren feucht, und ihr Herz schlug immer schneller.

»Das gibt's nicht …«, flüsterte sie, während sie sich ganz nah an den Bildschirm beugte.

Der Vorhang des Passbildautomaten fiel nicht bis zum Boden herab, und in dem freien Raum erspähte sie ein Paar Schuhe. Sie zoomte die Lippen des einen jungen Mädchens heran und unterdrückte einen Schrei, als sie sah, dass sie sich bewegten. Es sprach mit jemandem.

Blandine ließ den Film weiterlaufen. Nachdem die beiden Mädchen fortgegangen waren, wartete die Person in der Kabine zwei Minuten, ehe sie ihnen folgte. Die Lieutenante zitterte auf ihrem Stuhl vor Erregung. Der Mann, der eine schwarze Kappe tief in die Stirn gezogen hatte und dessen Gesicht nicht zu erkennen war, bewegte sich mit schnellen Schritten durch das Sichtfeld der Kamera.

Blandine wechselte das Video. Die zweite Kamera war auf den Bahnsteig gerichtet. Die jungen Mädchen warteten allein auf der Bank. In der Masse der sich einfindenden Fahrgäste suchte die Lieutenante mit gespannter Aufmerksamkeit nach einer schwarzen Kappe. Sie erahnte sie, einen winzigen schwarzen Fleck in der Menschenmenge. Sie sah, wie sie sich den Opfern näherte. Im nächsten Moment stürzten die Körper auf die Gleise, und die U-Bahn überfuhr sie.

Das Herz schlug Blandine bis zum Hals. In ihrem Kopf überschlugen sich Hypothesen. Sie versuchte sie mit dem merkwürdigen Eindruck zu konfrontieren, den sie am Morgen gehabt hatte, diesem Eindruck, dass die Leichen bewegt worden waren. Sie brauchte etwas Handfesteres als einen Mann, der mit den jungen Mädchen gesprochen hatte, etwas Aussagekräftigeres als eine Silhouette in der Menge. Und plötzlich wurde ihr klar, was von Anfang an nicht gestimmt hatte. Die Worte des Rechtsmediziners ergaben mit einem Mal einen Sinn: »Der rechte Arm wurde als Erstes getroffen.«

Blandine sah auf den Rechner. In der Station kam die Metro von links.

Man stürzt sich nicht rücklings auf Gleise.

Es sei denn, man wird gestoßen.

11 | Paris, Institut für Rechtsmedizin, Mordkommission

Die feuchte Kälte des Seineufers kroch die Straßen hinauf und drang in den Turmbau der Universität Jussieu ein. Blandine wickelte den Schal etwas fester um ihren Hals. Sie ging über den Uferweg Richtung Arsenal und durchquerte den Jachthafen. Ihr Magen zog sich in leichten Krämpfen zusammen. Sie achtete nicht weiter darauf und eilte mit schnellen Schritten in das Gebäude an der Place Mazas 2, wo sich das Institut für Rechtsmedizin befand.

Das, was sie gerade herausgefunden hatte, war wie ein Adrenalinstoß. Ihr Selbstvertrauen war förmlich in die Höhe geschossen, sie hatte also doch den richtigen Riecher gehabt. Beinahe wäre sie ins Büro von Jean-François Rilk hineingeschneit, um ihm seine Fehler und seine Bemerkungen über ihre Inkompetenz an den Kopf zu werfen. Letztendlich hatte aber ihre Vernunft gesiegt, und ihre gute Laune war nach und nach verschwunden.

Im Endeffekt hatte sie nur Vermutungen und nichts Handfestes, was eine Wiederaufnahme des Falles gerechtfertigt hätte. Die Videobilder waren nicht deutlich genug, um die Aussagen von zehn Zeugen zu entkräften. Ein weiterer Schwachpunkt war die Tatsache, dass die Ermittlungen nur mit einer geringen Wahrscheinlichkeit zu einer Festnahme führen würden. Es gab nicht genügend Indizien und keinen brauchbaren Tatverdächtigen. Falls sie sich nicht irrte, hatte der Mörder reichlich Zeit gehabt, um zu verschwinden, bevor die Eisengitter heruntergelassen wurden. Der Staatsanwalt würde es niemals wagen, das Ansehen des Chefs der Mordkommission in Frage zu stellen, um auf einem ungelösten Fall sitzenzubleiben. Das würde sich negativ auf die Kriminalstatistik auswirken, und es wäre dem Ansehen der Behörde nicht zuträglich. Ganz abgesehen von der Gefahr, dass sich die Presse auf die Geschichte stürzte und mit dem gesichtslosen Mörder, der im Herzen von Paris Angst und Schrecken verbreitet, ihren Absatz ankurbelte. Wenn Blandine nicht Gefahr laufen wollte, kaltgestellt zu werden, weil sie sich über die Anweisungen von Jean-François Rilk hinweggesetzt hatte, musste sie unwiderlegbare Beweise auf den Tisch legen. Mit dieser Gewissheit stieß sie die Türen des Leichenschauhauses auf.

Ein widerlicher Gestank hing in den Gängen des Instituts für Rechtsmedizin. Der Leichengeruch wurde von anionischen Tensiden überdeckt – Eau de Javel und anderen Reinigungsmitteln. Lieutenante Pothin kannte sich bestens aus in dem zwischen Wasser und Asphalt eingeklemmten Gebäude aus roten Backsteinen. Gleich nach ihrer Ankunft in Paris hatte sie sich in Abendkursen Grundkenntnisse in Rechtsmedizin angeeignet.

Sie ging durch die Flure des Leichenschauhauses zu den Sektionsräumen. Zu dieser späten Stunde war es hier noch stiller als sonst. Sie betrat den menschenleeren Untersuchungssaal. Gestalten in weißen Schutzhüllen lagen auf Metalltischen, die in gerader Linie hintereinander angeordnet waren. Blandine ging die in Leichentücher eingewickelten Körper entlang und überprüfte die Etiketten an den Zippverschlüssen.

Amtliches Siegel der Polizei. Nr. A234. Todesursache: innere Blutungen. Nr. A235. Todesursache: Ertrinken. Nr. A236. Todesursache: elektrischer Schlag.

Schließlich fand sie, was sie suchte.

Nr. A237/A238. Unfalltod.

Ein Karton stand am Fuß einer Liege, auf der die beiden jungen Mädchen aus der Metro lagen. Darin: blutverschmierte Kleidung, ein unechter Ring, silbernes Gliederarmband, die Jeanstaschen waren leer. Sie durchsuchte eine billige Handtasche und fand einen Schlüsselbund, in den eine Adresse eingraviert war – eine Vorsichtsmaßnahme, die ihr jetzt sehr zugutekam.

Apartment Nr. 6. Rue Limé 27a.

Nicht weit von Jussieu entfernt. Der Nummernzusatz »a« deutete auf ein Dienstgebäude hin. Eine Dienstbotenkammer oder ein Studentenwohnheim. Blandine zögerte, den kunststoffbeschichteten Leichensack zu öffnen, und wollte gerade die Hand ansetzen, als eine ihr wohlbekannte Stimme fragte:

»Suchen Sie jemanden, Lieutenante Pothin?«

Blandine drehte sich lächelnd zum Chef des Instituts für Rechtsmedizin um.

»Guten Abend, Herr Professor. Ich hätte nicht erwartet, Sie so spät hier anzutreffen.«

»Wissen Sie, in meinem Beruf gibt es keine festen Arbeitszeiten. ›Die Schicht des Schlachters‹, wie Lieberman schrieb, ist ein endloser Kreislauf.«

Stéphane Firsh drückte höflich Blandines Hand.

»Darf ich Sie noch einmal fragen, was Sie hier tun?«, sagte er lächelnd.

»Ich ermittle in der Todessache der beiden Mädchen,

die heute Morgen in der Metro ums Leben gekommen sind.«

Sie spürte, dass ihr diese Lüge die Wangen rötete. Sie sah, dass der Rechtsmediziner sie weiterhin anstarrte, und so stammelte sie:

»Ich weiß nicht genau, wonach ich suche. Ich habe mich gefragt, ob sie nicht zufälligerweise irgendein Kennzeichen tragen, das zu ihrer Identifikation führen könnte.«

Stéphane Firsh trat an die eingehüllten Körper heran, nahm den Bericht, der neben ihnen lag, in die Hand und las mit lauter Stimme:

»›Ermittlungen abgeschlossen. Unfalltod im öffentlichen Nahverkehr. Todeszeitpunkt: 6.30 Uhr. Zwei Personen weiblichen Geschlechts rücklings auf den Schienen liegend gefunden. Todesursache: Genickbruch bei der einen. Vielfältige Verletzungen, Riss der Aorta und der Luftröhre bei der anderen. Keine Obduktion angeordnet.‹«

Er schob die sterblichen Überreste auf den Sektionstisch.

»Wenn einer meiner Assistenzärzte eine Leiche obduziert, soll ich überprüfen, ob er Fehler gemacht hat. Der Fall scheint Ihnen am Herzen zu liegen. Wo Sie schon mal da sind …«

Blandine zuckte beim Anblick der beiden Köpfe zusammen. Als sie die blonden Haare auf dem glänzenden Metall des Tisches sah, rief ihr dies die reglosen Gesichter, die auf den Gleisen lagen, in Erinnerung. Die Spuren des Aufpralls an dem Waggon. Das eingedrückte Blech. Das Blut. Sie griff nach einem Döschen mit Mentholsalbe und schmierte sich ein wenig davon an die Nasenlöcher. Der stechende Geruch beruhigte sie.

»Über die Leichen gibt es nicht viel zu sagen. Wie schon aus dem Bericht meines Kollegen hervorgeht, trat der Tod unmittelbar nach dem Aufprall ein.«

»Worauf ist dieses Mal hier zurückzuführen?«, fragte sie, auf einen schwarzroten Striemen zeigend, der von der Schulter bis zur Hüfte einer der Leichen lief.

»Es handelt sich um eine Verbrennung zweiten Grades. Diese Schnittwunden da wurden durch die Hitze kauterisiert. Die Temperatur des Gleises dürfte in Verbindung mit der Geschwindigkeit diese Spur hinterlassen haben.«

»Hätte man sie retten können?«

»Die Älteste dürfte einige Minuten nach dem Zusammenstoß gestorben sein. Sie hat zwei gebrochene Rippen, und ihr Brustbein ist eingedrückt. Das dürften die Folgen einer Herzmassage sein.«

»Mein Vorgesetzter hat versucht, sie wiederzubeleben.«

»Selbst der beste Arzt hätte nichts für sie tun können. Die beiden Mädchen hielten sich an der Hand, bevor sie starben. Und zwar sehr fest. Die Haut weist noch die Abdrücke ihrer Finger auf. Ich will kein Urteil fällen, doch ich finde das kriminell, ein so junges Mädchen mit sich in den Tod zu reißen.«

»Sie haben vielleicht gar nicht Selbstmord begangen.«

»Stimmt, womöglich hat sie jemand gestoßen. Das wäre eine plausible Erklärung für die Tatsache, dass sie auf dem Rücken liegend gefunden wurden.«

»Könnte diese Hypothese durch eine Obduktion bewiesen werden?«

»Schwer zu sagen. Das wäre so, als wollte man beweisen, dass ein Verkehrsunfall nicht unabsichtlich geschehen ist.«

Der Arzt bemerkte Blandines Enttäuschung, und so zögerte er, ehe er fortfuhr:

»Ich weiß, dass Sie keine meiner Abendvorlesungen versäumt haben, Lieutenante. Das ist ein schöner Beweis für Beharrlichkeit und persönlichen Einsatz. Würde es Sie reizen, als Anerkennung für Ihr vorbildliches Verhalten einer kleinen Privatvorlesung beizuwohnen?«

»Es wäre mir eine Ehre, Herr Professor.«

»Aber ich glaube nicht, dass ich Ihre Frage beantworten kann.«

»Ich werde mich mit dem begnügen, was uns diese Körper sagen.«

»Dann reichen Sie mir bitte die Skalpelle!«

Der Rechtsmediziner legte die beiden Leichen nebeneinander. Er vermaß sie und kritzelte etwas auf einen Notizblock. Blandine hielt ihren Atem an, um den Professor nicht in seiner Konzentration zu stören; sie lauschte aufmerksam dem Monolog, in dem er seine Beobachtungen darlegte.

»Diese da muss zwischen zwölf und vierzehn Jahre alt sein. Stadium IV in der Tanner-Tabelle. Man erkennt auf den Brustknospen deutlich eine anteriore Projektion des Warzenhofs und der Brustwarze, die einen zweiten Höcker bildet. Unter der Ferse findet sich eine leicht entzündete Stelle. Zweifellos ein Insektenstich.«

Er deutete auf das zweite Mädchen.

»Dieses Mädchen ist bereits behaart wie eine erwachsene Frau, und der vorstehende Warzenhof hat sich zurückgebildet. Ich würde sagen, dass sie zwischen achtzehn und zweiundzwanzig Jahren alt ist.«

»Könnten sie Schwestern sein?«

»Ohne DNA-Test lässt sich das nicht feststellen, und solange der Fall abgeschlossen ist, darf ich einen solchen Test nicht vornehmen.«

Blandine beobachtete ihn, wie er die beiden Brustkörbe Y-förmig aufschnitt, fasziniert von der Trance, in die der Arzt verfallen zu sein schien. Noch der kleinste seiner Skalpell-Schnitte folgte einem logischen Plan, einer zwanghaften Suche in dem Leib, wie in einem Rennen gegen die Verwesung und den unwiederbringlichen Verlust von Indizien. Als er seine Hände in den Bauch des ersten Mädchens steckte, hatte sie das Gefühl, er dringe in ihren eigenen ein. Ein diffuser Schmerz strahlte von ihrem Nabel aus. Stéphane Firsh entnahm die Milz, die Bauchspeicheldrüse und verfolgte die Venen mit den Augen bis zum Herzen.

»Ohne mich allzu weit vorzuwagen, kann ich Ihnen sagen, dass die beiden, wenn sie Schwestern sind, wahrscheinlich nicht denselben Vater haben. Sehen Sie die Blutklümpchen der jüngeren?«, fragte er, die Herzkammern auseinanderbiegend. »Sie sind noch nicht alle geronnen, was auf eine erbliche Hämophilie vom Typ A oder ein Willebrand-Jürgens-Syndrom hindeutet. Aber ohne Analyse lässt sich das nicht feststellen. Eine solche Hämophilie ist bei Frauen allerdings äußerst selten, und sie wird außerdem von väterlicher Seite vererbt. Die Ältere weist nichts Vergleichbares auf, was meines Erachtens ausschließt, dass sie denselben Erzeuger haben.«

Er führte ein Spekulum in die Vagina ein und untersuchte die Scheidewand und den Gebärmutterhals.

»Es gibt Verletzungen in der Gebärmutter. In Anbetracht ihres Alters würde ich auf die Folgen einer Abtreibung tippen.«

Ein Hüsteln im Saal unterbrach den Rechtsmediziner. Blandine schreckte zusammen und kreuzte den Blick eines Mannes, der am Eingang im Halbdunkeln stand. Der Arzt bedeutete ihm mit der Hand, sich zu gedulden.

»Entschuldigen Sie, doch ich will Sie nicht länger aufhalten. Es tut mir aufrichtig leid, dass ich Ihnen nicht weiterhelfen kann«, sagte er zu Blandine.

Sie bedankte sich bei ihm, und als sie wegging, dachte sie, dass sie an einem Tag wirklich mehr als genug herausgefunden hatte. Hoffentlich würden die nächsten Tage genauso ergiebig sein.

12 Paris, Institut für Rechtsmedizin, Sondereinheit

Als er die Flure des Instituts für Rechtsmedizin durchschritt, fühlte sich Léo benommen, ihm wurde abwechselnd heiß und kalt, und er hatte das Gefühl, durch ein flaches Meer aus Baumwolle zu waten.

Die unerwartete Ankunft von Zoé Hermon hatte ihn nachdenklich zurückgelassen. Ganz offensichtlich wollte ihn die Kommissarin überwachen und glaubte, die Zeit von Kommissar Maxime Kolbe wäre abgelaufen. Um ihm dies klarzumachen, hatte sie ihm eine giftige Blume geschickt. Diese junge Frau und ihr Lächeln hatten ihn benommen gemacht, mehr noch, ihn geradezu gelähmt wie eine Curare-Spritze. Die Anmut ihrer Gesten, das goldbraune Funkeln, das er in ihren Augen erahnte – er durfte sich nicht davon verlocken lassen.

Die Kälte, die im Sektionssaal herrschte, kratzte ihn im Hals und ließ ihn husten. Der Rechtsmediziner und seine Assistentin, die sich über eine Leiche beugten, wandten sich um. Léopold erkannte die junge Frau, die ihn anstarrte und die seine Anwesenheit offensichtlich irritierte. Eine gewisse Blandine Pothin, die bei der Mordkommission arbeitete und der er auf den Fluren des Quai des Orfèvres 36 schon über den Weg gelaufen war.

Die beiden Männer warteten, bis sie sich verabschiedet hatte, ehe sie sich herzlich die Hand reichten.

»Guten Abend, Herr Professor. Störe ich Sie?«

»Ein Freund stört nie.«

Während er an dem Sektionstisch vorbeiging, über den sich Blandine gebeugt hatte, durchzuckte es ihn, als sein Blick auf das Gesicht eines der jungen Mädchen fiel. Die wie durch ein Wunder unversehrt gebliebenen kindlichen Züge strahlten etwas Vertrautes aus. Verdutzt hörte er sich mit lauter Stimme sagen:

»Kennt man ihre Identität?«

»Nein, es gibt nicht einmal die geringste Spur. Genau das bereitet Lieutenante Pothin Kopfzerbrechen.«

Stéphane Firsh wandte sich unvermittelt einem anderen Thema zu.

»Darf ich Ihnen eine kleine Übung vorschlagen? Heute Abend gebe ich Privatunterricht. Wir wollen mal sehen, ob Ihr Gehirn schon eingerostet ist.«

Er stellte ihm gern knifflige Fragen über ungewöhnliche Todesfälle, die Léopold und er aufzuklären versuchten. Der Rechtsmediziner trug die medizinischen Fakten vor, und der Lieutenant tat so, als würde er versuchen, aus den Erkenntnissen auf die Todesursache zu schließen. Eine Art Kreuzworträtsel um eine Leiche.

Der Arzt führte Léo zur Leiche eines jungen Mannes maghrebinischer Abstammung. Er nahm einen Holzstock in die Hand und deutete auf den Toten wie auf eine Aufgabe an der Tafel.

»Das ist ein interessanter Fall. Er wurde uns heute Morgen geliefert.«

Léopold betrachtete den Körper des jungen Nordafrikaners. Bläuliche, ins Schwarze spielende Prellungen überzogen die Brustmuskulatur. Weinrote Striemen auf Bauch, Oberschenkel und Unterarmen. Offener Nasenbeinbruch. Der Professor folgte Léos Blick und seinen Schlussfolgerungen.

»Das ist nur der sichtbare Teil. Zahlreiche Bänderrisse. Epidurales Hämatom. Vermutlich die Todesursache. Und anderes mehr. Aber fällt Ihnen nichts auf?«

Léo neigte sich näher über die Verletzungen des jungen Mannes. Am meisten erstaunten ihn die Länge und die Form der Striemen auf dem Bauch. Wortlos vermaß er die Hautmale. Ungefähr zweiundzwanzig Zentimeter. Einige der Male hatten die Form eines großen L. Er hatte das bereits irgendwo gesehen. Léopolds Gesichtszüge wurden plötzlich hart.

»Schlagstock vom Typ Tonfa, Standardausrüstung der Polizei. Das waren Polizisten, oder? Weiß man, wer ihn gelyncht hat?«

»Ihre Kollegen sind eher diskret, wenn es darum geht, einen Übergriff zu kaschieren. Doch es kursieren Gerüchte, wonach sich der Vorfall nach einer recht unsanften Razzia der ›Cowboys‹ des Drogendezernats in Aulnay-sous-Bois ereignet haben soll.«

Léopold erinnerte sich an Bruchstücke von Gesprächen, die er am Morgen in der Cafeteria aufgeschnappt hatte. Eine Brigade hatte gewalttätige Ausschreitungen niedergeschlagen. Aber selbst im Eifer des Gefechts, inmitten von Steinwürfen und Beschimpfungen, konnte nichts eine solche Brutalität rechtfertigen.

»Der Junge hat bei der Durchsuchung einen Polizisten angespuckt. Das Ergebnis liegt vor uns.«

Der Rechtsmediziner legte den Finger auf den blau angelaufenen Wangenknochen.

»Das ist die Spur des Kopfbeins, was Sie da sehen. Dieser da …«, erklärte er, indem er eine Faust machte und mit der Spitze des Mittelfingers an den knochigen Höcker tippte. »Ein Faustschlag, der die Lunte ans Pulverfass legte, vermute ich. Nach Aussage der Polizisten, die ihn hergebracht haben, ist der Junge in die Küche geflüchtet und hat einen Beamten mit einem Messer am Oberschenkel verletzt. Dabei hat er sich selbst geschnitten.«

Er zeigte auf einen deutlich sichtbaren Schnitt am Daumen der Leiche.

»Da muss es aus dem Ruder gelaufen sein. Schlagstöcke. Fußtritte. Und dann der fatale Schlag, der die Blutung zwischen Schädelknochen und harter Hirnhaut verursachte.«

»Und die Presse wurde davon unterrichtet?«

Firsh lachte laut auf.

»Wenn die Presse und die Öffentlichkeit in der gegenwärtigen Lage erfahren würden, dass ein junger Mann von der Polizei totgeschlagen wurde, würde vermutlich nicht mehr viel von Frankreich übrig bleiben. Und jetzt? Sind Sie nur hergekommen, weil Sie gern mit mir plaudern?«

»Ja und nein. Ich brauche ein neues Rezept.«

Der Arzt forderte ihn auf, ihm in sein Büro zu folgen.

»Daraus schließe ich, dass Sie ohne Rücksprache mit mir die Dosis von Modafinil und Venlafaxin erhöht haben.«

Léo fühlte sich ertappt. Das nächste Rezept wäre eigentlich erst in knapp einer Woche fällig gewesen. Aber der Stress der letzten Wochen hatte ihn dazu bewogen, nach und nach die Dosis zu erhöhen. Die Schmerzen sollten endlich aufhören. Die Medikamente verschafften ihm wenigstens vorübergehend Entspannung und innere Ruhe. Ruhe, das war paradox für jemanden, der an Narkolepsie litt, sagte er sich.

»Ich hatte wiederholt Anfälle.«

Das Gesicht des Arztes verfinsterte sich. Sie wussten beide, was es zu bedeuten hatte, wenn die Anfälle häufiger auftraten. Ein gefährliches Crescendo, das mit erhöhten Risiken für psychotische Depressionen, plötzlichen Kataplexien und Epilepsien einherging. Als Jugendlicher hielt panische Schlafangst Léo in einem hysterischen Erregungszustand.

Gélineau-Syndrom.

Schlafstörung.

Narkolepsie.

Fatale Diagnosen für einen Alptraum, der ihm viele

Träume verwehrte. Als er acht Jahre alt war, hatte ihm der Arzt unter vier Augen eröffnet, dass seine Kinderträume nie wahr würden. Er beerdigte sie. Du wirst nie Astronaut, Feuerwehrmann oder Stuntman werden. Du wirst dein Leben lang Medikamente einnehmen müssen, du musst alles vermeiden, was dich aufregen könnte.

Mit acht Jahren war etwas in ihm gestorben.

Der Leiter des Instituts für Rechtsmedizin begann seine Fragen zu stellen:

»Wie viele der vier Kernsymptome sind aufgetreten?«

»Zwei. Halluzinationen und Schlaflähmungen. Die nächtliche Hypersomnie ist weniger stark ausgeprägt, vermutlich aufgrund der Medikamente.«

Ohne die Hilfe von Stéphane Firsh hätte diese Krankheit ihm jegliche Hoffnung auf eine Karriere bei den Sicherheitsbehörden genommen. Die Polizei stellte keine Narkoleptiker ein. Léo hatte seinen Gesundheitspass gefälscht, um in die Polizeiakademie aufgenommen zu werden; er war entschlossen, alles auf eine Karte zu setzen.

»Phosphen? Lichtpunkte vor den Augen?«

»Ja.«

Erst nach einem Jahr im Dienst vertraute er sich schließlich seinen Vorgesetzten an. Er kannte bereits Stéphane Firsh, als Alain Broissard diesen bat, Léo zu decken. Am Anfang ging es nur darum, gegenüber der Verwaltung den Gesundheitszustand von Lieutenant Apolline zu verschleiern. Im Lauf der regelmäßigen Besuche entstand aus dem Arzt-Patient-Verhältnis nach und nach eine Freundschaft. Er war der einzige Patient des Professors, dessen Blut noch floss.

»Ich werde Ihnen ein Rezept für zwei Monate ausstellen. Falls die Anfälle anhalten, sollten Sie mich umgehend aufsuchen.«

Er kritzelte die Verordnung auf den Vordruck und warf einen Blick auf die große Wanduhr.

»Ich will Sie nicht rauswerfen, aber meine Frau und mein Abendessen warten auf mich. Und was werden Sie tun?«

Léopold wusste nicht, was er antworten sollte, und stammelte, wie wenn er sich entschuldigte:

»Arbeiten.«

»Sie müssen sich ausruhen.«

Er wollte sich gerade verabschieden, als der Arzt ihn an der Tür zurückhielt.

»Léopold, seit dem Prozess gegen die ›Bestie von Jarnages‹ hatten wir gar keine Zeit, miteinander zu sprechen ... und ich weiß nicht recht, wie ich es Ihnen sagen soll. In diesem Institut wird viel geredet. Die Leute vertrauen sich hier einander an. Vielleicht weil sie wissen, dass uns die Toten viel sagen können ...«

Er deutete auf die von Striemen überzogene Leiche.

»Aber niemals irgendetwas wiederholen. Ich weiß aus sicherer Quelle, dass der Polizeipräfekt und das Dezernat für interne Ermittlungen bei den Sicherheitsbehörden aufräumen wollen. Broissard steht ganz oben auf der schwarzen Liste. Er wird vermutlich noch in dieser Woche vorgeladen werden«, äußerte er in einem Atemzug.

»Sind Sie sicher?«

»Ich habe ein Gespräch zwischen zwei Ermittlungsrichtern mit angehört. Maxime Kolbe und Alain gehören zu den vorrangigen Fällen.«

»Moment mal, wenn ich Sie richtig verstehe, wollen die hohen Tiere in der Präfektur ein Exempel statuieren. Ist das so?«

»Nach dem, was ich gehört habe, soll eher das Innenministerium Druck machen. Sie wollen, dass die Vorladung Ihrer Vorgesetzten ein politisches Zeichen setzt. Null-Toleranz für alle, die Polizisten sitzen im gleichen Boot wie die kleinen Halbstarken.«

»Falls sie glauben, sie könnten den Schlamassel da draußen dadurch beseitigen, dass sie zwei Polizisten an den Pranger stellen, ist die Lage noch verzweifelter, als ich dachte.«

»Du weißt, dass ich Alain mag ... falls du ihn siehst, teil ihm das doch bitte mit. Ich kenne einen Anwalt, der bereit wäre, ihm zu helfen.«

Zum ersten Mal in sechs Jahren duzte ihn der Rechtsmediziner. Als Léopold schwieg, fühlte sich Stéphane Firsh gezwungen, hinzuzufügen:

»Mit zunehmendem Alter wird einem klar, dass Freundschaft und Loyalität von unschätzbarem Wert sind.«

13 Paris,
Wohnung von Kommissar Maxime Kolbe, Sondereinheit

An das riesige Glasfenster seiner Wohnung im 29. Stock des Tour Helsinki gelehnt, betrachtete Maxime Kolbe die Stadt. In der rabenschwarzen Nacht glich die Stadt einem pointillistischen Teppich aus winzigen Lichtpunkten, durch die harte, dunkle Linien verliefen.

Syphilitiker, Verrückte, Könige, Hampelmänner, Bauchredner,

eure Seelen und eure Körper, eure Gifte und eure Lumpen –

was könnten sie der Hure Paris schon bedeuten?

Sie wird euch verkommene Subjekte einfach abschütteln!

Er sagte sich die Verse Rimbauds auf, die sein Vater so oft rezitiert hatte. Seit der Bohème hatte sich nur wenig geändert. Syphilis im Tausch gegen verseuchtes Blut. Spinner und Geisteskranke noch immer auf den Straßen. Nutten auf den Gehsteigen. Luxusprostituierte in Satin. Tunten und Transvestiten, die es im Gebüsch der Parks trieben. Die »grüne Fee« – Haschisch –, von Crystal-Meth abgelöst. Und die Hure Paris, die sich immer wieder schüttelte, im Inneren zerfressen von unsichtbaren Krankheiten.

Maxime Kolbe schwenkte den Portwein in seinem Glas.

»Ich hätte nicht gedacht, dass meine Karriere auf diese Weise enden würde«, murmelte er.

»Das hätte ich bei meiner auch nicht gedacht«, antwortete Broissard mit einer durch den Alkohol heiser gewordenen Stimme.

Er war zu Maxime gekommen, weil er hoffte, dass sie diese Bewährungsprobe zusammen leichter bestehen könnten. Aber die Herzlichkeit, die sie normalerweise verband, hatte sich aufgelöst, verflüchtigt. Was blieb, war die Einsamkeit, in der jeder mit sich allein war und die so tief war, dass sie nicht geteilt werden konnte. Er schenkte sich noch einmal ein. Das Verhör, dem man ihn am Morgen unterzogen hatte, hatte einen bitteren Geschmack in seinem Mund zurückgelassen, den der Wodka nicht milderte. Er konnte tun, was er wollte – er musste immer wieder an den Satz denken, der wie eine Ohrfeige für ihn war: *Erzähl uns doch, wie es kam, dass du deinen Sohn im Stich gelassen hast.*

Ein kurzes kristallenes Geräusch. Wie benommen starrte er auf die Glasscherben in seiner Hand, den Whisky und das Blut, die den niedrigen Couchtisch aus Holz befleckten, auf dem Berichte, Fotos und Ermittlungsakten herumlagen. Vorsichtig entfernte er die spitzen Scherben, die sich in seinen Handteller gebohrt hatten, und es erstaunte ihn nicht, dass eine tiefe Schnittwunde seine Glückslinie durchtrennte. Er zog ein Taschentuch heraus und wischte die kleine Lache auf, die das Palisanderholz und die verstreut herumliegenden Dokumente besudelte. Sein Blick blieb an einer Reihe von Fotos hängen, die halb aus einem Umschlag herausragten. Verdutzt legte er sie nebeneinander – er kannte den Mann, der darauf abgebildet war.

Étienne Caillois, ein Pädophiler, den Maxime im Jahr

2001 verhaftet hatte, erschien im Sprechzimmer des Gefängnisses, in dem er saß, offenbar in eine heftige Auseinandersetzung mit einer etwa zwanzigjährigen jungen Frau verwickelt. Die grauschwarzen Fotos schienen von Überwachungskameras gemacht worden zu sein. Nur das Haar der jungen Frau war von einem makellosen Weiß.

»Gräbst du alte Fälle aus?«, fragte Broissard, die Fotos schwenkend, und schenkte sich ein weiteres Mal ein.

»Mein Anwalt hat mich gebeten, meine Dienstzeitbescheinigungen auf den neuesten Stand zu bringen. Das könnte zu meinen Gunsten sprechen«, antwortete Maxime und griff nach den Fotos in Alains Händen, um sie in einer Schublade seines Schreibtischs verschwinden zu lassen.

Er nahm ein Buch in die Hand und hielt es seinem Gesprächspartner hin.

»Ich habe gerade *Das Brevier des Chaos* von Albert Caraco zu Ende gelesen. Eine sehr lehrreiche Lcktürc! Ich leih es dir, wenn du willst. Du kannst es lesen, wenn wir uns dieselbe Zelle teilen.«

»Das ist nicht witzig.«

»Ich habe nie behauptet, dass es das ist. Wir könnten höchstens eine Ironie des Schicksals darin sehen.«

»Eine Ironie des Schicksals?«

»Wir enden wie diejenigen, die wir gejagt haben – das nennt man doch wohl eine Ironie des Schicksals, oder?«, sagte er, gegen das große Glasfenster klopfend.

Bei diesen Worten versteifte sich Broissard. Er hatte die grausame Absurdität ihrer Lage noch nicht unter diesem Blickwinkel betrachtet. Ein dringendes Bedürfnis nach

Musik durchlief ihn von Kopf bis Fuß. Um sich zu beruhigen, schloss er die Augen und klimperte mit den Fingern in der Luft imaginäre Noten auf einer imaginären Klaviatur. Eine Sonate von Clementi besänftigte die Abschweifungen seines Geistes. Aber nach und nach vergifteten Dissonanzen das Gerüst des Werkes, dessen komplexe polyphone Bewegung zu einer Kakophonie zerfiel.

Am anderen Ende des Wohnzimmers konnte Maxime hinter den Glasscheiben die Stadt nicht mehr deutlich erkennen, er sah nur ein warmes Licht, das in der Nacht verblasste. Er hörte Broissard, der die Wohnung verließ, und er tat nichts, um ihn aufzuhalten. Er schwebte zwischen elektrischen, leuchtenden Farben. Er stellte sich vor, dass Paris von der dritten und vierten Geißel Ägyptens heimgesucht würde.

Die ganze Stadt würde von Schmutz überquellen, die unterirdische Fäulnis, der Unrat, der Abfall – alles, was unsichtbar ist, würde sich in riesige Schwärme von Stechmücken verwandeln: Sie würden über die Straßen herfallen, und die Körper der Menschen würden von ihnen wimmeln, sie würden in die Ohren und die Nasenlöcher hineinkriechen. Schwarze Rauchsäulen würden von den Boulevards aufsteigen, und Fackeln würden den Himmel zerfetzen. Die Mücken würden unermüdlich brüten und die geschlüpften Larven in den Bäuchen schwirren und die Menschen in den Wahnsinn treiben. Die Lichterstadt würde unter den Wolken der Geißel Gottes dunkel, und es gäbe nur noch die kalte Pracht der Katastrophen.

So ist die Hölle, keineswegs das Nichts, die Gegenwart.

Maxime lächelte bei dem Gedanken, dass es keine spektakuläre Zukunft geben würde. Keinen kollektiven Zusammenbruch. Keinen apokalyptischen Wahn. Es gäbe kein Chaos, keine Stadt, die geräuschlos, durch die Druckwelle eines einschlagenden Himmelskörpers von der Erde hochgewuchtet würde. Keine versunkene Stadt, keine niedergemetzelte Stadt.

Nichts weiter als eigenartige und zutiefst egoistische Armageddons.

Kleine Plops des Gewissens wie platzende Luftbläschen.

Plop.

Genau das gleiche Geräusch, das sein Gewissen zum letzten Mal vor Jahren gemacht hatte.

14 Paris, Wohnung von Lieutenant Léopold Apolline, Sondereinheit

Schlaflos, fern der Träume, schlenderte Léo durch die trostlosen Straßen von Paris. Er begegnete Nachtschwärmern, Obdachlosen, Nutten, Drogenabhängigen, Leuten, die völlig von der Rolle waren. Ein seltsames Mitgefühl packte ihn, als ob jeder von ihnen Teil eines Spiegelbildes war, das er nicht als sein eigenes erkennen wollte.

Das Gebäude, in dem er wohnte, war eine ehemalige Textilfabrik, die zu einem Wohnhaus umgebaut worden war. Die schmutzig weiße, rissige Fassade ging auf einen kleinen brachliegenden Garten, eine winzige grüne Insel, umschlossen von efeubewachsenen hohen Backsteinmauern. Er setzte sich auf den Vorsprung des Mäuerchens und stampfte ungeachtet der winterlichen Temperaturen mit nackten Füßen im Gras. In diesem Garten suchte er die Ruhe, die ihm der Schlaf nie gebracht hatte, aber der Zauber wirkte nicht. Der Mond erschien, er hing wie ein Auge über den Wolken und glich dem verzerrten Kopf eines Ungeheuers, das sich anschickte, die Stadt zu verschlingen. Er warf zwei Gelatinekapseln Venlafaxin ein, bevor er sich dazu durchrang, in seine Wohnung zurückzukehren.

»Léo, warte!«

Er betrat gerade seine Zweizimmerwohnung, als ein etwa zehnjähriges Mädchen außer Atem auf dem Treppenabsatz eintraf. Es sprang ihm förmlich in die Arme und umklammerte seine Taille mit seinen Schenkeln.

»Langsam ...«

Léo setzte es behutsam auf dem Boden ab und strich die Haarsträhnen zurück, die Claras Gesicht verhüllten. Wie gewöhnlich überholte sie ihn in der Wohnung und strebte geradewegs zum Kühlschrank. Sie goss sich ein großes Glas Milch ein und ließ sich auf die Couch fallen.

»Wieso bist du um diese Uhrzeit noch wach, Clara-Clara?«

Er nannte sie bei diesem Spitznamen, seitdem sie zusammen einen Spaziergang in den Tuilerien im Schatten des Werkes von Serra gemacht hatten.

»Ich habe mich gelangweilt. Ich bin allein, die Babysitterin ist zwar da, doch sie schläft seit einer Stunde.«

Mit einem Anflug von Tadel fügte sie hinzu:

»Wir beide sehen uns nicht mehr oft.«

»Ich weiß, aber meine Arbeit ...«

»Fehle ich dir nicht?«, unterbrach sie ihn.

Léo lächelte. Er kannte seine kleine Nachbarin, seit sie sieben Jahre alt war. Ihre Mutter war ungefähr so alt wie er, und nach ihrer Scheidung hatte sie sich mit ihrer Tochter einen Stock tiefer eingemietet. Clara hatte aus Neugierde an seine Tür geklopft. Der Polizist hatte sie sofort in sein Herz geschlossen. Er mochte ihre Frische, ihre Fähigkeit, seine Laune schlagartig zu heben, und die Unbekümmertheit, die sie in die Wohnung brachte.

»Ich habe in der Schule ein Referat über ihn gehalten.«

Sie zeigte auf die Reproduktion eines Gemäldes von Zurbarán, die eine Wand des Esszimmers schmückte. Der heilige Sérapion, Märtyrer des Mercedarier-Ordens, im weißen Habit, mit gebundenen Händen aufgehängt, schien einen schmerzgequälten Schlaf zu schlafen, da er nicht mehr die Kraft hatte, für sein Seelenheil zu beten.

»Hast du gewusst, dass die Mer... Merca...«

»Mercedarier.«

»... dass sie zusätzlich zu den traditionellen Gelübden ein ›Gelübde der Erlösung oder des Blutes‹ ablegten? Das bedeutet, dass sie bereit waren, für den Freikauf gefangener Christen ihr Leben zu opfern. Hast du deshalb ein Bild von ihm?«

Ohne ihm die Zeit zu lassen, zu antworten, stand sie mit einem Satz von der Couch auf und tat so, als würde sie die Reproduktion des Werkes betrachten, doch wie immer richtete sich ihre Aufmerksamkeit auf die Fotos von Kindern, die wie ein Fresko unter dem Bild festgepinnt waren. Sie strich mit dem Finger über die rosigen Wangen und das gefrorene Lächeln der Kinder, die Léopold gerettet hatte.

Er hatte die Fotos mit Firnis überzogen, um sie auf diese Weise zu konservieren, aber Tag für Tag blichen die Farben etwas mehr aus, sodass die Gesichter unkenntlich zu werden drohten. Er kämpfte gegen das unvermeidliche Verschwinden und die Angst, dass nur noch Erinnerungen und Phantome übrig blieben.

Clara blieb vor dem Foto stehen, auf dem das Opfer im ersten Fall von Léo abgebildet war. Das Papier war verblichen, die Ecken waren zerschlissen, und gelbliche Farbflecken vermischten sich mit den goldenen Haaren des kleinen Mädchens. Sie verzog das Gesicht und fragte:

»Wie heißt es noch?«

Sie dürfte ihm diese Frage etwa zwanzig Mal gestellt haben, seit sie sich kannten. Nie fragte sie nach den Namen der anderen Kinder.

»Alice«, sagte er leise.

Clara blickte Léo fest aus ihren blauen Augen an. Das Mädchen sah ihn entschlossen an, aber sein Blick verschleierte sich.

»Weshalb hast du sie lieber als mich?«

»Das stimmt doch gar nicht! Wieso sagst du das?«

»Du hast ihr Foto ... von mir hast du keins. Und wie du sie ansiehst. Ich bin dir nicht hübsch genug! Niemand findet mich hübsch.«

Clara kauerte sich auf dem Sofa zusammen und legte den Kopf in die Schultergrube. Er streichelte ihr lange das Haar.

»Du bist sehr schön. Und du weißt ganz genau, dass ich niemals lüge«, flüsterte er.

Die Zeit verging, skandiert von den Uhrzeigern. Er genoss den Augenblick sehr bewusst. Der Stress, die Verkrampfungen des Alltags verließen seinen Körper, aufgelöst von der Wärme und dem Vanilleduft des Mädchens. Aber ein schleichender Schmerz schnürte ihm fast die Kehle zu. Nie würde er Vater sein. Diese Feststellung traf ihn immer wieder mit der gleichen Heftigkeit. Dabei wünschte er es sich so sehr. Es war ein starker Wunsch, der durch die Fakten seines gesundheitlichen Zustandes unentwegt gebrochen wurde. Und die ganze Liebe, die er schenken konnte, blieb im Gefängnis seiner Einsamkeit eingesperrt. Clara war die Tochter, die er nie haben würde. Genau wie Alice.

Sein Blick wanderte zu den Fotos an der Wand. In Gedanken versetzte er sich in die Welt der Kinder, beobachtete, wie sie im Zeitraffer heranwuchsen und Erwachsene wurden. Er malte sich ihr Leben aus, und einen kurzen Moment lang gefiel ihm die Vorstellung, dass sie durch ein unsichtbares Band verbunden waren. Er und sie. Sie und er. Nachkommen, die nichts von ihm wussten und nie wissen würden.

Die Verschmelzung von Gegenwart und Vergangenheit machte ihm Angst, und er riss sich mit Gewalt aus seinen Tagträumereien. Claras Gesicht sank noch etwas tiefer auf ihre Schulter.

»Zeit, schlafen zu gehen«, flüsterte er ihr ins Ohr.

»Erzählst du mir vorher eine Geschichte?«

»Welche denn, Clara-Clara?«

»Eine, die Angst macht.«

Léopold dämpfte das Licht, und sie wickelten sich in eine Decke ein. In seinen Armen liegend, hielt Clara den

Atem an. Er sprach leiser, um seiner Stimme den Akzent eines Märchenerzählers zu geben, und begann, ohne aufzuhören, ihr Haar zu streicheln:

»Das Ganze geschah vor drei Jahren. Ein kleiner Junge war verschwunden ...«

Die Worte ergossen sich in den mit Filz ausgelegten Raum. Léo tauchte in seine Erinnerungen ein, um daraus den Stoff für seine Geschichte zu schöpfen. Er übertrug die hässliche Wirklichkeit des Verbrechens in eine andere Welt, die von Menschenfressern, heldenhaften Polizisten und gefährdeten Kindern bevölkert war. Eine Parabel ohne Schlusspunkt, in der sich unterschwellig Kinderängste mit seinen eigenen Ängsten verschränkten.

Clara ließ sich wiegen, an ihn geschmiegt, und ein Gruseln überkam sie, wenn die Schatten der Geschichte länger wurden. Léos Stimme wurde immer leiser, fast zu einem Flüstern, und sie verloren sich in einer Zeitblase, einem wohltuenden Kokon. Im Halbschlaf drehte sich Clara um und wisperte:

»Beschützt du mich vor den Menschenfressern?«

»Aber sicher.«

15 Paris, Wohnung von Lieutenante Blandine Pothin, Mordkommission

Die lauwarme Temperatur in der Wohnung fing gerade an, die Verkrampfung in ihrer Bauchmuskulatur zu lösen. Durch die Fenster betrachtete Blandine die ersten Weihnachtsdekorationen, die an der Place Beaubourg funkelten. Die durchscheinende Treppe des Museums erinnerte an einen Riesenwurm, eine gigantische Seidenraupe, die mitten in Paris aufgestellt war.

Auf dem Teppichboden nahm sie den Lotossitz ein und begann, tief einzuatmen, während sie sich nach vorn beugte, bis ihre Stirn den Boden berührte. Sie wiederholte die Übung, streckte sich wieder, aber mit den Gedanken war sie irgendwo anders. Sie bemühte sich, die Vorstellungen, die sie quälten, loszuwerden. Vergeblich.

Über den Bildschirm des Fernsehers vor ihr flimmerten die Ein-Uhr-Nachrichten. Die gewalttätigen Ausschreitungen waren die Meldung Nummer eins. Geplünderte Geschäfte. Mit Graffiti verschmierte Polizeidienststellen. Knüppelschläge. Gebrochene Schienbeine. Blut auf der Straße. Pfützen wie Farbkreise. Rot, blau, violett, schwarz.

Das Bild eines brennenden Autos fesselte sie einige Sekunden lang. Starr betrachtete sie die Rauchspiralen des Feuers, bis das Bild verschwand. Sie erkannte voll und ganz, in was sie sich da hineinritt.

Ihr Handeln war absolut illegal. Erschwerend kam hinzu, dass die Ermittlungen offiziell abgeschlossen waren. Die Zeit arbeitete gegen sie. Wenn es ihr nicht gelang, schnellstmöglich stichhaltige Ermittlungsansätze, belastbares Beweismaterial vorzulegen, würde sie diese Sache teuer zu stehen kommen.

Und wenn es ihr gelingen würde?

Sie wog das Für und Wider ab. Bei nüchterner Betrachtung konnte sie nur scheitern. Aber die Vorstellung, ganz allein auf der scharfen Klinge eines Rasiermessers zu balancieren, elektrisierte sie. Dieses Spiel mit totalem Einsatz weckte in ihr Lebensgeister, die sie längst erloschen glaubte. Dieser Fall bot die Chance, dass sie endlich einen Karrieresprung machen, vielleicht sogar auf der Ehrentafel stehen würde.

Mehr noch als den beiden Mädchen war sie es sich selbst schuldig.

Paul Garcia kam aus dem Bad, das Handtuch um die Hüfte gebunden, und setzte sich neben sie aufs Bett.

»Was ist los?«

»Ich werde keinen neuen Fall übernehmen. Ich will, dass du mir beim Bär den Rücken freihältst.«

»Und aus welchem Grund?«

»Ich arbeite an einem anderen Fall.«

»Könntest du dich etwas genauer ausdrücken?«

Sie seufzte, wollte der Frage ausweichen. Aber Paul ließ sich nicht so einfach abwimmeln und starrte sie erwartungsvoll an.

»Die beiden Mädchen unter der U-Bahn ...«

»Der Selbstmord?«

»Genau darum geht es, vielleicht ist es komplizierter, als es den Anschein hat.«

»Spinnst du? Das war ein Suizid, eine Verzweiflungstat, nenn es, wie du willst.«

»Ein Mord«, antwortete sie mit gedämpfter Stimme.

Er brach in ein nervöses Lachen aus und nahm sich eine Zigarette von ihr. Er versuchte sie anzuzünden, doch die Zuckungen, die ihn durchbebten, hinderten ihn daran. Er drückte sie unbenutzt im Aschenbecher aus.

»Ein Mord? Sonst noch was?«

»Ich weiß. Ich weiß. Das hört sich absurd an, aber vertrau mir. Bitte ...«

Sie sah ihn flehentlich an. Er hielt ihrem Blick einige Sekunden lang stand, bevor er auswich.

»Trotzdem ist deine Geschichte an den Haaren herbeigezogen. Du riskierst viel mehr, als du glaubst.«

Sie küssten sich widerwillig, und Blandine legte ihren Kopf auf Pauls Knie. Sie betete innerlich, dass er die Nacht bei ihr bliebe. Anscheinend konnte er ihre Gedanken lesen, denn während er ihren Busen berührte, fragte er sie:

»Willst du, dass ich bei dir übernachte?«

»Ja, ich will nicht allein sein.«

Sie küssten sich leidenschaftlicher. Die Zungen verwickelten sich ineinander. Die Finger wagten sich weit vor. Vor ihr kniend, streifte Paul ihren Slip herunter. Es roch nach Nylon und einer überreifen Frucht.

Blandine beugte den Oberkörper zurück. Der sprießende Bart irritierte sie. Ein Brennen auf der Haut, das durch den Schweiß noch verstärkt wurde. Sie streckten sich auf dem Bett aus, und er drang in sie ein. Sie spannte sich an, um Paul ganz tief in sich zu spüren. Sie atmeten flach und schnell. Einige Sekunden verharrten sie reglos, um die Spannung zu erhöhen. Dann drehte er sie auf den Bauch, und sie streckte ihm den Hintern hin. Er legte sich auf ihren Rücken. Die Hände auf ihren Brüsten. Die Lippen in ihren Haaren. Ineinander verschlungene Körper, die einen Raum abgrenzten, eine Enklave, die sie mit ihren Armen und ihren Beinen abschirmten. Sie liebten sich leidenschaftlich und erhofften sich beide Vergessen.

Blandine betrachtete sein Gesicht, als er schlief. Anscheinend träumte er gerade etwas, da seine Mundwinkel zuckten. Anschließend ging sie mit einer Zigarette zwischen den Lippen zum Fenster. Ihr Blick schweifte über die Place Beaubourg, die vom Sprühregen glänzte. Der Schlaf floh vor ihr, sosehr sie ihn auch suchte. Unten, im Regen, jagte ein Hund hinter Plastiksäcken her, die der Wind mit sich fortriss.

Blandine öffnete das Fenster und schmiss ihre Kippe hinaus. Die Anspannungen des Tages zogen in umgekehrter Reihenfolge an ihr vorüber. Gedanken und Ereignisse wirbelten in ihrem Geist durcheinander, ehe sie sich nach und nach klärten. Sie ertappte sich dabei, dass sie zitterte. Sie schüttelte sich und führte diese Empfindung auf den peitschenden Eisregen zurück, der die Scheiben erzittern ließ. Aber etwas tief in ihr flüsterte ihr zu, dass die Kälte damit nichts zu tun hatte.

Paris, Wohnung von Capitaine Alain Broissard, Sondereinheit

Schon seit einer Stunde gingen Brigadier Carrère und Alain Broissard am Telefon noch einmal nacheinander sämtliche Erkenntnisse durch. In der marineblauen Dunkelheit waren durchscheinende Risse zu erkennen, hinter den Fenstern brach gerade der Tag an. Die Wohnung des Capitaine hatte sich in einen riesigen Aschenbecher verwandelt. Kaffeebecher, die von Kippen überquollen, und das schmutzige Geschirr, das sich im Spülbecken anhäufte.

Nach seinem Treffen mit Maxime hatte er nicht schlafen können, und im Rhythmus der gerauchten Zigaretten war die Nacht allmählich dem Morgengrauen gewichen. Vom winzigen Balkon seiner Wohnung aus hatte er das Sternenzelt betrachtet, das sich unter seinen Füßen erstreckte, und in dem funkelnden Lichtermeer nach Sternbildern Ausschau gehalten. Orion von der Pitié-Salpêtrière bis zur Place d'Italie. Cassiopeia zwischen Bercy und der Gare de Lyon. Die Erinnerung an Tatiana hatte ihn in seiner Einsamkeit heimgesucht, und das Gift, das in ihn eingesickert war, war zu einem eisigen Feuer geworden, flüssigem Stickstoff, der ihm in den Venen brannte, und dieses Feuer konnte er nicht mehr löschen. Er hatte gezögert, Léopold anzurufen, um seine Schlaflosigkeit ein wenig mit einem Freund zu teilen, aber die Order war klar: Léo aus alldem raushalten und verhindern, dass er ins Fadenkreuz der internen Ermittler geriet.

Am anderen Ende der Leitung zündete sich der Brigadier eine weitere Zigarette an.

»Ich habe beim Zoll nachgehakt.«

Er hatte gerackert, ohne mit der Wimper zu zucken, und ein gewaltiges Arbeitspensum in kürzester Zeit erledigt. Broissard war froh, dass dieser Polizist mit ihm zusammenarbeitete.

»Keine besonderen Vorkommnisse. Kein verdächtiger Transit.«

»Was noch?«

»Eine schlechte Nachricht ist, dass die Ermittlungsrichterin extrem pingelig ist. Zwei Anträge auf richterliche Anordnungen wurden abgelehnt und die Personen nach vorläufiger Festnahme wieder sehr schnell auf freien Fuß gesetzt. Aber das eigentliche Problem besteht darin, dass unser Kommissar klein beigibt, angesichts der geringen Aussichten, dass die Ermittlungen in diesem Fall erfolgreich abgeschlossen werden können. Nach Ihrer Abreise aus Le Havre hat er sich sofort wieder den laufenden Ermittlungsverfahren zugewandt, wo es nur um kleine Fische geht. Seit Montag steckt er den Kopf in den Sand und droht mir, die Zügel straffer anzuziehen, wenn die Richterin ihm weiterhin so wenig Spielraum lässt.«

Der Brigadier machte eine Pause. Broissard hörte ihn in einem Notizblock blättern.

»Ich meinerseits habe Folgendes herausgefunden: Die Seeleute und alle anderen, die auf dem Seelenverkäufer arbeiten, sind nicht verdächtig. Wir haben die Hafenarbeiter vernommen und die Einträge im Strafregister abgefragt. Schwarzhandel, Trunkenheit am Steuer, Schlägereien unter Alkoholeinfluss. Der dickste Fisch hat 1991 ein Mädchen vergewaltigt. Acht Jahre ohne Bewährung.«

»Könnte das unser Mann sein?«

»Eher unwahrscheinlich. Ich habe mit seinem Bewährungshelfer gesprochen. Er ist sauber. Eine andere Fährte, die sich als Sackgasse erwiesen hat: Ich habe die Stundenhotels, anrüchige Kaschemmen und Massagesalons abgeklappert und nichts gefunden. Zwei Beamte überprüfen den Lebensstil derjenigen, die auf der Liste stehen. Sie versuchen, Kontoauszüge zu bekommen.«

Broissard runzelte die Stirn. Informationen über Kontobewegungen zu erhalten, ohne dass ein Verdacht auf Betrug oder Steuerhinterziehung im Raum stand, war quasi ein Ding der Unmöglichkeit. Diese Spur würde zu freundlich lächelnden, aber eisern schweigenden Bankiers und zu Ablehnungen richterlicher Anordnungen führen und wäre reinste Zeitvergeudung, mit dem zusätzlichen Risiko, verklagt zu werden.

»Und wurden alle eingehenden Container ordnungsgemäß registriert? Sind die Papiere in Ordnung?«

»Alles genau nach Plan. Feste Uhrzeiten. Kein Leerlauf.«

»Aber wie konnten sie unbeobachtet hundert Kinderpornos in den Container reinschaffen?«

»Ich habe das Beste für den Schluss aufgehoben. Wir haben herausgefunden, wem der Container gehörte und was für eine Fracht er enthalten sollte. Die Société de Transit Maritime hat ihn für den Transport elektrischer Kabel in der Nordsee gemietet. Die Kabel wurden an einem Strand gefunden.«

»Dann ist es ihnen also gelungen, den ursprünglichen

Inhalt des Containers gegen die Schmuggelware auszutauschen?«

»Nein, sie haben den Frachter irgendwo vor Dünkirchen abgepasst, die Kabel ins Meer geworfen und die DVD in den Container geräumt. Und ...«

Broissard sah auf seine Uhr und seufzte. Die Unterredung mit seinem Anwalt rückte näher. Das Gefühl, zu seiner eigenen Beerdigung zu gehen, lag ihm schwer im Magen.

»Wenn man Sie so reden hört, scheint es Ihnen nicht besonders gut zu gehen, Chef.«

Er fing sich wieder und sagte mit einer aufgesetzt kraftvollen Stimme:

»Mach dir um mich keine Sorgen. Ich muss los. Rufst du mich an, wenn du was Neues hast?«

»Abgemacht. Ach, jetzt hätte ich beinahe etwas vergessen: Ich habe ein bisschen in der Pornoszene von Le Havre – Sexshops, Produzenten – herumgeschnüffelt. In der Region gibt es nur sehr wenig Amateurfilme, und das verwendete Material entspricht nicht dem, was wir suchen. Die Spur endet im Departement Nord und verliert sich urplötzlich.«

Als Alain nach seinem Mantel griff, stieß er gegen die Akten und die Zeitungsausschnitte, die sich auf die Affäre in Jarnages bezogen und in einer Ecke übereinandergestapelt waren. Auf der obersten Seite: Gérard Maurois. »Die Bestie«. »Der Kinderschänder, der das Departement Creuse unsicher macht.« Broissard zuckte zusammen und beeilte sich, die Blätter wieder aufzuschichten, als wollte er die Katastrophe im Nachhinein ungeschehen machen.

Die Vorahnung, die ihn die ganze Nacht gequält hatte, konkretisierte sich.

Dies alles würde ein schlimmes Ende nehmen.

Der Anwalt saß in seiner Kanzlei am Boulevard Raspail hinter einem Mahagoni-Schreibtisch und betrachtete seinen Klienten neugierig. Der ungefähr sechzig Jahre alte Mann hatte sich durch die Verteidigung von Medizinern, denen der Entzug der Zulassung durch die Ärztekammer drohte, einen guten Ruf erworben. Die unerschütterliche Sympathie seines Freundes Stéphane Firsh für Alain Broissard hatte ihn nachhaltig beeindruckt, und so hatte er den Polizisten angerufen, um ihm seine Dienste anzubieten.

»Die internen Ermittlungen des Dezernats für Amtsdelikte und die Strafanzeige, die gegen Kommissar Maxime Kolbe und Sie gestellt wurde, sind zwei voneinander unabhängige Verfahren, mit denen wir uns auseinandersetzen müssen. Ich schlage Ihnen vor, dass wir uns auf die Beschuldigungen der üblen Nachrede und der fahrlässigen Tötung konzentrieren.«

»Darf ich?«, unterbrach ihn Broissard und zog ein Päckchen Chesterfield aus seiner Jackentasche.

Da er Verständnis für die Aufregung hatte, die er im Gesicht des Polizisten las, hielt ihm der Anwalt einen Aschenbecher hin. Der Beamte zündete sich eine Zigarette an und versuchte sich zu beruhigen. Er hatte das Gefühl, sich inmitten einer riesigen Falle zu befinden, die ihn bald zermalmen würde. Er drehte den Stuhl um und setzte sich so hin, dass er die Ellbogen auf der Rückenlehne abstützen konnte. Der Anwalt beugte sich zu seinem Klienten vor und betonte jedes Wort:

»Der Mann, den Sie verhaftet haben, Gérard Maurois, war Fremdenführer in Crozant. Das heißt, er war sozial eingebunden. Er wird von allen als ein freundlicher Mensch und ein treu sorgender Familienvater beschrieben. Außerdem wurde er freigesprochen ...«

»Gérard Maurois ist der Täter!«, entfuhr es Broissard.

Aber eine leise innere Stimme wiederholte unentwegt seine Zweifel. *Und wenn sie sich geirrt hatten?* Die Frage quälte ihn. Der Anwalt gab ihm eine knappe und klare Antwort.

»Das zu entscheiden, obliegt Ihnen nicht.«

»Sie, hinter Ihrem Schreibtisch, haben gut reden. Aber sind Sie schon einmal einem Pädophilen begegnet? Haben Sie auch nur ein einziges Mal in Ihrem Leben einem Pädophilen direkt in die Augen gesehen?«

»Ja. Ich habe sogar einige dieser Menschen verteidigt«, antwortete er ruhig. »Rechtsanwalt Magnée ist ein Freund von mir. Sie kennen ihn bestimmt. Er hat Marc Dutroux verteidigt. Er hat einmal gesagt: ›Dutroux zu verteidigen heißt, Dutroux zu verstehen.‹«

»Spitzfindigkeiten!«

Der Anwalt schnitt ihm das Wort ab, indem er die Blätter der Akte vor sich verstreute.

»Wir sind nicht hier, um über die Frage zu diskutieren, wem ein Verteidiger zusteht und wem nicht. Ich habe die Akte genau unter die Lupe genommen, und ich sehe nur eine Lösung: Wenn Sie ohne allzu große Blessuren aus der Sache herauskommen wollen, müssen Sie Kommissar Kolbe fallenlassen.«

»Was?«

Broissard sah nicht mehr den Schreibtisch und auch

nicht mehr den Mann dahinter. Nur noch eine gewaltige Mauer, in die er mit gesenktem Kopf hineinrannte.

»Der Anwalt desjenigen, der Strafanzeige gestellt hat, ist bekannt dafür, dass er unerbittlich ist, und er wird nicht klein beigeben. Er wird alle Hebel in Bewegung setzen, um Maxime Kolbe zu erledigen. Ihre einzige Chance besteht darin, Ihren Vorgesetzten zu belasten. Er hat die Ermittlungen geleitet. Sie haben lediglich seine Weisungen befolgt. Genauso wie Kommissar Musil.«

»Was hat Musil damit zu tun?«, ereiferte sich Broissard und sprang unverwandt auf.

Er erinnerte sich noch genau an den Kommissar aus Guéret. Ein Polizist, dessen Stern im Sinken war und der in diesem Fall die Gelegenheit gesehen hatte, endlich bei einer großen Sache mitzumischen. Er hatte ungefragt seine Hilfe angeboten, nur allzu froh, neben Maxime Schlagzeilen zu machen. Und jetzt fiel er um.

»Ich habe vorgestern mit seinem Anwalt gesprochen, und offenbar will Kommissar Musil ebenfalls Strafanzeige gegen Maxime Kolbe und Sie erstatten.«

»Und aus welchen Gründen?«

»Unterschlagung von Beweisen und Erpressung. Ich kann mich mit seinem Anwalt verständigen, damit er die Anschuldigungen gegen Sie fallenlässt und Sie zusammen mit ihm Anzeige erstatten.«

»Das ist doch völlig hirnrissig! Kommissar Musil wusste ganz genau, was er tat, glauben Sie mir!«

»Das bezweifle ich nicht. Nach Abschluss dieser Ermittlungen waren allerdings eine Frau und ihr Kind tot. Und jemand muss dafür bezahlen.«

»Aber das ist doch eine verkehrte Welt! Weder ich noch

Maxime haben Fackeln angezündet und das Haus von Gérard Maurois in Brand gesteckt!«

»Diejenigen, die das Feuer gelegt haben, müssen sich vor Gericht verantworten, aber sie werden sich mit dem Hinweis verteidigen, dass sie dies nur wegen Ihnen und Ihrer Erklärungen gegenüber der Presse getan hätten.«

»Kein Richter wird ihnen das abnehmen!«

»Einem geschickten Anwalt könnte das durchaus gelingen.«

»Und Polizisten zu Sündenböcken machen! Es ist immer die gleiche Leier!«

Die Erwähnung der Tragödie von Jarnages beschwor Bilder herauf, vor denen sich Alain Broissard fürchtete. Er sah alles wieder vor sich: das Gesicht der Mutter, das einer schmerzensreichen Madonna glich, gebeugt über das verkohlte Gesicht ihres Kindes, die Augen durch die sengenden Flammen zu schwarzen Nüssen verschrumpelt, die Haut in eine dünne Ascheschicht verwandelt, die Muskeln verdreht, durch die Hitze geschrumpft, und der Körper geschwollen und stellenweise aufgeplatzt. Ihm wurde übel, und er öffnete das Fenster des Büros, um die Luft in vollen Zügen einzuatmen.

»Für das, was passiert ist, bin ich nicht verantwortlich …«, sagte er.

»Sie nicht, aber Kommissar Kolbe.«

»Vergessen Sie es, ich könnte Maxime niemals verraten.«

»Es geht nicht darum, ihn zu verraten, sondern darum, sich das Gefängnis zu ersparen. Muss ich Sie daran erinnern, dass Sie eine Freiheitsstrafe von vier Jahren erwartet, davon zwei ohne Bewährung?«

Alain Broissard hatte nicht die Kraft, mehr davon zu hören. Ohne sich zu verabschieden, schlug er die Tür hinter sich zu und eilte mit schnellen Schritten hinunter auf die Straße.

Gefängnis.

Der Schwall reiner Luft gab ihm nicht die innere Ruhe zurück, nach der er sich sehnte. Er konnte sich nicht damit abfinden, auf die gleiche Weise zu enden wie die Verbrecher, die er geschnappt hatte. »Eine Ironie des Schicksals«, wie Maxime zu sagen pflegte. Er könnte der vier Quadratmeter großen Zelle dadurch entrinnen, dass er Verrat beging. Was immer sein Anwalt davon hielt. Doch das war für ihn undenkbar. Maxime Kolbe war weit mehr als ein Vorgesetzter, weit mehr als ein Freund. Das, was sie zusammen durchgemacht hatten, all diese Prüfungen, diese ganzen abscheulichen Dinge, hatten sie auf immer aneinandergeschweißt. Nichts und niemand könnte daran etwas ändern.

Broissard blieb unvermittelt auf dem Gehsteig stehen. Die Sonnenstrahlen fielen schräg auf sein Gesicht. Er starrte direkt in die Sonne, bis er geblendet war. Er hatte das Gefühl, langsam von einer Würgschraube erdrosselt zu werden. Ihm blieb noch eine andere Möglichkeit, die er zu verdrängen versucht hatte. Aber jetzt kristallisierte sie sich immer deutlicher heraus und überstrahlte alles andere.

Falls du fliehen solltest, wirst du nie mehr zurückkehren können.

17 | Paris, Mordkommission

Die schneidende Luft verhinderte, dass Blandine sich in Gedanken verlor. Sie ging schneller, um die letzten Reste von Schläfrigkeit zu vertreiben.

Vor einem alten Eckhaus in der Rue Limé 27 blieb sie stehen. Auf den schmiedeeisernen Balkonen hatte sich Rost gebildet, der Schnörkel auf die Fassade gezeichnet hatte. Mit einem Hauptschlüssel, der eigentlich für Hausdurchsuchungen vorbehalten war, öffnete sie die Eingangstür. Sie musterte die Briefkästen in der Eingangshalle. Die der Dienstmädchenzimmer befanden sich nicht hier. Sie fand die Hintertreppe und stieg sie bis in den sechsten Stock hinauf.

Ein langer beigefarbener Flur. Nackte Glühbirnen, die an Kabeln hingen. Schmutzige Fenster, die auf einen Innenhof gingen. Sticker, die an Laibungen klebten. In allen Winkeln roch es nach kaltem Zigarettenrauch. Blandine näherte sich der Tür Nr. 6 und zog den Schlüsselbund heraus, den sie unter den persönlichen Sachen des Opfers entwendet hatte. Sie hörte das Klicken des Schlosses und trat vorsichtig ein.

Sie schaltete ihre Taschenlampe an und ließ den Lichtkegel durch das Zimmer gleiten. Sie blieb an einer Wand hängen, an der Fotos angepinnt waren. Dann näherte sie sich den Bildern, auf denen das junge Mädchen neben einer älteren Frau lächelte, die Blandine für die Mutter hielt. Keine Spur von der jüngeren. Sie tauchte nirgendwo auf.

Anschließend richtete sie ihre Aufmerksamkeit auf die Ansichten eines Hauses, das aus unterschiedlichen Perspektiven aufgenommen worden war. Sie schienen zu unterschiedlichen Tageszeiten und an verschiedenen Tagen in Eile gemacht worden zu sein. Ein seltsames Haus mit ungewöhnlicher Architektur. Die Fenster im ersten Geschoss waren kreisrund, Bullaugen, die ein Schwimmbad von einem künstlichen Blau überragten. Blandine beugte sich dicht heran und bemerkte, dass die Haupttür rot war und nicht zu dem Ensemble passte. Dieses Rot wirkte neben dem Blau des Schwimmbeckens wie ein Blutfleck.

Das Bemerkenswerteste aber war, dass man ganz deutlich sah, dass dieses Haus von einer Familie bewohnt wurde. Ein Ehepaar und zwei Kinder beim Frühstück, beim Grillen oder beim Herumtollen im Schwimmbad. Banale Alltagsszenen. Trotzdem beschlich Blandine ein Unbehagen, die Fotos hatten etwas Voyeuristisches, als ob der Fotograf die stille Lebensfreude dieser Familie ausspionierte und ihre Intimität verletzte.

Sie versuchte dieses Gefühl zu vertreiben, doch ihr eigenes Eindringen in das Zimmer einer Toten verwies sie auf die »gestohlenen« Schnappschüsse. Sie richtete den Lichtkegel der Lampe auf die Regale. Schulbücher in den obersten Fächern. Ordner. Einige Romane.

Sie streifte Latexhandschuhe über und nahm einen Band heraus. *Drei Abhandlungen zur Sexualtheorie.* Sie musterte die Rücken der anderen Bücher. Der Briefwechsel zwischen Freud und Stefan Zweig. Der Medea-Komplex. Einführungen in die Psychoanalyse. Die Bibliothek einer Psychologie-Studentin.

Ordner voller Aufzeichnungen bestätigten die Hypothese. Eine dicke kartonierte Mappe enthielt den ganzen Papierkram – Mietvertrag, Überweisungsduplikate, Immatrikulationsbescheinigungen, Arztberichte, Rezepte, Rechnungen. Auf den Namen Amandine Clerc. Die Identifikation. Endlich. Bald würde man jetzt auch den Namen ihrer Mutter kennen.

Die Wäsche war zusammengelegt und weggeräumt. Unter der Matratze war nichts versteckt. Alles war tadellos, an seinem Platz. Diese sichtbare Ordnung passte nicht zu dem Sprung in den Tod. Oder aber diese große Sorgfalt war ein Symptom der psychischen Störung, an der das Mädchen litt, was die Hypothese eines Mordes entkräften würde. Dumme Mutmaßungen, dachte Blandine. Sie durchwühlte die Schränke und fand den Terminkalender der Studentin. Ihren Stundenplan. Klausurtermine. Allerdings auch, was schon ungewöhnlicher war, Adressen für Castings: Zone Films, UZI Production, Inside Talent.

Blandine setzte sich aufs Bett und konzentrierte sich; sie wollte die Profiler-Methoden anwenden, die sie gelernt hatte. Sie versuchte sich zu entspannen, um das Mädchen in ihrer Fantasie wiederaufleben zu lassen, sich anschaulich vorzustellen, wie es in dieser Wohnung gelebt hatte, wie es sich darin bewegte. Sie ließ ihren Blick durch das Zimmer schweifen. Sie machte einen neuen Anlauf, konzentrierte sich, sah sich in dem Zimmer um und nahm die Szenerie in sich auf. Ein dritter Durchgang. In einem halb hypnotischen Zustand kamen ihr die Einrichtung der Wohnung, die Wände, der Hängeboden immer vertrauter vor.

Beim fünften Durchgang bemerkte sie das Vorhängeschloss an der Wohnungstür. Es war neu, doch die gezahnten Ränder waren abgenutzt. Die junge Frau musste jedes Mal, wenn sie in die Wohnung kam, zweimal von innen abgeschlossen haben. Der Teppichboden war im Eingangsbereich heller, abgewetzt vom Hin-und-Her-Laufen. Blandine fiel auf, dass die Abnutzungsspuren einen schmalen Pfad von der Tür zur Küche beschrieben. Der Wasserkessel stand noch auf der Platte.

Assoziationen schossen ihr durch den Kopf. Die Psychologie-Studentin musste doch irgendwo ihre Träume aufgeschrieben haben. Sie durchsuchte abermals sorgfältig die Wohnung, fand allerdings nichts. Sie wollte schon die Hoffnung aufgeben, als sie in der letzten Schublade einer Kommode über den Einband eines Heftes strich. Lächelnd dankte Blandine ihrer Intuition.

Sie blätterte die Seiten durch, die mit einer zierlichen, engen Handschrift beschrieben waren. In den Alpträumen von Amandine Clerc trat ein Mann mittleren Alters mit unsichtbarem Gesicht auf, der sie quälte und demütigte. Gewisse Abschnitte enthielten exakte Beschreibungen, Sätze von einer klinischen Nüchternheit. Andere Absätze beschrieben Halluzinationen, schilderten, wie sie von Tentakel tragenden Ungeheuern anal penetriert oder von belebten Stofftieren vergewaltigt wurde. Auf hingekritzelten Zeichnungen war ein Haus mit runden Fenstern zu sehen, das dem Gebäude auf den Fotos zum Verwechseln ähnlich war. Vor dem Haus schwang eine obszöne Gestalt einen riesigen Penis.

Blandine glaubte keine Luft mehr zu bekommen, als sie auf der letzten Seite las: »*Er wird mich eines Tages noch umbringen*«

18 | Paris, Universität Jussieu, Mordkommission

Aus dem Brutofen der Metro herauskommend, schlugen ihr kalte Luftwirbel entgegen, und der Rauch ihrer Zigarette wurde unsichtbar. Studenten drängten in die Bars im Umkreis der Universität. Andere schwenkten auf den Treppen der Station Transparente und Schilder und verteilten Flugblätter für die Kundgebung am Nachmittag. Trotz der winterlichen Temperaturen begann die Mobilisierung. Mit roter Farbe bespritzte Fotos von Regierungsmitgliedern. Rauchbomben, in Rucksäcken verstaut. Schwarze Fahnen, unter Mänteln zusammengerollt.

Vereiste Stellen und Fliesen waren unter den Beton-Arkaden der Universitätsgebäude kaum voneinander zu unterscheiden. Blandine ging an dem zentralen Innenhof entlang und folgte den Schildern. Laut Auskunft von Amandines Terminkalender hätte sie um diese Uhrzeit eine Lehrveranstaltung bei Professor Clarisse Katz gehabt, die ihre Diplomarbeit betreute. Sie verlief sich in endlosen Gängen, bevor sie den Hörsaal fand und die Tür aufstieß. Leise trat sie ein und setzte sich in eine der oberen Reihen. Eine elegant gekleidete, etwa dreißigjährige Frau hielt im kleinen Kreis eine Vorlesung. Etwa zwanzig Studenten schrieben fleißig mit.

»›Erst Freuds Gewaltstreich führte uns vor Augen, dass das Unbewusste strukturiert ist und dass diese Struktur nach einer bestimmten Methode der Lektüre verlangt.‹ Was sagt uns dieses Zitat von Jacques Lacan? Damit werden wir uns in der nächsten Vorlesung beschäftigen. Vielen Dank.«

Die Studenten erhoben sich unter dem Lärm von Ordnern, Gesprächen und Gelächter. Blandine wartete, bis der letzte Schwarm von Studenten aufhörte, Clarisse Katz zu belagern, ehe sie zum Pult hinunterging.

»Frau Professor?«

Die junge Frau wandte den Kopf in ihre Richtung und sah sie fragend an. Blandine stellte sich vor, während sie ihren Dienstausweis zückte und der Professorin vor die Nase hielt. Sie spürte ein leichtes Zucken in den Augen der Dozentin.

»Es geht um eine Ihrer Studentinnen.«

»Ich fürchte, dass ich Ihnen da nicht groß weiterhelfen kann. Ich kenne nicht alle Studenten, die meine Vorlesungen hören.«

»Amandine Clerc.«

Clarisse Katz dachte kurz nach und nickte.

»Amandine … Hochbegabt, eine brillante Studentin, wenngleich etwas subjektiv. Sofern dies überhaupt eine Schwäche ist.«

»Was meinen Sie mit ›subjektiv‹?«

»Nun …«

Sie hörte auf, ihre Unterlagen wegzuräumen, und suchte nach Worten, wobei sie sich auf die Unterlippe biss.

»Sagen wir, dass sie in ihren Hausarbeiten etwas zu sehr ihrem Gespür vertraut. Ihre Sichtweise, ihre intuitiven Erkenntnisse sind stimmig und in sich schlüssig, aber dies geht gewissermaßen auf Kosten einer eher klinischen, wissenschaftlichen Herangehensweise, verstehen Sie?«

Blandine verstand sehr gut. Sie befand sich mit ihrem Fall in einer ganz ähnlichen Lage. Fragen über Amandines seelisches Befinden brannten ihr auf der Zunge. Aber sie nahm sich zusammen und versuchte es lieber auf indirekte Weise.

»Was war das Thema ihrer wissenschaftlichen Arbeit?«

»Es ist bemerkenswert, dass Sie mir diese Frage stellen, denn ich wollte ihr die Arbeit gestern zurückgeben. Da ich sie nicht in der Vorlesung sah, habe ich sie einstweilen behalten.«

Die Professorin öffnete ein Fach ihrer Tasche und nahm ein maschinengeschriebenes Schriftstück heraus. Sie blätterte die Arbeit mechanisch durch und hielt sie Blandine hin: »*Der Platz des Kindes in der westlichen Gesellschaft: Entwicklungen, Einflüsse und Probleme seit den Anfängen der Psychoanalyse*«.

Die Frage Blandines erratend, räusperte sich Clarisse und zeigte auf das Dokument:

»Ganz grob gesagt, geht Amandine von der Hypothese aus, dass das Kind in unserer westlichen Gesellschaft gewissermaßen König ist, dass unsere Gesellschaft also pädophil ist.«

Bei diesem Wort schrillten bei Blandine die Alarmglocken. Ein Wort, das bei jedem Polizisten auf der schwarzen Liste stand, genauso wie »Mord« oder »Geiselnahme« und einige weitere.

»Ich bin mir nicht sicher, ob ich Sie richtig verstehe.«

Clarisse stützte sich auf den Tisch auf, biss sich erneut auf die Unterlippe, ehe sie mit schleppender Stimme erklärte:

»*paidos* ist griechisch und bedeutet ›Kind‹, und *philos*

bedeutet ›Freund‹. Amandine ist von dieser etymologischen Definition ausgegangen und versuchte nachzuweisen, dass sich die Sichtweise des Kindes in der westlichen Gesellschaft seit den Freud'schen Entdeckungen stark gewandelt hat und daher auf Abwege geraten ist. Das heißt, dass das Kind heutzutage auf den verschiedenen Ebenen der Gesellschaft – innerhalb der Familie, der sozialen Gruppe und des Gemeinwesens – insgesamt als ein ›kleiner Erwachsener‹ betrachtet wird. Schlagworte wie ›alles für das Kind‹, ›das Kind ist König‹, aber auch hyperaktive Kinder sind nach Amandines Argumentation die sichtbarsten Folgen dieser Verirrung. Diese Folgen treten ihres Erachtens an die Stelle älterer sozialer Mechanismen wie Erbe und Weitergabe.«

Blandine bemühte sich, der Argumentation zu folgen, um sie auf eine pragmatischere Logik zurückzuführen.

»Amandine wirft das Problem auf, dass das Kind in unserer Gesellschaft ein Lustobjekt ist. Ihrer Meinung nach ist dies weitgehend auf jene Revolution im abendländischen Denken zurückzuführen, die Freud mit seinem Werk *Drei Abhandlungen zur Sexualtheorie* auslöste.«

Blandine erinnerte sich an das Buch, das auf dem Regal in der Dachkammer gestanden hatte. Sofort sah sie das Heft und die darin enthaltenen masochistischen Beschreibungen wieder vor ihrem inneren Auge.

»Der Erwachsene projiziert seine eigenen Triebe, seine eigenen Konzepte von Sexualität auf das Kind, das er gleichzeitig übermäßig behütet«, sagte sie und warf einen Blick auf ihre Uhr. »Tut mir leid, Lieutenante, aber ich habe eine weitere Lehrveranstaltung. Ich hoffe, ich konnte Ihnen helfen.«

Blandine schaute Clarisse Katz nach. Weshalb hatte sie sich mit keinem Wort nach dem Grund dieser Befragung erkundigt? Sie hatte sich nicht einmal erkundigt, ob Amandine etwas zugestoßen sei.

Der Platz vor der Universität war menschenleer. Die Fassaden der Haussmann'schen Gebäude glichen einer von Schießscharten durchbrochenen Festungsmauer. Schrille Sirenen und vom Wind herangetragene Schreie erhoben sich hinter den Strebepfeilern. Der Widerschein einer Feuersbrunst umrahmte die Kuppel des Panthéon und schien Richtung Sorbonne zu wandern. Blandine eilte mit schnellen Schritten in die entgegengesetzte Richtung, um vor dem anschwellenden Lärm zu fliehen, und erreichte gerade den Platz vor dem Institut du Monde Arabe, als ihr Handy läutete.

»Lieutenante Pothin?«

»Ja.«

»Ich habe die Adresse herausgefunden, um die Sie mich gebeten haben, die der Mutter von Amandine Clerc. Haben Sie was zu schreiben?«

Sie kramte hektisch in ihrer Tasche und nestelte einen Kuli und ein Blatt heraus.

»Sie wohnt in La Courneuve, 3. Stock des Tour Balzac, Wohnung Nr. 25. Die Gegend ist extrem gefährlich. Ich hoffe, Sie haben nicht die Absicht, allein dorthin zu gehen?«

Blandine legt auf, ohne zu antworten.

La Courneuve, Cité des 4000, Mordkommission | 19

Der Wagen hüpfte auf der Ringautobahn, und die Scheibenwischer fegten die Graupeln beiseite, die gegen die Windschutzscheibe prasselten. Zu ihrer Linken lag Paris, das von dem sintflutartigen Wolkenbruch schier verschlungen wurde. Zu ihrer Rechten glichen die Hochhäuser von Aubervilliers einem Schattenspiel. Blandine fuhr über die Porte de la Villette in die Avenue Jean-Jaurès hinein.

Die Cité der 4000.

Graue Hässlichkeit.

La Courneuve, das bis 1999 als das gefährlichste Viertel Frankreichs galt, wurde von Les Bosquets in Clichy-sous-Bois von seinem Spitzenplatz auf der roten Liste verdrängt. Als sich Blandine den Ausläufern der Cité näherte, heruntergekommenen Betonklötzen, denen sie die Spuren von Drogen, Raubüberfällen und Bandenkriegen anzusehen glaubte, schlug ihr Herz schneller. Feindliches Gebiet für einen Polizisten. Ein gefährliches Pflaster in Zeiten gewalttätiger Ausschreitungen.

Die Cité war mit ihren Parabolantennen und ihren trüben Fenstern der Inbegriff von Armut und Elend. Die riesigen Mietskasernen glichen übereinandergestapelten Elendssiedlungen. Längs der Esplanade versperrten zerrissene Werbeplakate, die von einem Mosaik von Graffiti überzogen waren, den Blick auf eine verlassene Baustelle. Krumme Bäume säumten die Mauer.

Sie parkte und stellte den Motor ab. Sie schnallte die Gurte der Revolvertasche enger, bis ihr die Brust wehtat, steckte die Waffe hinein und zog den Reißverschluss ihres Mantels hoch, um die Beule an ihrer Flanke zu kaschieren.

Draußen verdichtete sich der Nebel. In ihrem Kopf stellte sie beunruhigende Gleichungen auf:

Eine einzelne Frau bedeutet Gefahr.

Polizist bedeutet Gefahr.

Polizistin bedeutet allerhöchste Gefahr.

Der Gedanke an die Vergewaltigung zweier Polizistinnen in Bobigny half ihr nicht, ohne zu zittern den Platz zu überqueren, an dessen anderem Ende die schwarzen Massen der Gebäude aufragten. Sie schob die Hand in ihren Mantel und umfasste den Kolben ihrer Waffe, um all ihren Mut zusammenzunehmen, die hundert Meter zurückzulegen, die sie von dem Wohnsilo der »Barre Balzac« trennten. Niemand zu sehen.

Nachdem sie an den ersten Gebäuden vorbeigegangen war, schloss sich die Cité wieder hinter ihr und umstellte sie mit riesigen Schatten, die von fahlen Lichtern durchsetzt waren. Sie ging weiter durch den dichten Nebel, mit gespitzten Ohren, auf Geräusche achtend, auf die verschiedenen Arten von Musik, die aus den Stockwerken ertönten und in dem Schwindel über ihrem Kopf verhallten.

Der Eingang und das Treppenhaus waren menschenleer. In einer Ecke lagen Jointstummel und gebrauchte Kondome herum. Als Blandine die Stufen hinaufging, wunderte sie sich darüber, dass Amandine zwischen diesen mit Graffiti besprühten, stockfleckigen und schimmeligen Mauern gelebt hatte. Das entsprach nicht dem

Bild der empfindlichen Studentin, das sie sich von ihr gemacht hatte.

Auf dem Treppenabsatz des dritten Stocks angekommen, folgte sie dem gelblichen Schein der Wandleuchten in den Gängen. Gesprächsfetzen drangen aus den Wänden. Ein Paar fickte, untermalt vom Rhythmus des Bettrosts, der Schreie und dem Gelächter der Nachbarn. Den Schlägen auf den Hintern antworteten gereizte Stimmen in den benachbarten Wohnungen.

Eine Tür ging polternd auf, und Blandine presste sich an die Wand, den Finger am Abzug. Sie atmete nicht mehr. Die Person entfernte sich in die entgegengesetzte Richtung. Falscher Alarm. Sie seufzte und ging vorsichtig weiter, während sie sich fragte, ob es nicht Zeit wäre, umzukehren.

In ihrer Tasche tastete sie nach ihrem Handy. Falls es schiefgehen sollte, müsste sie nur eine Taste drücken, um die Zentrale zu alarmieren. Aber irgendetwas drängte sie, weiterzugehen. Sie konnte jetzt nicht aufgeben. Nicht so nah am Ziel.

Sie blieb vor der Tür Nr. 25 stehen. Die Antworten, die sie suchte, befanden sich hinter der abgeblätterten Holztür. Drei Zentimeter zwischen ihr und der Wahrheit. Niemand auf dem Gang. Gesprächsfetzen, Streitereien und Lustschreie verschmolzen weiterhin zu einem wirren Gedröhn.

Blandine klopfte dreimal kurz und fest an die Tür. Keine Antwort. Sie hielt das Ohr an die Tür und klopfte etwas fester. Die Schläge hallten wider, und im Flur machte sich Stille breit. Sie unterbrach ihre Geste und verharrte reglos. Stimmen in den Wohnungen flüsterten.

An Gucklöchern klapperte es. Blandine schloss die Augen und flehte die Frau im Geiste an, ihr aufzumachen. Ihre durch das Holster zusammengeschnürte Brust drohte zu platzen. Klirrende Vorhängeschlösser, die entriegelt wurden. Sie wühlte in ihrer Tasche und nahm ihren Hauptschlüssel. Die Türen beidseits des Flurs gingen quietschend einen Spaltbreit auf, als es ihr im letzten Moment gelang, in die Wohnung hineinzuschlüpfen und die Tür hinter sich zuzuschlagen.

Blandine wartete, bis sich ihre Augen an die Dunkelheit gewöhnt hatten. Sie sah sich in dem Zimmer um, das von dem matten Licht, das durch die Rollläden sickerte, nur schwach erhellt wurde. Ein mit beigefarbenem Skai bezogenes Sofa, ein Zierdeckchen auf einem niedrigen Glastisch – eine billige, altmodische Einrichtung. Sie nahm die Küche in Augenschein und bemerkte, dass sie den Kolben ihrer Pistole noch immer nicht losgelassen hatte. Die feuchte, lautlose Atmosphäre zwang sie dazu, sich zu entspannen. Ein seltsamer Geruch hing in der Luft, ein säuerlicher Geruch, der von einem aufdringlichen Shampoo-Duft überdeckt wurde, der aus dem Badezimmer zu kommen schien. Langsam folgte Blandine dem Mentholgeruch ins Schlafzimmer. Sie streifte ihre Latexhandschuhe über und drückte den Schalter, worauf das enge Zimmer augenblicklich von Licht überflutet wurde.

Das Erste, was sie sah, war das schnurgerade Kruzifix aus Metall über dem Bett. Christus als Märtyrer zeichnete sich scharf gegen die nackte Wand ab. Auf dem Teppichboden lag nichts herum. Alles war feinsäuberlich aufgeräumt. Die pedantische Ordnung war auf die Spitze getrieben, als würde niemand zwischen diesen Wänden leben. Oder als wäre die Person, die hier wohnte, verreist.

Blandine wunderte sich darüber, dass die Fenster im Schlafzimmer beschlagen waren. Sie schaute sich um, konnte aber keinen Luftbefeuchter entdecken. Trotzdem klebte ihr die Jeans an der Haut. Gegen den Mentholgeruch kämpfend, der ihr zu Kopfe stieg, wollte sie gerade mit der Durchsuchung beginnen, als ihr aufging, was dieser Shampooduft überdeckte.

Ein anderer Geruch, der ihr wohlbekannt war und an einen Schlachthof erinnerte.

Der Gestank von Blut.

Sie stürzte zum Bad, das rechts vom Schlafzimmer lag, und fand die Tür verschlossen. Durch die schmale Rille zwischen Tür und Boden fiel ein rosafarbener Lichtstreifen auf den Teppich.

Mit der flachen Hand schlug sie heftig gegen die Tür und schrie:

»Madame Clerc! Machen Sie die Tür auf! Polizei! Machen Sie auf!«

Doch als Antwort erhielt sie nur ein beklemmendes Schweigen. Hektisch zog sie jetzt ihre Waffe und hielt sie in Höhe der linken Schläfe.

»Machen Sie sofort auf!«

Sie hielt den Atem an und zertrümmerte mit einem Tritt das Schloss. Sie stürzte hinein, aber eine Wolke von siedend heißem Dampf schlug ihr entgegen und zwang sie zum Rückzug.

Mit dem Rücken an der Wand und schweißgebadet wartete sie etwa zehn Sekunden, in denen ihr der Gedanke durch den Kopf schoss, dass, falls sich noch jemand da drinnen aufhalten sollte, es genügen würde, ins Blaue hinein in die Wand zu schießen, um diese Person abzuknallen.

Nachdem sie bis zehn gezählt hatte, warf sie sich erneut in die Türöffnung, richtete ihre Pistole mit gestreckten, zitternden Armen aus und überstrich damit das in Finsternis getauchte Badezimmer. Sie rang nach Atem. Die mit Wasserdampf, Duschgel und Blut gesättigte Luft drang in ihre Bronchien und drehte ihr den Magen um. Sich den Mund mit einer Hand bedeckend, die Pistole noch immer in die dunkle Leere gerichtet, tastete sie zurückweichend nach dem Lichtschalter.

Sie unterdrückte einen Schrei des Entsetzens.

Der Strom ließ die Leuchtstoffröhre über dem Waschbecken knistern und enthüllte den Anblick einer nackten Frau in einem roten Schaumbad.

Langsam ging sie über die von rotem Wasser überschwemmten Fliesen und beugte sich über die Leiche. Sie schob den Schaum beiseite und wich jäh zurück, als sie die bis zu den Knochen aufgeschnittenen Handgelenke der Frau sah.

Hinter den Wänden verließen die Nachbarn ihre Wohnungen, aufgeschreckt durch den Schrei, den sie ausgestoßen hatte, ohne es selbst zu bemerken.

Blandine bekam nichts mit von dem Tumult auf den Gängen.

Sie hörte nur noch das Schlagen ihres Herzens.

Der Anblick der Frau, die in ihrem Blut schwamm, blieb wie ein Nachbild vor ihrem inneren Auge stehen.

Paris, Quai des Orfèvres 36, Sondereinheit | 20

Léo hatte die Standbilder der Missbrauchsopfer aus *Neverland* ausgedruckt und sie an die Wand geheftet. Trotz der schlechten Qualität des Fotos erschütterte ihn der Anblick des Gesichts eines kleinen Mädchens. Es schaute ihn mit einem durchdringenden, unsicheren und zugleich kalten Blick an.

Seine Nachforschungen über vermisste Kinder hatten nur indirekte Ergebnisse gebracht. Drei Beschreibungen von Kindern, die sich zwei bis drei Wochen vor der Entdeckung des Films in Luft aufgelöst hatten, trafen ungefähr auf Missbrauchsopfer zu, die im Film zu sehen waren. Zwar kannte er ihre Namen, hatte in der Vermisstendatei aber kein Foto gefunden. Das waren zweifellos Versäumnisse der Polizeireviere, die die Anzeigen online gestellt hatten. Die übliche, auf Inkompetenz zurückzuführende Nachlässigkeit, die jemanden das Leben kosten, die Arbeit der Ermittler erschweren konnte und ihn stinkwütend machte. Er las noch einmal die Akte über Julia Verno durch.

Neun Jahre alt, in Clermont-Ferrand verschwunden. Zum letzten Mal gesehen am Square de La Jeune Résistance. Schwarze Mandelaugen. Stupsnase. Kinngrübchen. Schimmerndes braunes Haar. Leberfleck auf der rechten Schulter.

Dieses letzte Detail hatte seine Aufmerksamkeit auf sich gezogen, als er die Personenbeschreibungen durchgegangen war. Eines der Mädchen in dem Film entsprach vage dieser Beschreibung, und ein Muttermal von der Größe einer Kaffeebohne war auf seinem Schulterblatt zu sehen. Doch das reichte nicht aus, um irgendeine triftige Schlussfolgerung daraus zu ziehen.

Er schimpfte ein letztes Mal und machte sich eine Notiz, die ihn daran erinnern sollte, die Polizeidienststellen zu kontaktieren, die die Vermisstenanzeigen aufgenommen hatten. Er kritzelte in sein Notizbuch: zuallererst Fotos der Kinder auftreiben, um weniger zufallsabhängige morphologische Vergleiche vornehmen zu können. An seinem Schreibtisch sitzend, richtete er seine Aufmerksamkeit auf den Rechner. Eine Nachricht vom Diskussionsforum der NAMBLA blinkte auf:

Bitte um ein privates Gespräch.

Annehmen/Ablehnen.

Jemand hatte angebissen. Er versuchte, seine Euphorie zu dämpfen, und klickte. Ein Fenster öffnete sich unten auf dem Bildschirm. Keine Schriftzeichen. Nur ein leeres Fenster. Er tippte:

Sérapion:?

Stairway to Heaven: Mir scheint, dass du nicht alles sagst, was du über diesen Film weißt.

Der andere warf ihm unverwandt einen Köder hin. Léopold spürte, dass sich eine Fährte abzeichnete. Er würde vorsichtig verfahren müssen, um nicht den dünnen Faden zu verlieren, den man ihm hinhielt.

Sérapion: Du aber auch nicht.

Stairway to Heaven: Vielleicht.

Sérapion: Entweder du hast Infos und wir verhandeln. Oder ich bin draußen.

Es folgte eine lange Pause.

Léopold biss sich hinter seinem Bildschirm auf die Lippe. Er war vorschnell gewesen. Seine Ungeduld würde ihn noch ruinieren. Das Fehlen einer konkreten Spur hatte ihn die Regel Nummer drei vergessen lassen. Das Spiel akzeptieren und sich als ein passionierter Spieler ausgeben, um die Partie zu seinen Gunsten zu wenden. Doch hier stand allzu viel auf dem Spiel. Gänzlich unerwartet tauchte eine Antwort auf.

Stairway to Heaven: Ich habe vor einigen Tagen die gleiche Info erhalten wie du. Ich habe es für einen Scherz gehalten. Aber dafür waren die Angaben zu präzise. Ich wollte mehr darüber wissen …

Sérapion: Mach's kurz.

Stairway to Heaven: Das Video heißt Neverland.

Léopold zuckte zusammen. Jemand hatte es irgendwo hochgeladen. Jetzt müsste man nur noch nacheinander den Webverlauf der Internetbenutzer zurückverfolgen, um denjenigen zu finden, der ihn zu den Kindern führen würde.

Sérapion: Wo bekommt man das Video?

Stairway to Heaven: Dafür musst du zahlen. Ich bin seit Langem hinter einem ganz bestimmten Video her. Es stammt aus dem Jahr 2000 und zeigt eine Rose mit dem Vornamen Alice.

Seine Finger erstarrten über der Tastatur.

Wieso unter den Millionen pädophiler Videos, die im Umlauf waren, ausgerechnet dieses?

Er loggte sich in den internen Server der Polizei ein, öffnete die Site der OCLCTIC – Zentralstelle zur Bekämpfung der Kriminalität im Zusammenhang mit Informations- und Kommunikationstechnologien –, gab seine

Kennnummer und sein Passwort ein und öffnete die Akte seines Falls.

ALICE DELOGES.

Die Tatsachen verschlugen ihm den Atem.

Im Dezember 2000 begannen ein Video und Fotos, auf denen ein kleines Mädchen bei einer Fellatio zu sehen war, in den Foren von KRUMME 13, einer deutschen Pädophilengruppe, zu kursieren. Die Berliner Polizei kontaktierte Maxime, um ihm ihre Ermittlungsergebnisse vorzulegen: Die Daten wurden in Frankreich ins Netz gestellt.

Vier Monate dauernde Ermittlungen, Jagd und Schlaflosigkeit waren notwendig, um das Haus des Kinderschänders ausfindig zu machen. Dieser wurde auf der Flucht festgenommen. Bei seiner Vernehmung gestand der Entführer, das Mädchen in einer stillgelegten Metrostation ausgesetzt zu haben. Einige Stunden später fand Maxime Kolbe das Mädchen, das nackt in einem Tunnel herumirrte.

Léo überflog die Einzelheiten der Ermittlungsakte. Aber er brauchte nur die Augen zu schließen, um jede Sekunde dieses ersten Ausflugs in die menschlichen Abgründe noch einmal zu erleben.

Er füllte das Ausleihformular für das Video aus und überspielte die Datenbasis auf seinen Rechner. Der Lesebildschirm öffnete sich nach dem Abschluss des Downloads.

Ein zierlicher Körper tanzte nackt und schweigend, während sich die blonden Haare um den Nacken ringelten. Die Füße schienen über den Boden zu schweben. Dann tanzte ein von Kopf bis Fuß schwarzgekleideter Mann mit dem Kind und führte es durch einen gefühlvollen Slowfox. In den Armen der monströsen Erscheinung wirkte die Nacktheit des Mädchens obszön, in geradezu ekelhafter Weise abstoßend. Nach langen Minuten öffnete der Mann seinen Hosenschlitz und nahm seinen Penis heraus, der im Vergleich zu dem Körper, den er an sich drückte, geradezu riesig war. Und sie drehten sich weiter langsam im Kreis in der Mitte des grauen Zimmers.

Léo hielt den Film an und wog das Pro und das Kontra des weiteren Vorgehens ab.

Dieses Video liefern, um einen weiteren Anhaltspunkt dieses Falls zu geben. Misshandlungen, die direkt der Vergangenheit entstammten, eintauschen, um mit dem Puzzle fortzufahren, das ihn zu den Kindern führen würde.

Er ließ die Ermittlungsansätze Revue passieren und gelangte zu dem Schluss, dass sie sehr dürftig waren. Das Versprechen von Stairway to Heaven könnte zu einem entscheidenden Beweis werden. Er bat das Mädchen um Verzeihung, hängte ein Spionageprogramm an das Video an, um den Rechner ausfindig zu machen, auf den das Video heruntergeladen würde, und sendete es.

Statt einer Antwort erhielt er eine lapidare E-Mail.

Auf eMule: NeverlandRGS.

Léo loggte sich in eMule ein und tippte *Neverland* in die Suchmaschine. Das Video, das unter anderen Filmen versteckt war, wartete auf einem anonymen Server. Léopold spürte, wie sich ihm die Kehle zusammenschnürte, wie seine Schläfen pochten.

Nachdem er den Film zu Ende angesehen hatte, sprang er auf und ging, die Tür hinter sich zuschlagend, aus dem

Zimmer. Seine neuronalen Schaltkreise waren durchgebrannt, seine Synapsen gestört. Vollständige Sättigung des Systems. Er musste frische Luft schnappen, mit jemandem sprechen, damit dieser den winzigen Teil von ihm, der überlebt hatte, wiederbelebte. Wenn er diesen Abend alleine verbrächte, würde ihn seine Einsamkeit wie an allen anderen Abenden umbringen.

Aber diesmal hätte er nicht die Kraft, am Morgen wieder aufzuerstehen.

21| Paris, Wohnung von Prof. Stéphane Firsh

»Ich glaube nicht, dass man die aktuellen Ereignisse nur auf eine Krise der Vorstädte und der Jugend zurückführen kann. Das wäre absurd! Umso mehr, als Sie das vom Standpunkt eines Polizisten aus betrachten. Es ist, als würden Sie Scheuklappen tragen«, sagte Stéphane Firsh, während er den Burgunder in seinem Glas schwenkte.

»Glauben Sie im Ernst, dass diese Ausschreitungen etwas anderes sind als eine Kettenreaktion, wie sie mit schöner Regelmäßigkeit etwa alle fünf Jahre auftritt?«, fragte Léo zweifelnd.

Der Professor dachte einige Sekunden nach, in denen er durch die Fenster die Dreifaltigkeitskirche betrachtete, die einen weißen Schatten in der abendlichen Milde darstellte. Der Wein vernebelte ihnen das Gehirn, und das Abendessen neigte sich in der großen Eckwohnung des Arztes seinem Ende zu. Die Gegenwart von Firsh und seiner Frau, ihre Heiterkeit, verschafften Léopold den Trost, den er brauchte. Der Abend verging im Nu, aber sie bemühten sich, gemeinsam das Dahineilen der Sekunden zu verlangsamen.

Er hatte gezögert, ihre Nummer zu wählen, da er niemanden mit seiner melancholischen Stimmung behelligen wollte, doch die Angst vor der Finsternis und vor dem Reigen seiner Gespenster hatte ihn dazu bewogen, gegen die Regeln der Höflichkeit zu verstoßen. Am Telefon wirkte Firsh nicht überrascht, und er hatte ihn, ohne große Umstände, zu ihnen zum Abendessen eingeladen. Seine Frau und er passten auf ihre Enkelkinder auf, zwei Wirbelwinde von acht und sechs Jahren, und Léo kam gerade recht, um dabei zu helfen, diese Energiebündel etwas in Schach zu halten. Jetzt saßen die beiden Jungs vor dem Fernseher, und die Erwachsenen nutzten diesen Moment der Ruhe, um über die aktuelle Lage in Frankreich zu diskutieren.

»Ich bin fest davon überzeugt, dass diese Krawalle ein Symptom sind«, nahm der Rechtsmediziner den Gesprächsfaden wieder auf. »Nicht das Symptom einer Jugend auf Abwegen oder einer kollektiven Verdrossenheit, all dies sind grobe Vereinfachungen! Ich spreche von einem Symptom im medizinischen Sinne, der sichtbaren Manifestation einer Erkrankung.«

»Aber welcher? Des Niedergangs Frankreichs?«

»In gewisser Weise. Eines ökonomischen, künstlerischen, politischen und gesellschaftlichen Niedergangs. Unser Land ist in eine Phase intellektueller Apathie eingetreten!«, ereiferte sich der Mediziner.

»Ich bitte dich, Stéphane, kannst du nicht bis zum

Nachtisch warten, ehe du deine Diagnose stellst?«, fragte Edna lächelnd.

Sie neigte sich zu Léopold hin und tätschelte seine Hand.

»Sie müssen ihn entschuldigen, Lieutenant, mein Mann hat die schlechte Angewohnheit, mit seiner Schwarzseherei unsere Freunde zu vergraulen. Zum Glück hat er nicht viel Gelegenheit, mit seinen Patienten zu sprechen.«

Firsh lachte laut auf und warf seiner Frau einen zärtlichen Blick zu.

Einen Stapel Teller in den Händen haltend, durchquerte Léo das Wohnzimmer, wo die beiden Jungen im Pyjama sich für die Abenteuer eines Helden begeisterten, der gegen die New Yorker Unterwelt kämpfte. Als der Ältere den Lieutenant erblickte, rief er ihm zu:

»Sag, stimmt es, dass du eine Pistole hast, so wie er?«, sagte er und zeigte auf die Figur im Bildschirm. »Hast du damit schon mal auf jemanden geschossen?«

»Nein, ich habe sie nur auf dem Schießstand benutzt. Ich war ein sehr schlechter Schütze, wenn du es genau wissen willst.«

»Aber wie hast du dann die Leute verhaftet?«

»Ich verhafte sie nicht, das tun andere Polizisten. Ich versuche herauszufinden, wo sie sich aufhalten.«

»Ich habe dir doch gesagt, dass er kein richtiger Polizist ist«, flüsterte der Jüngere. »Es ist wie bei Opa, der ist auch kein richtiger Arzt.«

»Und wieso bin ich kein richtiger Arzt?«, murrte Firsh hinter ihnen.

»Du behandelst die Leute nicht. Sie sind schon tot«, antwortete der große Bruder.

»Und wenn ich euch eine Spritze gebe, um euch zu zeigen, dass ich ein richtiger Arzt bin?«

»Nein! Nein!«

Die beiden Bengel schrien und begannen, schrill auflachend, durch die Wohnung zu laufen, verfolgt von ihrem Großvater. Léo stellte das Geschirr in der Küche ab und beneidete diese Familie um ihr unverkennbares Glück. Es schien so einfach, so leicht zu sein.

Während er das Besteck in den Geschirrspüler einräumte, versuchte er sich in einem Rollenspiel und träumte sich ins familiäre Paradies hinein – er nahm an Elternabenden und an Theatervorstellungen zum Abschluss des Schuljahres teil. Er sah sich als engagierter Vater, als aufmerksamer Ehemann. Und vor allem sah er sich als einen glücklichen Menschen.

Gegen Mitternacht verabschiedete er sich und kaum, dass er wieder alleine war, brach der Zauber schnell in sich zusammen. Nachdem ihn der Alkohol zunächst euphorisch gestimmt hatte, bewirkte er jetzt das Gegenteil. Auf dem wie ausgestorbenen Gehsteig erschauerte Léo. Die Bars hatten sich geleert, und die Kellner stapelten die Stühle und räumten die Gläser weg. Die Straßen, von denen alles Leben wie abgesaugt zu sein schien, machten einen feindseligen Eindruck auf ihn.

Er bemühte sich nach Kräften, das Idyll eines ungetrübten Glücks in sich wiederaufleben zu lassen, aber schon bald wackelten die Bilder wie die eines alten Werbefilms, weil der Filmstreifen total abgewetzt war. Seine Psyche war zu mitgenommen, sein Gedächtnis zu ramponiert, seine Wirklichkeit zu zerstückelt. Er hatte einer Frau nichts zu bieten, keine rosige Zukunft zu versprechen – nicht, solange er diese Arbeit machte. Und er konnte jetzt nicht aussteigen. Noch nicht. Solange er diesen Fall noch nicht abgeschlossen hatte. Wenn er dem Glück eine Chance geben wollte, musste er reinen Tisch machen und das beenden, was er angefangen hatte.

Er bräuchte nur noch etwas Zeit.

Mit gesenktem Kopf beschleunigte er seinen Schritt, bereit, es mit dem Rest der Welt aufzunehmen.

Allein in seinem Wohnzimmer, näherte sich Léo der Wand, und irgendetwas drängte ihn dazu, das Foto von Alice Deloges abzureißen. Er hatte nicht die Kraft, es anzusehen. Er begnügte sich damit, es umgedreht mit Tesafilm festzukleben – ein weißes Viereck anstelle des Gesichts.

Sich wieder in den Fall vertiefen. Sich mit Arbeit betäuben. Vergessen.

Der Film, den er ins Netz hochgeladen hatte, war der gleiche wie auf der DVD. Das Spionageprogramm, das er an das Video von der kleinen Alice angehängt hatte, hatte bislang keine Ergebnisse erbracht. Vermutlich hatte es sein Empfänger noch nicht geöffnet. Ihm blieb nichts zu tun, als abzuwarten, bis Stairway to Heaven das Spionageprogramm aktivierte. Sobald er ihn aufgespürt hätte, würde er ihn sich schnappen und ihm entlocken, wo er diesen Film aufgetrieben hätte. In der Zwischenzeit musste er sich auf die anderen Facetten des Falls konzentrieren. Er nahm die Liste hervor, die er am Morgen erstellt hatte, und markierte auf einer Karte Frankreichs die Orte, an denen Kinder verschwunden waren, auf die die Personenbeschreibung passen könnte. Er wählte die

Nummer des Polizeipräsidiums in Clermont-Ferrand, während er die Akte von Julia Verno durchblätterte.

Nach dreimaligem Läuten antwortete ihm eine Telefonistin mit müder Stimme:

»Polizeipräsidium, ja bitte?«

»Guten Abend. Lieutenant Apolline, Sondereinheit der OCLCTIC. Ich hätte gern Informationen über eine Ihrer Suchanzeigen.«

»Die zuständige Abteilung ist um diese Uhrzeit leider geschlossen.«

»Könnten Sie vielleicht für mich in einer Ihrer Akten nachsehen?«

»Dazu bin ich nicht befugt …«

»Bitte, es eilt.«

»Ich werde sehen, was ich tun kann … geben Sie mir Ihre Kennnummer.«

Er wartete einige Sekunden, und das Schweigen am anderen Ende der Leitung ließ ihn glauben, sie hätte aufgelegt.

»Schießen Sie los, was wollen Sie wissen?«

»Ich hätte gern alle Ihre Informationen über Julia Verno.«

»Das verschwundene Mädchen? Eine üble Geschichte. Die Gendarmerie hat nichts herausgefunden. Haben Sie etwas?«

Léo wich der Frage aus:

»In diesem Stadium der Ermittlungen kann ich nichts sagen.«

»Das heißt, Sie haben etwas …«

»Können Sie mir die Akte faxen? Ich bin in meiner Wohnung.«

Die Stimme am anderen Ende der Leitung wurde misstrauisch:

»An eine Privatperson? Nein, das darf ich nicht …«

»Bitte, es eilt.«

»Tut mir leid, Lieutenant, ich darf wirklich nicht. Ich schicke es Ihnen in Ihr Büro. Sonst kann ich nichts tun.«

Er gab auf und nannte ihr die Nummer der Sondereinheit bei der Pariser Mordkommission.

»Eine letzte Sache, könnten Sie mir das Original faxen? Ich brauche unbedingt ein Farbfoto.«

Die Telefonistin schwieg einige Sekunden lang, ehe sie antwortete:

»Das ist merkwürdig, ich habe die Akte vor mir … aber sie enthält kein Foto von Julia Verno.«

22 | Paris, Quai des Orfèvres 36, Sondereinheit

Erschöpfte, angespannte Polizisten diskutierten mit Angehörigen verschiedener Gendarmeriebrigaden. Léo durchquerte das Kommissariat im Laufschritt.

Die Akte von Julia Verno lag bereits im Fax. Die Telefonistin in Clermont-Ferrand hatte die Wahrheit gesagt. In der Vermisstenanzeige war kein Foto des Kindes. Léo drehte das Blatt hin und her, er wusste nicht, wie er den leeren rechteckigen Rahmen interpretieren sollte. Als er genauer hinsah, bemerkte er, dass die oberflächliche

Schicht des Papiers abgerissen worden zu sein schien, als hätte jemand Julias Foto absichtlich entfernt.

Er vertiefte sich in die Details ihres Verschwindens.

Um 17 Uhr verlässt sie die Schule. Das Klassenbuch und der Aufsichtsführende sind diesbezüglich eindeutig. Um 17.15 Uhr wird sie am Square de la Jeune Résistance gesehen. Sechs Augenzeugen. 18 Uhr: Anruf der Mutter bei Klassenkameradinnen. 18.30 Uhr: Die Polizei wird verständigt und beginnt umgehend mit der Suche nach dem vermissten Mädchen. Der erste Bericht wird um 20.30 Uhr fertiggestellt und um 21 Uhr an die Staatsanwaltschaft weitergeleitet.

Das Bemerkenswerteste war das fehlende Foto. Léopold verglich die Daten, die er der Datei vermisster Personen entnommen hatte, mit dem Bericht. Die Aussagen der Mutter und des Vaters vermittelten ein präziseres Bild von Julia als die Personenbeschreibung. Er stand unvermittelt auf und verließ das Büro.

Die Vernehmungszimmer waren besetzt. Er ging durch den Flur, der zu den Räumlichkeiten der Mordkommission führte. Ungeachtet der späten Stunde schien das ganze Stockwerk unter hohem Druck zu stehen. Ein Schnellkochtopf, der bis zur Weißglut erhitzt worden war. Jugendliche in Handschellen. Erschöpfte Beamte. Überlastete Ermittlungsrichter.

Er klopfte an die Tür eines Büros der Mordkommission. Eine Stimme brüllte:

»Was gibt's?«

Er trat ein, ohne zu antworten, und stand unvermittelt zwei Brigadiers und einem Zeichner gegenüber, die sich über eine Skizze beugten. Die Rückseite eines Spionspiegels nahm einen Teil der rechten Wand ein, und in dem Nebenzimmer kaute ein etwa zwanzigjähriger junger Mann, der allein an einem großen Tisch saß, an seinen Nägeln.

»Was wollen Sie?«

»Ich bräuchte das Computer-Porträt eines verschwundenen Mädchens.«

Auf dem Papier nahm ein junger Franzose maghrebinischer Abstammung Gestalt an. Der Zeichner schattierte die Augen. Der Brigadier wandte den Blick von ihm ab, zündete sich eine Zigarette an und trat an den Spiegel.

»Scheiß Araber …«, nörgelte er.

Der zweite Brigadier deutete auf die Tür, ohne von dem Blatt aufzusehen, auf dem der Zeichner die Porträtskizze erstellte.

»Wir sind beschäftigt.«

»Es ist dringend.«

»Hier ist alles dringend, und wir haben hier Wichtigeres zu tun, als uns mit einem Kind zu befassen, das von daheim weggelaufen ist.«

Er sprach in gereiztem Tonfall, und der Finger zeigte noch immer auf die Tür. Léo atmete tief ein und äußerte mit monotoner Stimme:

»Ich gehöre der Sondereinheit des OCLCTIC an, und ich habe allen Grund anzunehmen, dass das Mädchen, das ich suche, genau zu dieser Stunde vergewaltigt, gefoltert und vielleicht umgebracht wird. Wenn dies der Fall ist, müsst ihr die Ermittlungen führen. Aber vielleicht habe ich dann schon einen Bericht geschrieben, in dem ich klarstelle, dass ihr mir nicht helfen wolltet. Muss ich noch deutlicher werden?«

Seine Worte wurden mit einem langen Schweigen aufgenommen.

»Schon gut ... entschuldigen Sie, wir sind mit den Nerven ziemlich am Ende.«

Der zweite Brigadier hielt, wie zur Rechtfertigung, mehrere Skizzen hoch.

»Sämtliche Computer sind beschlagnahmt. Wir müssen das auf die altmodische Art machen.«

Der Zeichner legte seinen Block auf die Knie und strich mit der Hand über ein neues weißes Blatt, um es zu säubern. Oben auf die Seite schrieb er: Kindergesicht. Léopold hielt ihm den Erkennungsbogen aus der Akte hin. Der Zeichner machte eine abwehrende Geste, als ob ihm das Blatt Angst einjagte.

»Nein, ich kann nicht lesen und gleichzeitig zeichnen. Lesen Sie es laut vor.«

Er schloss die Augen, wie wenn er meditieren wollte.

»Die Kleine hat schwarze Mandelaugen. Die Brauen sind wenig markant. Ihr Gesicht ist rundlich, und sie hat ein Kinngrübchen.«

Der Zeichner zog die ersten Striche, gekrümmte Linien, eine leichte Schraffur um die Augen. Léo wartete, bis er damit fertig wäre, doch der Mann winkte mit der Hand und murmelte, ohne den Blick vom Zeichenstift abzuwenden:

»Fahren Sie fort ...«

»Wenn sie lächelt, hat sie Grübchen. Volle Wangen. Sie hat eine Stupsnase und hervorstehende Wangenknochen, außerdem einen sehr langen Hals. Sie hat schimmerndes braunes Haar, das rechts zu einer abgestuften Ponyfrisur geschnitten ist.«

Léo fuhr mit der Beschreibung fort, wobei er den Gesamteindruck des Gesichts hervorhob. Je länger er sie beschrieb, umso stärker hatte er den Eindruck, sie schon einmal gesehen zu haben. Dennoch erwartete er nichts Außergewöhnliches. Aber er wollte Gewissheit.

Sämtlichen Spuren folgen. Er musste an die Ratschläge von Maxime Kolbe denken. Die Täter und die Opfer suchen. Die einen nicht von den anderen trennen.

Das Geräusch eines Papiers, das abgerissen wird, holte ihn in die Wirklichkeit des kleinen Kabuffs zurück, zu den Kollegen, die schweigend rauchten, und zu dem jungen Mann hinter der Scheibe, der leise weinte.

»So ungefähr muss sie aussehen.«

Als Léopold die fertige Zeichnung sah, traute er seinen Augen nicht. So viel hatte er sich nicht erhofft.

Er stürzte aus dem Büro, ohne sich zu verabschieden. Er bahnte sich einen Weg durch das laute, hektische Treiben, ohne etwas zu hören oder zu sehen. Ihm schwirrte der Kopf. Mit großen Sätzen eilte er die Treppe hinauf. Sein Gehirn arbeitete auf vollen Touren, hin- und hergerissen zwischen dem, was er glaubte, und der Tatsache, dass dies unmöglich war. Er musterte eingehend die Fotos der vergrößerten Kindergesichter, die an die Wand gepinnt waren.

Die Zeit schien stillzustehen. Das verängstigte Gesicht eines Mädchens auf einem der Fotos war wie ein Abziehbild des gezeichneten Gesichts.

Mist.

Höchstwahrscheinlich war Julia Verno eines der Opfer.

23 La Courneuve, Cité des 4000, Mordkommission

»Kaffee, Lieutenante?«

Ohne zu antworten, nahm Blandine den Becher aus der Hand des Beamten. Seit dem Morgen hatte sie nichts gegessen, und sie fühlte sich fiebrig. Sie versuchte die Unterzuckerung zu vergessen. Ungeduldig auf das Anzeichen wartend, welches das Ende des Alptraums ankündigte, starrte sie auf die Rahmfäden, die an der Oberfläche des Kaffees umherwirbelten. In dem opaken Spiegel sah sie nur ihre Augen und die unruhige Hoffnung, die sie durchzuckte.

Der Rechtsmediziner und zwei Experten von der Spurensicherung waren an der Leiche zugange, die aus der Badewanne herausgenommen und auf eine Kunststoffplane gelegt worden war. Fast alles, was sich im Badezimmer befand, – Fläschchen, Cremes, etc. – wurde in nummerierte Beutel gepackt. Der Rechtsmediziner verglich flüchtig die Klinge des Cutter-Messers, das neben der Leiche gefunden worden war, mit den Wunden an den Handgelenken. Einer der Experten puderte sehr schnell die Zonen, die möglicherweise berührt worden waren. Eine schludrige Art und Weise, Fingerabdrücke zu nehmen.

Der junge Polizist, der noch immer neben dem Bett stand, räusperte sich und sprach mit ängstlicher Stimme.

»Es ist dunkel. Sie sollten gehen. Es wird hier allmählich ungemütlich, und vielleicht müssen wir das Gebäude räumen.«

Blandine, gedankenverloren, zwang sich dazu, in die Wirklichkeit zurückzukehren. Die Schreie und die Beschimpfungen, die von außen in die Wohnung drangen, nötigten sie dazu, aufzustehen. Es bestand die Gefahr, dass die gesamte Cité jeden Moment explodierte.

Als sie die Wohnung verließ, versuchte sie, sich an möglichst viele Details der Szene zu erinnern. In ihrem Kopf umschlangen sich die blutverschmierten Körper von Amandine und ihrer Mutter in einer morbiden Umarmung.

Im Flur hatten mit Maschinenpistolen bewaffnete Gendarmen ein wachsames Auge auf die Wohnungstüren, hinter denen die Spannungen hörbar wuchsen. Das Knistern der Walkie-Talkies begleitete Blandine, als sie die Treppe hinabstieg, begleitet von zwei Zivilfahndern, die sie jeweils an einem Arm hielten. Der ältere der beiden war wütend und machte seinem Ärger Luft:

»Was ist nur in Sie gefahren, allein hierherzukommen? Wie kann man nur so leichtsinnig sein. Sie reiten nicht nur sich selbst, sondern uns alle in die Scheiße. Meinen Sie, die da draußen machen Spaß? Schauen Sie!«

Sie blieben hinter der schmutzigen Glastür am Eingang stehen. In der Dunkelheit drehten sich die Blaulichter von sechs Fahrzeugen und malten die Szenerie in Rot und Blau. Zwei Kastenwagen der Bereitschaftspolizei bildeten eine Sperre auf der Esplanade. Davor tummelten sich etwa fünfzig Jugendliche unterschiedlichsten Alters. Die jüngsten in vorderster Reihe. Steine wurden geworfen. Wüste Beschimpfungen hinterhergeschleudert.

»Wir ficken euch!«

Mülleimer wurden von oben auf die Autos geworfen und zerplatzten beim Auftreffen auf der Karosserie; Abfall spritzte auf die Windschutzscheiben. Flaschen regneten auf die Polizisten herab, und Glasscherben flogen in alle Richtungen.

»Wir ficken euch, ihr Bande von Hurensöhnen!«

Verängstigte Polizisten blieben in ihren Fahrzeugen, die Sirenen in voller Lautstärke, mit geladenen Waffen, befürchtend, dass die Sache aus dem Ruder lief. Der Zivilfahnder beobachtete das Verhalten der Meute, um einen günstigen Moment abzupassen und Blandine in Sicherheit zu bringen. Die Gendarmen, die die Leiche auf der Trage herunterbrachten, stießen am Eingang des Gebäudes mit dem Rechtsmediziner und den Leuten von der Spurensicherung zu ihnen. Niemand sprach. Der Brigadier zählte bis drei und stieß dann die Türen auf, während er schrie:

»Los jetzt! Schnell! Na los!«

Blandine stürzte sich ins Gewühl und lief geduckt durch das Gewitter von Schreien und Beschimpfungen zu einem Einsatzwagen.

»Dreckige Hure, wir ficken dich!«

Flaschen zersprangen wie Bomben. Steine streiften Blandine an den Schenkeln. Einer der Erkennungsdienstler, im Gesicht getroffen, fiel in Glasscherben und zerschnitt sich die Hände, als er versuchte aufzustehen. Zwei Gendarmen packten ihn an den Armen und zogen ihn auf den Gehsteig. Blandine legte die noch verbleibenden wenigen Meter zum ersten Polizeiauto zurück, die Flaschenscherben knirschten unter ihren Füßen, und sie ging hinter der Wagentür in Deckung. Das Herz pochte wild in ihrer Brust. Die Zivilfahnder stießen hinter einem Fahrzeug zu ihr. Der Brigadier sah, dass sie ihre Waffe gezogen hatte, packte ihre Hand und verdrehte ihr den Arm, damit sie die Waffe losließ.

»Bist du verrückt! Jetzt reicht's!«

Der Schmerz trieb ihr Tränen in die Augen. Der Polizist schubste sie mit brutaler Gewalt.

»Los, verdammt noch mal! Beweg dich! Die lynchen uns hier!«

Blandine spürte, dass sie kurz vorm Zusammenbruch war, aber sie schaffte es bis zu dem Polizeiauto in Zivil und schlüpfte auf den Beifahrersitz. Der Brigadier und sein Kollege stürzten ihrerseits ins Wageninnere und düsten mit quietschenden Reifen los. Blandine sah, wie die Jugendlichen mit Ochsenziemern über die Bereitschaftspolizisten herfielen, die sich mit Schlagstöcken zur Wehr setzten.

»Duck dich! Sie könnten uns mit Steinen bewerfen!«

Sie zog den Kopf ein, um nicht als Zielscheibe zu dienen. Der Fahrer trat aufs Gas, und sie verließen in einem letzten Steinhagel die Cité.

Die Siedlung verschwand wie ein Alptraum. Im Wageninneren nahm die Spannung etwas ab. Der zweite Zivilfahnder, der hinten saß, beugte sich vor und hielt ihr ihren Revolver hin. Sie steckte ihre Waffe ins Holster und atmete tief ein, um zur Ruhe zu kommen und wieder Ordnung in ihre Gedanken zu bringen.

Sie erreichten Aubervilliers, und der Brigadier nahm den Fuß vom Gas. Er nahm eine Schachtel Zigaretten vom Armaturenbrett und bot Blandine als versöhnliche Geste eine an.

»Es tut mir leid, dass ich in diesem Ton mit Ihnen gesprochen habe ...«

»Sie hatten recht«, antwortete sie, ohne den Blick von der Straße abzuwenden.

Sie zündete sich die Zigarette an und versuchte sich zu beruhigen. Der Unteroffizier, dem die Sache sichtlich peinlich war, fuhr fort:

»Sie müssen mich verstehen, Lieutenante ... Sie haben uns eine verdammte Angst eingejagt. Als wir den Anruf erhielten, glaubten wir an einen Scherz. Eine Polizistin allein in der Cité des 4000, noch dazu mit einer Leiche ...«

Er atmete den Rauch ein, bevor er fortfuhr.

»Schon zu normalen Zeiten ist diese Gegend ein Brennpunkt erster Güte. Wir haben dort tagsüber etwa zwanzig Einsätze. Nachts und am Wochenende sind es sogar vierzig.«

Der zweite Polizist lehnte sich gegen den Fahrersitz, um die Äußerungen seines Vorgesetzten zu bestätigen.

»Über fünftausend Delikte pro Jahr.«

»Aber seitdem die jüngsten Ausschreitungen begonnen haben, wissen wir nicht mehr, was wir tun sollen. Zehnjährige, die Geschäfte plündern. Überall werden Schutzgelder erpresst. Kollegen werden angegriffen. Das ist der Anfang eines Bürgerkrieges, glauben Sie mir.«

Der Polizist schnaubte und scherte im Kreisverkehr plötzlich – hupend – seitlich aus, um die Autos zu überholen, die zur Seite fuhren, um sie vorbeizulassen. Er nahm den Gesprächsfaden wieder auf, ohne zu bemerken, dass Blandine, die Schläfe gegen die eiskalte Scheibe gelehnt, ins Leere starrte.

»Erinnern Sie sich noch an die Krawalle vor ein paar

Jahren? Danach sind die Studenten auf die Straße gegangen. Das geschah zu zwei verschiedenen Zeitpunkten. Aber jetzt gehen alle und überall auf die Straße. Man will alles kurz und klein schlagen, um wieder ganz von vorn anzufangen.«

Die Worte der beiden Kollegen und die Szenerie, die aufgrund der Geschwindigkeit verschmiert an ihren Augen vorbeizog, wirkten auf Blandine wie ein Wiegenlied. Die extreme Anspannung an diesem Abend hatte ihre Nerven überfordert. Sie versank in ihren Gedanken.

Ihre Ermittlungen hatten eine katastrophale Wendung genommen.

Und es gab keinen Ausweg. Sie würde suspendiert, und Rilk – der Bär – würde sich an ihr abreagieren. Dienstvergehen, riskantes Verhalten. All dies war ohne Rückendeckung ihrer Vorgesetzten geschehen und absolut rechtswidrig – außerdem hatte sie Ausschreitungen provoziert, bei denen wahrscheinlich Polizisten verletzt worden waren.

Doch trotz der heiklen Lage, in die sie sich gebracht hatte, und der Tatsache, dass sie ihre Karrierechancen ruiniert hatte, ging ihr die Spur, die sie entdeckt hatte, nicht mehr aus dem Sinn.

24 Paris, Quai des Orfèvres 36, Mordkommission

Auf dem Stockwerk der Mordkommission eilten alle geschäftig hin und her. Bei den Kollegen, die ihr über den Weg liefen, hatte Blandine den Eindruck, sie wüssten schon Bescheid und würden sie insgeheim verurteilen. Sie blieb vor der Kaffeemaschine stehen. Polizisten, die sie kannte, beendeten ihren Nachtdienst, indem sie versuchten, aus Espresso und Bourbon einen Irish-Coffee zu zaubern.

»Mensch, Pothin, warum schaust du so finster drein! Beschissener Tag, was?«, fragte einer der Unteroffiziere und hielt ihr einen Becher mit der Melange hin.

»Kann man wohl sagen.«

Sie nahm einen Schluck und verzog das Gesicht.

»Hat jemand den Eiffelturm in die Luft gejagt?«

»Krawalle in den Bahnhöfen.«

»Das hört wohl überhaupt nicht mehr auf…«

»Warte, da ist jemand, der deine Stimmung heben wird. Hey, du da, Herr Prophet, beweg mal deinen Arsch hierher!«

Ein etwa vierzigjähriger Obdachloser mit einem dichten Vollbart, kaputtem Anorak und Lumpen näherte sich den drei Polizisten.

»Los, wiederhol das, was du uns gesagt hast.«

Der Mann blickte verängstigt um sich, bevor er tief einatmete.

»Komm, ich … ich zeige dir das Strafgericht über die

große Hure, die an den vielen Gewässern sitzt! Auf ihrer Stirn steht ein Name: Paris! Paris, die Große, die Mutter der Huren und aller Abscheulichkeiten der Erde!«

Er hob die Arme zur Decke und sackte wie ein kaputter Hampelmann in sich zusammen. Die Polizisten schlugen ihm feixend auf den Rücken.

»Ist er nicht unbezahlbar? Wir haben ihn in den Markthallen eingesammelt. Der Idiot hat sich nackt in den Brunnen gestellt, um das Wort Gottes zu verkündigen.«

»Du musst ihn bitten, dir die Zukunft vorauszusagen, das ist …«

»Ich habe keine Zeit. Ich bin mit dem Bär verabredet.«

»Um diese Uhrzeit? Hört sich nicht gut an.«

»Weiß ich selbst.«

»Los, Herr Prophet, streng dich für die liebe Frau an, versprich ihr was Schönes.«

Man brauchte kein Prophet zu sein, um ihr eine schwarze Zukunft zu weissagen, dachte sie. Sie stürzte sich wieder in das Getümmel, unter einer Flut halluzinierter Voraussagen.

Sie hatte kaum eine Handvoll Stunden gehabt, um sich eine überzeugende Rede zurechtzulegen. Aber jetzt, wo es drauf ankam, gelang es ihr nicht mehr, sich selbst zu überzeugen. Allzu viele Schattenzonen. Allzu viele Mutmaßungen. Rilk würde ihre Theorie vom Tisch wischen.

»Blandine! Blandine!«

Sie drehte sich auf dem Flur um und suchte mit den Augen denjenigen, der ihren Namen rief. Paul Garcia bahnte sich einen Weg durch das geschäftige Treiben.

»Ich habe gehört, was dir in der Cité des 4000 passiert ist. Ich habe dich doch gewarnt! Was hat dich nur dorthin getrieben?«, schrie er. »Hast du noch immer nicht begriffen, dass es nichts zu ermitteln gibt? Die Sache ist abgeschlossen! Suizid. Es war eindeutig Suizid. Es gibt kein mordendes Phantom in der Metro!«

»Das führt weit darüber hinaus …«

»Das führt nirgendwo hin! Der Tod der beiden Mädchen ist doch nur ein Vorwand für dich!«

»Was?«

»Begreif doch endlich! Jeden Morgen hast du geklagt, du wüsstest nicht, weshalb du aufstehst! Du brauchtest einen Grund, egal welchen, um dich nützlich zu fühlen! Du bist wie eine dieser Frauen, die ein Kind wollen, weil sie nicht wissen, was sie aus ihrem Leben machen sollen! Ich habe dich gedeckt, da ich geglaubt habe, du würdest es selber schnallen. Aber jetzt kann ich nichts mehr für dich tun.«

Er wiederholte: »Ich kann nichts mehr für dich tun«, und blieb vor dem Büro von Kommissar Jean-François Rilk stehen.

»Scher dich zum Teufel, Paul«, fuhr sie ihn an.

Sie richtete sich auf, atmete ruhig ein und aus und klopfte dreimal. Ohne die Antwort abzuwarten, trat sie ein.

Die Fassade, die sie errichtet hatte, wäre beinahe zusammengebrochen, als sie sah, dass der Kommissar, hinter dem schweren Schreibtisch, auf dem sich Berge von Papier stapelten, sich mit einem Lieutenant des Dezernats für interne Ermittlungen unterhielt, der den Spitzname »das Fallbeil« trug. Sie spürte die Hand von Paul Garcia in ihrem Kreuz, er schubste sie kräftig und hinderte sie daran, zurückzuweichen. Sie stammelte Entschuldigungen, die Rilk mit einer gereizten Geste vom Tisch wischte, und befahl ihr in schroffem Ton, die Tür zu schließen.

Das Fallbeil eröffnete die Feindseligkeiten, indem er ihnen einen Bericht über einen Totschlag in einer Bank in Bercy Village überreichte, der von ihnen beiden unterzeichnet war. Blandine sah, dass Paul unten auf der Seite ihre Unterschrift nachgemacht hatte, und bemühte sich, keinerlei Gefühlsregung zu zeigen. Jean-François Rilk sprach mit honigsüßer Stimme:

»Ich habe es durch einen Anruf beim Leitenden Kommissar des Dezernats zur Bekämpfung der Bandenkriminalität, der in diesem Fall die Ermittlungen leitet, überprüft …«

Blandine analysierte die Situation in aller Eile. Das, was auf dem Spiel stand, ihre Karriere, erschien ihr bald lächerlich, bald wesentlich. Der Bär fuhr mit dem Finger über das Metallband, in das ihr Name und ihr Dienstgrad eingraviert waren.

»Leider musste ich erfahren, dass Pothin sich nicht nur nicht bei ihm vorgestellt hat, sondern auch die Dreistigkeit besaß, die Berichte zu unterschreiben.«

Paul Garcia trat vor, um die Frau, die seinem Team angehörte, zu verteidigen:

»Ich möchte sagen …«

»Schweigen Sie, Garcia!«, donnerte Rilk, mit der Faust auf den Tisch schlagend, wobei die Gegenstände, die sich dort befanden, umfielen. »Wir haben auch noch eine Rechnung offen«, zischte er mit zusammengebissenen Zähnen, um ihm deutlich zu verstehen zu geben, dass er bald an der Reihe wäre.

Der Kommissar hielt den Bericht der Zivilfahnder hoch.

»Und das? Was ist das denn? Zwei Polizisten im Krankenhaus Ihretwegen! Zweiundzwanzig Autos abgefackelt seit Ihrem Flop!«

Die kleine Versammlung wartete in gespanntem Schweigen, dass Blandine das Wort ergriff:

»Ich habe eine Leiche gefunden ...«

Rilk starrte sie mit hochgezogenen Augenbrauen an, als hätte er sie nicht richtig verstanden.

»Ich habe genügend Beweise, um den Fall neu aufzurollen.«

»Verdammt noch mal, was für einen Fall?«

»Die beiden Mädchen, die vor die U-Bahn gestoßen wurden. Die Leiche in der Cité des 4000 war die Mutter des älteren der beiden Mädchen ...«

»Was sagen Sie da? ›... die gestoßen wurden‹?«

Dem Kommissar platzte der Kragen, und er schlug ein weiteres Mal auf seinen Schreibtisch.

»Halten Sie mich für blöd, Pothin? Ich war da, als sich die beiden Mädchen vor den Zug geworfen haben! Ich habe sie gesehen! Eine jugendliche Spinnerei! Sonst nichts. Ich verstehe nicht, wie einer meiner Mitarbeiter seine Zeit damit verplempern kann, weiß Gott was zu tun und Theorien aufzustellen, die ebenso grotesk wie hirnrissig sind!«

Er wandte sich an Garcia und fragte mit aggressiver Stimme:

»Wussten Sie Bescheid?«

Paul Garcia biss sich auf die Lippen und nickte.

Rilk musste sich zusammenreißen, um nicht auszurasten.

Schweigend füllte er zwei Vordrucke aus, die er dem Beamten vom Dezernat für interne Ermittlungen hinhielt. Dieser las die Formulare aufmerksam durch und nickte zustimmend, bevor er sie an die beiden Polizisten weiterreichte.

»Dekret Nr. 86–592 über den Kodex der Dienstpflichten der Staatspolizei. Artikel 6: Jede Verletzung der Dienstpflichten, die in dem vorliegenden Kodex definiert werden, wird mit einer Disziplinarstrafe geahndet.«

Der Kommissar der Mordkommission komplimentierte sie barsch hinaus:

»Sie werden nicht suspendiert. In der gegenwärtigen Lage brauchen wir jeden Mann. Aber ich erteile Ihnen eine Rüge. Ihnen beiden. Es ist eine Warnung. Eine zweite wird es nicht geben. Und ich verbiete Ihnen, weiter an diesem Fall zu arbeiten. Habe ich mich deutlich genug ausgedrückt?«

25 | Paris, Quai des Orfèvres 36, Mordkommission

»Bist du sicher, dass du vorankommst?«

Als Antwort hielt Blandine ihrem Teamkollegen die Fotos von der Obduktion hin und las den Bericht mit lauter Stimme vor, auf die Ungereimtheiten hinweisend. Paul hatte sich ein gutes Dutzend Mal dafür entschuldigt, dass er sie nicht unterstützt hatte, und bemühte sich, Abbitte zu leisten.

Perplex ließ er seinen Blick über das Puzzle schweifen, das sie auf ihrem Schreibtisch ausgebreitet hatte, und versuchte, sich alle Details, alle Daten einzuprägen. In Gedanken verglich er die Erkenntnisse und die Indizien im Fall der toten Amandine mit denen in der Todessache Madame Clerc. Er konzentrierte sich auf diese vergleichende Lektüre und zog nervös an seiner Zigarette. Er blätterte erneut in dem Tagebuch des Mädchens und wandte sich Pothin zu.

»Glaubst du wirklich, dass diese Alpträume etwas mit ihrem Tod zu tun haben?«

»Ich bin mir sicher.«

»Nimm es mir nicht übel, aber es gibt keinen vernünftigen Grund, um einen solchen Zusammenhang anzunehmen. Du verlässt dich allein auf deine Intuition.«

»Du irrst dich. Ich habe für diesen Mord drei Profile erstellt. Entweder, es ist ein Verbrechen aus Leidenschaft, und sie wurden von einem Ex-Freund vor den Zug gestoßen. Doch ich habe bei Amandine nichts gefunden, keinen Brief, kein Foto, und das Gleiche gilt für ihren Computer – nichts, was darauf hindeutet, dass sie liiert war. Außerdem stellt sich die Frage, wieso sich ein verschmähter Ex in einem Passbildautomaten verstecken sollte. Und warum sollte er auch die Jüngere vor den Zug werfen? Das passt nicht zusammen. Die zweite Möglichkeit ist die eines Gelegenheitsmordes, wie bei einem Omnibusfahrer, der vorsätzlich Fußgänger umfährt. Er wählt sein Opfer aufs Geratewohl aus, tötet es, täuscht einen Unfall oder Selbstmord vor und verschwindet. Auf dem Video sieht man allerdings, dass Amandine mit dem Mann in dem Passbildautomaten spricht. Auch das passt nicht zusammen.«

Garcia nickte. Er fand diese zweite Hypothese ebenfalls wenig plausibel. Psychopathen und andere Geisteskranke waren im Allgemeinen keine großen Leuchten, sondern ungebildete, impulsive Menschen, fantasielose Schwachköpfe, deren öffentliches Bild durch Krimis und das kollektive Imaginäre schöngefärbt worden war. Zehn aufmerksame Zeugen – darunter ein hohes Tier der Mordkommission – zu täuschen, so etwas konnte keine Impulstat sein.

»Bleibt die dritte Möglichkeit«, fuhr Blandine fort. »Jemand, der sie kennt, unter dessen Einfluss sie steht und der ihr große Angst einflößt.«

Es gab noch eine Möglichkeit, dachte Paul, Blandine war völlig verrückt, und er war es ebenfalls, dass er ihr glaubte. Aber er behielt diese Möglichkeit für sich. Er nahm das Foto in die Hand – ja, sie sah Amandine so ähnlich, dass sie gut deren Schwester sein konnte.

»Kennst du noch immer nicht seinen Namen?«

»Nein. Keine Spur bei der Mutter oder bei Amandine. Keine Vermisstenanzeige, auf die die Personenbeschreibung zutrifft. Eine Unbekannte.«

»Hast du veranlasst, dass die DNA der beiden verglichen wird?«

»Wenn ich das tue, rückt mir Rilk auf die Pelle. Und der Rechtsmediziner hat die Hypothese, dass sie denselben Vater haben, bereits verworfen.«

»Halbschwestern?«

»Möglich. Aber in der Wohnung der Mutter deutete nichts darauf hin, dass sie noch ein Kind hatte.«

In Pauls Gehirn drehten sich die Rädchen nur mühsam und blockierten bei jedem Widerspruch. Er schimpfte und zündete sich eine zweite Zigarette an. Er warf einen weiteren Blick auf die Unterlagen auf dem Tisch und versuchte sich im Geiste an die verschiedenen Orte zu versetzen, die fotografiert worden waren, in die Szenerien einzutauchen und mit denjenigen Kontakt aufzunehmen, die dort gelebt hatten. Er konzentrierte sich, um die letzten Augenblicke dieser drei Personen nachzuerleben. Da kam ihm plötzlich ein Gedanke. Unverwandt packte er Blandine am Arm.

»Ist dir dort nichts aufgefallen?«

»Was meinst du mit ›dort‹?«

»In der Wohnung. In der Cité des 4000. Ist dir nichts aufgefallen, was dir merkwürdig vorkam? Ein Schriftzug?«

»Nein … Nun ja, ich glaube, da war irgendetwas im Badezimmer, als ich hineinging.«

Sie öffnete den Umschlag mit dem ersten Bericht der Spurensicherung und hielt ihm die Aufnahmen von dem Zimmer hin. Sie zeigte mit dem Finger auf die Rückwand, hinter der Badewanne, die noch mit blutigem Schaum gefüllt war.

»Auf dieser Wand. Aber vermutlich habe ich es mir nur eingebildet.«

Garcia beugte sich über das Foto, konnte jedoch nichts entdecken. Er bemerkte, dass der Spiegel an den Ecken undurchsichtig war.

»War der Spiegel beschlagen?«

Blandine nickte und verstand, worauf ihr Kollege hinauswollte. Sie lächelte ihn ihrerseits an, erleichtert darüber, dass es jemanden gab, der ihr glaubte. Was immer Kommissar Rilk denken mochte, sie hatte recht.

»Wir müssen dorthin zurückkehren.«

26 | Paris, Rue Saint-Denis, Sondereinheit

Anthrazitgrauer Himmel, quecksilberfarbene Wolken. Ein rosaorangefarbenes Band schwebte im Osten über den Dachfirsten. In der Schwebe zwischen Nacht und Morgengrauen, blieb Broissard vor einem schäbigen Sexshop an der Ecke Rue Saint-Denis und Rue du Cygne stehen. Er stellte sich in den Schatten einer Toreinfahrt und zündete sich eine Zigarette an, ohne den Eingang aus den Augen zu lassen.

Aufkleber, die Mädchen im String-Tanga zeigten, und gelbe Neonröhren rahmten einen Vorhang aus rotem Samt ein. Freier fuhren die Straße hinunter, machten in den Quergassen kehrt und drehten dann inkognito eine weitere Runde. Links versuchte ein Obdachloser den Preis für einen Blowjob herunterzuhandeln. Rechts bemühten sich Vorstädter im Auto, zwei Schwarze zu einer kleinen Spritztour zu überreden.

Er presste sich noch fester an die Holztür und spähte abermals die Umgebung ab, ohne dass ihm etwas Ungewöhnliches auffiel. Eine böse Vorahnung schnürte ihm die Kehle zu.

Im Inneren des Sexshops empfing ihn Techno-Musik.

Es dauerte einige Sekunden, bis sich seine Augen an den Wechsel von hell ausgeleuchteten und dunklen Zonen gewöhnt hatten, die zu den Einzel- und den Massagekabinen führten. Um diese Uhrzeit war kaum was los. Niemand an der Theke.

Broissard begab sich zu den DVD-Regalen. Unter den rosafarbenen Neonröhren reihten sich die Schutzhüllen der Porno-DVDs aneinander. In den ersten Fächern standen Klassiker mit bekannten Pornostars.

Daneben standen Videokassetten mit Pornoklassikern. John Holmes und muskulöse Schnurrbärte. Es folgten die Abteilungen Gang Bang, Pfeifen-Alarm; Krankenschwestern, die rittlings auf Godemichés in Spritzenform saßen; Schülerinnen, denen auf Pulten der Hintern versohlt wurde. Ein endloses Labyrinth von Kategorien und Unterkategorien.

Er ging in einen schummrigen Gang hinein. Hinter Vorhängen verbargen sich kleine Kabuffs. Broissard wagte einen Blick in den ersten. Niemand. Purpurviolette Tapete. Schäbiger Bildschirm mit einem DVD-Spieler. In der Mitte ein beigefarbener Plastiktisch. Massageöl. Ein Glas mit Kondomen.

Er lauschte und hörte ein Stöhnen, das vom Ende des Ganges zu kommen schien. Er blieb jäh im Rahmen der Kabine stehen. Ein junger Mann hatte den Kopf zwischen den Schenkeln einer Frau, die auf einem Tisch lag, der Rock war bis zum Nabel gerafft. Die Frau bemerkte Broissard und klopfte leicht auf den Kopf des jungen Burschen.

»Zugucken kostet zwanzig Euro, und zwar dort hinter dem Spiegel«, sagte sie, auf einen mannshohen Spiegel deutend.

»Ich suche den Eigentümer, Gaspard Fogeti.«

Der junge Bursche ließ seine Muskeln spielen und ging drohend auf den Capitaine zu, doch seine Gespielin hielt ihn am Arm zurück. Broissard erkannte ihr Gesicht: eine Frau mittleren Alters mit hypnotischen schwarzen Augen.

»Ich vertrete Gaspard, wenn er nicht da ist. Was wollen Sie?«

»Polizei. Ich brauche ein paar Informationen.«

Die Frau zuckte nicht mit der Wimper. Der junge Mann dagegen reagierte sofort, indem er sich zwischen den Capitaine und sie stellte.

»Ich muss Sie unter vier Augen sprechen.«

»Lass uns allein. Mach dir keine Sorgen.«

Der Junge spannte ein weiteres Mal seine Muskeln an und rempelte den Polizisten beim Hinausgehen leicht mit der Schulter an. Die Geschäftsführerin warf ihm eine Kusshand zu.

»Regen Sie sich nicht auf. Sex ist gewissermaßen mein einziger Lebensinhalt.«

Sie zog ihren Slip nicht wieder an, sondern ließ ihn ostentativ in der Ecke des Tischs liegen. Sie schlüpfte an Alain vorbei und ging voran in ihr Büro.

»Reden Sie nicht lange um den heißen Brei herum, Monsieur …«

»Broissard.«

»Judith Fogeti.«

»Wann kommt Ihr Mann zurück? Ich muss mit ihm über einige Dinge reden.«

»Auf die Gefahr hin, Sie zu enttäuschen: Gaspard wird nicht so schnell zurückkommen. Er ist seit sechs Jahren tot. Ich habe sein Geschäft geerbt. Sind Sie ein Freund von ihm?«

»Eigentlich nicht. Sagen wir ein Bekannter.«

Er ließ die Akte von Gaspard Fogeti noch einmal im Zeitraffer Revue passieren.

Ein Zuhälter der untersten Schublade. Zu seinen besten Zeiten hatte er fünf Nutten und vier Stricher in seinem Stall. Spielte nach außen hin den knallharten Macker. Doch nach Aussage seiner Mädchen zeigte er sich immer großzügig und schlug sie auch nicht. Seinen Anteil am Hurenlohn hatte er in diesen Sexshop der Rue Saint-Denis investiert.

Im Jahr 1997 war ihm Broissard wegen pornografischer Fotos von einem Minderjährigen auf die Pelle gerückt. Das Gerichtsurteil: sieben Jahre ohne Bewährung. Alain hatte ihm einen Deal vorgeschlagen. Gegen Erlass eines Teils seiner Strafe sollte Fogeti als Spitzel Informationen über die Netzwerke beschaffen, über die illegalc Vidcos nach Frankreich eingeführt werden. Aber diese Abmachung hatte nicht lange Bestand.

Ihr letzter Kontakt fand 2001 statt. Fogeti erschien trotz Ladung nicht zum Prozess von Étienne Caillois, der ein zwölfjähriges Mädchen vergewaltigt hatte. Da Gaspard ein wichtiger Belastungszeuge war, hatte ihn Maxime Kolbe von seiner Verpflichtung als Informant entbunden, um ihn dazu zu zwingen, als Zeuge auszusagen.

Alain betrachtete Gaspards Frau und dachte, dass er behutsam vorgehen müsste, um das zu bekommen, was er wollte.

»Ihr Name sagt mir etwas. Kannten Sie meinen Mann geschäftlich?«

»Das kann man so sagen. Wie ist er gestorben?«

»Durch eine Kugel und eine Fliege auf der Zunge.«

Eine Fliege – Symbol für einen Polizeispitzel.

Das Gesetz der Unterwelt.

Broissard erschauerte. Gaspard hatte viele Feinde, aber sein Tod trug eine ganz bestimmte Handschrift. Er dachte an Fogetis flehentlichen Anruf am Tag vor der Eröffnung des Prozesses.

Er verjagte den Anflug von Schuldgefühlen, die er in sich aufsteigen spürte.

»Es tut mir wirklich leid, Madame. Mein Beileid.«

»Es tut *mir* leid, dass Sie umsonst hierhergekommen sind. Wenn Sie zufälligerweise am Friedhof von Montmartre vorbeikommen, grüßen Sie Gaspard.«

»Ich bin nicht nur wegen Ihres Mannes gekommen ...«

»Ich bin mir nicht sicher, ob ich Ihnen folgen kann.«

Der Tonfall hatte sich geändert. Ihr Gesichtsausdruck wurde härter, und sie maß Broissard mit durchdringenden Blicken.

»Meine geschäftlichen Angelegenheiten sind in Ordnung. Die Anzeigen, die vor zwei Jahren gegen mich erstattet wurden, sind im Sande verlaufen. Die Räumlichkeiten hier entsprechen den Hygiene- und Sicherheitsvorschriften. Meine Angestellten arbeiten hier, weil sie es wollen. Die Beziehungen zwischen meinen Mädchen und meinen Kunden haben nicht das Geringste mit Prostitution zu tun.«

Sie zischte durch die Zähne, während sie an Broissard herantrat:

»Was meine Mitwirkung an den Wohlfahrtseinrichtungen der Polizei des Viertels anlangt, habe ich schon

Ihren Kollegen gesagt: Das interessiert mich nicht. Mein Mann hat sich gegenüber der Polizei immer zuvorkommend gezeigt. Doch als es dann drauf ankam, hat sich niemand für seine Gefälligkeiten revanchiert, und er hat es mit seinem Leben bezahlt. Da werde ich doch kein Geld spenden.«

»Deswegen bin ich nicht hier.«

Die Frau beeindruckte Broissard. Er zündete sich eine Zigarette an, um seine Verwirrung zu verbergen. Wenn die Witwe auch nur eine entfernte Verbindung zwischen ihm und ihrem Mann wittern würde, würde sie sich wie eine Muschel verschließen und nicht auspacken.

»Ich stelle Nachforschungen über spezielle DVDs an. Der Zoll hat sie vor ein paar Tagen gefunden. Alles deutet darauf hin, dass sie in Frankreich gedreht wurden.«

»Und was hat das mit mir zu tun?«

»Ich versuche, das Vertriebsnetz aufzudecken.«

»Die Filme, die ich bekomme und verkaufe, sind alle legal.«

»Ich spreche nicht von klassischer Pornografie. Es handelt sich um pädophile Filme …«

»Ich weiß nicht, wovon Sie sprechen.«

Die Antwort kam allzu schnell. Gaspard hatte alle drei Monate mindestens zwei bekommen, und Broissard verdächtigte ihn, einige unter der Hand verkauft zu haben. Seine Frau hatte sein Geschäft übernommen und fortgeführt. Sie musste etwas wissen.

»Kinder werden vergewaltigt und gefoltert …«

»Ich sage Ihnen noch mal, dass ich nicht weiß, wovon Sie sprechen.«

Sie war ein echter Eisberg, der keinerlei Emotionen zeigte. Broissard verlor allmählich die Geduld.

»Wo bewahren Sie die Filme auf, die unter der Hand verkauft werden?«

»Nirgendwo, ich habe keine.«

»Wo kaufen Sie diese Filme?«

»Sie haben keinen Durchsuchungsbefehl. Sie haben nichts gegen mich in der Hand. Ich möchte Sie bitten, jetzt zu gehen.«

Er spürte ein Kribbeln in den Armen und konnte sich nur mit Mühe davon abhalten, sie zu schlagen. Mit heiserer Stimme wiederholte er seine Frage:

»Wo bewahren Sie die Filme auf, die unter der Hand verkauft werden? Gonzo hard, Sex mit Tieren, wo sind sie?«

Er schlug mit der Faust so fest auf den Tisch, dass der Aschenbecher wackelte. Judith Fogeti fuhr zusammen und wich neben das Sofa zurück, mit den Augen die Tür suchend, in der Hoffnung, der Lärm würde ihren Macker alarmieren. Sie stammelte:

»Ich ... ich verstehe nicht ...«

Broissard stand auf und ging zum Schreibtisch. Mit dem Handrücken fegte er den Papierkram vom Tisch. Er nahm ein Lineal aus Metall in die Hand und ließ es vor ihren Augen blitzen.

»Ich will die Liste derjenigen, die Hardcore-Filme vertreiben, all diese illegalen Schweinereien, die in Umlauf gebracht werden, alles, was Sie Ihren Kunden andrehen, die bereit sind, dafür zu zahlen.«

»Ich ... ich will mit meinem Anwalt sprechen.«

Falsche Antwort. Er schlug mit dem Lineal auf den Schreibtisch. Judith Fogeti warf panische Blicke zur Tür.

»Wie können Sie diesen Abschaum nur in Schutz nehmen! Ich will nur diese verdammte Liste.«

»Das ist … das ist unmöglich …«

Das Lineal traf eine Lampe. Die Glühbirne platzte unter einem kurzen, dumpfen Geräusch. Broissard durchquerte mit einem Satz das Zimmer, peitschte die Luft mit dem Metallstab und stolperte über den niedrigen Tisch. Judith schrie aus Leibeskräften und stürzte zur Tür:

»Samuel! Samuel!«

Mit Mühe erlangte er sein Gleichgewicht wieder, rutschte auf den Teppich unter dem Tisch, als der Bodyguard wie eine Furie ins Büro hineinschneite. Er stürzte sich auf Broissard und warf ihn um. Der Polizist lag auf dem Rücken, ihm drehte sich alles. Und die Zeit verlangsamte sich.

Die Schläge hagelten nur so. Inmitten der Hiebe und des Geschmacks von Blut hatte er einen lichten Moment: Wenn er jetzt nicht reagierte, wäre er erledigt. Broissard rang nach Atem. Er schlug, aber seine Schläge gingen ins Leere. Er wand sich, um sich zu befreien und zu fliehen. Eine Hand hielt er schützend vor sein Gesicht, mit der anderen tastete er den Boden ab und spürte die Kälte des Lineals.

Der erste Schlag traf Samuel an der Schläfe. Er hörte auf zu schlagen. Ein weiteres Aufblitzen. Der Backenknochen des Gorillas wurde zertrümmert. Er kippte nach hinten, die Augen voller Blut. Broissard kroch außer Reichweite der Hände, die blindlings ins Leere griffen. Beim nächsten Faustschlag zielte er genau und brach dem Jungen die Nase. Broissard ließ von dem blutüberströmten Gesicht ab und knöpfte sich den Körper vor. Schlüsselbein, Mittelhandknochen, Schienbein. Mit chirurgischer Präzision zielte er auf die Knochen. Mit seinen Kräften am Ende, hörte er auf. Der Junge zuckte, ausgestreckt in einer Blutlache.

Broissard lehnte sich gegen das Sofa. Ihm brummte der Schädel. Sein Gesicht war nur noch ein einziger diffuser Schmerz. Er schloss die Augen, um die letzten Zuckungen der Gewalt vorübergehen zu lassen.

Schluchzer zogen seine Aufmerksamkeit auf sich. Er ließ den Blick über das Durcheinander der Möbel und Papiere gleiten. Judith Fogeti, die bei der Tür zusammengesunken war, schüttelte den Kopf und wiegte zugleich den Oberkörper vor und zurück. Der Polizist baute sich vor ihr auf und stammelte:

»Genug Ärger für heute …«

Sie richtete sich auf und begann wieder zu schluchzen, während sie auf den Absätzen zum Schreibtisch strauchelte. Schnaubend schloss sie eine Schublade auf und warf mit einer wütenden Geste den Rest der Papiere auf den Boden. Am ganzen Körper zitternd, hielt sie ihm ein zerknülltes Blatt hin. Er riss es ihr aus der Hand.

»Was ist das?«

»Ich weiß es nicht mehr … ich habe es unter den persönlichen Sachen von Gaspard gefunden. Er hat es mir nie erklärt … er hat mir nur gesagt, dass die Filme von dort kommen … Filme von der Art, die Sie suchen.«

Unverwandt starrte ihn Judith Fogeti an.

»Sie … Sie haben ihn verraten … Ihretwegen wurde er umgebracht.«

Tut mir leid. Tut mir leid. Tut mir leid.

Er atmete die Luft der Straße ein und gab sich einige Sekunden dem Rausch des Tageslichts hin. Er musterte sein verschwollenes Spiegelbild in einer Scheibe seines Autos. Was er sah, betrübte ihn. Eine grimassierende Maske. Dämonen von jenseits der Erinnerung zeichneten sich als vage Silhouetten ab und ließen sich in den Falten auf seiner Stirn, den Ringen unter seinen Augen nieder. Das ist nur der Anfang, dachte er.

Er ließ den Motor aufheulen und warf einen Blick auf das Blatt, das ihm Judith Fogeti gegeben hatte:

51117
22139

Das Auto fuhr los. Die menschenleere, von Leuchtschildern gesprenkelte Rue Saint-Denis verlief schnurgerade. Er beschleunigte. Die Fassaden verflüssigten sich, die Neonleuchten wurden zu verschwommenen Linien, die Wörter SEX und VIDEO wurden verzerrt und zerplatzten in bunte Flecken.

27 Paris, Loft von UZI PROD, Sondereinheit

Die Produktionsräume befanden sich im obersten Stockwerk eines schäbigen Gebäudes mit wackligen Fenstern und abblätterndem Verputz. Eine Zeitblase, die sich seit dem 19. Jahrhundert nicht verändert hatte.

Broissard eilte in großen Sprüngen die schmale Treppe hinauf und gelangte in einen purpurfarbenen Flur, der zur einzigen Tür auf dieser Etage führte. UZI PROD in Großbuchstaben. Ohne anzuklopfen, trat er ein.

Die Zwischenwände waren eingerissen worden, sodass die Wohnung zu einem hellen, luftigen Loft geworden war. Im größten Teil des Raumes stapelte sich Filmmaterial. Rechter Hand begrenzten ein langer Tisch und mannshohe Spiegel die Schminkecke. In der Mitte waren zwei Kameras auf ein riesiges Bett in knalligen Farben gerichtet.

Techniker schalteten Scheinwerfer an, die um das Bett herum standen, und stellten die Helligkeit ein, und eine Requisiteurin verstreute letzte Rosenblätter ringsherum. In ihre Aufgabe versunken, beachteten sie Broissard nicht weiter. Er ging den Geräuschen nach, die aus einem Nachbarzimmer kamen.

An den Wänden hingen Drehpläne, Fotos vom Set und Castingzettel. Bei dem Fenster, das auf Sacré-Coeur ging, instruierte ein nervöser kleiner Mann mit graumeliertem Haar mit ausladenden Gesten zwei junge Blondinen in Strapsgürteln. Die größere der beiden hatte einen Godemiché umgeschnallt, der grotesk zwischen ihren Schenkeln baumelte.

»Ich weiß, dass du nicht lesbisch bist! Ich verlange von dir ja nur, dass du *sinn-lich* bist! Du musst sie nicht wie ein Rennpferd reiten! Und du, kannst du nicht etwas realistischer stöhnen? Es soll dir Spaß machen! Los, lass mich deinen Orgasmus hören.«

»Aaaahhh aah ooohhhh.«

Luc Digler war im Pornomilieu unter dem Spitznamen »MP« bekannt. Diesen Spitznamen verdankte er dem Umstand, dass er nicht stillsitzen konnte, und seinem Hang zu Monologen, die wie aus der Pistole geschossen kamen. Das war auch der Grund, weshalb er seine Produktionsfirma UZI genannt hatte.

»Willst du mich verarschen? Das hört sich an wie eine Kreuzung aus Pavarotti und einem Pudel! Du sollst nicht brüllen! Du musst die Lust ansteigen lassen. Hör zu: AAAAHHH, dann wirst du leiser, aaaaah, und du explodierst … AAAAaaaahhhhh …«

Luc Digler brach seine Regieanweisungen unvermittelt ab, als er Broissard erblickte. Er fing sich wieder und bedeutete den beiden Mädchen, sich im anderen Zimmer aufzuwärmen.

»Ich habe ihnen Regieanweisungen gegeben.«

»Das habe ich gehört«, antwortete ihm Broissard schmunzelnd.

»Hast schon lange nicht mehr vorbeigeschaut.«

Digler erblickte die Spuren der Schläge.

»Mensch, wer hat dich denn so zugerichtet? Bist du okay?«

»Mir ist es schon mal besser gegangen.«

»Willst du ein Mädchen, um dich zu entspannen? Ich leih dir die beiden Puppen, wenn du Bock hast. Wir könnten sogar eine Szene mit dir hinzufügen. Aber mit vertauschten Rollen. Du bist der Tatverdächtige, und die Mädchen werden dich einem Verhör unterziehen, das du deinen Lebtag nicht vergessen wirst. Ist das keine tolle Idee?«

»Nein, ich glaube nicht.«

»Du machst meine Arbeit immer schlecht. Dabei bin ich der Beste in meinem Metier. Intellektuell, sexy, chic. Wir drehen gerade eine Adaption. *L'extension du domaine de la pute* im Stil von David Lachapelle. Bei der Unmenge von Pornofilmen, die im Umlauf sind, müssen wir was Neues machen. Weil es …«

Broissard hob die Hand, um ihn zu unterbrechen. MP zuckte mit den Schultern.

»Okay, okay«, gab er klein bei. »Ich weiß, du wirst mir sagen, ich rede zu viel. Aber gleichzeitig schätzt du das doch bei deinen Spitzeln, oder? Also schieß los.«

Der Polizist seufzte und hielt MP das Blatt hin, das Judith Fogeti ihm gegeben hatte.

»Ich will wissen, ob du etwas darüber gewusst hast.«

Digler verzog das Gesicht, als er die Zahlen und sonst nichts sah.

»51117 und 22139. Ich war gut in Mathematik, habe allerdings nie die Fields-Medaille bekommen. Was ist das?«

»Laut meiner Quelle handelt es sich um einen Code, der zu dem Ort führen soll, wo die Filme herkommen, die nur unter der Hand vertrieben werden.«

»Ich habe flüchtig von dieser Geschichte gehört. Aber ich habe kein Wort davon geglaubt. Das ist die Art von Gerüchten, die kursieren, ohne dass irgendjemand wirklich weiß, wovon er spricht. Ein Typ hat mir gesagt, ein anderer Typ hätte ihm gesagt … Ein bisschen wie Flüsterpropaganda.«

»So weit bin ich auch schon«, murrte er enttäuscht.

Digler zögerte. Er bemerkte Broissards Verärgerung, und so seufzte er:

»Schön, hör zu, vor etwa fünf Jahren hat mich ein Kerl aufgesucht, um mir einen … mmmh … sagen wir etwas dreckigen Film anzudrehen.«

»Davon hast du mir nie etwas erzählt.«

»Ein Spitzel muss einige kleine Geheimnisse für sich behalten können, um sein Geschäft zu schützen ... kurzum, ich habe den Verkäufer gefragt, woher der Film kommt, und er wollte mir nicht antworten. Ich habe ihm gesagt, dass ich seinen Film nicht kaufen würde, wenn ich nicht wüsste, wer ihn produziert hat. Er hat mir die gleiche Flüsterpropaganda aufgetischt, aber hinzugefügt, wer hinter alldem steckt.«

Luc war plötzlich ernst geworden. Seine Mundwinkel zuckten nervös.

»Wer?«

»Schwör mir, dass du nie verraten wirst, wer dir diesen Tipp gegeben hat.«

»Sag schon, wer?«

»Jésus Miguel Montoya.«

Broissard nahm die Äußerung ohne sichtbare Regung auf. Jésus Miguel Montoya. Der Schutzpatron der kolumbianischen Kartelle. Weder Zufall noch Koinzidenz. Eine goldene Regel. Er wusste nicht genau, wohin ihn diese Information führen würde, doch er wusste jetzt, zu wem.

Er beruhigte Digler. Niemand würde etwas von dieser vertraulichen Mitteilung erfahren. Bevor er ging, ließ der Capitaine seinen Blick über die Porträts gleiten, die an die Wand gepinnt waren. Gezwungenes Lächeln. Verführerische Blicke. Junge Mädchen, die gerade die Pubertät hinter sich hatten, schienen davon zu träumen, der nächste Pornostar zu werden. Eines von ihnen verwirrte ihn.

»Ich habe dieses Mädchen schon mal irgendwo gesehen«, sagte er, auf das Foto deutend.

»Eine echte Kanone, was? Vor ein paar Monaten kam

die Kleine zu einem Casting. Aber irgendetwas hat mit diesem Mädchen nicht gestimmt. Es stellte zu viele Fragen, so, als würde es etwas suchen. Ich …«

»Ich muss los, Luc«, unterbrach ihn Broissard. »Falls wir uns nicht wiedersehen sollten, möchte ich mich bei dir bedanken. Danke für alles.«

»Gern geschehen.«

Beim Durchqueren des Lofts sah der Polizist die beiden Blondinen, die sich zärtlich umschlangen; sie streichelten sich gegenseitig die Brüste und bearbeiteten sich abwechselnd mit dem Godemiché.

Draußen schwankten die Bäume im Wind. Über ihm der Hügel von Montmartre. Der Mont des Martyrs. Der Ort, an dem der heilige Dionysius den Märtyrertod gestorben war. Ein passender Ausgangspunkt für seine Nachforschungen, dachte Broissard.

Er öffnete den Kofferraum seines Wagens. All seine Sachen lagen dort aufgeschichtet. Er suchte eine öffentliche Toilette auf und wechselte das Hemd, wobei er sich Zeit ließ. Er sah auf die Uhr. Er hätte schon im Gericht sein müssen, wegen seiner Vorladung. Das machte nichts. Er wusste ganz genau, was passieren würde.

In knapp einer Stunde würde der Richter offiziell feststellen, dass er nicht erschienen war. Sein Anwalt würde irgendeinen vorgetäuschten Grund geltend machen, um die Verhandlung zu vertagen, und er würde vergeblich versuchen, ihn zu erreichen.

Er wusch sich das Gesicht und hielt seine Haare unter den Hahn. Böse Zungen flüsterten, sein Verschwinden sei ein Schuldeingeständnis. Er kämmte sich und pflanzte sich vor dem winzigen Spiegel auf. Es war ihm egal. Das

Einzige, was jetzt zählte, war seine Flucht und der Sinn, den er ihr gab.

Er zählte die Personen, denen er vertrauen konnte. Eine. Zwei, wenn er mit seinem Urteil richtig lag. Er war ihr erst vor Kurzem begegnet, aber er spürte, dass eine enge Verbindung zwischen ihnen entstanden war. Eine Verbindung, die er nicht erklären konnte.

Als er die Telefonnummer wählte, beschloss er, das Risiko einzugehen.

»Hallo? Sylvain Carrère? Hier ist Alain Broissard.«

28 Paris, Quai des Orfèvres 36, Sondereinheit

Léo wachte in seinem Büro auf, vollkommen desorientiert wie beim ersten Wimpernschlag nach einer durchzechten Nacht. Er streckte sich und warf die alte Wolldecke, in der er geschlafen hatte, in eine Ecke. Noch immer leicht benommen, ging er zur Toilette, um sich das Gesicht zu waschen, und säuberte sich, als er seinen Kopf in ein mit kaltem Wasser gefülltes Waschbecken tauchte, von Schlaf, Schweiß und Traumresten. Da ihm der Magen knurrte, ging er vor die Tür, um im Quartier Latin eine Bäckerei zu plündern. Zurück in der Dachwohnung, tunkte er das Feingebäck in eine große Schale Kaffee und nahm das Porträt von Julia Verno in die Hand. Das Gesicht war mit Bleistift gezeichnet, und sie lächelte fast darauf.

Mindestens ein Kind war auf französischem Hoheitsgebiet gekidnappt worden, und die Wahrscheinlichkeit war groß, dass die anderen das gleiche Schicksal erlitten hatten. Dank dieser Gewissheit ließen sich viele Fragen beantworten, wie in einer Kettenreaktion. Darunter auch die wichtigste: Der Film war zweifellos in Frankreich gedreht worden.

Das schrille Läuten des Telefons riss ihn aus seinen Gedanken. Seine Uhr zeigte sieben Uhr morgens an. Draußen war es noch immer stockfinster. Wer konnte ihn so früh anrufen?

»Léopold? Hier ist Zoé Hermon.«

»Verdammt noch mal, wissen Sie, wie spät es ist?«

»Endlich erreiche ich dich«, sagte sie, ohne ihm die Zeit zu lassen, zu sprechen. »Ich habe es bei dir zu Hause versucht, aber da ging niemand dran. Ich wollte mich nur vergewissern, dass du meine Schlussfolgerungen gelesen hast.«

Léo schwieg einige Sekunden lang. Am anderen Ende der Leitung wurde ein dringlicherer Ton angeschlagen.

»Die E-Mail, die ich dir geschickt habe. Ich habe die ganze Nacht kein Auge zugetan …«

»Nein, ich habe noch …«

»Der Hintergrund.«

»Was ist mit dem Hintergrund?«, entfuhr es Léopold, der nicht verstand, worauf Zoé hinauswollte.

»Als du mir die Akte des Falles gegeben hast, habe ich versucht herauszufinden, ob das Set keine Hinweise enthält, die es erlauben, den Tatort zu ermitteln. Die Wände, die Beleuchtung, irgendetwas, was uns weiterhelfen kann. Ich habe Stunden im Bildlabor verbracht, ohne etwas zu finden.«

Das Telefon gegen die Schulter geklemmt, öffnete Léo die Datei, die an die E-Mail von Zoé angehängt war. Sie hatte *Neverland* auf eine frei verfügbare Software überspielt, eine Weiterentwicklung von After Effects, und die Konturen der auf dem Filmstreifen abgelichteten Figuren markiert, um sie aus dem Bild zu entfernen. Léo klickte, und zuerst wurden die Kinder gelöscht. Die maskierten Männer erstarrten in einem grotesken Tanz, einem wütenden Hexensabbat, allerdings ohne die Körper, an denen sie sich vergingen. Dann blieb nur noch das reine, entschlackte »Szenenbild«.

»In der Annahme, dass der Film vielleicht schon etwas älter ist«, fuhr Zoé fort, aus der es nur so hervorsprudelte, »habe ich mir die alten Fälle bis in die neunziger Jahre hinein noch einmal vorgeknöpft. Fehlanzeige auf der ganzen Linie. Ich habe die Recherchen auf die Pornofilme ausgedehnt und schon geglaubt, auf dem falschen Dampfer zu sein, bis ich die Ortsbeschreibungen miteinander verglich.«

»Haben Sie etwas gefunden? Einen Ort, auf den die Beschreibung passt?«, fragte Léo mit trockenem Mund, während ihm das Herz bis zum Hals schlug.

»Volltreffer! Drei Pornofilme wurden von einem gewissen Gaspard Fogeti in einem Keller gedreht. Seine Frau und er hatten ein Haus in Marne-la-Vallée gekauft.«

»Moment mal, Gaspard Fogeti? Ist das nicht einer unserer Spitzel?«

»Du hast ein gutes Gedächtnis. Aber das Beste kommt noch: In diesem Keller wurden auch Nacktfotos von Minderjährigen gemacht. Ich habe die Fotos von dem Keller zum Zeitpunkt der Durchsuchung mit dem Set von *Never-*

land verglichen. Die Ähnlichkeit ist unverkennbar. Wir haben sie, diese Mistkerle!«, ereiferte sich Zoé.

»Haben Sie die Akte von Gaspard Fogeti?«

Zoé las sie diagonal.

»Festnahme wegen Hehlerei im Jahr 1981. Festnahme wegen Zuhälterei im Jahr 1989. Nach seiner Heirat im Jahr 1994 kauft er einen Sexshop im 2. Arrondissement und ein Haus in Marne-la-Vallée. Bis 1996 ist er nicht mehr polizeilich in Erscheinung getreten. Laut seiner Akte hat er begonnen, pornografische Amateurfilme zu drehen. Ohne Erfolg. Zu dieser Zeit hat er seinen Keller für ein Fotoshooting mit einem Kind benutzt. Er hat versucht, die Aufnahmen zu verkaufen, vermutlich um seine Finanzen in Ordnung zu bringen. Ihr Kollege Alain Broissard ist ihm auf die Schliche gekommen. Nachdem er Anfang 2000 freigelassen wurde, hat er für Ihre Abteilung als Informant gearbeitet. Dann hat er als Zeuge ausgesagt …«

»Im Prozess gegen Étienne Caillois«, fuhr Léo düster fort.

»Kennen Sie ihn?«

»Étienne Caillois wurde wegen Vergewaltigung eines Mädchens namens Alice Deloges verurteilt. Es war mein erster Fall.«

Er vertrieb die restlichen Erinnerungen aus seinen Gedanken.

»Wir müssen Gaspard Fogeti vorladen, um ihn zu vernehmen. Schicken Sie zwei Beamte zu ihm nach Hause.«

»Auf den Friedhof Montmartre?«

»Was?«

»Er wurde 2002 umgelegt.«

»Von wem?«

»Laut Mordkommission wurde das Verfahren ergebnislos eingestellt. Eine Kugel vom Kaliber 9 mm, in den Kopf geschossen. Er wurde auf einem Schrottplatz auf der Rückbank eines Xsara Picasso gefunden. Um genauer zu sein: Ein Mitarbeiter hat die Leiche entdeckt, als er den Wagen für die Schrottpresse vorbereiten wollte. Keine Spuren, keine Patronenhülse, keinerlei Abdruck, der einzige Hinweis war eine Fliege, die mit einer Nadel an den Mandeln befestigt war. Das sieht ganz nach einem Mafia-Verbrechen aus.«

»Verstehe ich Sie richtig? *Neverland* soll im Keller des Hauses von Gaspard Fogeti gedreht worden sein, aber er selbst hätte nichts damit zu tun?«

»Die Fogetis haben das Haus in Marne-la-Vallée Ende 2001 verkauft, um ihren Anwalt bezahlen zu können. Vorstellbar wäre, dass alte Bekannte von Gaspard Fogeti ihn als Deckmantel für ihre Schweinereien benutzten. Zumal wenn er Schulden hatte, könnte er ihnen das Haus verkauft haben, um diese zu begleichen.«

»Hört sich plausibel an. Haben Sie die Zentrale in Nanterre angerufen?«

»Nein, das ist dein Fall. Dafür bist du zuständig.«

»Zoé, ich ...«

Léo drückte den Hörer an sein Ohr und konnte nur sagen:

»Danke.«

Völlig durch den Wind, legte er auf und ging den Report durch, den Zoé erstellt hatte. Die Analysen und die Schlussfolgerungen waren brillant. Die Argumentation war stimmig. Ein Meisterstück. Er rief in der Zentrale der

OCLCTIC an und warf die Informationen den verblüfften diensthabenden Beamten an den Kopf.

Alarmstufe Rot. Gemeinschaftliche Vergewaltigungen. Tatort lokalisiert. Stadtrand von Paris. Eilt.

Die Nachricht schlug ein wie eine Bombe. Der Alarm wurde an die Privatwohnung der Kommissarin weitergeleitet. Léo legte auf in der Erwartung, dass diese ihn gleich nach ihrer Ankunft im Kommissariat zurückrufen würde. Er ging in seinem Büro nervös auf und ab, der kleinste seiner Nerven zum Zerreißen gespannt. Eine Dreiviertelstunde später schrillte das Telefon wie eine Sirene.

»Apolline? Kommissarin Dussaud am Apparat. Ich bin in der Zentrale.«

»Wir müssen sofort zuschlagen. Es eilt.«

Die Kommissarin kam gleich zur Sache:

»Wie viele Männer? Risiken?«

»Die Risiken sind schwer abzuschätzen. Ich brauche eine Brigade des Sondereinsatzkommandos, ein Team von der Spurensicherung und zwei Rettungswagen.«

Léopold hörte, wie sie Anweisungen an ihre Untergebenen gab. An ihn gerichtet, fuhr sie fort:

»Sie haben zehn Minuten, um mir Ihre Berichte und alles andere, was ich wissen muss, zu mailen. Jetzt, wo Kommissar Kolbe die Sondereinheit nicht mehr leitet, unterstehen Sie mir direkt. Sie erhalten Ihre Weisungen nur noch von mir, und ich will über die kleinste Kleinigkeit unterrichtet werden.«

Es trat ein kurzes Schweigen in der Leitung ein, ehe die Kommissarin mit leiser Stimme fragte:

»Wie groß sind Ihrer Meinung nach die Chancen, dass wir diese Mistkerle schnappen?«

»Ich gehe keine Wetten mehr ein, Frau Kommissarin.«

»Genau das wollte ich hören. Seien Sie in einer Stunde bereit.«

Sie wollte auflegen, als Léo alles auf eine Karte setzte und sich selbst über seine Kühnheit wunderte:

»Madame, dürfte ich Sie um die Erlaubnis bitten, den Einsatz zu leiten?«

»Einverstanden. Aber enttäuschen Sie mich nicht, Apolline. Ich werde den Einsatz vorbereiten, und Sie übernehmen die Leitung vor Ort.«

Sie legte auf. Léo frohlockte, die Euphorie erzeugte ein regelrechtes Feuerwerk in seinem Kopf. Dieser Fall war seine Rettung. Er überprüfte seine Waffe zweimal, nahm die Kugeln aus dem Magazin, bevor er sie nacheinander wieder einsetzte. Das metallische Geräusch verstärkte noch das Konzert, das in seinem Schädel dröhnte. Er zielte ins Leere auf die maskierten Köpfe, die er umlegen würde, und ein lautes, sehr heiteres Lachen entrang sich seiner Kehle.

Seine Alpträume, seine Ängste – alles war ausgelöscht von dem strahlenden Weiß, das seinen Geist erfüllte.

29 | Nanterre, Räumlichkeiten der OCLCTIC

Vier Beamte der OCLCTIC, darunter Zoé Hermon, die hinter dem Staatsanwalt und der Kommissarin saßen, schrieben eifrig in ihre Notizbücher.

Im Besprechungszimmer herrschte Totenstille. Die Jalousien waren heruntergelassen. Léo las im Schein des Projektors noch einmal seine Aufzeichnungen durch. Er markierte die fraglichen Stellen, die er bewusst wegließ, um nicht Gefahr zu laufen, dass der Staatsanwalt den Einsatz untersagte. Die Identifikation von Julia Verno mit dem Computer-Porträt war nicht haltbar. Die Argumentation war zu inkonsistent und daher nicht beweiskräftig. Jeder x-beliebige Anwalt würde sie zerpflücken.

»Das reicht.«

Léo gehorchte und hielt den Film an. Ein Seufzer der Erleichterung begrüßte die schwarze Leinwand. Dem Staatsanwalt stand der Schweiß in dicken Tropfen auf der Stirn, und er kämpfte gegen den Impuls an, schleunigst zu verduften. Die Kommissarin notierte sich einige Fragen und las die der vier Polizisten diagonal.

»Sie haben die Dringlichkeit dieses Falles nicht übertrieben«, erklärte sie.

Léo trat vor die kleine Versammlung.

»Alle Erkenntnisse bestätigen, dass wir es mit einem organisierten, leistungsfähigen Netzwerk zu tun haben. Das spricht dafür, dass sie diese Art von Filmen nicht zum ersten Mal drehen und vertreiben. Es bedeutet auch, dass sie es höchstwahrscheinlich wieder tun werden.«

Er klimperte auf seinem Rechner und projizierte ein Standbild aus dem Film *Neverland* auf die Wand. Er klickte, die ineinandergeschlungenen Körper verschwanden. Er klickte ein weiteres Mal, und der Keller des Hauses von Gaspard Fogeti erschien, wie er zum Zeitpunkt der Hausdurchsuchung ausgesehen hatte. Er blendete die beiden Fotos übereinander, die vom selben Standpunkt aus aufgenommen worden waren. Der Staatsanwalt wandte sich zu ihm um:

»Wie lauten Ihre Schlussfolgerungen, Lieutenant?«

»Es handelt sich um denselben Raum.«

»Was wissen wir über das Haus?«

»Es wurde an ein Ehepaar verkauft. Er ist der Chef einer großen Informatikfirma. Keine Vorstrafen, nicht einmal ein Strafzettel wegen Geschwindigkeitsüberschreitung. Sie ist Hausfrau. Sie haben zwei Kinder«, antwortete Zoé. »Aber ich habe nicht genug Zeit gehabt, um die bekannten Kontaktpersonen von Gaspard Fogeti und den neuen Eigentümern zu vergleichen.«

»Und könnte die Frau von Fogeti in die Sache verwickelt sein?«

»Judith Fogeti betreibt einen Sexshop in der Nähe der Pariser Markthallen. Ich habe vergeblich versucht, sie dort und unter ihrer Privatadresse zu erreichen. Erstaunlicherweise hat die Kripo heute Morgen ein Anruf von Nachbarn erreicht, die Schreie gehört haben. Die Besatzung des Streifenwagens stand vor verschlossenen Türen.«

»Wenn ich jemanden losschicke, um sie zu suchen, werden wir mindestens drei Stunden verlieren«, fuhr die Kommissarin nachdenklich fort.

»Wenn Sie erlauben, Madame«, mischte sich Zoé ein,

»ich glaube nicht, dass uns Judith Fogeti viel weiterhelfen wird.«

»Lieutenant, glauben Sie, dass wir auf diese Vernehmung verzichten können?«

Léo nickte.

»Ich schließe mich der Meinung von Lieutenante Hermon an. Gaspard Fogeti hat als Spitzel für die Sondereinheit gearbeitet, und ich habe in unseren Archiven nichts gefunden, was darauf hindeutet, dass seine Frau über irgendetwas auf dem Laufenden war.«

»Warten Sie, wenn ich Sie richtig verstehe, vermuten Sie, dass der Keller von Personen benutzt wurde, die die Örtlichkeiten kannten?«, fragte einer der Polizisten. »Aber wenn Judith Fogeti nichts mit der Sache zu tun hat, warum dann ausgerechnet dieser Keller?«

»Man hat Gaspard im Verdacht, das Haus verkauft zu haben, um seine Schulden zu begleichen. Wenn man bedenkt, in welchem Milieu er sich bewegte, hat es zweifellos einer seiner Bekannten gekauft.«

Der Polizist blätterte in einem Strafregisterauszug und hakte nach: »Fogeti wurde Ende 1997 inhaftiert. Nichts sagt uns, dass der Film erst vor Kurzem gedreht wurde. Es ist durchaus möglich, dass er vor seiner Festnahme aufgenommen und erst später digitalisiert wurde. In diesem Fall könnte jeder x-beliebige Kopien davon gemacht und in Umlauf gebracht haben.«

Léopold zögerte. Zu behaupten, dass der Film neueren Datums sei, machte es notwendig, über Julia Verno zu sprechen. Der Staatsanwalt runzelte die Stirn, offensichtlich beeindruckt von der aufgeworfenen Frage. Die Kommissarin kam Léopold zu Hilfe:

»Es spielt keine Rolle, ob der Film schon älter ist oder nicht. Ich bin wie Lieutenant Apolline der Meinung, dass wir diesen Einsatz durchführen sollten. Wenn wir nichts finden, war es eben ein Schlag ins Wasser.«

»Ein recht riskanter Schlag ins Wasser«, schob der Staatsanwalt etwas kleinlaut hinterher.

»Wenn wir hingegen etwas finden, werden Sie die Ermittlungen in einem Fall leiten, der bei Weitem Ihre Erwartungen übertrifft. In der gegenwärtigen Situation kann sich das nur günstig auswirken«, antwortete die Kommissarin in einem schmeichelnden Ton.

»Sie vergessen die Affäre von Jarnages, Frau Kommissarin. Das Image der Polizei ist ziemlich angekratzt, seitdem Gérard Maurois freigesprochen wurde. Wenn sich ein solches Fiasko wiederholt, wird alles noch schlimmer werden.«

Bei diesen Worten lief das Gesicht der Kommissarin, das bis jetzt keinerlei Regung zeigte, rot an. Mit harter Stimme sagte sie:

»Die Ermittlungen in Jarnages wurden ohne meine Zustimmung durchgeführt. Kommissar Kolbe hat in diesem Fall vollkommen eigenmächtig ermittelt, und zwar mit Rückendeckung von höherer Stelle.«

Léo spitzte die Ohren. Maxime hatte bei diesen Ermittlungen niemals von irgendeiner »Rückendeckung von oben« gesprochen, und die Frage war im Prozess nicht einmal angeschnitten worden. Welche Rückendeckung meinte sie?

»De facto und de jure bin ich die Leiterin der Dienststelle. Maxime Kolbe ist nur ein Unruhestifter, ein Polizist, der am Ende ist. Gegenwärtig ist er nicht im Dienst.

Capitaine Broissard, der bei den Ermittlungen, die uns interessieren, mitarbeitete, ist verschwunden. Das bedeutet, dass sein Name in keinem Bericht auftauchen wird. Die Ausführungen von Lieutenant Apolline sagen uns, dass womöglich Kinder in Gefahr sind und genau in dieser Stunde die gleichen Misshandlungen durchmachen, die Sie gerade mit so großer Betroffenheit ansehen mussten.«

Dieses letzte Argument ließ den Staatsanwalt die Augen niederschlagen. Er bedeutete sein Einverständnis. Die vier Polizisten sprangen auf, um zu ihren Autos zu eilen. Die Kommissarin wies die Krankenwagen und das Sondereinsatzkommando noch einmal telefonisch an, sich bereit zu halten. Léo atmete tief ein.

Es war so weit.

30 | Marne-la-Vallée, Haus mit der roten Tür, Sondereinheit

Zivilfahrzeuge an der Spitze.

Kastenwagen des Sondereinsatzkommandos dahinter.

Krankenwagen am Ende der Kolonne.

Lautes Hupen. Quietschende Bremsen. Autofahrer, die jäh auf die Seite fahren, um die Straße freizumachen. Mit Vollgas Richtung Norden. Die Porte de la Chapelle unter einem verhangenen Himmel.

Léo, ganz auf das Fahren konzentriert.

Er beschleunigte, wie um die Nacht zu verfolgen. Sie

rasten durch die Mautstelle und brausten schon über den Autobahnzubringer.

Er erreichte das Ende der Kurve, als die Sonne plötzlich durch die Wolkenmasse brach.

Die A1 erstreckte sich als gerade Linie vor ihm, schimmernd wie eine Rasierklinge. Léo fegte durch das blendende Funkeln. Eine gleichmäßige Helligkeit hüllte das Fahrzeug ein. Unverwandt schob sich eine Wolke vor die Sonne, und das Heulen der Sirenen und die harten Linien tauchten wieder auf.

Sein Handy klingelte. Er schaltete die Freisprechanlage ein. »Apolline, ich höre.«

»Wir sind in dem Kastenwagen vor Ihnen. Ich habe Informationen über das Haus. Nach den Fotos, die bei der Durchsuchung gemacht wurden, liegt es freistehend auf einer Lichtung, abseits der N34. Hinter dem Grundstück erstrecken sich Felder.«

Léo las auf dem Beifahrersitz die Fotos aus der Akte auf. Er betrachtete die Fassade eines seltsamen Hauses. Eine ungewöhnliche Bauweise, schlauchförmig. Große Glasfenster im Erdgeschoss. Die in einem grellen Rot gestrichene Haupttür zog seine Aufmerksamkeit auf sich und erinnerte ihn an etwas, was er schon einmal gehört hatte. Die vage Erinnerung an eine Zeugenaussage.

»Zwei Eingänge. Wir nehmen den Hintereingang. Er führt in die Küche. Drei Männer zur Erkundung des Hauses, drei Männer mit Ihnen für den Keller. Ist das Ihre Feuertaufe, Lieutenant?«

»In gewisser Weise.«

»Dann vergessen Sie nicht, wenn das aus dem Ruder läuft, schießen Sie, um zu töten.«

Wenn das aus dem Ruder läuft.

Er spürte einen Kloß im Hals. Er zwang sich dazu, seinen Speichel hinunterzuschlucken.

Wenn das aus dem Ruder läuft.

Dichtes Unterholz. Léo, nach vorn gebeugt, lief hinter den drei Männern her. Seine Pistole an einen Schenkel pressend, fiel es ihm in seiner kugelsicheren Weste schwer, zu atmen.

Die Männer des SEK forderten die anderen durch ein Handzeichen auf, stehen zu bleiben, und verkrochen sich in der Dunkelheit. Die Bäume wogten im Wind. Alles um sie herum bewegte sich. Sie verharrten reglos. Die Sekunden verstrichen. Sturmböen ließen Äste brechen, und ein Säuseln erfüllte den Wald. Léo keuchte, auf der Hut vor unsichtbaren Bedrohungen, die sie einkreisen mochten. Den etwa zehn Meter vor ihm kauernden Mann erkannte er nur schemenhaft.

Eine Minute. Alles okay.

Sie fingen wieder an zu laufen. Der Wind heulte lauter in den Bäumen. Der Waldsaum durfte jetzt nicht mehr weit sein. Ihre Füße verfingen sich in Brombeergestrüpp. Die Geräusche ringsherum verstärkten sich. Er atmete ruhiger und tauchte in die Dunkelheit ein. Lichter erschienen zwischen den Stämmen. Léo ging langsamer und verstärkte den Griff um seine Waffe.

Der von Scheinwerfern angestrahlte Rasen zog sich bis zu einem Swimmingpool. Der Wind kräuselte die Oberfläche. Zwei Wagen standen in der Allee. Im Haus war es dunkel. Kein Anzeichen von Leben. Die Eingangstür lenkte Léos Blick auf sich.

Das gleiche Rot wie auf den Fotos. Das gleiche Rot, das die Stimme eines Kindes beschrieben hatte. Und alles wurde klar.

Der Vergessenheit entrissen: die Stimme von Alice Deloges bei der ersten Vernehmung. Das Mädchen hatte von einer Tür gesprochen, die einem Blutfleck glich. Das Haus, das Maxime als das des Vergewaltigers identifiziert hatte, war grau. Die Beschreibung des Mädchens war auf seine Traumatisierung zurückgeführt worden, eine durch das alptraumhafte Erlebnis verzerrte Wahrnehmung. Es hatte das Haus nicht wiedererkannt.

Könnte es sein …

Sie stürzten los. Dicht an den Bäumen entlang, gingen sie um die Lichtung und das Haus herum. Ein riesiges Feld, so weit das Auge reicht.

Der Mann an der Spitze bedeutete ihm, sich hinzulegen. Die Männer des SEK überprüften ein letztes Mal ihre Waffen. Dann robbten sie über die Rasenfläche zur Rückseite des Hauses. In der Hocke, mit dcm Rücken zur Wand, die Waffen vertikal haltend, umlagerten sie die Tür. Erhobener Zeigefinger. Eine Minute bis zum gewaltsamen Eindringen. Sie starrten auf ihre Uhren.

Zehn Sekunden.

Eingeschaltete Taschenlampen, auf die Mauer gerichtet, um die Lichtbrechung zu dämpfen.

Zwanzig Sekunden.

Schweiß in den Augen. Adrenalin-Infusion.

Dreißig Sekunden.

Léo verkrampfte sich, um den Anfall abzuwenden, den er in sich heraufsteigen spürte.

Fünfzig Sekunden.

Der Mann neben der Tür atmete ein und steckte ein Röhrchen ins Schloss. Durch die Verpuffung sprang die Tür auf.

Sie stürzten sich in die rauchende Öffnung. Die Lichtkegel der Taschenlampen glitten durch die Küche. Schreie im ersten Stock. Léo folgte der Bewegung. Automatische Gesten. Eine weitere Explosion. Die Eingangstür sprang auf, und drei Männer stürzten mit vorgehaltenen Gewehren herein. Schreie und Heulen in der ersten Etage. Kinder. Zwei Männer eilten zur Treppe. Im Flur, der von der Küche abging, gab es keine Türen. Nur eine gleichförmige Mauer.

»Mist! Wo ist der Eingang zum Keller?«, schrie ein Mann, der auf der Suche nach einer Unebenheit die Verkleidung abtastete.

»Das gibt's doch nicht! Er muss da sein!«

Lärm über ihren Köpfen. Léo kauerte sich in eine Ecke, die Waffe vor sich ausstreckend. Die Männer des SEK duckten sich, den Finger am Abzug. Die Lichtkegel der Taschenlampen tanzten in alle Richtungen und glitten über die Szenerie. Die blutrote Tür. Der Lärm kam näher. Umgestürzte Möbel. Erregte Stimmen. Eine Gestalt wurde von den Männern des SEK ins Treppenhaus gestoßen.

»Alles okay hier oben! Alles gesichert! Ich wiederhole: Alles gesichert!«

Der Unbekannte wurde mit einem gezielten Tritt zu Fall gebracht und fiel der Länge nach hin. Zwei Männer hielten ihn am Boden, ein Knie im Kreuz. Sie drehten ihm den rechten Arm auf den Rücken und legten ihm Handschellen an. Die Taschenlampe enthüllte das Gesicht eines etwa vierzigjährigen Mannes mit aschgrauer

Hautfarbe, die Augen schlafverhangen, von panischer Angst ergriffen.

»Sag uns, wo der Keller ist.«

»Hilfe!«

»Der Keller, verdammt!«

»Hier ... hier gibt es keinen Keller ...«

Einer der Männer drückte auf seine Schulter. Der auf dem Boden ausgestreckte Mann schrie vor Schmerzen.

»Sag uns, wo der Keller ist!«

»Aber ... aber hier hat es nie einen Keller gegeben ...«

Der Mann in Schwarz wollte gerade den Arm ein weiteres Mal umdrehen, als einer seiner Kollegen rief:

»Chef, ich habe was gefunden. Da, das klingt hohl!«

Er klopfte mit der Faust an eine bestimmte Stelle der Wand in der Nähe der Küche. Der Schall breitete sich aus.

»Da ist etwas dahinter.«

Léo drückte das Ohr an die Wand im Flur. Er glaubte Hilferufe zu hören. Schreie aus dem Jenseits, die gleichen, die ihn in seinen Halluzinationen heimsuchten. Die Kinder waren lebendig eingemauert worden. Lebendig. Er kam nicht zu spät. Er schlug mit der Faust gegen die Wand. Er spürte, wie etwas Risse bekam.

Mit Tritten schlugen sie die unter der Tapete versteckte Zwischenwand ein. Sie räumten den Schutt und die Holzbretter, die den Zugang versperrten, beiseite. Eine Treppe führte ins Halbdunkel. Aus der Öffnung drang der Geruch von Schimmel. Lampen durchlöcherten den Abgrund. Eine seltsame Stille schwebte über ihnen.

Léo wagte sich auf die erste Stiege. Der Lauf seiner Waffe folgte der kleinsten verdächtigen Bewegung. Er suchte den Lichtschalter. Ausgerissene Drähte. Er stieg vorsichtig hinunter, gefolgt von den Männern der Brigade. Der Schein seiner Lampe fiel auf einen staubigen Betonboden.

Mit sanfter Stimme rief er die Kinder.

Keine Antwort.

Er machte noch einige Schritte in die Dunkelheit. Die Taschenlampen waren zu schwach, um den Raum in seiner Gesamtheit auszuleuchten. Ein Schatten huschte durch den Lichtkegel der Lampe. Léo schreckte zusammen. Niemand rührte sich. Noch immer herrschte Schweigen. Léo spürte, wie sein Herz für den Bruchteil einer Sekunde aussetzte, als einer der Männer mit erstickter Stimme flüsterte:

»Aber ... aber was ist denn hier passiert?« Sie richteten die Taschenlampen alle auf dieselbe Stelle. Eine Wand war vom Boden bis zur Decke mit dunklen Flecken übersät.

Léo schloss die Augen, hielt den Atem an und flehte darum, es möge wieder nur eine Halluzination sein.

In dem gelblichen Lichthof sah man, dass die Wand mit archaischen Blutmotiven überzogen war.

Blutspritzer bildeten stellenweise eine dicke, wie plastisch modellierte Kruste, die abblätterte.

Blut.

Zu viel Blut.

31 La Courneuve, Cité des 4000, Mordkommission

Der Wagen bog in die Ringautobahn ein und folgte dem Band der Straßenlaternen. Garcia zündete eine Zigarette an und schob sie zwischen Blandines Lippen. Sie fuhren an Glasfassaden entlang, die die Grenzen von Paris säumten. Riesige Reklametafeln verschandelten die Schnellstraße. Am Ende einer Kurve hätte Paul beinahe keine Luft mehr bekommen. Ein kurzer panischer Schrecken ließ ihn auf seinem Sitz erstarren. EIN TEIL VON IHNEN IN JEDEM VON UNS, las man in der Anzeige.

»Hast du einen Geist gesehen?«, fragte Blandine.

»Einen alten Bekannten.«

»Ihn?«, sagte sie, auf das riesige Gesicht zeigend. »Wer ist das?«

»Jésus Miguel Montoya.«

Das gigantische Porträt schenkte ihm ein strahlendes Lächeln.

»Willst du mich verschaukeln? Der mutmaßliche kolumbianische Mafioso?«

»Höchstpersönlich«, antwortete er in einem Tonfall, der etwas aufgesetzt Entschiedenes hatte.

»Aber woher kennst du ihn denn?«

»Von einem Fall, in dem ich ermittelt habe, eine alte Geschichte.«

Zwanzig Meter weiter hing noch ein Porträt des Chefs der Uriel Corporation. Dann noch eins und noch eins. Ein akuter Anfall von Paranoia suchte Garcia heim. Das riesige Porträtfoto des Erzengels am Straßenrand fesselte seine Aufmerksamkeit. Er zwang sich dazu, den Asphalt zu fixieren, überzeugt davon, dass ihn die Papieraugen verfolgten.

»So kommst du mir nicht davon, ich will Details«, entfuhr es Blandine höchst erregt. »Wo bist du Montoya begegnet? Und weshalb hast du es mir nie erzählt?«

»Ich darf nicht darüber sprechen.«

»Wieso? Waren das verdeckte Ermittlungen?«

»Nein, nichts dergleichen. Aber glaub mir, wenn ich könnte, würde ich dir alles erzählen«, fiel er ihr brüsk ins Wort.

»Sag mir wenigstens, für welche Abteilung du ...«

»Interpol. Ich habe beim Drogendezernat gearbeitet. Ich hatte einen meiner Kameraden ins Umfeld von Montoya eingeschleust. Mehr kann ich dir wirklich nicht sagen.«

Blandine schwieg und betrachtete ihn aus den Augenwinkeln. Sie hatte ihn noch nie in einem solchen Zustand gesehen. Und vor allem entdeckte sie einen geheimen Absatz in seiner Biografie, eine verschleierte Zone, schwarz auf schwarz, seiner Vergangenheit. Sie gehörte nicht zu den Frauen, die ihren Partnern alles sagen, die, gemäß den hehren Grundsätzen totalen Vertrauens und völliger Verschmelzung, ihr Innerstes offenlegen. Vieles von ihr, ihren Eltern, ihrem Leben vor der Polizei wusste Paul nicht, er wusste nicht einmal, warum sie zur Polizei gegangen war. Doch das alles war nichts im Vergleich zu einer verdeckten Operation von Interpol.

Nur mit Mühe konnte sie die Augen von dem Werbeplakat abwenden. Jésus Miguel Montoya stand im Verdacht, ein Halsabschneider, ein Mafioso, ein Mistkerl zu sein. Das pfiffen die Spatzen von den Dächern. Auf dem Plakat aber war er ein freudestrahlender Geschäftsmann, ein internationaler Finanzmagnat. Er symbolisierte die raffinierte Revanche der armen Länder, die die Kalaschnikow und die rote Fahne gegen die gleichen Waffen eingetauscht hatten, die ihre Unterdrücker von gestern einsetzten. Montoya war ein integraler Bestandteil dieser Welt. Er verkörperte diese Welt. Und aus diesem Grund war der Slogan seines Unternehmens von einem widerwärtigen Zynismus.

»Könnten wir vielleicht auf unseren aktuellen Fall zurückkommen?«, fragte Paul, der nervös an seiner Zigarette zog. »Was wissen wir über die Mutter?«

Blandine nahm eine kartonierte Aktenmappe vom Armaturenbrett und hielt sie ihrem Kollegen hin.

»Ich habe den Bericht der polizeilichen Voruntersuchung. Er ist ziemlich kurz. In ihrem Umfeld wurde überhaupt nicht ermittelt. In administrativer Hinsicht habe ich etwas Interessantes gefunden. Sie arbeitete als Altenpflegerin. Sie war verheiratet.«

»Geschieden?«

»Nein, ihr Mann ist 2001 verstorben. Er hat als Buchhalter bei einer Fastfood-Kette gearbeitet. Aber du kommst nie darauf, wie er zu Tode kam.«

»Unter einer U-Bahn?«, vermutete er, ohne den Blick von der grauen Zunge der Straße abzuwenden.

»Fast. Er hat sich von einer Brücke auf die Autobahn geworfen. Ihre einzige Tochter, Amandine, war gerade zwölf Jahre alt.«

»Weiß man, warum er das getan hat?«

»Nach dem damaligen Bericht hatte er psychische Probleme aufgrund eines traumatischen Erlebnisses. Die Familie war gerade nach La Courneuve umgezogen.«

»Vielleicht hat er die Atmosphäre dort nicht ertragen. Ist bekannt, wo sie davor wohnten?«

»Nein, ein schwarzes Loch. Amandine hat dort bis zum Abitur die Schule besucht. Ich habe einen Kollegen gebeten, sich ihre Zeugnisse im Rektorat zu besorgen.«

Garcia durchforstete das Konvolut von Papieren.

Die Reklametafeln wurden seltener und wichen riesigen hintereinandergestaffelten Mietskasernen.

»Und welche Schule hat sie vor dem Umzug nach La Courneuve besucht?«

»Ich weiß es nicht. Ich habe kein Dokument gefunden. Am erstaunlichsten ist allerdings, dass ich im Archiv des Unterrichtsministeriums angerufen habe, und auch sie haben nichts gefunden. Ab der dritten Klasse hat sie nachweislich das Collège Georges Politzer und anschließend das Lycée Jacques Brel besucht – aber davor ist ihres Wissens keine Amandine Clerc in Frankreich zur Schule gegangen.«

La Courneuve.

Die Cité des 4000.

Katastrophengebiet.

Sie drehten fünf Runden, bevor sie abseits der Straße auf einem unbebauten Grundstück parkten. Ohne Dienstauftrag und faktisch sogar vorübergehend suspendiert, ließ Garcia seine Waffe lieber im Futter des Sitzes stecken. Blandine behielt die ihre bei sich.

Von der Cité schien alle Anspannung abgefallen zu sein, doch die Ruhe, die jetzt herrschte, war viel beunruhigender. Sie gingen über den großen Platz, der zum Wohnblock »Balzac« führte. Immer der gleiche Mist, die gleiche Not, überall Elend. Kinder plärrten und schubsten sich um eine zerbeulte Dose, mit der sie Fußball spielten. Die beiden Polizisten gingen schneller und flüchteten sich in die Eingangshalle. Blandine ging voran durch Korridore, über Treppen, ein heruntergekommenes Labyrinth, bis zur Wohnung.

Garcia riss das Amtssiegel ab. An seinem Schlüsselbund suchte er den Hauptschlüssel und entriegelte das Schloss. Blandine ging vorsichtig in die Dunkelheit hinein. Die Einrichtung war nicht beschädigt. Nichts schien verrückt worden zu sein. Garcia drückte sein Ohr an die Wand. Kein Lärm im Flur. Niemand hatte sie gesehen.

Blandine warf einen Blick in die Küche, bevor sie mit einer Geste zu verstehen gab, dass alles in Ordnung sei. Garcia betätigte den Lichtschalter, und ein graues Licht erhellte das Wohnzimmer. Halbleere Becher lagen verstreut auf dem niedrigen Tisch, Spuren des überstürzten Aufbruchs am Vortag. Blandine betrachtete die Cité, die in der Morgenröte noch grauer wirkte.

Badezimmer. Keine Fenster. Blandine konzentrierte sich auf den Bericht der Spurensicherung, um sich nicht von der Klaustrophobie anstecken zu lassen. Nur mit Mühe konnte sie den Blick von der weiß gekachelten Wand hinter der Badewanne abwenden. Ihre Stimme zitterte leicht.

»Eine einzige Serie von Fingerabdrücken. Alle stammen von Amandines Mutter. Nach einer flüchtigen Prüfung haben sie nichts gefunden, was auf die Anwesenheit einer anderen Person hindeutet.«

Paul strich mit einem Finger durch die schwarzen Pulverreste an den Rändern des Waschbeckens. Er blätterte in den Fotos von der Frau, die in ihrem Schaumbad lag.

In dem Obduktionsbericht von Dr. Stéphane Firsh stand, dass im Mageninhalt keine Spuren chemischer Substanzen nachweisbar gewesen seien. Aber er hatte – ein seltsames Detail – von den Magensäften kaum verdaute Papierschnitzel gefunden. Keine Einstichstellen an den Armen. Nachdem sie sich die Pulsadern aufgeschnitten hatte, war das Blut langsam aus ihr herausgelaufen. Das Ausbluten hatte etwa eine halbe Stunde gedauert.

Ein Selbstmord.

Blandine steckte den Stöpsel ins Abflussloch der Badewanne und drehte das heiße Wasser auf. Sie verließen das Bad, wobei sie sorgfältig darauf achteten, die Tür zu schließen und mit einem Handtuch den Spalt unter der Tür abzudichten.

Nach einigen Minuten quoll Dampf unter der Tür heraus. Blandine schloss die Augen. Das Bild der in rotem Schaum schwebenden Leiche wurde in ihrem Kopf immer größer. Eine Urangst überfiel sie und ließ sie keinen klaren Gedanken fassen. Jäh riss sie die Tür auf und stürzte ins Dunkel, dann betätigte Paul den Lichtschalter.

Das makellos reine Zimmer wurde in helles Licht getaucht.

Ein intensives Weiß.

Blandine hatte sich nicht getäuscht. Sie hatte tatsächlich etwas gesehen, als sie das Bad zum ersten Mal betreten hatte. An der Wand erkannte man im feuchten Beschlag einen Schriftzug. Amandines Mutters hatte eine letzte Nachricht hinterlassen, bevor sie ihrer Tochter in den Tod gefolgt war.

Ein Luftzug fuhr ins Badezimmer, und im Handumdrehen verschwand die Inschrift. Hinter Blandine wiederholte Garcia mit lauter Stimme:

»ER hat uns wiedergefunden. Uns Verdammte.«

32 La Courneuve, Cité des 4000, Mordkommission

Blandine torkelte ins Schlafzimmer. Sie verstand nichts mehr. Immer dieses »ER«, da, irgendwo, immer näher kommend und doch ungreifbar weit weg. Hatte sich Madame Clerc aus Kummer oder aus Angst umgebracht?

Welche Gefahr schwebte über dieser Familie?

Ein Vater, der seit Jahren tot war. Ein als Selbstmord kaschierter Mord an der Tochter. Zusammen mit einer Unbekannten, die zehn Jahre jünger war als sie. Und jetzt die Mutter. Diese makabre Folge von Ereignissen war von irgendjemandem oder irgendetwas angestoßen worden. Doch dieser »ER« könnte durchaus auch nichts als eine Wahnvorstellung sein.

Blandine zwang sich dazu, im Geiste Linien zu ziehen, Achsen zuzuschneiden, alle Möglichkeiten zu berücksichtigen. Aber auch wenn sie sich den Kopf zermarterte, verschwamm ihr alles vor dem inneren Auge.

Erschöpft öffnete sie die Wandschränke und die Schubladen und machte eine weitere Bestandsaufnahme, ohne etwas Neues herauszufinden. Sie seufzte. Ein Schritt nach vorn und zwei Schritte zurück. Dieser Fall erwies sich als verwickelter, als sie gedacht hatte. Aus den Augenwinkeln betrachtete sie ihren auf dem Bett sitzenden Teamkollegen, musterte die äußerst karge Einrichtung des Schlafzimmers und die Unebenheiten in der Tapete. Kein Tresor, der sich unter der Tapete versteckte, kein Wandschrank, keine geheime Tür.

»Haben die Leute von der Spurensicherung die Möbel verschoben?«

»Nein, niemand hat etwas angerührt.«

Garcia ging in die Küche und holte den Mülleimer unter dem Spülbecken heraus. Er sichtete den Abfall und rekonstruierte die letzten Stunden der Selbstmörderin. Stunden ohne Extravaganzen. Das Henkersmahl: Ravioli in Tomatensoße, als Dessert Brombeer-Joghurt.

»Ich glaube, ich habe etwas«, sagte er und zog einen halb zerfetzten Plastikbeutel heraus.

Darin: aus einem Album herausgerissene Familienfotos. Paul breitete sie auf dem rot gemusterten Linoleum aus. Amandine war auf etwa dreißig Aufnahmen zu sehen, allein oder mit jeweils anderen Freundinnen.

»Glaubst du, dass man eine dieser jungen Frauen ausfindig machen könnte, um sie zu befragen?«

»Schwierig, bei den Studentenstreiks und dem allgemeinen Chaos an den Universitäten. Habt ihr irgendwelche Telefonnummern in ihrem Taschenkalender gefunden?«

»Keine von ihren Kommilitoninnen.«

Garcia leerte den Rest des Beutels aus, ohne etwas anderes zu finden.

»Sieht so aus, als wollte ihre Mutter kein Andenken zurücklassen.«

»Sie hatte Zeitung gelesen«, bemerkte er, als er eine zusammengeknüllte Zeitung fand. Unwillkürlich entfaltete er sie.

»Merkwürdig. Sieh dir das mal an.«

Der Artikel und das Foto von der Titelseite waren herausgerissen worden.

»Was hat das zu bedeuten? Sie hat diese Seite mit den Fotos behalten. Warum?«

»Ich habe keine Ahnung. Die Abiturfeier ihrer Tochter? Die Überreichung eines Preises?«

»Und wo ist der Rest?«, fragte Blandine, nachdem sie das Loch in dem Blatt erblickt hatte.

»Da habe ich vielleicht eine Idee. Gib mir bitte mal den Obduktionsbericht.«

Garcia deutete im rechtsmedizinischen Gutachten auf die Zeile mit dem Mageninhalt.

»Mist. Glaubst du, dass sie es gegessen hat, bevor sic sich umbrachte?«, fragte Paul.

»Wenn dem so ist, dann war diese Frau entweder völlig übergeschnappt oder total blau.«

»Blandine, hast du die Telefonnummer von dem Rechtsmediziner?«

Sie suchte in ihrem Adressbuch nach der Nummer des Instituts für Rechtsmedizin.

»Hallo? Lieutenante Pothin. Ich muss dringend mit Professor Firsh sprechen.«

»Ich werde sehen, was ich tun kann … haben Sie einen Moment Geduld.«

Die Telefonistin stellte den Anruf durch. Nach mehrmaligem Läuten ertönte am Ende der Leitung die Stimme des Rechtsmediziners:

»Blandine, ich bin sehr beschäftigt ...«

»Entschuldigen Sie, Herr Professor. Nur eine Frage. Ich arbeite gerade an dem Fall der Familie Clerc, und ich wollte wissen, was für eine Art Papier sich im Magen der Mutter befand ...«

»Die Schnipsel waren bereits stark abgebaut, aber die Prozentsätze an Holz und Druckfarbe deuten darauf hin, dass es sich um Zeitungspapier handelt.«

»Ich danke Ihnen, Herr Professor«, sagte sie und legte auf.

»Und? Hat er es bestätigt?«, fragte Paul.

»Stéphane Firsh ist sich ganz sicher. Glaubst du, dass uns das weiterhilft?«

»Was immer auf diesem Wisch gestanden hat, das musste für sie wichtig sein. So wichtig, dass sie es verschlungen hat, bevor sie sich umbrachte.«

Paul hielt das Blatt in die Nähe des Kronleuchters, und im Licht der Glühbirne zeigten sich halb ausgeblichene kleine schwarze Ziffern.

»Ich glaube, da steht ein Datum, 2001. Der Rest ist unleserlich. Die Tinte ist zu stark verlaufen.«

»2001«, wiederholte Blandine. »Das Jahr, in dem ihr Ehemann Selbstmord beging. Ich werde im Labor der Kriminaltechniker vorbeischauen – vielleicht wissen sie ja mehr. Kommst du mit?«

»Nein, es bringt nichts, wenn ich mitkomme. Ich werde versuchen, etwas mehr über sie in Erfahrung zu bringen. Hast du die Adresse ihres letzten Arbeitgebers?«

»Ja, ein Altersheim im 1. Arrondissement.«

»Ich komme nach, sobald ich fertig bin.«

Blandine lächelte ihn an und küsste ihn.

»Ich liebe dich«, flüsterte sie.

»Ich dich auch, Prinzessin.«

33 Autobahn A16, Sondereinheit

In der Dunkelheit, die von der Morgenröte aufgehellt wurde – einer rosa marmorierten königsblauen Lavur –, ließ ein Knall einen Schwarm Vögel aufstieben. Alain Broissard hielt den Atem an und drückte auf den Abzug. Eine weitere Flasche zersprang in tausend Scherben. Er legte die glühende Glock auf die Motorhaube seines Wagens. Carrère pfiff voller Bewunderung, als er die sechs zerborstenen Flaschen sah.

»Sie sind nicht aus der Übung gekommen.«

Die Scheinwerfer des Volvo leuchteten die Schießzone inmitten eines brachliegenden Feldes aus, das von einem dichten Wald gesäumt wurde, über dem ein Gewitter aufzog. Unterhalb der Böschung zeichnete sich ein von Sattelanhängern begrenzter Autobahnrastplatz wie ein Schattenspiel ab.

»Kommen Sie, ich spendier Ihnen einen Kaffee.«

Die Tankstelle war beinahe ausgestorben. In einer Ecke standen Fernfahrer beisammen und verglichen ihre Routen, während sie sich Koffein reinzogen. Hinter den großen Glasfenstern huschten Streiflichter über die A16.

Broissard ging an der Theke entlang zu den Toiletten.

Nachdem er sich davon überzeugt hatte, dass die Kabinen leer waren, begann er sich das Gesicht zu waschen. Die ganze Nacht hatte er kein Auge zugetan, und seine Gedanken hatten sich in einer Endlosschleife aufgehängt. Er hatte sich gewünscht, es würde nie aufhören, und das Nichts würde ihn verschlingen und verdauen, bevor es ihn, befreit von seinen Erinnerungen, wieder auswürgte.

Du kannst noch nicht verschwinden.

Du musst noch etwas erledigen.

Eine Glanzleistung, um mit sich ins Reine zu kommen. Er nahm einen Rasierapparat aus seinem Kulturbeutel und rasierte sich seinen Schnurrbart ab. Ein neuer Tag. Ein neues Gesicht. Ein neues Leben.

Vor seiner Tasse Kaffee sitzend, dachte Sylvain Carrère nach und knackte dabei unwillkürlich mit seinem Stiernacken. Als ihn der Anruf des Capitaine erreichte, hatte er keine Sekunde gezögert und war mit durchgetretenem Gaspedal zu diesem abgelegenen Parkplatz gedüst, um ihn zu treffen. Er hatte geahnt, dass dieses Treffen ein Wendepunkt in seinem Leben bedeuten würde. Vergeblich hatte er versucht, sich Vernunft zu predigen, nur das zu tun, was die Ermittlungen verlangten. Er spürte das unüberwindliche Verlangen, Alain Broissard zu folgen. Ganz gleich, wohin.

Bis auf den Tod seiner Eltern, die starben, als er zwei Jahre alt gewesen war, war sein ganzes Leben nur eine vorhersehbare Folge von Ereignissen gewesen, ein bruchloser Werdegang, und er hatte sich schließlich in der irrigen Überzeugung, aus der öden Eintönigkeit seines Alltags ausbrechen zu können, entschlossen, zur Polizei zu gehen. Aber in der Tretmühle des Polizeireviers Rouen folgte eine Enttäuschung auf die nächste. Verkehrsunfälle, Nachbarschaftsstreitigkeiten, Verbrechen aus Leidenschaft, Schlägereien ohne Anzeigen, das Durchdeklinieren der immer gleichen, banalen Delikte. Er ertappte sich oft dabei, wie er sich Fälle ausmalte, die diesen Namen verdienten, verzwickte, unlösbare Fälle, die ihm die notwendige Vitalität geschenkt hätten, um jede Stunde des Tages voll zu genießen.

Sein Liebesleben verlief im gleichen Trott. Es hatte ihm nur einen vorübergehenden Nervenkitzel verschafft und ihn nie richtig entflammt. Die unbekannten Frauen, die sich in seinem Bett ablösten, erregten ihn nur durch eine bestimmte Geste, eine bestimmte Haltung; eine Folge kurzer Momente, die ihn nicht erfüllten. Dabei glaubte er an die »große Liebe«. Er glaubte felsenfest und mit einer Naivität daran, die so groß war, dass er jene Frauen, die es wagten, ihm ihr Herz zu schenken, bitter enttäuschte.

Um der Leere zu entrinnen, hatte er sich in seiner Jugend ins Nachtleben gestürzt. Die nächtlichen Zerstreuungen verschafften ihm nur ein kurzzeitiges Lustgefühl, das schon am nächsten Morgen schlagartig verblasste, sodass er ständig, wie unter einem Zwang, zu neuen Feten, neuen Frauen weiterzog. Aber dieses Doppelleben befriedigte ihn nicht, sondern lud seinen Körper und seinen Geist mit einer zerstörerischen Kraft auf, einer gefährlichen Mischung aus widersprüchlichen Träumen und Hoffnungen. Er spürte unter seiner Haut das Nitroglycerin fließen. Er wartete auf seine Stunde. Es fehlte nur der Funke.

Der Fernsehbildschirm über der Theke weckte seine Aufmerksamkeit. Die Morgennachrichten. Ein gebeugter

Maxime Kolbe bahnte sich einen Weg durch die Meute der Journalisten. Kommissar Musil und sein Anwalt stiegen am Fuß der Treppe vor dem Justizpalast aus einem Wagen.

Carrère drehte sich um und sah Broissard aus der Toilette kommen.

»Sie sehen jünger aus«, sagte er lächelnd.

Der Capitaine zog ein schiefes Gesicht und fuhr sich mit der Zunge über die Oberlippe.

»Ich werde mich daran gewöhnen.«

Der Brigadier wartete, bis er seinen ersten Schluck Kaffee getrunken hatte, ehe er loslegte.

»Wo wir schon mal da sind: Ich glaube, Sie schulden mir ein paar Erklärungen. Seit einer Stunde drucksen Sie herum.«

Wieder verzog Broissard das Gesicht und schob den Becher zur Seite.

»Ich wusste, dass du mich das fragen würdest.«

»Dann kennen Sie auch die Antwort.«

»Ich habe mich entschlossen, Paris eine Zeit lang zu verlassen.«

»Und was haben Sie vor?«

»Das Einzige, wovon ich etwas verstehe. Die Ermittlungen fortführen.«

Carrères Gegenwart besänftigte seine regelrechten Verfolgungsängste. Er vertraute dem Brigadier voll und ganz. Doch die Zeit spielte gegen ihn. Der Aufschub, der ihm gewährt worden war, würde bald zu Ende gehen, und dann wären ihm seine eigenen Kollegen auf den Fersen. Ohne ihn aus den Augen zu lassen, äußerte Carrère langsam:

»Ich habe viel nachgedacht, Chef, und ... ich will Sie begleiten. Es wäre eine Ehre für mich.«

»Es könnte gefährlich werden.«

Broissard wusste, dass es ihm nicht gelingen würde, ihn umzustimmen, und vor allem hatte er keine Lust dazu. Ein breites Lächeln erhellte das Gesicht des Brigadiers.

»Das können Sie mir alles im Auto erzählen. Wir nehmen meines. Nach Ihrem wird man schon bald über alle Radiosender fahnden.«

Schon seit über zwei Stunden rekapitulierte Broissard, der am Steuer saß, das, was er über den Fall wusste. Sylvain Carrère lauschte ihm, während er gleichzeitig in den Berichten blätterte und versuchte, aus dem Wust an Informationen schlau zu werden. Sie durchquerten Boulogne-sur-Mer, fuhren an der Küste entlang Richtung Calais. Der Brigadier stellte immer wieder die gleichen Fragen:

»Ich verstehe nicht, wieso Judith Fogeti bei Ihnen ausgepackt hat.«

»Ich habe mich das auch gefragt.«

Alain Broissard konzentrierte sich, um seine Gedanken wenigstens annähernd chronologisch zu ordnen.

»Ende 2000 erhielt die Sondereinheit den Auftrag, wegen eines Videos, auf dem der sexuelle Missbrauch eines Mädchens zu sehen war, zu ermitteln. Das Mädchen hieß Alice Deloges. Pädophile Aktivistengruppen verbreiteten den Film übers Internet, und alles deutete darauf hin, dass auch Kopien in Umlauf waren. Maxime hat meinen Spitzel auf den Fall angesetzt. Gaspard und er haben drei Monate zusammen daran gearbeitet. In dem amtlichen Ermittlungsbericht wird nichts davon erwähnt, aber ich weiß, dass Jésus Miguel Montoya mehr oder minder in diese Sache verwickelt war. Zumindest hat Gaspard Fogeti das im Prozess ausgesagt. Doch der Richter hat ihm nicht geglaubt. Sogar die Aufnahme ins Zeugenschutzprogramm wurde ihm verweigert.«

»Warum?«

»Weil Fogeti nach Ansicht des Richters nicht glaubwürdig war. Zumal sich seine Enthüllungen verrückt anhörten. Der Richter hielt sie für Lügenmärchen eines Ex-Knastbruders. Vor Gericht beschuldigte Gaspard Jésus Miguel Montoya, die illegale Pornografie in Europa zu kontrollieren. Die Tatsache, dass eine Fliege im Hals der Leiche Fogetis gefunden wurde, bedeutet, dass er nicht unrecht hatte.«

»Schön. Nehmen wir an, hinter alldem steckt Montoya, und Fogeti wäre umgebracht worden, weil er ihn verpfiffen hat. Seine Frau muss das doch wissen. Das erklärt noch weniger, wieso sie sich Ihnen anvertraut hat«, gab Carrère zu bedenken.

»Ganz im Gegenteil, das erklärt es voll und ganz«, äußerte Broissard mit düsterer Stimme.

Der Brigadier setzte seinen Gedankengang fort:

»Sie rechnet damit, dass Sie bis zu Montoya vordringen ... und sie hat die Gelegenheit ergriffen, um ihren Ehemann zu rächen. Ist es so?«

Broissard nickte. Er ließ sich nichts anmerken, aber er hatte Angst. Selbst wenn sie dem Sumpf der Gräuel und der Laster lebend entkommen sollten, selbst wenn sie herausfinden sollten, wo der Film *Neverland* gedreht worden war, könnten sie den Erzengel niemals damit in Verbindung bringen. Niemand war ihm je auf die Schliche gekommen. Niemand hatte den Mumm gehabt, ihn zu behelligen.

Außer Maxime Kolbe.

Maxime hatte bei den Ermittlungen im Fall Alice an die Tür von Jésus Miguel Montoya geklopft. Dies führte zu der spektakulären Festnahme des Vergewaltigers und der Befreiung des Mädchens, das in einer stillgelegten Metrostation ausgesetzt worden war. Maxime hatte sich sehr bedeckt gehalten, was den Verlauf dieser Begegnung betraf.

Broissard zog aus seiner Tasche das Blatt, das er Judith Fogeti abgenommen hatte, und hielt es dem Brigadier hin.

»Das habe ich gefunden.«

51117
22139

Carrère sah in fragend an.

»Was soll das sein?«

»Eine Adresse, vielleicht ein Code … ich weiß es nicht genau. Auch Fogeti wusste es nicht.«

»Ohne Ihnen zu nahe treten zu wollen: Könnte es nicht sein, dass sie Sie verschaukelt?«

»Ja. Aber wir haben nichts Konkreteres.«

Sylvain Carrère versuchte, das Rätsel zu ergründen, das sich hinter den beiden Zahlenreihen verbarg.

Seine Kenntnisse in Mathematik, die noch aus seiner Gymnasialzeit stammten, waren weitgehend versandet. Er gab die Zahlen in den Rechner seines Handys ein und versuchte aufs Geratewohl verschiedene Kombinationen, ohne irgendetwas zu finden, das sich mit dem Fall in Verbindung bringen ließ.

»Und Sie glauben wirklich, dass diese Zahlen der Schlüssel sind, mit dem sich die Kinder ausfindig machen lassen?«

Er unternahm einen neuen Versuch, um die Zahlen in die Gleichung des Falls einzufügen. Doch das einzige Ergebnis waren Kommata und Dezimalstellen. 51117. 22139. Die Zahlen führten ihn weiterhin an der Nase herum.

Beinahe hätte er das Blatt vor Wut zerrissen. Noch weniger verstand er Broissards Gelassenheit. Er entzog sich dem Gericht und folgte einer Fährte, die nirgendwohin führte, mit einem Zahlenrätsel als einzigem Anhaltspunkt. Er vermied es geflissentlich, an seine eigene Situation zu denken. Die Motive seines Handelns waren ihm nur teilweise klar. Ein Verkehrsschild mit Beton und Feldern im Hintergrund riss ihn aus seinen Gedanken.

»Das ist nicht der Weg nach Dunkerque«, bemerkte er.

Broissard war von der Autobahn abgefahren und befand sich auf dem Weg zu dem einzigen Menschen, der ihnen helfen konnte.

»Ich will dir jemanden vorstellen.«

34 Marne-la-Vallée, Haus mit der roten Tür, Sondereinheit

Léo war allein im Garten und flehte innerlich, ein heftiger Sturzregen, eine Sintflut, ein apokalyptischer Schauer möge auf seinen Körper niederprasseln und seine Muskeln entkrampfen. Erregte Stimmen drangen aus dem Wohnzimmer. Die Hauseigentümer diskutierten lautstark mit ihren Anwälten und dem Staatsanwalt.

Ein Fiasko auf der ganzen Linie. Léopold zündete sich die x-te Zigarette an. Er musste die Zeit bis zum Eintreffen des Berichts des Erkennungsdienstes totschlagen. Keine Spuren von Kindern in diesem Keller. Der Familienvater hatte ausgesagt, nichts von der Existenz des Kellers gewusst zu haben. In der notariellen Urkunde stand es schwarz auf weiß: Das Haus hatte weder einen Keller noch einen Dachboden.

Er hörte, wie sich jemand von hinten näherte, und drehte sich um.

»Scheißtag, was?«, fragte der Chef des Spurensicherungsteams.

Léo nickte.

»Gerade hat man uns die Ergebnisse der Analysen des Blutes, das im Keller gefunden wurde, gemailt. Es ist Tierblut, offenbar Schweineblut. Wann genau die Wände mit dem Blut verschmiert wurden, lässt sich nur schwer feststellen. Aber wenn Sie meine Meinung hören wollen, ist das schon eine ganze Weile her. Wissen Sie, wer das getan haben könnte?«

Léo seufzte. Genau das hatte er befürchtet. Schweineblut. Er erinnerte sich an den Vorfall in Jarnages.

»Die breite Masse hasst Pädophile. Da kommt es oft zu Übergriffen. Nachbarn, Verwandte des Opfers oder auch Fremde, die sich in den Kopf setzen, dass die Gerichtsstrafen nicht ausreichen. Da greifen sie zur Selbstjustiz.«

»Wollen Sie damit sagen, dass Leute die Wände mit Blut verschmiert haben, um ...«

»Um den Vorfall zu sühnen«, sagte der Lieutenant.

Bei dem Gedanken an den mit Blut befleckten Keller schauderte es Léo. Widerwillig folgte er dem Beamten der Spurensicherung und wich unterwegs den wütenden Blicken der Eigentümer aus.

In den vier Ecken des Kellers standen Scheinwerfer. Eine gelbliche Beleuchtung, die ins Orange und Purpurrote spielte. Es roch wie in einem Schlachthof. Fliegen schwirrten durch die offene Kellertür herein und ließen sich in Trauben auf dem geronnenen Blut nieder. Léo, der sich von dem Licht geblendet fühlte, beschirmte die Augen mit der Hand und bahnte sich einen Weg durch Polizisten, die jeden Quadratmeter abfotografierten. Er folgte einem mit kleinen Betonklötzen markierten Weg bis zu den blutigen Arabesken, die den rissigen Verputz sprenkelten. Der Chef der Spurensicherung hielt ihm eine Phiole mit Ammoniak hin, die sich Léo unter die Nase hielt, mit der Hand die Mückenschwärme vertreibend. Beruhigt ging er neben dem Experten in die Hocke, der die Gipsabdrücke der Schuhsohlen auf dem Boden ausbreitete.

»Mit Hilfe des elektrostatischen Entwicklers haben wir

herausgefunden, dass mindestens zwanzig Personen diesen Raum betreten haben. Wenn man die Mitglieder des Einsatzkommandos und Sie selbst abzieht, entspricht das dem, was Sie sagen. Eine Gruppe von Personen muss hier eingedrungen sein, um alles zu verwüsten.«

Er schaltete sein Notebook ein und blätterte die Aufnahmen von dem Keller durch, die bei der ersten Durchsuchung gemacht worden waren, und verglich sie mit den Fotos, die seine Männer gemacht hatten.

»Nach den ersten Analysen scheint der Keller nicht verändert worden zu sein …«

Er suchte nach dem Datum der Festnahme von Gaspard Fogeti.

»Und zwar seit 1997. Wenn ich mich Ihren Schlussfolgerungen anschließe, wurde er zu Beginn des Prozesses verwüstet. Also wurde der Film, den Sie gefunden haben, vorher gedreht.«

»Unmöglich …«, stammelte Léo.

Aber er musste sich den Tatsachen beugen. Beide Fotoserien waren völlig identisch. Wenn *Neverland* in diesem Keller gedreht worden wäre, müssten sich Tapetenreste erhalten haben, und ebenso wären noch Abdrücke des Betts zu sehen. Die Familie, die hier wohnte, schien wirklich nichts zu wissen.

Doch Léo wusste, dass die kleine Julia Verno, die Ende Oktober in Clermont-Ferrand entführt worden war, in dem Film zu sehen war.

Der Polizist legte ihm zum Zeichen der Aufmunterung die Hand auf die Schulter. Er suchte nach einem passenden Ausdruck, als ihm eine seiner Mitarbeiterinnen zurief:

»Chef, da ist etwas.«

Eine junge Frau deutete auf einen kaum sichtbaren Schriftzug in einer Ecke des Raums. Die Taschenlampe enthüllte eine Botschaft, die in die Mauer eingeritzt war:

»ER wird mich töten. Helft mir.«

Der Lichtkegel strich mehrfach über den Boden, ehe er einen unvollständigen Fußabdruck zum Vorschein brachte. Die junge Frau vermaß ihn und wandte sich zu ihrem Vorgesetzten um:

»Der Abdruck stammt von einem Kind.«

Der Grafologe studierte die Fotos seit über einer Viertelstunde. Léo wurde ungeduldig und wippte in seinem Sessel mit den Füßen. Er ließ die wertvolle Büroeinrichtung noch einmal an seinem Auge vorüberziehen, als ihn ein Grölen zusammenfahren ließ.

Hinter den riesigen Fenstern des Zimmers schien der Boulevard Saint-Michel in Flammen zu stehen. Nebelgranaten schwirrten an den Fassaden entlang und wirbelten um Bäume herum. Eine dichtgedrängte Menschenmenge strömte auf den Boulevard und schwoll mit beunruhigender Langsamkeit an. Die Scheiben zitterten bei jedem Gebrüll, doch ließ sich der Mann dadurch nicht aus dem Konzept bringen.

Schließlich hob er den Kopf, legte die Lupe hin und sagte mit heiserer Stimme:

»Weiß man, mit welchem Werkzeug diese Sätze eingeritzt wurden?«

»Nicht genau. Die Experten gehen dieser Frage nach und neigen zu einer Schere.«

Der alte Mann nahm eine Schere aus einem Glas. Seine

blauen Augen pendelten zwischen den Klingen und den Buchstaben auf den Fotos.

»Wahrscheinlich. Wie groß sind die Großbuchstaben?«

»Die größten messen zwei Zentimeter: Das ›E‹ und das ›R‹ von ›ER‹.«

»Fest steht jedenfalls, dass es sich um ein Kind handelt. Einen Linkshänder beziehungsweise, wohl eher, eine Linkshänderin«, sollte ich sagen.

»Ist es ein Mädchen?«

»Das lässt sich nicht mit absoluter Sicherheit sagen. Die Grafologie ist keine exakte Wissenschaft. Die Handschrift einer Person verändert sich mit der Zeit.«

Bei diesen Worten breitete er Schriftproben vor sich aus. Am Rand vermerkt waren das Alter und die Entwicklung der entsprechenden Buchstaben. Er kopierte den Schriftzug auf Pauspapier und legte ihn über die Schriftproben, wobei er sich auf die Großbuchstaben konzentrierte.

»Der Rand der Schönschrift spricht dafür, dass es sich um ein Mädchen im Alter zwischen acht und zwölf Jahren handelt.«

Der Mann stand auf, unterdrückte eine nervöse Zuckung seines gebeugten Körpers und näherte sich einer weißen Tafel.

»In dem Bericht steht, der Schriftzug habe sich in einer Höhe von 1,23 Meter über dem Boden befunden ...«

Er griff nach einem Filzstift und schrieb: »ER wird mich töten. Helft mir.« Auf seinen abgewinkelten Arm zeigend, fuhr Léo fort:

»Wenn man steht, hält man die schreibende Hand

für gewöhnlich in Schulterhöhe, sodass man davon ausgehen kann, dass das Mädchen ungefähr ein Meter vierzig groß war, vielleicht etwas mehr. Das entspricht meiner Altershypothese. Das ist alles, was ich Ihnen sagen kann.«

Der Grafologe begleitete ihn zur Tür.

»Ah, noch etwas ...«

Er starrte Léo aus seinen blauen Augen an.

»Dieses Kind hatte Angst, mehr Angst, als wir sie jemals haben werden.«

35 | Paris, Sondereinheit

Nichts ging auf.

Nichts passte zusammen.

Dieser Fall erinnerte ihn an eine Sanduhr. Die Zeit und die Indizien schwanden jedes Mal dahin, wenn er glaubte, eine Antwort gefunden zu haben. Mit dem letzten Sandkorn drohte er die Kinder endgültig zu verlieren.

Léopold tauchte in der Metrostation unter und wich so der Menge aus, die auf dem Boulevard zu schäumen begann. Die schrillen Rufe hallten in den Gängen wider, als wäre eine wilde Meute hinter ihm her. Vor Erschöpfung waren seine Beine bleischwer. Er kämpfte gegen den Impuls an, die Augen zu schließen – und sei es auch nur für ein paar Sekunden, um nicht zusammenzubrechen. Er ging auf dem Bahnsteig auf und ab und betete, die U-Bahn möge bald kommen.

Der überfüllte Wagen verschluckte ihn. In der schweißtreibenden Hitze quälte ihn das unbändige Schlafbedürfnis noch stärker. Die Zunge klebte ihm am Gaumen. Er hatte Lust, an den Scheiben entlangzugleiten, sich in eine Ecke zu kauern und sich in eine heilsame Erstarrung zu flüchten. Fern des Tumults, befreit von dem, was ihn umgab, befreit von sich selbst.

Nicht ganz bei sich, ging er die Rue du Faubourg Saint-Denis hinauf und betrat seine Wohnung, fiebrig, vom Kopf bis zu den Füßen zitternd. Er öffnete den Gefrierschrank, schüttete die Eiswürfelschale im Spülbecken aus und tauchte sein Gesicht in das eiskalte Bad.

Die beißende Kälte tat ihm unglaublich gut. Er genoss es regelrecht, wie sie sich entlang seiner Schläfen, über seinen Augen ausbreitete. Langsam bekam er wieder einen kühlen Kopf, und all die schmerzlichen Bedrohungen rückten ein wenig von ihm ab. Die Beklommenheit ging zurück, und er schöpfte neue Kraft.

Sein erster klarer Gedanke galt den Kindern.

Während er sich das Gesicht abtrocknete, musste er sich den Tatsachen beugen: Die Häufigkeit seiner Anfälle nahm zu. Der ständige Wachzustand, in dem er sich hielt, zerfraß ihn von innen. Wenn er so weitermachte, würde er noch den Verstand verlieren. Aber jetzt konnte er nicht aufgeben.

Nicht, solange die Kinder in seinem Kopf schrien.

Es stand fest, dass *Neverland* nicht in Fogetis ehemaligem Haus gedreht worden war.

Vermutlich wollte jemand den Anschein erwecken, der Film sei alt, um Spuren zu verwischen.

Daraus folgte, dass die Szenerie dieses Kellers an einem anderen Ort originalgetreu nachgebaut worden war.

Die Mistkerle hatten also alles sorgfältig geplant, auch die falsche Fährte für die Polizei. Wenn jemandem die Übereinstimmungen zwischen dem Raum, in dem der Film gedreht worden war, und dem Keller des ehemaligen Hauses von Fogeti auffielen, würde er logischerweise daraus folgern, dass *Neverland* Mitte der neunziger Jahre gedreht worden war. Ohne die Identifikation von Julia Verno hätte er sich selbst zum Narren halten lassen.

Raffiniert. Aber es musste auch eine Schwachstelle geben.

Weshalb ahmte das Szenenbild des Films ausgerechnet diesen Keller nach?

Auf einen Zettel kritzelte er:

1. Die Wahl des Kellers von Fogeti als Vorlage verdankt sich rein dem Zufall. Anmerkung: Das passt nicht zu der Sorgfalt, mit der alle Spuren verwischt wurden.
2. Was bedeutet es, wenn der Keller gezielt als Vorlage ausgewählt wurde?

Antwort: Dass diejenigen, die für diese Gräueltat verantwortlich sind, den Keller und das Vorleben von Gaspard Fogeti kennen.

Léo las dieselben Seiten wieder und wieder durch und ließ so Fogetis Akte ab 1996 – dem Jahr, in dem dieser mit der Produktion von Pornofilmen begonnen hatte – noch einmal Revue passieren. Die Liste der »bekannten Kontaktpersonen« brachte ihn nicht weiter: Amateur-Schauspieler, die er unter den Kunden seines eigenen Sexshops angeworben hatte, Prostituierte von der Rue Saint-Denis, die für die Dreharbeiten aufgelesen wurden. Am Set übernahm Fogeti sämtliche Posten des technischen Teams: Kameramann, leitender Kameramann, Tonmeister, Cutter. Die drei von ihm produzierten Filme waren Flops gewesen. Zu schlecht gemacht, zu schäbig, selbst für einen Porno. Léo überflog die Synopsis der fraglichen Filme, in der Hoffnung, eine Verbindung zu seinem Fall zu entdecken. Fehlanzeige!

Die Produktions- und Kopierkosten hatten Fogeti an den Rand des Bankrotts gebracht und ihn gezwungen, sich zu verschulden. Da er seine Immobilie nicht mit einer Hypothek belasten wollte, sollte ihn die Fotosession mit dem Kind finanziell sanieren; zumindest hatte er das nach seiner Festnahme Broissard erzählt.

Überprüfung: Alain hatte sich mit Sun Crédit in Verbindung gesetzt, einer auf Kleinkredite und Firmenübernahmen spezialisierten Gesellschaft. Bestätigung: Gaspard Fogeti hatte dort ein Konto. Erkenntnis: Sun Crédit schien es mit dem Vorleben ihrer Kunden nicht besonders genau zu nehmen.

Léo gab den Namen der Firma in die Suchmaschine des Handelsregisters ein. Fehlanzeige. Sun Crédit existierte nicht mehr. Er rief im Gerichtsarchiv an und erkundigte sich nach Unterlagen über die Firma.

»Ich habe gefunden, wonach Sie suchen, Sun Crédit GmbH. Sie wurde vor einigen Jahren verkauft.«

»Wer hat sie gekauft?«

»Warten Sie ... Da haben wir's, die Uriel Corporation. Eine internationale Holding, die Jésus Miguel Montoya gehört. Der Firmensitz befindet sich in Barranquilla in Kolumbien ...«

Léo legte auf, ohne seinen Gesprächspartner ausreden

zu lassen. In seinem Kopf spielten die Ideen Jo-Jo, wobei sich die Fäden ineinander verhedderten.

Fogeti, der indirekt bei Montoya verschuldet war.

Fogeti, der im Prozess von Étienne Caillois aussagt, dass Montoya über seine Gesellschaft Uriel Corporation Geld wäscht.

Jésus Miguel Montoya.

Mist.

Ein Geschäftsmann mit einem Reklame-Lächeln.

Mist.

Mutmaßlicher Drogenbaron und Pornopapst.

Mist.

Ein fernes Klicken im Labyrinth seines Geistes. Er spürte vage, dass sich eine Spur abzeichnete.

Sich von seinen Emotionen nicht überwältigen lassen. Nicht schwach werden.

Er rief die Online-Ausgabe der Zeitung *Les Échos* auf. Die Aktien der französischen Großunternehmen im freien Fall. Kurssturz am Neuen Markt. NASDAQ und Dow Jones auf Talfahrt. Gefahr eines Börsenkrachs, eines »schwarzen Montags«. Prophezeiungen einer ökonomischen Katastrophe und des Zusammenbruchs der Börsen. Er sah sich die Notierungen im Einzelnen an. Inmitten der Wirren verzeichnete Montoyas Gesellschaft einen Kursgewinn von drei Prozent – sie war in blendender Form.

Anruf bei der Steuerfahndung. Im Visier: die Uriel Corporation.

»Wir überwachen das Unternehmen seit gut zehn Jahren. Aber es ist äußerst schwierig, belastbare Informationen darüber zu erhalten, und daher ist es praktisch unmöglich, die Finanztransaktionen im Einzelnen nachzuvollziehen. Die Holding ist auf sieben Länder verteilt. Rechtlich gesehen könnte allein Interpol ein Ermittlungsverfahren durchführen. Was die französische Seite anbelangt, so bekommen wir intern keinerlei Rückendeckung. Und da die Uriel Corporation Jahr für Jahr ihren Gewinn steigert, gibt es auch keine Klagen von Aktionären. Nichts, was uns als Vorwand dienen könnte, um etwas genauer nachzubohren.«

»Fazit?«

»Wir wissen, dass es dubiose Finanztransaktionen gibt, doch wir haben keine rechtliche Handhabe, um diese genauer unter die Lupe zu nehmen.«

Falls der Erzengel Montoya mit einem pädophilen Netzwerk in Verbindung stand, ließ sich dies nicht anhand einer eingehenden Prüfung der Konten seiner Holding beweisen.

Wenn er auf der Suche nach Beweisen ins Intranet der Firma eindringen würde, wäre nichts von dem, was er eventuell finden würde, gerichtlich verwertbar. Kein Richter würde ihm einen Durchsuchungsbefehl ausstellen.

Kurz und gut: Er stand mit dem Rücken zur Wand.

Ein E-Mail-Alarmsignal hallte in der Wohnung wider. Er klickte auf das E-Mail-Icon, und es verschlug ihm den Atem. Stairway to Heaven an Sérapion. Betreff: Wonderland.

Wenn dir die Abenteuer der gefallenen Kinder Spaß gemacht haben, wird dich die Fortsetzung vollends glücklich machen. Kontaktiere mich, wenn du interessiert bist, ich werde dir sagen, wie du dem weißen Kaninchen ins Wunderland folgen kannst.

Das diffuse Gefühl, dass die Decke gleich über ihm einstürzen wird. Léopold las die Nachricht noch dreimal durch, um sicher zu sein, alles verstanden zu haben.

Kein Zweifel. Es gab einen neuen Film.

Sich von seinen Emotionen nicht überwältigen lassen.

Nicht schwach werden.

36 | Paris, Altersheim, Mordkommission

»Guten Tag, ich würde gern die Leiterin der Einrichtung sprechen.«

»Geht es um einen Aufnahmeantrag?«

»Nein, eigentlich nicht«, antwortete Paul Garcia und hielt der jungen Frau am Empfang seinen Ausweis hin. »Ich möchte ihr ein paar Fragen zu einem Fall stellen.«

Er setzte sich in einen der abgenutzten Sessel im Eingangsbereich, und während er sich umsah, überlegte er, was der Mutter von Amandine Clerc so große Angst gemacht hatte, dass sie sich umbrachte. Ganz offensichtlich drohte ihr hier keine Gefahr. Er unterdrückte einen Brechreiz. Dieser für Altersheime so charakteristische Geruch war ihm unangenehm, und er fühlte sich ähnlich unwohl wie an einem Tatort oder in einer Kirche nach der sonntäglichen Andacht. In der Luft schwebte zu allen Jahreszeiten ein Geruch von herbstlichem Laub, aber hinter diesem leicht säuerlichen Geruch erahnte man die vollkommene Ergebenheit in das Unausweichliche.

Im Innenhof des Gebäudes sah er flüchtig eine Familie, die einem alten Mann, der mit krummem Rücken in einem Gartenstuhl saß, Gesellschaft leistete. Seine höchstens zehn Jahre alte Enkeltochter neben ihm schien ihn gar nicht zu bemerken und kritzelte in ihr Schulheft. Der Vater wiederum ließ die Hand des alten Mannes nicht los und schien eine Vielzahl von Gefühlen zu empfinden, die sich in verlegenem Lächeln und abgegriffenen Phrasen äußerten, die keinem anderen Zweck dienten, als die Zeit totzuschlagen. Paul erkannte in den Augen dieses Sohnes eine unübersehbare Traurigkeit, aber auch eine unwillkürliche, vergebliche Auflehnung gegen den unvermeidlichen eigenen Verfall, den er in dem Vater wie in einem Spiegel sah: In wenigen Jahren würde seine Tochter seine Hand halten und seine Einsamkeit teilen.

»Monsieur?«

Paul schaute zu der jungen Frau auf, die ihn aufforderte, ihr zu folgen.

»Die Leiterin wird Sie jetzt empfangen.«

Sie gingen durch den Spiel- und Lesesaal, der vollgestopft war mit Schachbrettern, Backgammon-Spielen und nicht zu Ende gelesenen Büchern, durchquerten den Speisesaal, wo Bedienstete bereits die Gedecke für das Abendessen auflegten, und kamen in die geriatrische Abteilung, wo eine ans Bett gefesselte Hundertjährige, die einen Rosenkranz durch ihre Finger gleiten ließ, das Verdikt des Arztes erwartete. Die alte Frau versuchte Paul anzulächeln, doch die Anstrengung ließ sie vor Schmerz aufstöhnen.

»Sie erwartet sie«, sagte die Sekretärin, auf das Ende des Ganges deutend.

Der Polizist dankte ihr und wartete einen Moment, ehe

er anklopfte: Wie gewöhnlich wiederholte er innerlich genau die Punkte, die er ansprechen wollte. Er hoffte, Amandines Mutter habe sich der Leiterin im Rahmen eines Gesprächs anvertraut und irgendeine Information könne den Schleier über dem Geheimnis lüften, das diese Familie umgab. Aber auch wenn er es nicht wagte, es vor sich selbst einzugestehen, ahnte er, dass dieses Gespräch nichts bringen würde.

Diese Vorahnung verdankte sich dem, was er in der Wohnung dieser Frau gesehen hatte. Sein Blick war an nichts hängengeblieben, weder an den nackten Wänden noch auf den leeren Ablageflächen der Kommoden – nichts deutete darauf hin, dass Corinne Clerc Freunde, Leidenschaften, Begierden hatte. Diese nüchtern eingerichtete Wohnung, die kalt wie ein Grab war, gehörte einer Frau, die nicht mehr viel vom Leben erwartete und deren einzige Gesellschaft die Angst war. Der Tod ihrer Tochter hatte zweifellos das dünne Band, das sie mit dem Leben verknüpfte, durchschnitten.

Die Leiterin des Altersheims riss ihn aus seinen Gedanken, als sie die Tür öffnete.

Die Frau, die ihm die Hand reichte, musste um die sechzig sein. Sie hatte graumeliertes Haar, war klapperdürr und glich einer Lehrerin, die nicht Schritt gehalten hatte mit dem Lauf der Zeit und die dadurch, dass sie modische Kleidung trug, vergeblich versuchte, Anschluss an den Zeitgeist zu finden. Sie ging ihm voran in ein hübsches Büro, das auf ein von Geranien übersätes Gärtchen ging, und bedeutete ihm mit einer Handbewegung, Platz zu nehmen.

»Nun, Herr …«, hob sie an, ihre Brille ablegend.

»Garcia, Paul Garcia.«

»Was kann ich für Sie tun?«

»Ich wüsste gern ein wenig mehr über eine Ihrer Mitarbeiterinnen, Corinne Clerc.«

»Corinne? Das ist ja witzig, wir haben erst heute Morgen mit einem unserer Bewohner über sie gesprochen. Seit sie weggegangen ist, fehlt sie uns allen hier«, sagte sie lächelnd. »Sie war eine ausgezeichnete Pflegehelferin.«

»Ich verstehe nicht. Seit wann arbeitet Madame Clerc nicht mehr für Sie?«

»Seit fast zwei Monaten. Sie hat gekündigt, und, glauben Sie mir, ich habe alles getan, um sie davon abzubringen. Aber warum stellen Sie mir diese Fragen? Es ist ihr doch nichts Schlimmes passiert?«

»Sie ist tot«, antwortete er und versuchte ihr durch den Klang seiner Stimme zu signalisieren, dass es ihm leidtat, mit nur einem Satz Kummer, Bedrückung und Trauer hervorzurufen.

»Um Gottes willen …«, stammelte sie. »Wie ist das passiert?«

»Gestern, in ihrer Wohnung. Sie hat Selbstmord begangen.«

Die Frau schwieg, und ihre Augen lösten sich von dem Polizisten, um sich auf das Spiel von Licht und Schatten auf den Büschen und Sträuchern des Gartens zu konzentrieren. An dem unregelmäßigen Heben und Senken der Brust erkannte Paul, dass die Frau gegen die Tränen kämpfte, entschlossen, dem Impuls nicht nachzugeben und den Kummer in ihrem Herzen zu ersticken.

»Ich versuche die Umstände ihres Todes aufzuklären«,

fuhr er mit sanfter Stimme fort. »Und deswegen will ich mir ein Bild von ihrer Person machen.«

Sie atmete tief ein und wandte sich zu ihm hin, wobei ein melancholisches Lächeln ihre Mundwinkel umspielte.

»Sie war eine wunderbare, sehr diskrete Frau. Sie hatte immer Zeit und ein offenes Ohr für andere.«

»Wissen Sie, warum sie gekündigt hat?«

»Sie hat mir gesagt, sie wolle ins Ausland gehen, die Welt entdecken.«

Paul runzelte die Stirn. Das passte nicht zu dem Profil, das er sich ausgemalt hatte.

»Hat sie Ihnen gesagt, wohin sie gehen wollte?«

»Nein, sie ist nach Dienstschluss in dieses Büro gekommen und hat mir gesagt, dass sie traurig darüber sei, uns zu verlassen. Wenn sie allerdings jetzt nicht gehe, hätte sie vielleicht nie mehr die Kraft, einen solchen Entschluss zu fassen. Natürlich versuchte ich sie zu überreden, zu bleiben, aber, wissen Sie, ich konnte sie auch verstehen. Es ist anstrengend, hier zu arbeiten. Man darf keine enge Bindung zu unseren Bewohnern aufbauen, sonst verliert man jedes Jahr Freunde. Trotzdem ist es so, dass man sich ihnen mit jedem Jahr näher fühlt.«

»Hat Corinne Clerc an diesem Tag einen angespannten, besorgten Eindruck auf Sie gemacht? So, als hätte sie Angst vor etwas oder jemandem?«

»Soweit ich mich erinnere, ist mir nichts Ungewöhnliches aufgefallen. Glauben Sie, ihr Weggang war eine Flucht?«

»Ich weiß es nicht«, gestand er. »In ihrer Wohnung

haben wir Anhaltspunkte dafür gefunden, dass sie vielleicht verfolgt wurde. Haben Sie Verhaltensänderungen bemerkt? Zum Beispiel nach Telefonaten?«

»Jetzt, wo Sie es sagen, erinnere ich mich insbesondere an einen Abend. Das liegt schon einige Jahre zurück. Einer unserer ältesten Bewohner war gerade gestorben, und wir hatten uns im Speisesaal versammelt, um zu versuchen, auf andere Gedanken zu kommen. Ich erinnere mich, dass Corinne mir vom Freitod ihres Mannes erzählte. Ich erinnere mich noch so genau daran, weil sie zum ersten Mal von ihm sprach. Sie drückte sich etwas seltsam aus, sodass ich den Eindruck bekam, eine Person oder ein Ereignis hätten ihn in den Selbstmord getrieben.«

»Könnten Sie etwas genauer sein?«, fragte er.

»Nein, tut mir wirklich leid. Wir hatten alle ein bisschen getrunken, das sage ich Ihnen ganz offen, und ich habe das Thema ihr gegenüber nicht wieder zur Sprache gebracht. Ich habe es bei ihrer Tochter probiert, da ich mir Sorgen wegen Corinne machte, doch sie hat mich freundlich abblitzen lassen.«

»Kannten Sie Amandine?«

»Natürlich, sie kam oft hierher, um zusammen mit ihrer Mutter zu essen. Aber da fällt mir ein, dass das arme Kind mit den Nerven völlig am Ende sein muss.«

Garcia hütete sich, ihr von Amandines Tod zu erzählen. Das wären zu viele schlechte Neuigkeiten an einem Tag.

»Haben Sie zufälligerweise Gespräche zwischen den beiden mit angehört, die uns auf die richtige Spur bringen könnten?«

»Es ist nicht meine Art, Gespräche anderer Menschen zu belauschen!«

»Das wollte ich damit auch nicht andeuten«, entschuldigte er sich. »Haben sie sich nie vor Ihnen gestritten?«

»Doch, einmal. Es ging um das Mädchen, das Corinne bei sich aufgenommen hatte.«

»Moment mal, was für ein Mädchen?«

Ein Hitzeschauer durchlief den Polizisten von oben bis unten.

»Nola oder Lola, ich weiß es nicht mehr. Ein süßes Mädchen mit strohblondem Haar. Ein echter kleiner Engel. Sie sah Amandine sehr ähnlich. Abgesehen von dem Altersunterschied hätte man sie für Zwillingsschwestern halten können.«

Eine bedeutende Enthüllung ahnend, beugte sich Paul vor und sprach leise, jedes Wort deutlich hervorhebend, um seiner Gesprächspartnerin zu verstehen zu geben, dass ihre Antwort überaus wichtig wäre.

»Hat Madame Clerc Ihnen gesagt, wer dieses Mädchen ist?«

»Sie hat mir nur gesagt, dieses Kind hätte Probleme und es sei ihr aufgetragen worden, es bei sich aufzunehmen.«

»Aufgetragen von wem?«, hakte er nach.

»Ich weiß es nicht. Sie ist sehr vage geblieben«, antwortete die Leiterin erschrocken, als sie die unvermittelte Anspannung des ihr gegenübersitzenden Polizisten bemerkte.

»Es ist sehr wichtig. Ich muss wissen, worüber sich Amandine und ihre Mutter stritten.«

»Ich glaube, dass Corinne sie mit ins Ausland nehmen wollte und dass Amandine dagegen war. Sie sagte, sie könne jetzt nicht alles aufgeben.«

»Was aufgeben?«

»Ich weiß es nicht. Sie verstummten, sobald ich mich näherte.«

»Und wann haben Sie dieses kleine Mädchen zum ersten Mal gesehen?«

»Kurz bevor Corinne kündigte. Sie hatte mich um die Erlaubnis gebeten, es während ihrer Arbeitszeit mit hierher zu bringen. Ich habe ihr die Bitte nicht abschlagen können. Die Heimbewohner sind oft sehr allein, und dieses Kind hat sie ein wenig aufgeheitert.«

Die Frau starrte ihn entsetzt an und spielte nervös an den Bügeln ihrer Brille herum.

»Mein Gott, es tut mir leid, sehr leid. Wenn ich gewusst hätte, dass man mich eines Tages bitten würde, zu erzählen ...«

Sie beendete den Satz nicht; ein Schluchzer, der heftiger war als die vorangehenden, durchzuckte sie wie eine Marionette, die von einer jäh ruckenden Hand an den Fäden gezogen wird.

»Entschuldigen Sie mich, ich ... ich bin ein wenig erschöpft, verstehen Sie ...«

Der Beamte stand auf und ging schweren Herzens und düsterer Stimmung Richtung Tür. Er hatte Dutzende solcher Gespräche geführt, mit Zeugen von Morden, Angehörigen von Opfern, und dennoch gelang es ihm nie, sich des Gefühls zu erwehren, ein Eindringling zu sein, nichts als ein Unheilverkünder. Er fühlte sich wie ein Arzt, der den Angehörigen eines Patienten eröffnet, dass dieser auf dem Operationstisch gestorben ist, dass sie ihre Hoffnungen begraben müssen und dass das Leben nie mehr so sein wird wie früher.

»Sie brauchen sich nicht zu entschuldigen. Sie haben mir sehr geholfen«, sagte Paul und verließ das Büro.

Als er aus dem Gebäude kam, ertönte ganz in der Nähe ein dumpfes Geschrei, ähnlich dem Radau einer Schar von Bulldozern, die sich über die Fundamente der Stadt hermachen, und ließ die Fensterscheiben in der Straße erzittern. Paul und die anderen Passanten erstarrten auf den Gehsteigen, denn sie spürten unter ihren Füßen Erschütterungen, die so stark waren wie Erdstöße. Polizeisirenen begleiteten den Tumult, und in diesem Moment erblickte er, am Ende der Rue Rousseau, brennende Autos, geplünderte Geschäfte und eine wütende Meute, eine Menschenmenge außer Rand und Band, die entschlossen war, Paris in den Schauplatz des Jüngsten Gerichts zu verwandeln.

»Was ist denn hier los?«

Der Schweiß von Tausenden von Menschen, die sich zusammendrängten, förmlich miteinander verschmolzen, verpestete die Umgebung der Markthallen, und der Gestank tauchte die Stadt, vom Boulevard Sébastopol bis zur Kirche Place Saint-Eustache, in eine ekelerregende Marinade. In billigem Wein aufgelöstes minderwertiges Speed ging von Hand zu Hand, von Mund zu Mund, setzte Dopamin frei und erwärmte nach und nach die Herzen und die Köpfe. Gewerkschafter, Studenten, Krawallmacher – alle hielten zusammen und marschierten durch die Straßen, sich die Lunge aus dem Hals schreiend, vereint in der Erregung, der Wut und dem Wunsch, dem Chaos ein für alle Mal zum Durchbruch zu verhelfen.

Gegenüber der Phalanx der Demonstranten umklammerten Bereitschaftspolizisten ihre Schilde und ihre Schlagstöcke mit eisernem Griff. Die beiden Blöcke, die nur etwa dreißig Meter voneinander entfernt waren, schienen unter dem gleichen Strom zu stehen; 10 000 Volt, die unter der Haut flossen und den fieberhaften Drang entfachten, zuzuschlagen und Knochen zu zertrümmern.

Sieg, Niederlage, in diesem Moment hatten diese Wörter keinen Sinn mehr. Es zählte allein die unmittelbar bevorstehende Auseinandersetzung, das Planen der eigenen Schläge, das Vorwegnehmen fremder Schläge, als würde die brutale Euphorie, die intensive Verbindung, die durch den Kampf hervorgerufen wurden, den ganzen Rest übertreffen und den eigentlichen Anlass des Blutvergießens zerstören. Die Phalanx der Bereitschaftspolizei verkörperte weder Gesetz noch Ordnung; sie war die Linie, gegen die man anrückte, die ganze Bitterkeit über ein elendes Leben, den Groll über eine Existenz, die durch eine Vielzahl gescheiterter Hoffnungen zugrunde gerichtet wurde, konnte man an ihr auslassen. Zweitausend synchronisierte Herzen, zweitausend Menschen, die bereit waren, Staub zu fressen, um den Hass auf eine Gesellschaft abzureagieren, die sie angelogen hatte.

Sehr schnell kam es zum ersten Zusammenstoß. Eine Gruppe von etwa zwanzig Jugendlichen stürmte plötzlich die Rue Pierre Lescot herunter und fiel der Formation der Gendarmen in den Rücken, die sich sogleich aufspaltete, um dem Hagel von Pflastersteinen und kleinen Flaschen auszuweichen. In der allgemeinen Verwirrung stürzten die Demonstranten in die Bresche – eine unförmige Masse von Armen und Beinen, die in einen Trichter gestopft wird, mitgerissen vom kollektiven Fieber. Molotow-Cocktails beschrieben im Süden und Westen brennende Arabesken. Und als Reaktion darauf wurden Gummigeschosse und Tränengasgranaten abgefeuert.

Paul Garcia hatte nur etwa hundert Meter zurückgelegt und befand sich auf der Höhe der Metrostation Étienne Marcel, als beide Seiten aufeinander losstürmten. Beim Zusammenstoßen wurde er von der ohrenbetäubenden Schallwelle förmlich niedergestreckt. Er sah dichte Wolken, die wie die Druckwelle eines Erdbebens mit hoher Geschwindigkeit die Fußgängerzone hinuntersausten. Er hatte nicht die Zeit, zu fliehen.

Binnen weniger Sekunden fand er sich inmitten eines gasförmigen Malstroms wieder, einer undurchsichtigen, erschreckenden Welt, in deren Rauschwaden die Blaulichter aufleuchteten wie in feinmaschigen Spinnweben. Der heiße Atem einer explodierten Granate breitete sich aus und defragmentierte den Raum. Solarisation der Szenerie. Optische Verzerrung. Strudel von Gedanken. Paul befand sich isoliert in einer ruhigen Zone und fragte sich, benommen, wie er es anstellen könnte, das Schlachtfeld zu verlassen.

Reizgas, war ihm sofort klar, als er spürte, wie sich in seinem Hals eine Lähmung breitmachte.

Er versuchte die Luft anzuhalten. Zu spät. Die Luftröhre verkrampfte sich. Seinem Kehlkopf entfuhr ein lang anhaltendes Rasseln, und die Tränenkanäle öffneten sich und überfluteten sein Gesicht mit Tränen. Mit eingeschränktem Gesichtsfeld, als würde er durch den Sucher einer Handkamera blicken, schleppte er sich über die Fahrbahn dahin und erbrach sich heftig. Er gewahrte Silhouetten, die schreiend die Nebelschleier durchquerten und sich um ihn herum verteilten.

Ohne zu überlegen, wollte er in einen Hauseingang fliehen. Rechts von ihm gab es kurze, heftige Detonationen, die rasch näher kamen und stärker wurden. Geschosse schwirrten durch die Luft, und ein regelrechter Kugelhagel durchsiebte die Vorderfront eines leeren Restaurants.

Paul wich zur Fassade eines Gebäudes zurück und zog seine Waffe. Der kalte Stein ließ den Schweiß, der seinen Rücken durchnässte, zu Eis erstarren. Warm und kalt. Leben und Tod. Ein übererregtes Gemüt, das in die Falle einer elementaren, unüberwindlichen Logik des Zweikampfes gegangen war. Er versuchte die Augen zu öffnen, um den unsichtbaren Feind ausfindig zu machen, aber das Gefühl, dass er sein Gesicht in eine giftige Flüssigkeit eingetaucht hatte, ließ ihn vor Schmerzen aufschreien. Seine rauch- und staubgesättigten Lungen brannten, und er krümmte sich in einem schweren Hustenanfall.

»Da ist einer!«, schrie eine Stimme ganz in der Nähe.

»Er ist bewaffnet!«, hörte er schreien.

»Wirf die Waffe weg!«

»Ich bin Polizist …«, stammelte er.

»WEG MIT DER WAFFE!«

Seine Augen wollten sich nicht öffnen, und bei jedem Versuch blendete ihn das ziegelrote Licht auf der Straße.

»Ich bin von der Mordkommission!«

»Was? Was sagt er?«

Die Stimmen hallten wider, gedämpft durch den Zusammenstoß in einer Parallelstraße zwischen einer Gruppe von Demonstranten und Männern der Bereitschaftspolizei. Garcia machte sich das Durcheinander zunutze, hob seine Waffe leicht an und schob eine Hand in seine Jacke, um seinen Dienstausweis herauszuziehen.

»Ich bin von der ...«

»WEG MIT DER WAFFE!«

Der Flash Ball entlud sich und unterbrach jäh die Geste des Lieutenant. Zweihundert Joules voll in den Kopf. Fünfunddreißig Quadratzentimeter Kautschuk zwischen die Brauen.

Die Töne erstarben, und Paul wollte schreien, aus Furcht, taub zu sein, doch seiner Kehle entrang sich keine vernehmbare Klage. Die Schläge seines Herzens, das Brausen seines Blutes – alles war in einer so reinen, so vollkommenen Stille verschwunden, dass der junge Polizist den Eindruck hatte, Gott persönlich flüstere ihm ins Ohr. Die Zeit verrann außerhalb von ihm, und die ganze Stadt vollführte einen schwindelerregenden Looping in einer rasanten Kunstflugnummer.

Im Koma, in dem er sich in einem inneren Zustand der Levitation befand, spürte er weder die Hände, die seine Rippen brachen, um sein Herz wieder zum Schlagen zu bringen, noch die Stöße der Tragbahre, auf die man ihn legte. Der Sauerstoff, den die Rettungssanitäter in seinen Brustkorb einbliesen, verstärkte die seltsame Trunkenheit, in die sich sein Geist geflüchtet hatte.

Die Sterne in seinem Kopf erloschen nacheinander und wichen einem polaren Blau, einem endlosen Packeisfeld, aus der Luft aufgenommen.

Paris, Räumlichkeiten der Kriminaltechnik, Mordkommission | 37

In den Labors der Kriminaltechnik herrschte eine feuchte Hitze. In der Mitte des Raumes für vergleichende Analysen stand ein runder Tisch, auf dem zahlreiche Beweisstücke lagen.

Blandine beugte sich über die Beweisstücke der laufenden Ermittlung. Der in seine Einzelteile zerlegte, etikettierte und in durchsichtige Tüten eingepackte Tatort. Entnommene Proben in Gläsern. Blutverschmierter Dolch. Ein von Schmutz- und Spermaflecken übersäter Nylonslip. Fotos von einem jungen Mädchen, das zusammengekrümmt in einem Müllwagen liegt. Ein auf rationale Daten reduzierter Mord.

Ein junger Mann in einem Kittel blieb in der Tür stehen und starrte sie mit einem fragenden Blick an.

»Kann ich Ihnen helfen?«

»Ich müsste wissen, woher ein bestimmtes Stück Papier stammt.«

»Für welche Dienststelle?«

»Mordkommission.«

»Wollen Sie nach Fingerabdrücken suchen?«

»Nein, nicht nötig. Ich will nur wissen, um welche Zeitung es sich handelt.« Vorsichtig öffnete sie die kunststoffbeschichtete Aktenmappe, die die Seite enthielt, die sie in La Courneuve gefunden hatte. Der junge Mann entnahm sie mit einer Pinzette und legte sie auf eine Glasplatte. Mit einer Pipette gab er einen Tropfen Salzlösung darauf und raute das Papier mit einem Wattestäbchen auf.

»Es absorbiert weniger als die gängigen Papiersorten, die für Tageszeitungen verwendet werden. Seine Porosität ist ebenfalls geringer …«

Er hielt eine Lampe dicht an das Papier und nahm einen Belichtungsmesser heraus. Er ermittelte das Verhältnis von einfallendem und zurückgeworfenem Licht, bevor er das Papier unter das Mikroskop legte.

»Der Grad der Lichtundurchlässigkeit liegt im mittleren Bereich. Zusammensetzung: zwei Drittel mechanischer Holzstoff, ein Drittel Chemiepulpe. Ich würde sagen, es handelt sich um eine nicht besonders hochwertige Wochenzeitschrift.«

Er breitete die verschiedenen Zeitungen und Zeitschriften aus, die Blandine mitgebracht hatte, legte die seriösen Zeitungen und die Hochglanzmagazine beiseite und verfeinerte seine Auswahl, indem er die Flächengewichte bestimmte. Er verglich sie nacheinander mit dem Stück Zeitung, das von Amandines Mutter stammte.

»Das ist Ihre Zeitung«, sagte er und hielt ihr ein Exemplar des *Privé* hin.

»Noch etwas, falls ich Ihre Zeit nicht über Gebühr beanspruche, ich kann das Datum, das hier steht, nicht lesen«, antwortete sie und deutete auf die Ziffernfolge, die durch die Druckfarbe unleserlich geworden war.

Der Laborant befeuchtete das Blatt, zog eine Schutzbrille an und legte das Papier unter eine UV-Röhre.

»Da haben wir's, 23. Juni 2001. Gern geschehen, Madame.«

Eine Serie von Vergewaltigungen

Vier Polizisten werden beschuldigt, eine Prostituierte in Lille vergewaltigt zu haben.

Ein Gendarm wegen drei Vergewaltigungen und sechs sexuellen Übergriffen verurteilt.

Die Artikel auf der vierten und fünften Seite berichteten von erzwungenem Oralverkehr. Was den Gendarm aus Saint-Étienne anbelangte, so schnappte er sich hübsche Autofahrerinnen und kontrollierte weit mehr als ihre Führerscheine. Ein Leitartikel in Form eines offenen Briefes an den Innenminister beklagte den allgemeinen Sittenverfall und die Tatsache, dass anständige Menschen von Polizisten genauso viel zu befürchten hatten wie von Verbrechern.

Blandine schlug die Zeitung zu, als sie in der Metrostation Crimée ausstieg – sie hatte keine Ahnung, ob die Artikel sich auf tatsächliche Straftaten bezogen oder reine Erfindung waren.

Was hatte diese alleinstehende Mutter in diesem Wust düsterer Geschichten nur gefunden, dass sie dieses Blatt vor ihrem Tod verschlungen hatte?

Vier Anrufe in Abwesenheit auf ihrem Handy. Alle kamen aus dem Büro von Kommissar Rilk. Sie rief nicht zurück, da sie keine Lust hatte, sich anschnauzen zu lassen. Sie meldete sich bei Paul und hinterließ eine Nachricht auf seinem Anrufbeantworter, um ihm mitzuteilen, was sie herausgefunden hatte.

Das Gebäude, in dem sich das Redaktionsbüro des *Privé* befand, war ein gesichtsloser achtgeschossiger Block von verwaschener kastanienbrauner Farbe, der zur Straße hin von Palmen und Liguster gesäumt wurde. Es waren nur wenige Menschen in der Umgebung. Sie sah sich die Briefkästen in der Eingangshalle an.

Le Privé: erster Stock links.

Streik. Blutbad. Martyrium. Im Wartezimmer hörte Blandine auf, die Schlagzeilen zu lesen, die um sie herum tanzten.

»Was wünschen Sie?«

Blandine hörte eine sanfte Stimme. Ein etwa dreißigjähriger Mann in einem eleganten Anzug starrte sie durch eine elegante Brille an.

»Ich würde gern den Chefredakteur sprechen.«

»Das bin ich selbst. Was kann ich für Sie tun?«

Ihre Überraschung ließ ihn lächeln. Sie hatte eine Karikatur von Journalist erwartet – zwielichtig, mit Wampe, schmutzigem Hemd und Zigarre. Sie fragte sich, was diesen scheinbar feinsinnigen Mann wohl dazu veranlasst hatte, jenen Müll zu schreiben, den *Le Privé* veröffentlichte.

»Ich bin auf der Suche nach dem Heft, das am 23. Juni 2001 erschienen ist.«

Der Chefredakteur zuckte nicht mit der Wimper und starrte sie weiterhin an, sodass Blandine hinzufügte:

»Meine Mutter ist vor Kurzem gestorben, und als ich ihre Sachen sichtete, habe ich das hier gefunden.«

Sie hielt ihm eine Fotokopie des Zeitungsausschnitts hin. Der Mann lächelte sie freundlich an:

»Mein Beileid. Ich nehme an, Sie wollen wissen, aus welchem Artikel dieses Blatt ist.«

Sie durchquerten ein geräumiges Zimmer. Hinter Trennwänden waren fünf Journalisten in ihre Arbeit versunken. Blandine sah offensichtlich gestohlene Aufnahmen von Tatorten und Obduktionen sowie Polizeiberichte, die an der Wand hinter Computerbildschirmen klebten – die interessanten Passagen rot markiert. An den Wänden die gleichen Schlagzeilen, die gleichen Schnappschüsse.

Der Chefredakteur ging vor ihr her in einen angrenzenden Raum. Das Archiv. Regale brechend voll mit Akten. Er strich mit dem Finger über den Deckel dicker Ordner und zog einen heraus, der mit dem Etikett »2001« versehen war.

»Spannende Lektüre.«

Blandine antwortete nicht. Sie starrte wie hypnotisiert auf den Ordner, der auf dem Heft vom 23. Juni aufgeschlagen war. Die Titelseite zeigte einen Polizisten, der aus einem schwarzen Tunnel herauskam. Er sah mitgenommen aus und trug in seinen Armen ein kleines Mädchen. Darunter stand: AUS DER HÖLLE INS LICHT. – Ein Mädchen wurde in der Metrostation Haxo gerettet.

Blandine blätterte hastig die Seiten um. Das Herz schlug ihr bis zum Hals, während sie das Zeitungsfragment auf die Seite sechs legte. Es fügte sich perfekt ein. Als sie das Foto entdeckte, das Amandines Mutter hinuntergewürgt hatte, bevor sie sich umbrachte, überwältigte sie eine Benommenheit, die mit Entsetzen gepaart war.

Ein Mann, der auf dem Rücksitz eines Polizeiautos saß, starrte ins Objektiv. Feine Regentröpfchen auf der Scheibe erweckten den Anschein, er vergieße Tränen.

38 | Paris, Mordkommission

»Bald nach dem Erscheinen dieses Artikels habe ich aufgehört, für dieses Käseblatt zu schreiben.« Der Reporter überflog die Titelseite des *Privé* und hielt sie Blandine kopfschüttelnd hin.

»Diese Geschichte hat mir auch regelrecht den Journalismus verleidet«, fügte er nachdenklich hinzu.

Er zündete sich eine Zigarette an und stützte sich auf die Brüstung des Balkons, der den Zoo von Vincennes überragte. Sträucher wogten sanft um künstliche Felsen, die wie Masten aufgepflanzt waren, und Makaken mit roten Hinterteilen schwangen sich von Ast zu Ast.

»Es ist erstaunlich, dass Sie mich wegen dieser Sache aufsuchen, denn ich habe vor etwa drei Monaten einen Brief vom Vergewaltiger der Kleinen erhalten. Er wollte unbedingt, dass ich ihn interviewe. Ich habe abgelehnt. All das liegt hinter mir.«

»Ich verstehe«, sagte Blandine.

Sie hatte nicht lange gebraucht, um herauszufinden, wo er wohnte. Er durfte nicht älter als fünfzig sein, aber er sah zehn Jahre älter aus. Sie ließ den Blick über das Bücherregal gleiten und blieb an dem gerahmten Porträt eines kleinen Mädchens hängen.

»Um auf diesen Artikel zurückzukommen – erinnern Sie sich an das, was passiert ist? Zum Beispiel an bestimmte Details, die Sie weggelassen haben?«

»Das waren langwierige Recherchen. Sie haben im

Dezember 2000 begonnen. Mit Videos von einem Mädchen, das zum Oralverkehr gezwungen wurde.«

»Wie haben Sie davon erfahren?«

»Ich hatte meine Quellen.«

Er drückte seine Zigarette aus und ging zurück ins Büro, wobei er sorgfältig darauf achtete, das Fenster nicht zuzuschlagen.

»Das sollte Sie nicht wundern. *Le Privé* verdient sein Geld mit ziemlich schmutzigen Geschichten, und da sitzen Polizisten doch gewissermaßen an der Quelle. Kurzum, im Jahr 2000 stieß ich auf einen Ermittlungsbericht, der im Sittendezernat landete. Ein Mädchen mit einem Engelsgesicht, das zu den schlimmsten Schweinereien gezwungen wurde. Es gab genug Stoff für einen super Artikel, und außerdem war es eine Exklusivgeschichte. Dieses Foto da zeigt den Vergewaltiger am Tag der Prozesseröffnung.«

»Waren Sie dort?«

»Beim Prozess? Nein, der fand unter Ausschluss der Öffentlichkeit statt. Mir lagen die Verhandlungsprotokolle vor, aber mein Chefredakteur war der Meinung, ich solle es dabei bewenden lassen.«

»Aus welchen Gründen?«

»Sagen wir, er fürchtete, diese ganze Geschichte wäre mir etwas zu Kopfe gestiegen. Ich …«

Der Journalist zögerte und lächelte matt.

»Ich fand, dass da irgendetwas nicht stimmte, Details, die nicht zusammenpassten, eine sehr lückenhafte Beweisführung. Die Art, wie die Ermittlungen abgeschlossen wurden, wie die Kleine gerettet wurde, diese ganze Inszenierung …«

Er trat an das Bücherregal heran und stellte sich auf die Zehenspitzen, um die Beschriftung auf dem Deckel der oberen Aktenordner zu entziffern. Ohne sich umzudrehen, murmelte er:

»Ich musste mich danach eine Zeit lang erholen.«

Er zog einen Ordner heraus, blätterte ihn durch, atmete tief ein und hielt ihn ihr fast widerwillig hin:

»Da ist alles drin. Meine Arbeitsnotizen, die Fotokopien von Berichten. Sie können ihn behalten.«

»Eine letzte Frage: Hieß das kleine Mädchen mit Vorname Amandine?«

»Nein, es hieß Alice. Alice Deloges.«

39 | Paris, Place de la Bastille, Mordkommission

Blandine setzte sich, den Ordner unter dem Arm, in ein Café nahe der Place de la Bastille. Die Notizen zeichneten den Leidensweg von Alice von Anfang an nach. Sie zwang sich dazu, nicht nach einer direkten Verbindung zwischen Amandines Mutter und diesem Kind zu suchen und sich rein an die Tatsachen zu halten.

Verschwunden ist Alice am 28. November 2000 vor der Wohnung ihrer Eltern. Nach einer zwölftägigen Suchaktion steht die Polizei mit leeren Händen da. Am 16. Dezember entdecken deutsche Internetfahnder, dass in pädophilen Foren ein Video und Fotos in Umlauf sind. Sie verständigen die Pariser Behörden, weil der Vergewaltiger Französisch spricht. Maxime Kolbe wird mit den Ermittlungen betraut, ihm steht Léopold Apolline als Stellvertreter zur Seite.

Eine Explosion und Schreie rissen Blandine aus ihren Gedanken. Auf dem Platz zündeten Demonstranten schwarze und blaue Rauchbomben – die Szenerie glich einem Gewitterhimmel, der sich dicht über die Erde herabgesenkt hatte. Ihr Handy vibrierte und zeigte die Nummer der Mordkommission an. Sie ließ es läuten und frohlockte innerlich über die Wut, in die ihr Schweigen ihren Chef versetzen musste, und machte sich über den Ordner her.

Der Journalist hatte Zugang zu den Beweisstücken gehabt und diese beschrieben. Die Redaktion hatte den Artikel nie veröffentlicht. Die Begründung für die Zensur: »Du gehst zu weit, selbst für *Le Privé*. Unsere redaktionelle Linie ist klar. Versuch dich ein wenig neu zu justieren, oder ich sehe mich gezwungen, die Berichterstattung über den Fall jemand anderem zu übertragen.«

Draußen drängten sich immer mehr Menschen um die Säule. Bereitschaftspolizisten riegelten das Gebiet ab, da sie mit Massenbewegungen rechneten. Blandine überflog den Ordner – sie blätterte die Seiten mit klammen Händen um. Je mehr sich der Reporter der Auflösung näherte, umso dichter wurden seine Aufzeichnungen, die jedoch zugleich immer unklarer wurden. Die Rettung des Mädchens und die Verhaftung des Vergewaltigers schienen für ihn ein Problem darzustellen. Er hatte am Rand notiert:

»14. 04. 2001. Ich verstehe es einfach nicht. Von heute auf morgen entdeckt Maxime Kolbe unmittelbar hintereinander Alice und ihren Peiniger, Étienne Caillois, der gerade fliehen wollte. Noch erstaunlicher ist, dass Lieutenant Apolline nicht zu den gleichen Schlussfolgerungen gelangt. Ich habe das Gefühl, dass ich irgendetwas übersehe.

04.05.2001. Ich besitze nicht den Schlüssel zur Lösung des Rätsels. Ich denke tagtäglich daran. Heute Morgen bin ich noch einmal zur Metrostation Haxo, wo man Alice gefunden hatte, zurückgekehrt. Ein Obdachloser hat mir gesagt, ein Freund von ihm habe sie gefunden. Ich habe den fraglichen Obdachlosen gesucht. Er war unauffindbar. Was ist wirklich in dem Labyrinth geschehen?«

Rezepte, die zwischen den Seiten steckten, flatterten auf den Tisch. Trevilor in sehr hohen Dosen. In dem Stapel entdeckte Blandine einen handschriftlichen Einweisungsantrag. Sie sah vom Ordner auf, bekam jedoch nichts von den ersten Zusammenstößen zwischen der Menge und der Bereitschaftspolizei mit. Sie spürte nur die Angst, die sich erneut in sie einnistete, die Angst vor ihr selbst. Der Journalist hatte einen Nervenzusammenbruch erlitten und war ein Jahr lang in der Psychiatrie gewesen. Diese Geschichte hatte ihn an den Rand des Wahnsinns getrieben. Ihr wurde schwindlig. Wie war es bei ihr?

Blandine war sich nicht sicher, wie sie weiter vorgehen sollte. Wieso hatte Madame Clerc ein Foto des Mannes aufbewahrt, der Alice vergewaltigt hatte? Hatte sie das Mädchen bei sich aufgenommen? Und vor wem hatte sie solche panische Angst? Welche Verbindung existierte zwischen diesen Personen? Vergeblich versuchte sie die Puzzleteile zusammenzufügen – sie passten einfach nicht.

Sie vertiefte sich in die Lektüre des Porträts des Vergewaltigers. Der Journalist hatte eine – zweifellos gestohlene – Kopie seines Strafregisterauszugs beigelegt.

Étienne Caillois. Der Typ war kurze Zeit vor der Entführung in die Nähe des Hauses der Eltern von Alice Deloges gezogen. Das war ein Punkt, der im Prozess nicht zu seinen Gunsten gesprochen hatte. Man war von zweierlei ausgegangen: Er kannte das Mädchen vom Sehen und hatte den Umstand, dass er in der Nachbarschaft wohnte, ausgenutzt, um es zu entführen. Sein umfangreiches Strafregister war dann noch das Tüpfelchen auf dem i. Allerdings waren seine Vorstrafen seltsamerweise auf den ersten Blick nicht diejenigen eines typischen Pädophilen.

Mit seinem Komplizen wird er 1981 wegen Bildung einer kriminellen Bande und bewaffneten Raubüberfalls festgenommen. Er bekommt zwölf Jahre ohne Bewährung. Nach seiner Entlassung fängt er wieder damit an und wird erwischt. Aus Mangel an Beweisen wird er auf freien Fuß gesetzt. Im Jahr 2000 filmt er die Vergewaltigungen von Alice und stellt sie ins Internet.

Blandine runzelte die Stirn, als sie den Namen des Kommissars las, der 1981 die Verhaftung durchgeführt hatte: Jean-François Rilk. Sie überflog die Liste der bekannten Kontaktpersonen von Caillois. Schwarzhändler, Hehler und haltlose Mädchen, in die sich das Duo vernarrt hatte: Julie Petiot, Kevin Doucet, Vladimir Slatinski, Gaspard Fogeti, Eva Keller … Niemand, der mit ihrem Fall in Verbindung gebracht werden konnte. Der Reporter des *Privé* hatte unten auf der Seite vermerkt, dass Étienne Caillois trotz wiederholter Anfragen konsequent ein Gespräch abgelehnt hatte.

Bis vor drei Monaten, als er selbst versucht hatte, Kontakt zu dem Journalisten aufzunehmen.

Sie verzog das Gesicht, als sie ihren Tee trank. Ihre Bauchschmerzen wurde sie einfach nicht los. Ihre Regel hatte noch immer nicht eingesetzt. Ihre Brüste waren geschwollen und taten weh. Etwas allzu deutliche Symptome für ihren Geschmack.

Sie suchte die Toilette des Cafés auf und sperrte sich in eine Kabine ein. Den Schwangerschaftstest, den sie am selben Morgen gekauft hatte, zwischen die Schenkel geklemmt, versuchte sie, sich zu beruhigen. Sie nahm nach wie vor die Pille, sodass sie eigentlich nicht schwanger sein konnte.

Ihr Körper entzog sich ihrer Kontrolle. Ihre Blase war wie blockiert, hart, verspannt und reagierte sensibel auf die böse Vorahnung. Hitzewallungen. Blandine massierte ihre Schamgegend mit den Fingerspitzen, um ihre Muskeln zu entspannen. Schließlich tröpfelte der Harn und färbte den Stab mit dem absorbierenden Material.

Drei Minuten warten.

Auf der Klosettschüssel sitzend, entspannte sich Blandine, so gut sie konnte. Aber es half nichts. Die Angst raubte ihr den Atem. Sie ließ ihren Blick über die obszönen Graffiti, die Telefonnummern und die abgeblätterte grüne Farbe gleiten.

Sie betrachtete den Test.

Blauer Strich. Positiv. Spuren des Hormons Choriongonadotropin.

In kürzester Zeit fühlte sie sich in dieser engen Kabine, diesem stickigen Loch, hin und her gerissen zwischen gegensätzlichen Gefühlen. Reine und irrationale Freude einerseits. Andererseits Bedrückung. Und in der Mitte Ratlosigkeit.

Sie warf das Stäbchen in das Klosettbecken und beobachtete, wie sich der blaue Strich auflöste und in der Mitte des Beckens trieb. Eine Momentaufnahme der Richtungslosigkeit. Sie zündete sich eine Zigarette an und war nicht imstande, die Wasserspülung zu betätigen, da sie nicht sehen wollte, wie der Gegenstand ihrer Angst von den Wasserwirbeln verschluckt würde.

Sie verließ das Café, ratlos, ohne sich um den Vorstoß der Bereitschaftspolizei, die die Demonstranten Richtung Oper abdrängte, zu kümmern.

Wieso jetzt?

Wieso ausgerechnet während dieser Ermittlungen?

Sie wusste, dass es unsinnige Fragen waren, doch schon der Gedanke an einen Zufall war ihr unerträglich. Ihr Handy läutete und rettete sie vor dem Strom lästiger Gedanken, in dem sie sich verlor. Die Nummer der Kripozentrale, ein weiteres Mal. Nach kurzem Zögern ging sie dran, entschlossen, dem Bär die Stirn zu bieten; auf die Gefahr hin, sich an jemandem abzureagieren, vorausgesetzt, dass er es war.

»Blandine? Ich habe versucht, Sie zu erreichen, aber …«

»Ich konnte nicht drangehen«, fiel sie ihm ins Wort. »Was kann ich für Sie tun, Herr Kommissar?«

Die Stimme, mit der Jean-Francois Rilk sprach, hatte gar nichts von jenem wütenden Tonfall, mit dem sie gerechnet hatte. Wenn sie den Großen Manitu der Mordkommission nicht so gut gekannt hätte, hätte sie geschworen, Angst und eine tiefe Traurigkeit bei ihm zu spüren.

»Es geht um Ihren Kollegen ... Ich bedauere, Ihnen mitteilen zu müssen, dass Paul im Krankenhaus ist.«

»Ich verstehe nicht ... Was hat er?«

»Blandine, er hatte einen Unfall ... Paul liegt im Hôtel-Dieu, auf der Intensivstation. Tut mir leid ...«

Sie legte auf, ohne dies überhaupt zu bemerken, und torkelte mitten auf der Fahrbahn. Sie spürte, wie eine unbekannte Zerbrechlichkeit ihr die letzte Kraft raubte, die sie hier auf den Stufen der Oper noch aufrecht hielt. Ein Zittern durchlief sie von der Kopfhaut bis zu den Zehenspitzen und erfüllte sie mit einer Gewissheit: Sie war nicht für Paul da gewesen, und er würde sterben.

Seit sie bei der Mordkommission arbeitete, hatte sie Aussagen der Angehörigen von Opfern aufgenommen und ihren Kummer unmittelbar miterlebt; etliche von ihnen hatten ihr anvertraut, dass sie die Tragödie vorausgeahnt hatten, mit der Begründung, die Liebe zwischen zwei Menschen ermögliche es der Intuition, sich von den elementaren Gesetzen der Vernunft zu befreien. Blandine hatte nichts auf diese Worte gegeben, da sie überzeugt davon war, dass die Trauer die Wahrnehmung des Ereignisses verändere. Doch in ihrem Inneren, in den Paradoxien ihrer Seele, verübelte sie es sich, dass sie in dem Moment, wo der Mann, den sie liebte, ins Krankenhaus eingeliefert wurde, nichts Ähnliches verspürt hatte – und sei es nur ein kurzes Gefühl der Sorge. Wenn sie das, was geschehen war, vorausgeahnt hätte, dann wäre der Schmerz, den sie jetzt spürte, gelindert worden.

Die Gebäude verschwanden in gewaltigen roten Rauchwolken unter einem sattblauen Himmel. Die Windstöße trugen einen ranzigen, stechenden Gestank wie von Angstschweiß heran. Blandine atmete diesen Geruch in vollen Zügen ein. Unvermittelt hatte sie das Gefühl einer starken inneren Übereinstimmung mit dem äußeren Chaos, das ihr als das vollkommene Echo ihrer inneren Unordnung erschien.

40 Cayeux-sur-Mer, Sondereinheit

Unter einem Himmel mit sturmzerzausten Wolken bogen Broissard und Carrère in die Ortschaft Cayeux-sur-Mer ein und fuhren durch das Dorf in Richtung der Somme-Bucht. Dem grauen Band des Kieselstrandes folgend, gelangten sie über die wie leergefegte Strandpromenade zum Leuchtturm. Unansehnliche Häuser sprenkelten hie und da die Landschaft, doch bald schon gab es nur noch den runden Turm, der wie eine Bronzestatue das bald grüne, bald schwarze Wasser überragte.

Sie parkten abseits der Straße, gegenüber dem Jachthafen, und ruhten sich einen Moment lang aus, wie gewiegt von den weiß schimmernden Schiffsrümpfen und dem regelmäßigen Quietschen der Takelage. Sylvain Carrère stieg aus dem Wagen aus, rekelte sich und ging zum Eisengitter eines verlassenen Aquaparks.

Türkisfarbene Rutschbahnen, die überwuchert waren von der wild wachsenden Vegetation, schlingerten träge im Wind. Eine Ratte huschte durch das welke Laub, das den Boden eines Beckens bedeckte. Broissard betrachtete die Bruchbude von Christian Franju am Fuß des Leuchtturms und fragte sich, ob auch er eines Tages beschließen würde, sich von der Welt zurückzuziehen.

Franju war ein brillanter Polizist gewesen, jemand, der hartnäckig am Ball blieb und seine Überstunden nicht zählte. Seine Kollegen im Sittendezernat hatten ihm den Spitznamen »Dackel« gegeben, weil er einen unglaublichen scharfen Spürsinn hatte und seine Beute erst losließ, wenn sie hinter Gittern war.

Franju, der aus Ascain stammte, einem Ort im Baskenland, wusste schon in frühen Jahren, dass er den elterlichen Betrieb nicht übernehmen wollte, und ging stattdessen mit achtzehn Jahren zur Polizei. Er arbeitete zunächst beim Zoll in Bayonne, wo er Schmuggelware und Rauschgift abfing, vor allem Heroin und Marihuana, die auf dem Seeweg nach Frankreich eingeschleust wurden. Im September 1980 wurde Christian Franju auf Anordnung des Polizeipräfekten zum Sittendezernat der Pariser Polizei versetzt. Dort lernte er Maxime Kolbe kennen. Am Tag seines dreißigjährigen Dienstjubiläums wurde er zum Oberkommissar und außerdem zum Generalsekretär der Polizeigewerkschaft ernannt. Eine Karriere und eine Auszeichnung, die für einen Mann, der nicht einmal das Abitur hatte, völlig unverhofft kamen. Noch am Tag seiner Beförderung schmiss er alles hin. Niemand hat je erfahren, wieso. Er ließ sich, fern von Paris, am Meer nieder. Von einer dürftigen Pension lebend, gab man ihm den Spitznamen »Eremit«, dann geriet er nach und nach in Vergessenheit.

»Er hat früher einmal mit Maxime zusammengearbeitet. So habe ich ihn kennengelernt. Wenn es jemanden gibt, der uns helfen kann, diese Zahlen zu entziffern, dann er.«

Und er war auch der Einzige, der seine Flucht verstehen konnte, dachte Broissard, ohne den Horizont – einen leuchtenden Faden, der das Meer abschnitt – aus den Augen zu lassen.

Sie klopften an die Tür des Häuschens. Nach einigen Momenten der Stille hörte man schwere Schritte, die über den Fliesenboden hinter dem Türstock schlurften. Eine von einer weißen Mähne umkränzte Gestalt zeichnete sich in der Tür ab. Nach einem Moment der Unschlüssigkeit entfuhr es dem Eremiten:

»Alain? Aber … aber was machst du denn hier?«

Sie fielen sich in die Arme, als hätten sie sich am Vortag zum letzten Mal gesehen. Alain zuckte zusammen, als er unter der Achsel von Franju den Kolben einer Pistole spürte. Er löste sich aus der Umarmung und deutete auf die Ausbauchung.

»Ich habe immer geglaubt, das Leben in der Provinz wäre gleichbedeutend mit beschaulicher Ruhe.«

»Ich bin ein alter Herr … in meinem Alter kann man nicht vorsichtig genug sein«, sagte er mit einem hämischen Lächeln.

Broissard wandte sich dem Brigadier zu.

»Ich stelle dir Sylvain Carrère vor.«

Christian drückte ihm herzlich die Hand und bat sie, einzutreten, wobei er sich gleich noch für die Unordnung entschuldigte. Man sah dem Häuschen an, dass es von einem Junggesellen mit sehr persönlichen Vorstellungen von Reinlichkeit bewohnt wurde. Dafür war das Innere geschmackvoll in Pastelltönen – Hellgrün und Abricot –

gehalten, was die Behaglichkeit der Räume verstärkte. Reproduktionen impressionistischer Gemälde zierten die Wände des Wohnzimmers. In einer Ecke standen zwei Jagdgewehre in einem Ständer.

Sie ließen sich in Clubsessel fallen, und der Gastgeber schenkte ihnen zwölfjährigen Glenmorangie ein. Der Eremit schwenkte die Eiswürfel in seinem Glas und fragte ohne Umschweife:

»Gibt es Neuigkeiten von Kolbe?«

»Er wird bald vor Gericht gestellt werden.«

»Und wie verkraftet er all das?«

»Ich weiß es nicht. Als ich ihn zum letzten Mal gesehen habe, ging es ihm nicht besonders gut.«

»Und du?«

»Ich habe beschlossen, abzuhauen … um zu versuchen, wieder zu mir selbst zu finden.«

Broissard bemerkte, dass Franju angespannt, auf eine vage Weise beunruhigt war. Das merkte man daran, dass er regelmäßig einen Finger in den Whisky eintauchte.

»Was ist los? Ich merke doch, dass du etwas auf dem Herzen hast.«

»Selbst hier kommen mir Geschichten, Gerüchte zu Ohren – ehemalige Kameraden, die mich anrufen und mich auf dem Laufenden halten. Und …«

»Hast du gehört, dass eine Anzeige gegen mich erstattet wurde?«

Alain seufzte, als er den zerknirschten Gesichtsausdrucks seines alten Freundes sah.

»Ich werde nicht zu dem Prozess gehen.«

»Du bringst dich unnötig in Schwierigkeiten.«

»Gib dir keine Mühe, mein Entschluss steht fest. Ich

gehe nicht das Risiko ein, im Knast zu verfaulen. Ich bin bereit, vieles auszuhalten, aber das nicht. Ich will nicht mit denselben Mistkerlen duschen, die ich eingebuchtet habe. Ich kann nicht, das übersteigt meine Kräfte. Eher verdufte ich zum Nordpol, als dass ich das mitmache.«

»Und wenn du geschnappt wirst? Dann fährst du mindestens fünf Jahre ein. Du verrechnest dich.«

»Das Risiko gehe ich ein.«

»Wo willst du denn hin?«

»Bevor ich entscheide, was ich tun werde, muss ich noch etwas zu Ende bringen. Aus diesem Grund sind wir hier.«

Christian Franju kniff die Augen zusammen.

»Sylvain und ich stellen Nachforschungen über eine Lieferung pädophiler Videos an, die im Hafen von Le Havre sichergestellt wurde. Wir sind den Spuren vor Ort nachgegangen – ohne greifbare Ergebnisse.«

»Habt ihr euch die Amateurfilmer vorgeknöpft?«

»Ja, die Spur endet in Dunkerque«, antwortete Carrère.

»Und das Schiff? Was wisst ihr darüber?«

»Fährt unter deutscher Flagge. Die Mannschaft ist sauber. Aber der Inhalt des Containers wurde gefunden. Er war über Bord geworfen und durch anderes Frachtgut ersetzt worden.«

»Eine Methode, die häufig von Drogenschmugglern benutzt wird. Was noch?«

Broissard sprach etwas leiser.

»Ich habe die Fühler ausgestreckt, um Informationen zu beschaffen, und ich habe das Gefühl, dass Montoya in die Geschichte verwickelt ist.«

Franju antwortete nicht sofort, er wog seine Worte sorgsam ab. Seine Augen funkelten seltsam.

»Niemandem ist es je gelungen, bis zu ihm vorzudringen.«

»Bis auf Maxime.«

»Meinst du seine sogenannte Begegnung im Jahr 2001?«

»Wieso sogenannte?«, fragte Broissard und verkrampfte sich.

Christian schwenkte den Alkohol in seinem Glas, um ihn aufzuwärmen.

»Das habe ich nie geglaubt. Es ist nicht glaubhaft, dass Kolbe an die Tür von Montoya klopft, wenn er nichts anzubieten hat. Glaubst du im Ernst, dass es Maxime mit der Geschichte von Alice Deloges gelungen ist, an einen der größten Drahtzieher im Drogen- und Pornogeschäft heranzukommen?«

Er richtete seinen Zeigefinger auf Broissard.

»Ich wette, dass Jésus Miguel Montoya nicht einmal ihren Namen kennt.«

Alain versank tiefer in seinem Sessel. Franju legte den Finger schonungslos auf sämtliche Dunkelzonen, die Maximes Person umgaben. Aber inmitten der schwarzen Zweifel tanzte ein nicht zu fassendes kleines Licht und zeigte ihm eine noch ganz undeutliche Spur. Broissard klammerte sich an seine Gewissheiten.

»Woher weißt du, dass sie Alice hieß?«

Als Antwort bekam er nur ein Schweigen. Schatten, Licht, Schatten, Licht. Eine Reihe von immer helleren Lichtblitzen. Broissard beugte sich vor und fragte mit sehr sanfter Stimme:

»Für wen arbeitest du? Für den Inlandsgeheimdienst?«

Die Frage blieb in der Schwebe. Broissard begriff mit einem Schlag, wieso Christian Franju den Polizeidienst quittiert hatte und was die wahren Gründe seines Rückzugs nach Cayeux-sur-Mer waren. Er verstand das Warum von Maximes Besuchen. Er ließ den Blick über die Inneneinrichtung des Häuschens gleiten. Das perfekte Versteck. Broissard spürte, wie sich alle altvertrauten Gewissheiten auflösten. In all diesen Jahren hatte er sich an der Nase herumführen lassen. Die Fassaden fielen nacheinander und entblößten ein unvermutetes No Man's Land.

Er betrachtete die Wand, dann das Fenster und das glatte Meer, das so grau war wie die Kieselsteine. Seine Augen glitten über das Gesicht des Eremiten und blickten ihn fest an. Sie starrten sich eine ganze Weile an, bevor Carrère das Eis brach, indem er unvermittelt das Thema wechselte.

»Können Sie uns das erklären?«

Er legte den Zettel, den Broissard Judith Fogeti entlockt hatte, deutlich sichtbar auf den Couchtisch.

51117
22139

Christian Franju warf einen Blick auf die Ziffernfolge, und er wurde kreidebleich.

»Verdammt noch mal … wer hat euch das gegeben?«, rief er aus.

»Eine vertrauenswürdige Quelle.«

»*Wer?*«

Seine zitternden Hände ließen die Eiswürfel im Glas klirren.

»Die Frau von Gaspard Fogeti.«

»Ihr müsst das verschwinden lassen. Gewisse Dinge müssen verborgen bleiben.«

Der Ton war schneidend, aber in seiner Stimme klang auch eine gewisse Panik durch.

»Du sagst uns entweder zu viel oder nicht genug.«

Sylvain Carrère schwenkte das Blatt vor der Nase des alten Mannes, der auf dem Sofa in sich zusammensank.

»Wofür stehen diese Zahlen? Ist es ein Code? Was bedeuten sie?«

»Nein, da liegt ihr falsch … es sind geografische Koordinaten in sexagesimaler Notation.«

Der Brigadier lächelte angesichts der einfachen Lösung und entzifferte mit lauter Stimme:

»Breitengrad: 51 Grad, eine Minute und 17 Sekunden nördlicher Breite. Längengrad: 2 Grad, 21 Minuten, 39 Sekunden östlicher Länge …«

»Du sagst uns jetzt alles, was du darüber weißt, Christian.«

Das Gesicht des Eremiten war von einer wächsernen Blässe. Die Angst hatte ihn jäh altern lassen. Er bohrte seine Finger wie Krallen in Broissards Oberschenkel.

»Du hast nicht die leiseste Ahnung davon, was das ist. Du kannst es dir nicht einmal vorstellen.«

»Als ich zum ersten Mal davon hörte, arbeitete ich bei der Sitte. Das war Anfang der achtziger Jahre. Man hat mir einen Fall von Prostitution bei den Zigeunern aufgebrummt. Maxime war mein Teamkollege.«

Christian Franju kam aus der Küche zurück und schenkte sich aus einem Tetrapak Tomatensaft ein, den er reichlich mit Wodka würzte.

»Eine Bloody Mary ohne Zitrone, ohne Sellerie und ohne Pfeffer?«, fragte er und schwenkte die Flasche in Richtung von Broissard und Carrère.

Sie schüttelten den Kopf.

»Sechs Monate lang sind wir der Spur des Netzwerks gefolgt. Wir haben Sachen entdeckt, die man nicht für möglich hält. Filme, in denen rumänische Mädchen mitspielten, die nicht einmal fünf Jahre alt waren, und wenn ich von Filmen spreche ... wir haben das wahre Gesicht des Grauens gesehen ... Wir haben ihm direkt in die Augen geblickt. Es ist zu einer Obsession geworden. Wir mussten das durchziehen.«

Der Eremit rührte den Wodka mit den Fingern unter das Tomatenmark.

»Aber dann ist die Sache aus dem Ruder gelaufen. Unsere Vorgesetzten haben uns den Fall entzogen. Maxime musste fast ein Jahr lang Sonderurlaub nehmen. Er hat sich in einer Klinik erholt. Ich wurde eine Zeit lang kaltgestellt. Ich habe zwei oder drei unbedeutende Fälle bearbeitet. Am Wochenende habe ich Maxime bei den Bekloppten besucht. Wir haben diesen Scheißfall immer wieder durchgekaut, weil wir die Hintergründe verstehen wollten. Doch es gab nichts zu verstehen …«, fügte er hinzu, ins Leere blickend. »Als Maxime zurückkam, war er nicht mehr derselbe. Etwas in ihm war zerbrochen. Und dann brachte er am 6. August 1983 ohne ersichtlichen Grund einen gewissen Antonio Diaz um. Ich dachte, Maxime sei durchgedreht. Antonio Diaz war Abschaum, aber ein kleiner Fisch. Im Verlauf der Ermittlungen hatten wir ihn vernommen, aber zu keinem Zeitpunkt war er ein Verdächtiger. Daher habe ich noch weniger verstanden, wieso Maxime ihn kaltgemacht hat. Weshalb ihn, verdammt noch mal? »Was ist da wirklich passiert?«

»Maxime hatte insgeheim die Ermittlungen ganz allein fortgeführt und sich dabei nacheinander sämtliche Erkenntnisse noch einmal vorgeknöpft und die Ermittlungsansätze überprüft. Und auf diese Weise kam er auf Antonio Diaz.«

Er legte eine Pause ein, ehe er fortfuhr:

»Ich erspare euch die Einzelheiten, doch Maxime hat herausgefunden, dass der kleine Fisch in Wirklichkeit die graue Eminenz, der Drahtzieher all dieser Schweinereien und vieler anderer Verbrechen war: Drogenhandel, illegale Pornografie, Zwangsprostitution … und so weiter und so fort.«

»Aber wieso hat er ihn dann umgebracht?«

Broissard verkrampfte sich. Ihm pochte das Blut in den Schläfen.

»Weil Maxime verrückt ist! Seine Nachforschungen hatten keine gerichtsverwertbaren Beweise erbracht. Er hat lieber Selbstjustiz geübt, als das Risiko einzugehen, dass Antonio Diaz freigesprochen würde. Aber das Interessanteste ist das, was Diaz ihm vor seinem Tod anvertraute.«

Der Eremit tat einen kräftigen Schluck aus seiner Bloody Mary für Arme.

»Er hat ihm erzählt, dass sein Drogengeschäft in Europa von dem Kartell von Medellin finanziert wird und dass Pablo Escobar Gaviria persönlich ihn zum ›Erzengel‹ seiner Organisation ernannt hätte. ›Erzengel‹ ist ein Ehrentitel, den Escobar erfunden hat und der in etwa dem Paten oder Capo der sizilianischen Mafia entspricht. Laut Aussage von Antonio Diaz soll es pro Kontinent einen Erzengel geben, der für sämtliche illegalen Geschäfte auf dem Territorium, das ihm zugeteilt wurde, verantwortlich ist.«

»Du willst sagen, dass Montoya ...«

»Ja, Jésus Miguel Montoya ist der Nachfolger von Antonio Diaz in Europa.«

»Aber was haben diese Koordinaten damit zu tun?«, fragte Carrère, das Blatt schwenkend.

»Um ihn zu verhöhnen, hat Diaz Maxime anvertraut, es gebe eine Drehscheibe, wo die Schmuggelware umgeschlagen wird. Er hat von einem Ort auf hoher See, außerhalb der Hoheitsgewässer, gesprochen. Ein wenig wie das Fürstentum Sealand.«

»Und das bedeutet?«

»Es ist unmöglich, dort Durchsuchungen vorzunehmen oder sich dem Ort auf legalem Wege zu nähern.«

»Und was ist mit Interpol?«

»I wo! Sie haben uns ins Gesicht gelacht, als wir ihnen

von dieser rechtsfreien Zone vor unserer Küste erzählten. Da haben Maxime und ich Beweise für die Behauptung von Antonio Diaz gesucht. Mehrere Jahre lang haben wir Spuren verglichen und unsere Spitzel darauf angesetzt. Schließlich haben wir drei Orte identifiziert, die in Frage kommen könnten: Der erste befindet sich mitten in der Barentssee, der zweite vor der schwedischen Küste, und der dritte ist dieser da.«

Christian Franju stand auf und ging zur Bücherwand, sprach allerdings weiter.

»Während der Ermittlungen über die Vergewaltigung von Alice Deloges im Jahr 2001 hat Maxime Gaspard Fogeti den Auftrag erteilt, herauszufinden, welcher dieser Orte der richtige ist. Fogeti hat immer behauptet, dies sei ihm nicht gelungen. Vor allem aus diesem Grund hat Maxime ihn bei seinem Prozess verpfiffen. Er wollte sehen, ob Gaspard weich wird und auspackt, um seine Haut zu retten. Genau so ist es dann gekommen. Gaspard Fogeti hat ausgepackt, aber er hat versucht, zu feilschen: die geografischen Koordinaten gegen Zeugenschutz. Der Richter hat ihm nicht geglaubt und ihm eine freundliche Abfuhr erteilt.«

Er breitete eine Karte Europas auf dem Couchtisch aus und zeichnete dort, wo sich 51 Grad nördlicher Breite und 2 Grad östlicher Länge schneiden, einen Punkt ein. Der Eremit stieß allein mit der Luft an.

»Ich suche diesen Eingang zur Hölle schon seit Ewigkeiten. Ich bedauere, dass Maxime nicht da ist, um das zu sehen.«

Broissard und Carrère beugten sich über die Karte. Sie wippten in ihren Sesseln aufgeregt mit den Füßen, als würde zwischen ihnen ein elektrischer Strom fließen. Der Punkt lag mitten im Meer, gleich weit entfernt von Dunkerque und von Ramsgate in England.

Alain ließ seinen Blick von der Tinte des Füllers zum Fenster schweifen, und vom Fensterrahmen zu der grauen Pfütze, die ein Segelschiff durchfuhr.

Irgendwo Richtung Norden zeichnete sich die nächste Etappe seiner Reise ab. Seine Augen wurden feucht. Er führte dies auf die Erschöpfung zurück. Er nahm sich vor, ein wenig zu schlafen, bevor sie nach Calais fahren würden, um sich ein Boot zu mieten. Aber all seine Sinne waren hellwach. Er stand total unter Strom.

Schlag 21 Uhr riefen sie beim Wetterdienst an – wechselhafte Witterung mit vereinzelten Regenschauern – und reservierten ein Boot.

In der Haustür umarmten Alain Broissard und Christian Franju einander. Der alte Polizist deutete mit dem Kopf auf Sylvain Carrère, der die von Sprühwasser bedeckte Windschutzscheibe abwischte.

»Vertraust du ihm?«

»Ich glaube schon. Allerdings kann ich dir nicht genau sagen, wieso«, antwortete Alain lächelnd. »Christian, bitte nimm es mir nicht übel, doch ich möchte dich noch um einen letzten Gefallen bitten.«

»Nur raus damit.«

»Sag bitte niemand, dass ich hier gewesen bin. Oder lass uns wenigstens die Zeit …«

»Ich werde schweigen wie ein Grab.«

Christian Franju sah ihnen nach, wie sie davonfuhren. Er war total aufgewühlt. Er versucht sich zu beruhigen, aber weder der Whisky noch der Wodka verringerten seine Angst. Er fühlte sich schuldig, weil er Broissard nicht davon abgebracht hatte, sich einer solchen Gefahr auszusetzen. Schuldig und beunruhigt.

»Alles wird gut gehen … alles wird gut gehen«, sagte er sich immer wieder, ohne dass es ihm gelungen wäre, sich selbst davon zu überzeugen.

42 | Paris, Hôtel-Dieu, Mordkommission

»Tut mir leid, aber Sie können nicht zu ihm.«

Der Chefarzt der Intensivstation legte die Hand auf Blandines Schulter. Ob es ein echtes Zeichen der Ermunterung oder eine konventionelle Geste war – die Lieutenante schenkte dem weiter keine Beachtung. Das Augenmerk auf die weiße Tür gerichtet, hinter der Paul im Sterben lag, blieb sie stumm und gefügig; sie hatte nicht einmal die Kraft, gegen das Diktat des Arztes zu protestieren.

»Und Sie, kommen Sie mit dem Schock klar?«

»Ich weiß es nicht«, stammelte sie, den Blick noch immer auf die makellose Tür gerichtet, die sie von einem Leben trennte, das nie mehr das gleiche sein würde.

»Sie müssen jetzt tapfer sein …«

»Besteht Hoffnung?«, fragte sie, und schon wurde ihr die ganze Absurdität dieser Frage bewusst.

»Das Elektroenzephalogramm sagt uns, dass die Lage nicht hoffnungslos ist. Wenn Sie also mit ›Hoffnung‹

meinen, ob er aus dem Koma aufwachen kann, dann lautet die Antwort ja, das ist möglich. Aber ich glaube nicht, dass er seine kognitiven und motorischen Hirnfunktionen zurückerlangen wird.«

Zunächst nahm sie das, was der Arzt ihr sagte, auf eine sachliche, nüchterne Weise zur Kenntnis. Dann wälzte sie seine Worte im Geist hin und her, ließ sie sich allmählich in sich setzen, worauf sie unvermittelt in ihr explodierten und eine Welle an Emotionen über sie hereinbrach. Selbst wenn Paul überleben sollte, wäre er nie mehr derselbe. Seine Abwesenheit wäre auf alle Fälle endgültig. Dieses Zimmer zwischen ihr und ihm war ein Totenzimmer; das Krankenhaus war das Mausoleum, in dem hier und heute ihre Heirat beerdigt würde.

Als Blandine durch die Flure des Hôtel-Dieu zum Ausgang ging, hätte sie beinahe ihren Chef übersehen. Jean-François Rilk, der vor einem Fenster stand, schaute den Kranken zum Verwechseln ähnlich – unbewusst hatte er die gleiche Haltung eingenommen, er hielt sich krumm, ließ die Schultern durchhängen, als hätte ihn der Schicksalsschlag zwischen den Schulterblättern getroffen. Sein Blick verlor sich auf dem Vorplatz von Notre-Dame, der um diese Stunde von Schaulustigen und der übernatürlichen Klarheit eines Gewittertages in Besitz genommen wurde. Er merkte nicht, dass sich Blandine näherte.

»Herr Kommissar?«

»Blandine …«, sagte er, wie aus einem Traum erwachend. »Waren Sie bei ihm?«

»Sie haben mich nicht zu ihm gelassen.«

Kommissar Rilk äußerte nur ein »Ah«, und sein Blick

heftete sich wieder auf das Tympanon der Kathedrale und seinen steinernen Christus, der in einer Haltung unendlichen Mitleids erstarrt war.

»Verdammtes Sterbeheim …«, murrte er.

Blandine wusste nicht, ob er von dem Gebäude sprach, das dem ungewissen Ruhm der Christenheit geweiht war, oder ob er eine Anspielung auf die Flure machte, die überfüllt waren von Seelen, denen noch eine Gnadenfrist gewährt wurde. Er mauerte sich in Schweigen ein und vergaß sie zu fragen, was ihr Kollege während der Ausschreitungen dort zu suchen hatte. Sie wunderte sich darüber. Aber mehr noch über das mitgenommene Aussehen ihres Chefs. Zum ersten Mal sah sie ihn seiner Aura beraubt. Vor ihr stand ein bekümmerter alter Mann, ein Kommissar, den der drohende Tod eines seiner Männer schwer mitnahm. Blandine entfernte sich schweigend.

Endlich an der freien Luft. In ihr tauchte plötzlich ein ganzes Amalgam austauschbarer Empfindungen und Emotionen auf und verschwand genauso schnell wieder. Verwirrung, Angst, Liebe, Trauer, Verwirrung, Liebe, Angst … Und so weiter in einem geschlossenen Kreislauf. Sie überquerte die Île de la Cité, ohne sich noch einmal zum Krankenhaus umzuwenden und hoffnungsvoll nach Pauls Gestalt Ausschau zu halten, der am Fenster seines Zimmer steht, wiederauferweckt inmitten all der Dramen.

Während sie die Treppe zur Metrostation hinunterging, erlitt sie einen Schwächeanfall und klammerte sich am Geländer fest. Als sie in die U-Bahn einstieg, rang sie, eingezwängt zwischen den Fahrgästen, nach Atem. Durch die Scheiben hindurch betrachtete sie die Tunnel, die sich in der Finsternis verloren, und wie darüber geblendet die verblassenden Nachbilder eines vergangenen Glücks. Sie fragte sich, ob Paul das Gleiche sah. Erinnerungen und Lichtblitze vor einem Hintergrund totaler Finsternis.

Sie musste sich wieder fangen, sie musste den Kampf fortsetzen. Sie schloss die Augen und biss die Zähne zusammen. Sich zusammenreißen. Wieder ins Gleichgewicht kommen. Die Ungewissheit, die Verzweiflung, der Tod, das ganze unvermeidliche Elend, unter dem das Leben jedes Menschen früher oder später begraben wird.

Alles vergessen.

Das Schlimmste ertragen.

Stark bleiben.

Ihr linker Nachbar stieß sie an und hätte dabei beinahe seine Zeitung fallen gelassen. Als das Papier Blandine streifte, fuhr sie zusammen. Sie kehrte augenblicklich in die Wirklichkeit zurück. Ihr fielen Bruchstücke aus dem Artikel im *Privé* wieder ein.

»Mädchen in der Metrostation Haxo gerettet«.

Metrostation Haxo.

Sie hatte noch nie von dieser Station gehört und fand sie auch nicht auf dem Plan der Pariser Verkehrsbetriebe.

In der folgenden Station stieg sie aus und klopfte an den Führerstand. Der Zugführer öffnete die Tür.

»Was ist?«

Sie hielt dem Mann ihre Dienstmarke vor die Nase.

»Kommen Sie rein.«

Mit einem Lächeln forderte er sie auf, sich hinzusetzen, betätigte das Alarmsignal für die Schließung der Türen und fuhr los. Der Fahrer versuchte, ein Gespräch anzuknüpfen: »Haben Sie genug von dem Gedränge?«

Die Finsternis, die sich vor ihnen öffnete, hatte etwas Beängstigendes für sie.

»Nein. Ich habe eine Frage in Bezug auf das Streckennetz.«

Der Mann lachte schallend, während er abbremste, da sie sich der Station Place de la Concorde näherten. »Dafür gibt es doch Pläne!«

»Eben. Ich habe die Station, die ich suche, nicht gefunden. Sie heißt Haxo. Ich habe mir gesagt, dass Sie mir vielleicht helfen könnten.«

»Haxo? Die werden Sie nicht finden. Das ist eine Geisterstation. So werden die Stationen genannt, die nie fertiggestellt wurden. Sie haben keinen einzigen Fahrgast gesehen. Es gibt nicht einmal Ausgänge.«

»Wo genau befindet sich diese Station?«

»Wenn ich mich recht entsinne, liegt sie auf einer Linie, die nie gebaut wurde und die die Linien 7a und 3a miteinander kurzschließen sollte. Sie sollte die Place des Fêtes mit der Porte des Lilas verbinden. All dies dürfte auf den Anfang der zwanziger Jahre des 20. Jahrhunderts zurückgehen. Aber wenn Sie die Haxo besichtigen wollen, müssen Sie auf den Tag der offenen Tür warten. Da organisiert die RATP eine Sonderfahrt durch alle Stationen, die dichtgemacht wurden.«

Das schrille Alarmsignal hallte erneut wider, und die Türen schlugen zu. Der Zug tauchte in den Tunnel ein. Durch einen Spannungsabfall gingen kurzzeitig die Lichter im Zug aus.

»Porte des Lilas …«, stammelte Blandine.

Als die Lichter wieder angingen, warf ihr der Fahrer einen Blick zu und fragte sie erschrocken: »Was ist denn mit Ihnen los? Sie sind ja totenblass.«

Auf einem der Bahnsteige der Station Place des Fêtes stehend, versuchte sie mit Blicken den horizontalen Abgrund zu durchdringen, der vor ihr lag.

Amandine war etwa hundert Meter von der Stelle entfernt gestorben, wo Alice entdeckt worden war. Das konnte kein Zufall sein. Blandine hatte das Gefühl, den Fäden eines Spinnennetzes zu folgen, das jeden Moment reißen konnte, und je näher sie dem Zentrum des Netzes kam, umso mehr verfing sie sich darin.

Unter den fassungslosen Blicken der wenigen Fahrgäste stieg sie ins Gleisbett hinunter. Sie durfte jetzt nicht zurückweichen. Im Schein ihrer Taschenlampe betrat sie den stillgelegten Tunnel, der Richtung Porte des Lilas führte. Sich an die feuchte Mauer schmiegend, drang sie Schritt für Schritt in die Finsternis vor und ließ den Lärm der Station hinter sich.

Nach der ersten Kurve war der Tunnel in völlige Dunkelheit gehüllt, und der Geruch von kaltem Urin hauchte sie vom Boden an. Durch die Ammoniakausdünstungen hindurch erahnte sie den geheimen Geruch des unterirdischen Paris, einer scheußlichen Mischung aus Teer, Abwässern und modrigem Gemäuer. Sie warf einen Blick auf ihr Handy und stellte mit Schrecken fest, dass sie kein Netz hatte. Angst überfiel sie, als ihr klar wurde, dass ihr nichts anderes übrig blieb, als in das Labyrinth hineinzugehen. Mit jedem Schritt umfing sie die Finsternis etwas mehr.

Ihre Gedanken konzentrierten sich auf das »ER«, Amandines Mörder, und sie zog behutsam ihre Waffe. Sie atmete ein, und die Kälte drang ihr in die Knochen. Während sie mit der gezogenen Waffe die Finsternis vor ihr überstrich, hatte sie den Eindruck, er halte sich ganz in der Nähe versteckt, aber sein Gesicht blieb unsichtbar.

Sie glaubte seinen Atem zu spüren, so nah schien er zu sein.

43 | Nanterre, Räumlichkeiten der OCLCTIC

Sechzehn Minuten, zweiunddreißig Sekunden.

Der Film war zu Ende, aber niemand machte Licht.

In sechzehn Minuten hatten die fünf Zuschauer das Gefühl gehabt, zu altern, zu sterben und wieder aufzuerstehen. Die Bilder dieses entsetzlichen Bacchanals verfolgten sie. Die Leuchtröhren blinkten, und das Licht erhellte das Büro der Kommissarin, das zu diesem Anlass in einen Kinosaal umfunktioniert worden war.

»Gut, allem Anschein nach sind die Produzenten von *Neverland* rückfällig geworden. Dieser neue Film heißt *Wonderland*. Ich will, dass sich einer von euch diese Titel vorknöpft. Ich will in zwei Stunden ein umfassendes Briefing.«

Sie rang nach Luft, offenkundig bemüht, die letzten Bilder aus ihrem Kopf zu verjagen, und sprach mit fester Stimme.

»Zoé, ich will, dass Sie sämtliche von unserer Dienststelle erkennungsdienstlich behandelten Straftäter, die vor Kurzem oder auch schon vor längerer Zeit entlassen wurden, genau unter die Lupe nehmen. Wenden Sie sich an die Justizvollzugsbehörde. Kontaktieren Sie das Sittendezernat, und fordern Sie die Liste der Delikte gegen Minderjährige an. Schicken Sie ein Rechtshilfeersuchen an die belgische, die niederländische und die deutsche Polizei – vielleicht wissen die ja was.«

Zoé Hermon schrieb die Worte ihrer Chefin hastig mit.

»Ihr anderen quetscht eure Informanten aus. Ich will die Namen neuer Lieferanten illegaler Pornos, der Websites, auf denen man sie online bestellen kann, die Adressen der Depots. In diesem Film fehlt ein Mädchen. Leitet sein Foto und seine Personenbeschreibung an alle Dienststellen weiter und stellt klar, dass das höchste Priorität hat. Das ist alles.«

Léopold schickte sich an, mit den drei Lieutenants das Zimmer zu verlassen, als die Kommissarin ihn ansprach:

»Sie nicht, Apolline.«

Léo wartete resigniert. Er wusste, was sie sagen würde, was sein Gefühl der Niederlage nur noch verstärkte. Ihm wurde klar, dass seine Chancen, die Kinder zu retten, gegen null tendierten und dass der dünne Faden, der ihn mit ihnen verband, zerschnitten würde.

»Machen Sie bitte die Tür zu.«

Er setzte sich, den Kopf zwischen die Schultern gezogen und in der sicheren Erwartung, dass sich seine Hoffnungen ein weiteres Mal verflüchtigen würden.

»Sie haben gute Arbeit geleistet.«

»Wie bitte?«

Er sah sie ungläubig an. Die Kommissarin fing seinen

Blick auf, und ein leises Lächeln dehnte ihre Lippen, doch ihre Augen blieben kalt.

»Ich wollte, dass Sie an der Besprechung der Ermittlungsgruppe teilnehmen, damit Sie sich mit meiner Methode vertraut machen.«

Sie betonte »meiner«.

»Sie haben beeindruckende Fortschritte in diesem Fall erzielt. Wenn es uns gelingt, herauszufinden, wo diese Kriminellen ihren Machenschaften nachgehen, besteht die Chance, dass wir alldem ein Ende setzen können, und dies werden wir Ihnen zu verdanken haben.«

Léo hatte das seltsame Gefühl, dass diese Frau ihn voll und ganz durchschaute, dass sie in ihm las wie in einem offenen Buch und seine innersten Beweggründe kannte.

»Ich verstehe und respektiere Ihre Entscheidung, Ihre Erkenntnisse über das in Clermont-Ferrand verschwundene Mädchen für sich zu behalten, auch wenn ich es schade finde, dass Sie nicht mit mir darüber gesprochen haben.«

»Ich wollte …«

»Bitte keine Rechtfertigung. Dafür haben wir keine Zeit mehr. Ich biete Ihnen Folgendes an: Sie haben bei den Ermittlungen freie Hand. Sie tun das, was Sie für richtig halten, mit den Mitteln, die Ihnen als die besten erscheinen. Meine Dienststelle ist der Kern, und Sie sind das freie Elektron. Sie können jetzt gehen.«

Léo stand taumelnd auf, hin- und hergerissen zwischen Unverständnis und Freude. Die Worte der Kommissarin hatten der sechzehnminütigen Barbarei etwas von ihrer brutalen Wucht genommen. Er grüßte sie, wobei er unbeholfen versuchte, seine Rührung zu verbergen, aber als er schon in der Tür stand, drehte er sich noch einmal um und fragte:

»Warum?«

»Warum was, Lieutenant?«, antwortete sie, bereits über die auf ihrem Schreibtisch aufgeschichteten Dokumente gebeugt.

»Warum tun Sie das für mich?«

»Weil Sie der letzte Mitarbeiter von Maxime Kolbe sind. Alain Broissard wurde offiziell pflichtwidriges Fernbleiben vom Dienst attestiert, und wenn er bis zwölf Uhr nicht beim Dezernat für interne Ermittlungen auftaucht, wird er als flüchtiger Tatverdächtiger zur Fahndung ausgeschrieben. Aber auch wenn ich die Methoden von Kommissar Kolbe missbillige, kann ich ihre Wirksamkeit doch nicht bestreiten. Die Sondereinheit wurde aufgelöst. Die Zeit der drei ungebundenen und gesetzlosen Rächer im Namen der Gerechtigkeit ist vorüber, und Sie sind der Einzige, der noch übrig ist. Am Ende dieser Ermittlungen werden Sie sich entscheiden müssen: Entweder Sie unterstellen sich meiner Weisungsbefugnis und ich werde versuchen, Ihnen Ihre Dienstvergehen nachzusehen, oder ich fordere Ihre Entlassung.«

44 | Paris, Quai des Orfèvres 36, Sondereinheit

Léo hatte kaum sein Büro betreten, als auch schon das Telefon läutete.

»Monsieur Apolline?«

»Ja.«

»Ich bin die Mutter von Julia Verno.«

Kalte Dusche. Der Name war für ihn wie eine Ohrfeige, die ihn aus einem Alptraum riss, um ihn in einen anderen zu versetzen. Er fluchte innerlich. Woher hatte sie seine Nummer? Er presste die Augen zusammen und zählte bis drei.

»Was kann ich für Sie tun?«, fragte er, wobei er ganz genau wusste, was er nicht tun konnte.

»Ich habe eine Freundin, die beim Polizeirevier Clermont-Ferrand arbeitet, und … sie hat mir gesagt, Sie hätten vielleicht neue Erkenntnisse über ihr … Verschwinden.«

»In diesem Stadium der Ermittlungen kann ich nicht …«

Sie schnitt ihm das Wort ab:

»Ich weiß, dass Sie in einer Dienststelle arbeiten, die … die nach Pädophilen fahndet. Bitte lügen Sie mich nicht an, ich will wissen, was mit meiner Tochter passiert ist.«

»Es tut mir leid. Ich darf Ihnen keine Auskunft geben.«

Er hörte, wie die Mutter der kleinen Julia das Schluchzen unterdrückte.

»Ich bitte Sie … ich kann damit nicht leben. Ich muss es wissen.«

Er hatte nicht übel Lust, auf die blödsinnigen Dienstvorschriften der Polizei zu pfeifen, ihre Schweigepflicht, und herauszuschreien, dass Julia zwar am Leben war, aber dass es ihr nicht gut ging. Doch er kannte die goldene Regel. Nichts versprechen. Nicht das Mindeste versprechen. Er durfte der Hoffnung keinen Raum geben.

»Ich darf nicht. Es tut mir aufrichtig leid.«

Er legte auf, von sich selbst angewidert. Er musste handeln, seine Taten sollten ihm über seine Hilflosigkeit hinweghelfen.

Léo rief die Polizeireviere an, die Vermisstenanzeigen entgegengenommen hatten und deren Personenbeschreibungen auf die Kinder in dem Film zutrafen. Er ging etwa fünfzig Anzeigen durch und fand neun mit verblüffenden Übereinstimmungen. Letzten Endes konnten fünf Vermisstenanzeigen mit den Kindern in Verbindung gebracht werden, die in *Neverland* zu sehen waren.

Drei Jungen. Und, mit Julia Verno, drei Mädchen. Es fehlte eines. Das gleiche Mädchen, das auch in *Wonderland* fehlte. Er hatte das Standbild des Mädchens vor seinem Auge. Er konnte ihm keinen Namen zuordnen. Braunes Haar. Heller Teint. Geburtszeichen in Form eines Herzens am Hals.

Léopold markierte die Orte, an denen die Vermissten zum letzten Mal gesehen worden waren, in einer Karte Frankreichs. Er verband diese Punkte gemäß der chronologischen Reihenfolge der Anzeigen miteinander. Keine Logik, die auf den ersten Blick erkennbar gewesen wäre.

Ein Junge, der am 20. August in Nevers verschwunden war. Ein Mädchen am 28. August in Angoulême. Ein Mädchen am 30. September in Montluçon. Ein Junge am 2. Oktober in Châteauroux. Es folgten Bourges und Clermont-Ferrand.

Striche zogen sich kreuz und quer über die Karte. Wenn er sich nicht täuschte, waren die Entführungen sorgfältig geplant worden. Die Polizeidienststellen in den verschiedenen Departements hatten keine direkten Zusammenhänge gefunden, einmal abgesehen von drei Vermerken, wo versucht wurde, die Ereignisse vom August miteinander in Verbindung zu bringen. Er rief einen der Beamten an, die sie abgefasst hatten.

»Nein, Lieutenant, bis jetzt haben wir sonst nichts herausgefunden. In der Generaldirektion neigt man der Hypothese mehrerer Einzelfälle zu, bei denen es sich zweifellos um Kinder handelt, die von daheim ausgerissen sind.«

»So junge Kinder, glauben Sie das wirklich?«

»Ich weiß nicht recht, was ich von diesen Fällen halten soll. Keine Lösegeldforderung, nichts in der Art. Soweit man weiß, gab es keinerlei Konflikte, nicht einmal mit Nachbarn. Meine Dienststelle sollte der Frage nachgehen, ob es sich vielleicht um einen Rückfalltäter handelte. Wir haben die Liste sämtlicher Sexualstraftäter überprüft, die unter Auflagen freigelassen wurden und die sich in der Nähe hätten aufhalten können. Das hat nichts ergeben. Ich konnte den Tagesablauf jedes Kindes ganz genau rekonstruieren, aber das hat nicht viel gebracht.«

»Ein bestimmter Modus operandi?«

»Nein, und genau darin liegt das Problem. Wir wissen weder warum noch nach welchen Kriterien diese Kinder ausgesucht wurden. Wenn man von der Hypothese einer Entführung ausgeht, sehe ich nur zwei Möglichkeiten: Entweder der Mistkerl ist extrem raffiniert, oder es handelt sich um mehrere Täter. Wir haben in der Hoffnung abgewartet, der oder die Täter würden einen Fehler machen. Wir glaubten, wir hätten es bald geschafft, als eines der vermissten Kinder in Guéret im Departement La Creuse gesehen wurde.«

»In Guéret?«

»Nachdem ein kleiner Junge in Châteauroux verschwunden war, haben wir über die Medien eine Suchmeldung herausgegeben. Ein Autofahrer hat nach der Personenbeschreibung im Radio geglaubt, den Jungen gesehen zu haben. Nach seiner Aussage saß der Junge in einem Auto, das ihn überholte, und der Junge hätte ihm verzweifelt zugewinkt. Vor Ort war es dann ein Fiasko. Der Fahrer war sternhagelvoll, zwei Promille, und niemand außer ihm hatte den Jungen gesehen. Der Ermittlungsrichter wollte kein Verfahren einleiten.«

Léo legte nachdenklich auf. La Creuse. Womit ließ sich diese Information in Verbindung bringen? Er verlor sich in einem Gewirr von Hypothesen. Wie er es auch drehte und wendete, er landete in einer Sackgasse, und jeder noch so kleine Lichtblick erwies sich als trügerisch.

Die mit Tesafilm an die Wand hinter seinem Schreibtisch geklebten Fotos von Kindern starrten ihn an, was er auch tat, und dieses Angestarrtwerden jagte ihm einen kalten Schauder über den Rücken. Das Gesicht des namenlosen Mädchens suchte ihn mit seinem Blick zu durchdringen. Das dunkle Geburtsmal hob sich von seinem blassen Nacken ab. Ein Herz auf der Haut. Die Sonnenstrahlen, die den Raum glutrot färbten, ließen das braune Haar des Mädchens am Scheitel schimmern. Stutzig geworden, ging er auf das Bild zu und blieb unvermittelt stehen.

Wie hatte ihm das entgehen können?

Er setzte sich hastig an seinen Computer und scrollte sich sehr schnell durch die Fotos durch. Er zoomte den Kopf des Mädchens heran.

Die Haarwurzeln waren blond, von einem aufreizenden Blond.

Die Mistkerle hatten der Kleinen die Haare gefärbt. Seine Hände zitterten über der Tastatur, als er die braunen Locken auf dem Bild markierte. Er legte die CD mit dem Programm für visuelle Bearbeitung ein und wählte aus der Farbpalette ein Blond, das identisch war mit dem der Haarwurzeln. Die digitale Bereinigung begann, Farbton für Farbton, und er konnte erkennen, wie sich das Gesicht verwandelte, aufhellte und weicher wurde. Er konnte einen Ausruf der Überraschung nicht unterdrücken, als er sah, wie das Mädchen in Wirklichkeit ausschaute.

»Das gibt's nicht …«, stammelte er.

Seine weit aufgerissenen Augen wollten es nicht fassen. Er hatte ein Phantom vor sich. Er hatte dieses Kind schon einmal gesehen. Er hatte gesehen, wie Maxime es in Fleisch und Blut auf seinen Armen aus dem Metro-Tunnel herausgetragen hatte. Und trotzdem war dies ganz eindeutig Alice Deloges, das Opfer in seinem ersten Fall, und sie hatte sich in all diesen Jahren nicht verändert. Im Geiste sah er noch einmal die rote Eingangstür des ehemaligen Hauses von Gaspard Fogeti, und er entsann sich wieder der Worte von Alice:

»Die Tür war rot, als wäre sie von Blut überzogen. Er hat mir gesagt, dass er sie mit meinem Blut neu anstreichen wird ...«

Das schrille Läuten des Telefons holte ihn aus der fernen Vergangenheit zurück in die Gegenwart des Büros.

»Apolline? Ich habe einen Knüller.«

Zoé Hermon schien am anderen Ende der Leitung schier aus dem Häuschen zu sein.

»Halten Sie sich fest! Die Spyware, die Sie an das Video angehängt haben, das Sie an Stairway to Heaven geschickt haben, hat funktioniert. Sie hat uns zu Off-shore-Servern geführt. In letzter Minute hat die Falle zugeschnappt. Die erste Vernehmung ist in einer halben Stunde. Sie müssen kommen, die Kommissarin will, dass Sie das machen.«

Sie legte auf, ohne Léo die Zeit zu lassen, selbst eine Frage zu stellen.

Stairway to Heaven.

Zoé hatte ihm nicht gesagt, wer sich hinter dem Pseudonym verbarg. Léo schätzte ab, wie die Chancen standen, dass er reden würde. Eins zu drei. Wenn er nicht redete, würde er ein wichtiges Bindeglied verlieren. Es schauderte Léo, und er hatte nicht den Mut, die Wahrscheinlichkeit abzuschätzen, mit der seine Ermittlungen im Sand verlaufen würden. Es stand zu viel auf dem Spiel.

Wenn Stairway to Heaven nicht redete, hätte er keine Möglichkeit, herauszufinden, wie er an diese Filme gelangt war.

45 | Paris, Metro-Tunnel, Mordkommission

Blandine hatte etwa fünfzig Meter zurückgelegt, als die Luft plötzlich wärmer wurde. Der Boden und die Decke begannen zu beben, und die Erschütterungen wurden immer stärker. Die Lieutenante blieb wie angewurzelt stehen.

Sirenen zerrissen die Stille. U-Bahn-Züge ratterten in Tunnels, die parallel zu dieser Röhre verliefen. Die Druckwellen schleuderten sie gegen die Mauer. Sie rutschte auf einer Schwelle aus, und die Taschenlampe fiel zu Boden, ihr Lichtkegel schwarz eingefärbt, bevor sie mit einem kurzen, lauten Geräusch zerbarst. Sie streckte die Arme aus, um einen Halt zu suchen, aber ihr Griff ging ins Leere. Die Dunkelheit verzerrte ihre Wahrnehmung, und sie hatte das Gefühl, wie in Zeitlupe zu stürzen. Mit der Schläfe stieß sie gegen die Tunnelwand, sodass sie Sternchen sah. Sie stürzte mit ihrem ganzen Gewicht aufs Gleis. Der Schmerz fuhr ihr in die Rippen, und ihr Schrei hallte in der Dunkelheit wider, ehe er von den dissonanten Echos der Großstadt, die von der Decke herabtropften, übertönt wurde.

Ihr Kopf verschmolz mit dem Metall. Lange Minuten verstrichen, bevor sie sich wieder bewegen konnte. Nach einem Halt tastend, um sich daran hochzuziehen, schürfte sie sich auf dem Kies und dem Eisen die Hände und die Knie auf. Sie hatte noch immer das Gefühl, zu fallen, was sie dazu zwang, sitzen zu bleiben. Mit weit aufgerissenen

Augen in die Finsternis starrend, suchte sie vergeblich nach einem Orientierungspunkt. Sie nahm ihre Waffe in die Hand und stocherte damit herum wie mit einem Blindenstock.

»Nein, nein, nein …«

Aus ihrer Jeanstasche nestelte sie die Bruchstücke ihres Handys. Ihre Kehle war wie zugeschnürt und erstickte die aufsteigenden Schluchzer. Völlige Dunkelheit.

Sie wusste nicht, in welche Richtung sie sich wenden sollte, und machte daher aufs Geratewohl einige Schritte vorwärts, wobei sie die gleichförmigen Schatten eingehend musterte. Ein heiseres, ersticktes Rasseln entrang sich ihrer Brust, Blut und Tränen machten ihre Wangen nass. Jähe Anfälle panischer Angst in sich unterdrückend, zerkratzte sie die Wände, um sich auf den Beinen zu halten.

Wenn sie nicht abließ, lief sie Gefahr, nicht mehr lebend aus diesem Labyrinth herauszukommen. Aber irgendetwas, tief in ihrem Innern, zog sie weiter und verbot ihr, aufzugeben. Sie musste es wissen. Sie ging weiter, unsicher, ob sie die Kraft hätte, umzukehren, angetrieben allein von dem Verlangen, in Erfahrung zu bringen, wo Alice Deloges aufgefunden worden war. Die panische Angst, die das Mädchen empfunden haben musste, regte sich in ihr und verschmolz mit ihrer eigenen.

Sie machte noch einige Schritte und stolperte über einen tückischen Buckel, als sie eiskalt das Gefühl durchfuhr, nicht allein zu sein. Kaum wahrnehmbare Bewegungen. Etwas regte sich langsam im Dunkeln.

»Ist da jemand?«

Ihre Stimme hallte schwach wider. Ihre Hand ertastete

eine Vertiefung in der Mauer. Sie kauerte sich dort hinein und spähte in die Nacht. Ein leichter Luftzug, gefolgt von einem asthmatischen Keuchen rechts von ihr, bestätigten ihr, dass sie nicht halluzinierte. Nur wenige Meter von ihr entfernt bewegte sich etwas und atmete. Ihr Herz pochte. Die Lieutenante zog ihre Waffe und umfasste sie mit beiden Händen, um das Zittern zu dämpfen.

»Ich bin bewaffnet!«

Mitten im Satz versagte ihr die Stimme. Sie sicherte ihre linke Flanke, aber der Lauf ihrer Pistole war unsichtbar. Sie konzentrierte sich und achtete auf ihre Wahrnehmungen. Die Geräusche der Stadt schienen lauter zu werden. Dumpfe, matte Geräusche. Schrilles Knirschen.

Sie spürte, dass diese unsichtbare Kreatur näher gekommen war. Die Bewegungen in der Dunkelheit wurden ausgreifender. Sie musste nah sein, höchstens zehn Meter entfernt und zu groß für ein Tier. Ein Finger legte sich um den Abzug. Sie sah eine gespenstische Erscheinung. Es dauerte nur den Bruchteil einer Sekunde, bevor die Silhouette wieder von der Finsternis verschluckt wurde.

»Bleiben Sie, wo Sie …«

Die Angst fesselte ihre Zunge. In dem Maße, wie sich in ihr die irrationale Überzeugung durchsetzte, dass dieses »Ding« sie verfolgte und sie sehen konnte.

Aber wer würde ihr schon nachstellen?

Die einzige Antwort, die ihr einfiel, lautete: ER. Amandines Mörder. Dieser gesichtslose ER, hinter dem sie her war, und der sie seinerseits verfolgte. Eine Ahnung, die stärker war als die anderen, schnürte ihr die Kehle zu.

Sie wäre sein nächstes Opfer.

FLIEHEN.

Das Wort läutete wie ein schrilles Alarmsignal in ihrem Schädel. Unfähig, ihren panischen Schrecken zu zügeln, sprang sie aus ihrem Versteck heraus und begann zu rennen. Der Tunnel schien sich um sie zu schließen, und während sie ihre Schritte beschleunigte, betete sie, dass ihrem Körper nicht die Kräfte schwänden.

Alles ging zu schnell. Vor ihr gähnte ein riesiges schwarzes Loch. Sie stürzte sich hinein, verfolgt von alptraumhaften Gestalten, die sie umschwirrten. Blandine schürfte sich die Haut auf, der Beton zerkratzte ihre Arme und ihre Schenkel. In lichten Momenten wurde ihr klar, dass sie den Verstand verloren hatte, aber der Schrecken trieb sie in eine wilde, kopflose Flucht.

Die Milchsäure begann ihre Muskeln anzugreifen und ihre Bewegungen zu verlangsamen. Sie kämpfte jetzt mit der Kraft der Verzweiflung. Vergeblich. Sie taumelte, blinzelte mit den Augen, um die Lichtpunkte zu verjagen, die in ihrem Kopf aufblitzten, und wurde sich des Ortes bewusst, an dem sie sich befand.

HAXO.

Weiße Buchstaben auf rotem Untergrund.

Die gespenstische Szenerie der Metrostation war in ein fahles Licht getaucht. Sie war etwa dreißig Meter lang, hatte eine niedrige Decke und schien auf wundersame Weise das Verstreichen der Zeit unbeschädigt überstanden zu haben. Eine dicke Staubschicht bedeckte den Boden und die Bänke und vermittelte ihr die Illusion, ins Herzen eines unterirdischen Pompeji vorzudringen, einen abgekapselten Ort, wo jeder noch so kleine Gegenstand unter der Ascheschicht in alle Ewigkeit konserviert bliebe.

Blandine versuchte die Mauer zu erklimmen, doch ihre

Füße glitten auf dem Kies aus. Sie spürte die Präsenz in ihrem Rücken. Sich an der Kante abstützend, gelang es ihr, sich auf den Bahnsteig hochzuziehen. Sie wollte zum Ausgang fliehen. In der Dunkelheit kratzte sie mit den Nägeln an einer zugemauerten Tür, an der ein riesiges schwarzes Graffito in Form eines Auges angebracht war. In die Enge getrieben, drehte sie sich um. Vor Schreck stockte ihr das Blut in den Adern. Sie sprach ein Gebet, ein Gebet, das die Dämonen verjagen sollte, ein Gebet, das ihr das Leben retten sollte. Sie atmete die Luft in tiefen Zügen ein. Vergeblich. Mit ihren Kräften am Ende, japste sie und ließ sich auf den Bahnsteig fallen.

Kurz bevor sie das Bewusstsein verlor, gewahrte sie noch einen Mann in Lumpen, mit einem zerknitterten Gesicht von durchscheinender Blässe, der sich über sie beugte. Wirkliche Hände tasteten ihren Körper ab, ohne dass sie sich rühren konnte, da die Angst sie lähmte.

Sie versuchte, genügend Kraft in sich zu mobilisieren, um sich zu wehren. Doch ihren Lippen entrang sich nur ein tiefes, kehliges Röcheln. Die kühle Luft in der Station strich über ihr Haar und ihre Brust. Sie hörte eine Stimme, die leise mit ihr sprach, ein Flüstern, das von weit, sehr weit her kam.

»Pst …, beruhige dich, mein Schatz … mein Engel … ich bin so froh, dass wir uns endlich wiedersehen …«

Das Schild mit der Aufschrift HAXO tanzte vor ihren Augen.

Blandine fiel in Ohnmacht, in dem festen Glauben, dass sie die gleiche Hölle durchleben würde wie Alice.

Das Boot raste mit vollem Tempo dahin und tauchte in eine aufgewühlte schwarze Masse ein. In unregelmäßigen Abständen durchschnitt der Lichtkegel des Leuchtturms von Dunkerque die Dunkelheit und warf eine rote Schneise ins Nichts.

Sylvain Carrère, eingemummt in einen Parka, gab die Koordinaten in das GPS an Bord ein: Breitengrad und Längengrad, dann beschleunigte er. Mit einem ohrenbetäubenden Lärm schleuderte der Doppelmotor am Heck die CZ7 wie einen Holzklotz an die Wasseroberfläche. Die unsichtbare Dünung ließ das Boot abheben, das bald darauf hart gegen Wellenkämme prallte. Alain Broissard schlotterte vorn und überprüfte zum fünften Mal das Magazin seiner Waffe. Ihm war kotzübel.

Sie hatten das Boot in Calais gemietet und waren Schlag 23 Uhr in See gestochen. Etwa zwölf Kilometer die Küste entlang waren sie in Richtung belgische Grenze gefahren, bevor sie die Stelle passierten, wo die Straße von Dover in die Nordsee übergeht, und in die Finsternis hineinbrausten.

»Die Kinder von Sangatte«, rief Carrère und deutete auf die kleinen Lichthöfe am Fuß der Steilküste.

Broissard kniff die Augen zusammen und gewahrte Schatten, die sich an brennenden Kanistern wärmten, behelfsmäßigen Kohlenbecken, die an Warnblinklichter erinnerten. Illegale Einwanderer, Deklassierte aus den ärmlichen Regionen Europas flüchteten sich an die Strände, die England gegenüberlagen. Alain hatte den Eindruck, dass diese Lichter ihm galten. Kleine Leuchtfeuer, die ihn in der Finsternis leiten sollten. Diese Menschen waren Verirrte, genau wie er selbst. Er atmete ihre von der salzigen Gischt wie zerfressene Hoffnungen und versuchte, ihnen etwas von seiner Hoffnung einzuflößen und sie mit ein wenig Liebe zu trösten.

Broissard verfolgte mit den Augen den Kamm einer Steilwand. Er musterte die Felsmasse und stellte sich Körper in freiem Fall vor – verschwommene Punkte, die an der Felswand nach unten stürzten. Er spürte einen kribbelnden Schwindel. Sein Leben glich diesem Moment – sich ins Unendliche erstreckend. Ein Leben am Rand des Abgrunds.

Eine ungewöhnlich hohe Welle traf den Außenborder, und Carrère klammerte sich an die Ruderpinne. Die Ebbe erzeugte gegensinnige Strömungen, und das Boot kämpfte, die Motoren auf vollen Touren, um den Kurs zu halten. Broissard zog den Kopf noch etwas tiefer zwischen die Schultern. Eiskalte Gischt schlug ihm ins Gesicht und drang in die Fasern seiner Kleidung. Er biss die Zähne zusammen und versuchte, die Feuchtigkeit und die Kälte auszublenden. Die Nacht wurde noch dunkler.

Du ahnst nicht, was das ist. Du kannst es dir nicht einmal vorstellen.

Die Worte von Christian Franju gingen ihm durch den Kopf, eine betäubende Melodie, die nach und nach den Lärm der Schiffsschrauben übertönte. Das Frösteln wurde stärker und lief ihm den Rücken hinunter. Was würde sie erwarten? Er hatte keinen blassen Schimmer.

Das Blinken des GPS zeigte an, dass sie den Kreuzungspunkt der Koordinaten erreicht hatten. Die Wolken und die offene See schlossen sich um sie wie ein Trichter. Ohne es zu bemerken, näherte sich Broissard Carrère. Sie beobachteten den Horizont in der Erwartung, dass irgendetwas auftauchen würde.

»Aber ... verdammt, was ist denn das für ein Mist?«

Das GPS begann zu rauschen. Die angezeigten Zahlen änderten sich. Interferenzen störten das Signal. Ost und West kehrten sich um. Carrère schüttelte das Gerät, das noch lauter knisterte, bevor es sich überhitzte. Eine Reihe von Blitzen und Funken ließ das Display implodieren. Fassungslos riss der Brigadier den Deckel des Gehäuses ab und schrie durch die Sturmböen hindurch:

»Die Leitungen sind durchgebrannt. Jetzt haben wir nichts mehr, was uns den Weg zeigt.«

Broissard hatte das Gefühl, sich innerlich aufzulösen. Verirrt in der Nordsee. Gezwungen, die Dunkelheit blind zu durchqueren. Er hatte einen Mordsbammel. Er fuhr herum und suchte verzweifelt nach etwas, was ihn aus diesem Alptraum herausholen könnte. Kein Mensch im Umkreis von x Kilometern. Eine wogende, tödliche Wüste. Carrère stellte den Motor ab, und die Stille senkte sich bleiern auf sie herab. Man hörte nur noch das Sausen des Windes und die Dünung, die gegen das Boot schlug.

Alain tauchte seine Hand ins Wasser. Seine Finger brannten vor Kälte. Es hatte höchstens acht Grad.

Kaltwasserschock.

Anstieg des Blutdrucks.

Verlangsamung des Herzschlags.

Ertrinken.

Wenn das Schlauchboot kenterte, würden sie nicht überleben. In Todesangst warf er sich auf den Rettungskoffer und nahm eine Signalrakete heraus.

»Warten Sie! Warten Sie! Hören Sie das?«, schrie Carrère.

Broissard hielt unvermittelt inne, mit der Hand die einzige Hoffnung umklammernd, mit dem Leben davonzukommen. Er spitzte die Ohren und nahm zunächst nur das Geräusch seines panischen Keuchens wahr. Aber jenseits des Schnaufens, das sich seiner Brust entrang, vernahm er ein regelmäßiges, dumpfes Geräusch, das wie eine unsichtbare Bedrohung aus der Finsternis aufstieg. Er stieß einen Schrei der Überraschung aus, als er entdeckte, worauf Carrère mit dem Finger zeigte.

Ein tiefschwarzer Punkt in der Wasserfläche wurde schnell größer.

Sie ließen ihren Geist das krakenartige Ungetüm, das sich auf sie zubewegte, bändigen. Wie dem Nichts entsprungen, ragte eine Bohrinsel Dutzende von Metern über dem Meeresspiegel auf. Die weiße Gischt brach sich an den verrosteten Stützpfeilern, die von einem Stahlgerippe überragt wurden. Gewaltige Rohre flochten sich in die Aufbauten der Plattform. Zwei Kräne streckten sich gen Himmel und schwankten quietschend im Wind. Blassgrüne Positionslaternen zogen sich wie ein Band von Irrlichtern an der stählernen Röhrenkonstruktion entlang.

Das Boot driftete ab, wie von einer magnetischen Kraft zu der Geisterplattform gezogen. Es drehte sich, mitgerissen von Strudeln, die um die Konstruktion tobten. Der Bug stieß mit voller Wucht gegen einen der Pfeiler, sodass es beinahe gekentert wäre, aber es prallte zurück, hin und her geworfen von den Wellen. Beim zweiten Aufprall gelang es Broissard, eine Eisenstange zu packen, und er klammerte sich mit ganzer Kraft daran, während Carrère das Boot an der Rettungsleiter vertäute.

Über ihren Köpfen bekam die rostzerfressene Arbeitsbühne der Bohrinsel Risse. Sie warteten einige Minuten, um sicherzugehen, dass sie nicht entdeckt worden waren. Abgesehen vom Donnern der Wellen und dem düsteren Ächzen der Kräne schien alles ruhig zu sein.

Sylvain Carrère lud seine Glock durch.

Paris, Gefängnis La Santé, Mordkommission | 47

Die Gebäude im 14. Arrondissement bildeten eine erste Einfriedung um hohe Mauern aus Beton und nackten Steinen. Der Wagen parkte in der Allee aus entblätterten Bäumen, die den Boulevard Arago säumten. Die Kommissare Kolbe und Rilk blieben, bei abgestelltem Motor, noch ein paar Sekunden lang sitzen, um die Umgebung zu sondieren und sicherzustellen, dass ihnen niemand gefolgt war.

»Ich habe heute einen meiner Männer verloren«, äußerte Jean-François Rilk.

Seine Stimme war heiser, überanstrengt aufgrund schlafloser Nächte und literweise schlechtem Kaffee, den er mit minderwertigem Alkohol vermischt hatte. Er beendete seine Sätze oft murmelnd, als ob jeder der letzte sein könnte.

»Ich habe davon gehört.«

»Am schlimmsten ist, dass er von unseren eigenen Leuten erschossen wurde. Solche Dinge kommen wohl vor.«

Sie schwiegen und ließen die Zeit verstreichen. Draußen veränderte sich die Welt in einem fort.

»Und du? Hast du Neuigkeiten von deinen Männern?«

Maxime schüttelte den Kopf.

»Ich habe Alain und Léopold gebeten, mich nicht mehr zu kontaktieren. Das ist besser so.«

»Es gibt etwas, das ich gern wissen würde ...«

»Frag nur.«

»Wie ist es für dich, dass die Sondereinheit, deine Karriere, dein Ruf – alles, was du dir aufgebaut hast, einfach so, von heute auf morgen, zerstört wird?«

»Ich weiß es nicht ... mir schwirrt der Kopf. Aber vor allem fühle ich mich alt.«

»Du und ich, wir passen nicht mehr in diese Zeit«, seufzte der Kommissar der Mordkommission. »Ich weiß, es hört sich dumm an, aber es ist trotzdem wahr.«

In den Rückspiegeln sah man Gestalten, die aus einer Bar kamen und dem düsteren Gefängnisbau, einer Art trapezförmiger Burg aus mehreren langen Flügeln, über der die Trikolore im Wind flatterte, den Rücken zuwandten.

»Glaubst du, dass sie schon eine Zelle für mich reserviert haben?«, fragte Maxime und zündete sich eine Zigarette an.

»Du kotzt mich an, Kolbe«, seufzte Jean-François, während er weiterhin das Kommen und Gehen der wenigen Fahrzeuge verfolgte, die über den Boulevard fuhren.

Ein Blick auf seine Uhr zeigte ihm, dass es Zeit war, aufzubrechen. Er machte die Tür auf und verzog das Gesicht, als er den Fuß auf den Boden setzte.

»Ich habe es dir schon gesagt, diese Geschichte wird bald zu Ende sein.«

Wieder verzog er das Gesicht und wiederholte:

»Sehr bald.«

»Noch immer optimistisch, wie? Gib zu, dass bislang nicht alles so läuft, wie gewünscht.«

»Deshalb sind wir doch hier. Damit alles wieder in geordneten Bahnen läuft«, sagte Rilk, die Tür zuschlagend. »Ich habe dir versprochen, dir aus der Patsche zu helfen, und ich werde das Versprechen halten. Dazu sind Freunde schließlich da, oder?«

»Sollte man meinen«, antwortete Maxime nachdenklich, während er in der Dunkelheit aus dem Wagen stieg. »Bist du sicher, dass uns niemand gefolgt ist? Ich bin nur unter Auflagen auf freiem Fuß.«

»Ich habe mich um alles gekümmert. Also los, damit wir die Sache hinter uns bringen.«

Die beiden Männer gingen auf die riesige Stahltür zu. Hinter einer schusssicheren Plexiglasscheibe tat ein Aufseher so, als würde er sie nicht sehen, und blieb in die Lektüre eines Magazins vertieft. Jean-François drückte auf den Schalter der Sprechanlage.

»Da wären wir.«

Quietschend öffnete das Gefängnis La Santé seine Pforten und ließ sie eintreten. Ein etwa fünfzigjähriger Mann, der die Uniform eines Oberaufsehers trug, kam ihnen entgegen. Er grüßte sie flüchtig und trat mit Rilk beiseite. Der Kommissar überreichte ihm einen Umschlag, den er in die Tasche steckte.

Nachdem sie die erste Sicherheitsschleuse hinter sich gebracht hatten, gelangten sie in die Verwaltung und folgten einem langen Gang, der in beige Töne getaucht war. Sie passierten eine weitere Sicherheitsschleuse und betraten den Ruheraum der Aufseher.

»Er wartet darauf, in den Block A verlegt zu werden. Ich habe ihn warmgehalten«, hämte der Aufseher.

Sie verließen den Raum und folgten dem Labyrinth der Gänge, immer wieder aufgehalten durch Gittertüren, die entriegelt werden und hinter ihnen wieder abgesperrt werden mussten.

Maximes Nervosität wuchs in dem Maße, wie sie in die Stille des Gefängnisses eintauchten. Die knallgelben Wände, das Fehlen von natürlichem Licht, das eintönige Rasseln der Schlüssel – dieses Gemisch begann ihm zu Kopf zu steigen. Weiter durch beklemmende Gänge und stickige Räume, kam endlich der Zellentrakt eines Blocks in Sicht.

In einem angrenzenden Zimmer reihten sich Kontrollbildschirme aneinander und zeigten in Schwarz und Blau die Korridore, durch die sie gerade gegangen waren; sie vermittelten die Illusion einer geschlossenen Welt ohne Ein- und Ausgang. Das lange Zimmer hinter der Scheibe aus bruchsicherem Glas war verwaist. Vor den geschlossenen Zellen verliefen auf jeder Etage eiserne Laufstege. Der Aufseher konnte von seinem Platz hinter der Scheibe aus den gesamten Trakt überblicken.

»In letzter Zeit werden sie früher eingeschlossen. Die

Stimmung draußen ist ansteckend. Seit Beginn der Ausschreitungen geht man auf Nummer sicher. Aktionsgruppen wie Act Up und die antirassistische Organisation MIB versuchen uns das Leben schwer zu machen, indem sie den Häftlingen aufrührerische Ideen unterjubeln. Wir haben Aufrufe zur Revolte abgefangen, die von außen kamen.«

Gedämpfte Laute drangen aus den Türen und verstummten, sobald sich Schritte näherten. Sprachen und Dialekte vermischten sich in den Zellen wie in einem horizontalen Turm zu Babel. Es roch nach schalen Träumen und in der Nähe von Lüftungsrohren gerauchten Zigaretten.

Maxime sah flüchtig Männer, die, auf schäbigen Matratzen liegend, die stillstehende Zeit totschlugen, mit glasigen, abwesenden Augen. Er strich mit der Hand über die Stahltüren und zog sie jäh zurück. Die Luft war statisch aufgeladen, und elektrische Ladungen breiteten sich wie in einem Hochspannungsnetz aus. Er dachte an die vielen Männer, die er hinter Gitter gebracht hatte. Hundert? Vielleicht mehr.

Vor der letzten Zelle angekommen, klopfte der Oberaufseher an die Stahlplatte.

»Étienne! Du hast Besuch!«

Alsbald antwortete ein dumpfes und wütendes Murren auf die Schläge an die Tür und verbreitete sich zwischen den Mauern. Die vom Lärm aufgeweckten Häftlinge rochen die Bullen, und von Stockwerk zu Stockwerk hagelte es Beleidigungen auf sie herab.

Kommissar Rilk wich instinktiv zurück und ertappte sich dabei, wie er mit der Hand nach dem leeren Holster seiner Pistole griff. Der Aufseher lachte laut auf und trat mit dem Fuß gegen die Mauer.

»Das hält! Keine Angst!«

Er schrie, um sich Gehör zu verschaffen, seine Stimme wurde von dem Grölen übertönt. Er öffnete die Türklappe und wartete darauf, dass der Häftling seine Handgelenke herausstreckte, um ihm die Handschellen anzulegen. Die Schreie und die Beleidigungen wurden lauter, und der Aufseher schlug mit seinem Schlagstock gegen das Geländer, während er schrie:

»SCHNAUZE!«

Stühle und andere Gegenstände prasselten gegen die Stahltüren, und die Vibrationen hallten überall wider und verwandelten das Gefängnis in einen riesigen Resonanzkörper. Im selben Moment trat ein schmächtiger Mann aus seiner Zelle und wurde mit ausgestreckten Armen auf den Fußsteg gezogen. Der Oberaufseher drehte ihn mit dem Rücken zur Wand und drückte ihm den Schlagstock quer über den Hals, wobei er ihm den Adamsapfel quetschte. Er beugte sich an sein Ohr hinab und flüsterte:

»Wenn du nur einen Mucks von dir gibst, Freundchen, und die anderen noch mehr ausrasten, dann erlebst du was. Kapiert?«

Der Mann japste nach Luft und bemühte sich, widerwillig ein »Ja« zu flüstern. Der Aufseher nickte und nahm den Schlagstock herunter. Maxime starrte den Mann an, der nach Luft rang, während er sich den Hals massierte, und fragte sich, wie sich ein Mensch so tiefgreifend verändern konnte.

Étienne Caillois war erst vierzig Jahre alt, aber er glich einem Gerippe, einem Knochenmann in einem Geisterhaus. Seine eingefallenen Wangen ließen mit einer erschreckenden Genauigkeit die Form seines Schädels erahnen. Von dem Mann, den er, Maxime Kolbe, vor Gericht gezerrt hatte, war nichts mehr übrig. Nicht einmal mehr das Blau seiner Augen, die jetzt tief in die Augenhöhlen eingesunken waren, getrübt durch Schlaflosigkeit und die sichtbare, geradezu greifbare Angst, die wie das Wasser einer Quelle, die durch nichts zum Versiegen gebracht werden konnte, schubweise hervorbrach. Zu einer Freiheitsstrafe von zwölf Jahren ohne Bewährung verurteilt, vermittelte Étienne Caillois das Bild von einem Mann, der seine Lebenserwartung längst ausgeschöpft hatte. An einem Ort wie La Santé machte die Tatsache, dass er wegen Vergewaltigung eines kleinen Mädchens verurteilt worden war, aus ihm vom ersten Tag an einen Toten auf Abruf. Dass Étienne Caillois so lange überlebt hatte, verdankte er allein dem Zufall.

Oder einer Form der Gerechtigkeit, die der menschlichen unendlich überlegen war, dachte Maxime. Hinter dem Ohr des Häftlings fiel ihm ein in die Haut geritztes »P« auf.

Pädophiler.

Parallele Schnitte neben dem »P« standen für die Zahl der Vergewaltigungen durch Mithäftlinge. Maxime zählte sechs.

Der Kommissar, der auf dem Gang stand, hatte das Gefühl, dass das ganze Gefängnis einschrumpfte und sich ihm die Wände gefährlich näherten.

»Kommst du?«, brüllte der Bär hinter ihm.

48 | Paris, Gefängnis La Santé, Mordkommission

Sie betraten die Toilette für das Personal, die in einem keimfreien Weiß gehalten war, und stellten sich vor die Pissoire. Der Tumult im Zellenblock war nur noch ein Murmeln, das durch das irritierende Knistern der Leuchtstoffröhren gedämpft wurde.

Der Häftling, Étienne Caillois, warf ängstliche Blicke auf die drei Männer, die um ihn herum standen. Er wich zurück und presste sich gegen die Porzellanschale eines Pissoirs, wobei er unwillkürlich die Spülung auslöste. Er wagte weder zu sprechen noch sich zu rühren, und so durchnässte das Wasser seine Hose und tröpfelte in seine Schuhe hinein.

»Du weißt, warum wir hier sind, nicht wahr?«

Der Häftling hob den Kopf, um in dem bleichen Neonlicht den Mut zu finden, auf die Frage zu antworten. Maxime ging auf ihn zu, strich sich mit der Zunge über die Lippen und fuhr ihn an:

»Du erinnerst dich doch an Alice, oder? Wie hättest du sie vergessen können ...«

Der Häftling verkrampfte sich und fasste etwas Mut, um sich von dem Pissoir zu lösen.

»Sie wissen, dass das nicht stimmt, verdammt!«

Maxime bedeutete dem Oberaufseher, im Gang auf sie zu warten.

»Der Kommissar und ich waren unangenehm überrascht, als wir unsere Namen in den Anzeigen entdeckten, die du ans Dezernat für interne Ermittlungen und an deinen Anwalt schicken wolltest. Wir waren sehr enttäuscht, als wir gelesen haben, was du über uns geschrieben hast.«

Er öffnete einen Wasserhahn, seifte sich die Hände ein und strich mit den nassen Händen die Haare nach hinten glatt.

»Aber wie du feststellen konntest, haben die Mauern hier Augen und Ohren.«

»Wir wollen wissen, was sie dir bei ihrem Besuch gesagt hat.«

Maxime Kolbe hielt ihm die Fotos einer jungen Frau hin, die sie beim Verlassen des Gefängnisses zeigten. Caillois stotterte:

»Sie hat mir nichts gesagt … Ich wurde ins Besuchszimmer gerufen, und sie war da … Sie hat fast kein Wort mit mir gewechselt … Sie weiß nichts … ich schwör's!«

»Hältst du uns für blöd? Du weißt genauso gut wie wir, was passiert wäre, wenn wir nichts für dich getan hätten. Wir wollen nur wissen, wie es dazu kam, dass sie über uns gesprochen hat, und was sie wusste. Wir haben dir aus der Klemme geholfen, vergiss das nicht.«

Étienne Caillois stieß Rilk zurück.

»Aus der Klemme geholfen? Das nennt ihr ›aus der Klemme geholfen‹? Das …«, ereiferte er sich. Er bebte vor Wut und zeigte auf sechs Schnittnarben an seinem Hals.

»Wenn du es so sehen willst …«

»Saubande … Ihr habt mich mit euren Versprechungen reingelegt, aufs Übelste reingelegt! Aber ich schwöre, dass ich euch abknalle! Einen nach dem anderen!«

»Du schwörst ein bisschen zu viel, mein Junge …«

Seine Lippen platzten auf, als ihn die Faust des Kommissars traf. Der Häftling wankte unter dem Schlag und versuchte das Gleichgewicht wieder zu finden, indem er mit den Händen nach einem Halt suchte.

Étienne Caillois spuckte Blut. Er hatte bohrende Schmerzen in der Magengrube, und er musste sich übergeben. Der Geruch von Erbrochenem erfüllte augenblicklich die Toiletten. Blut und schlechtes Essen strömten in beiden Richtungen durch seinen Schlund.

Maxime krümmte sich.

Sein Herz schlug zu stark.

Viel zu stark.

Der Rausch der Gewalt stieg ihm zu Kopfe. Er biss sich in die Faust, um seinem Zittern Einhalt zu gebieten.

Étienne Caillois hatte wieder einen lichten Moment. Er kroch rückwärts und riss die Augen auf, um die Szenerie und die Positionen seiner Peiniger mit einem Blick zu umfassen. Es gelang ihm, die Augen auf Kommissar Kolbe zu heften, und er versuchte zu sprechen. Knurrende Laute brachen aus ihm hervor. Er schluckte Speichel und Gallenflüssigkeit herunter und äußerte:

»Ihr wisst … ich habe nie ein Kind angerührt … weshalb tut ihr das?«

Maxime sah Jean-François Rilk an und wusste, dass er keine andere Wahl hatte, als Caillois zum Schweigen zu bringen. Er konnte den ersten Schlag nicht zurückhalten.

Beim Kontakt mit dem Körper zündete ein elektrischer Funken hinter seinen Augen und breitete sich in seinen Gliedmaßen, seinen Muskeln, seinen Organen aus. Das dumpfe Knacken der Knochen versetzte ihn in einen

Rausch, einen Strudel wirrer Gedanken. Er zertrümmerte ihm glatt den Nasenrücken, und aus der Wunde floss Blut, die das Gesicht benetzte. Scharlachrote Partikel explodierten in Feuerwerken, sprengten Schlösser auf, die letzten Fesseln seiner Gewalttätigkeit. Glühende Kohlen unter seiner Haut. Er wollte nichts wissen. Er wollte nicht auf die Fragen antworten, die auf ihn einstürzten. Er sah sich auf einer Straße stehen, auf der weißen Linie balancierend, inmitten einer riesigen Karambolage, überstrichen von zahllosen Scheinwerfern, gestreift von Karosserien in einem Gewitter von verzweifelten Bremsmanövern. Er wich dem »Warum« aus. Er wollte, dass der Mann schwieg. Die Stille zähmen.

Er fand die Kraft, zurückzuweichen. Kommissar Rilk stürzte sich in die Bresche. Sein Fuß trat gegen den Backenknochen des Gefangenen, in einem dumpfen Geräusch von zerfetztem Fleisch. Er packte Étienne Caillois am Kragen, zerrte ihn in eine Kabine und ließ die reglose Masse vor Schmerzen aufstöhnen. Er beugte ihn über die Klosettschüssel und tauchte seinen Kopf ein.

»Sprich nicht noch einmal über uns, egal mit wem. In deinem eigenen Interesse, kapiert!«

Jean-François Rilk ließ den wie leblosen, schlaffen Körper in der Kabine liegen und knallte die Tür hinter sich zu.

49 | Nordsee, Sondereinheit

Der Magen hatte sich ihm umgedreht.

Sein Bauch war hart, von der Angst wie festgeschraubt.

Die jodhaltige Meeresluft brachte ihm keine Erleichterung.

»Du bleibst hier und gibst mir Deckung. Wenn ich in einer halben Stunde nicht zurück bin, rufst du Verstärkung. Du gibst ihnen die Koordinaten durch und machst dich aus dem Staub«, rief Broissard.

Sie hatten den Überraschungseffekt auf ihrer Seite, aber die Chance, diesen Schlupfwinkel heil zu verlassen, war sehr gering. Carrère ließ Broissard vor der Eingangstür zurück und ging um das Gebäude herum. Der Capitaine zählte bis dreißig und ließ dabei den Blick über das Meer schweifen. Er stürzte Hals über Kopf los, die rechte Hand hinter dem Rücken an seiner Pistole.

»POLIZEI!«

Die drückende Kälte im Inneren des Hangars wirkte wie ein Schwall reinen Sauerstoffs. Broissard zog seine Waffe und richtete sie auf die Gestalten. Sein gestreckter Arm beschrieb Halbkreise.

»HÄNDE HOCH! POLIZEI!«

Seine eigene Stimme, die viel schriller klang, als ihm lieb war, verriet ihn. Die vier Männer vor ihm blieben, mit Kartons in den Händen, stehen.

»HÄNDE HOCH, SAG ICH!«

»Du machst einen Fehler, Alter ...«, äußerte der Mann, der ihm am nächsten stand.

»HALT'S MAUL! Wo sind die anderen? WO SIND DIE ANDEREN?«

Er hatte einen Krampf im Arm. Die Hand mit der Waffe zuckte.

»WO SIND DIE ANDEREN?«

Als Antwort hörte man nur ein metallisches Klacken hinter einem Stapel Kartons. Broissard wurde bleich, zielte blindlings in die Richtung, aber der Kolben, der durch den Schweiß ganz schlüpfrig geworden war, glitt ihm aus der Hand. Seine Glock fiel auf den Beton. Er hatte das Gefühl, sich von innen heraus aufzulösen.

Ein Knall zerriss die Stille.

Das Echo hallte immer schwächer wider.

Ein Funkenschlag landete direkt vor seinem Gesicht.

Er ließ sich gehen und spürte, wie er zu schweben begann und seine Ängste abstreifte.

Der zweite Schuss hallte nicht so laut wider – er war kurz und endgültig. Broissard hatte das Gefühl, sein Körper würde durch Krämpfe wiederbelebt. Herzflimmern. Adrenalinstoß. Gleichmäßiger Puls. Speichel troff ihm aus dem Mund.

Aus dem Nebel ertönten Schreie. Er fuhr sich mit der Hand an den Hals. Keine Verletzung. Er tastete mit der Hand den Betonboden ab und packte seine Waffe. Auf den Pistolenlauf gestützt, gelang es ihm mit Mühe, aufzustehen. Ganz verschwommen erkannte er die Silhouette von Carrère, der sechs Männer dazu zwang, die Hände auf dem Rücken, auf die Knie zu gehen.

»Ich habe ihn erwischt, Chef. Sie … Sie …«, sagte ihm Carrère, der am ganzen Leib zitterte.

Broissard wollte sprechen. Vor Anstrengung verzog er

das Gesicht. Er taumelte zu den Kartonstapeln und entdeckte eine Leiche, die, das Gesicht zum Boden gewendet, den Finger noch am Abzug eines Gewehrs, in ihrem Blut schwamm.

50 | Nordsee, Sondereinheit

Schnell handeln.

Broissard fragte sich, mit welchem Sicherheitssystem die Plattform ausgerüstet worden war. Einem stillen Alarm? Einem Radar mit Kalman-Filter? Hatte Montoya bereits seine Männer losgeschickt? Jede weitere Minute, die sie auf der Plattform verbrachten, erhöhte das Risiko.

Er hob die Augen zu den Tausenden von Kartons, die sich hier stapelten; er wusste, dass ein jeder die abartigsten Perversionen in sich barg. Das Glasdach ragte gut zehn Meter hoch auf. Der Hangar schien unendlich groß zu sein und sich auf eine parallele Dimension zu öffnen, der ihn von innen größer erscheinen ließ als von außen. Er hatte das Gefühl, die Büchse der Pandora geöffnet zu haben.

Mit einem Cutter-Messer schlitzte er aufs Geratewohl einen Karton auf. Unter Polystyrol-Kügelchen waren Dutzende von DVDs mit skatologischen Pornofilmen aufgestapelt. Er ließ ein Kügelchen durch die Finger gleiten. In Form und Größe entsprachen sie genau jenen, die er im Laderaum der *Dolly Bell* aufgelesen hatte.

Er ging zu den sechs gefesselten Männern und schritt

sie der Reihe nach ab. Typische Knastbrüder. Kräftige Lagerarbeiterarme. Seine Aufmerksamkeit richtete sich auf zwei Latinos, die sich vom Rest abhoben. Er ging vor einem etwa dreißigjährigen jungen Mann mit dunklem Teint in die Hocke und redete nicht lange um den heißen Brei herum:

»Wir sind schnell fertig, wenn du willst. Wo sind die pädophilen Filme?«

»Ich weiß nicht, wovon du sprichst, *pendejo.*«

»*Escúchame:* Wir hatten genug Emotionen für heute, und ich sag dir ganz offen, dass mein Kollege und ich ziemlich angespannt sind. Beantworte also meine Frage: Wo ist das Register?«

»Ich nix versteh'n … *no hablo francés* …«

Broissard verpasste ihm einen Schlag gegen den Adamsapfel. Ein zweiter brachte den Knorpel zum Bersten, worauf der Latino bewusstlos wurde. Er versetzte ihm ein paar Klapse, um ihn wiederzubeleben, und drückte die Fingernägel in Drosselvenen.

»Aber klar sprichst du Französisch. Wo ist das Register? *Entiendes?*«

Der junge Mann schüttelte den Kopf, und so stand der Polizist auf und trat an eine Reihe von Kartons heran. Der Stapel schwankte, und die oberen Kartons purzelten herunter und platzten auf dem Boden auf. DVDs flogen in alle Richtungen heraus.

Sylvain Carrère hob eine Hülle auf und schüttelte den Kopf, als er das Foto eines kleinen Mädchens auf allen vieren sah, in dessen ausgestrecktem Hintern bis zum Anschlag eine Klistierspritze steckte. Er entzündete sein Feuerzeug und hielt die Plastikhülle in die Flamme. Unter der Einwirkung der Hitze entspannte sich das Mädchen, das wie eine Windhündin gebaut war, und sein von Schwellungen überzogenes Gesicht bekam Risse und verformte sich zu einer gespaltenen Fratze. Er wartete, bis sich das Gehäuse in eine Fackel verwandelte, ehe er sich dem jungen Mann näherte und zischte:

»Ich werde dich lehren, zu antworten …«

Die Flamme schwoll an, brachte das Plastik zum Schmelzen und verwandelte es in Teer, der in glühenden Tropfen auf den Jogginganzug fiel. Broissard ließ ihn machen. Sie hatten keine Zeit mehr für eine Nummer, wo der eine den guten und der andere den bösen Polizisten spielte. Der Nylonstoff knisterte und schmolz, kleine Löcher hinterlassend. Brennende Tropfen begannen die Haut an den Schenkeln zu verbrennen. Der Mann schrie, wand sich, um dem Feuerregen auszuweichen, und stieß zwischen den Zähnen hervor:

»*Hijo de puta! Me voy a joder tu madre!*«

»Auf Französisch!«

»Keine Ahnung. Ich transportiere nur die Kartons. Ich weiß nicht, was drin ist!«

»Willst du mich für dumm verkaufen?«

Das Plastik brannte weiter. Der Mann verrenkte sich und schüttelte seinen Schenkel, um das höllische Brennen zu lindern.

»*Te cago jodido. Vas a morir …*«

Carrères Faust traf ihn mit voller Wucht im Gesicht.

»Sag uns, wo wir *Neverland* finden.«

»Ich weiß nicht, wovon …«

Der Brigadier hielt die DVD über seinen Kopf, und er brach mitten im Satz ab. Seine Augen weiteten sich vor

Entsetzen, als die ersten Tropfen auf seine Kopfhaut fielen. Ein leichter Geruch nach versengten Haaren und verbrannter Haut breitete sich in der Luft aus. Kleine rote Brandblasen bildeten sich auf der Stirn des Latinos, der den Kopf wütend vor und zurück warf und mit den Zähnen klapperte. Carrère warf die verkohlte DVD auf den Boden und zertrat sie unter seiner Sohle.

Broissard packte einen der Männer am Kragen, einen gerade volljährigen Mischling, und warf ihn zu Boden. Er setzte sich rittlings auf dessen Brust und klemmte ihn mit seinen Oberschenkeln ein, sodass er sich nicht rühren konnte. Er löste das Magazin und zog es aus der Pistole. Dann setzte er die Mündung an der Schläfe des jungen Mannes an.

»Du hast gesehen, dass noch eine in der Patronenkammer ist. Jetzt stell ich meine Frage noch einmal: *Wo?* Du hast fünf Sekunden.«

Der Mulatte verdrehte die weit aufgerissenen Augen. Broissard ließ den Verschluss seiner Automatik knallen.

»Verloren. *Vaya con Dios.*«

Der Mann stammelte schreiend:

»G... Gang 20! Rechts die Eingänge ... links die Bestellungen.«

Der Mulatte wich den Blicken seiner Komplizen aus. Finster dreinblickend fauchte er in Richtung von Carrère und Broissard:

»*Muertos ...*«

»Was sagst du?«

»Ihr seid tot.«

»Keine echte Neuigkeit«, antwortete ihm Carrère.

Gang Nr. 20.

Broissard schlitzte mit dem Cuttermesser einen Karton auf und nahm DVDs mit dem Titel *Asian Angels* heraus. Er zählte die Fächer, in der Annahme, sie seien alphabetisch geordnet. Fach 14: N. Er zog *Neverland* aus einer Schachtel. Er schnitt den Karton auf, leerte ihn, wobei er mehrere Handvoll Polystyrol-Kügelchen herausnahm, tastete den Boden ab und hätte beinahe einen Freudenschrei ausgestoßen, als er fand, wonach er suchte.

Schwarz gestempelt: der detaillierte Versandschein.

Schwarz gestempelt: die Adresse des Versenders der DVD.

Schwarz gestempelt: ein Name, Vidéostore. Eine Stadt, Dijon.

51 | Paris, Metro-Tunnel, Mordkommission

»Mademoiselle … Mademoiselle …«

Die Stimme kam von fern. Sie öffnete die Augen zunächst einen Spaltbreit, als sie wieder zu sich kam. Im nächsten Moment riss sie die Augen weit auf, um scharf zu sehen. Die Unschärfe verschwand. Sie schrie auf, als sie einen alten Mann mit pergamentener Haut über sich gebeugt sah, nur wenige Zentimeter von ihrem Mund entfernt.

»Beruhigen Sie sich … Ich will Ihnen nichts Böses … ich wollte Sie nicht erschrecken …«

Blandine fand genug Kraft, um zurückzuweichen und

nach ihrer Waffe zu suchen. Sie wusste noch immer nicht, wo sie war.

U-Bahn-Züge ließen den Boden erbeben. Weißliches Licht, das von einer Glühbirne herabrieselte, die an einer Schnur hing. Lose Stromkabel. Aufgeschlitzte Matratzen. Eine völlig verdreckte Decke. Von Graffiti und naiven Zeichnungen überzogene Betonwände. Eine winzige Kammer, ein ungesundes Loch. Eine Elendshütte im Schoß der Lichterstadt Paris.

Es gelang ihr, aufzustehen und dem alten Mann, der sich am Eingang der Höhle über sie beugte, gegenüberzutreten. Als Blandine sah, dass er genauso schreckliche Angst hatte wie sie selbst, beruhigte sie sich, aber sie brachte noch immer keinen Ton heraus – die Angst schnürte ihr nach wie vor die Kehle zu.

»Sie ... Sie sind in Sicherheit ...«, stammelte der Obdachlose, die Augen auf die Kartons geheftet, die den Boden bedeckten.

»Was ist passiert? ...«

Sie erkannte ihre eigene Stimme nicht wieder, die sich anhörte, als käme sie aus dem Jenseits.

»Sie sind ohnmächtig geworden ... ich ... ich habe Sie bis hierher getragen ... ich habe gewusst, dass Sie zurückkommen würden ...«, sagte er, während er ein Geschirrtuch mit einer Wasserflasche nass machte.

Er hielt Blandine das Tuch hin, damit sie sich die Staub- und Blutkruste an ihrer Stirn wegwischte. Er sprach schleppend, abgehackt, als könnten die Worte dem schnellen Gedankenfluss nicht folgen. Aber das Erstaunlichste war die Tatsache, dass dieser alte Mann sich offenbar ernsthaft darüber freute, sie um sich zu haben.

»Das kleine Mädchen … vor vielen Jahren … Sie sind es doch, nicht wahr?«

Mit dem Finger zeigte er auf die Wand hinter ihr. Sie verstand nicht sofort, was er ihr zeigte, daher richtete sie die Glühbirne ins Innere der Kammer. Graffiti vermischten sich mit stilisierten Figuren. Hastige Kreidestriche schienen eine fremdartige Szene darzustellen, die sie nicht entschlüsseln konnte.

»Haben Sie das gemalt?«, fragte sie und wandte sich dem alten Mann zu.

»Ja … nachdem Sie hier waren …«

Blandine starrte ihn verblüfft an.

»Aber ich verstehe nicht. Wer sind Sie?«

»Erinnern Sie sich nicht? Ich bin Perry. Derjenige, der Sie gefunden hat, als Sie ein Kind waren … ich habe Sie versteckt … hier …«

Der Obdachlose beleuchtete eine Stelle an der Wand. Ein krakeliger Schriftzug war eingerahmt, geschützt vor dem ausgeschwitzten Schimmel.

»Ich habe mich drum gekümmert … Sie haben das geschrieben … ich wusste, dass Sie eines Tages zurückkommen würden.«

»Moment mal, wovon reden Sie? Ich bin zum ersten Mal hier.«

Die Verwirrung war dem alten Mann anzusehen.

»Sie … sind Sie nicht Alice?«

»Ich bin Lieutenante Blandine Pothin. Mordkommission.«

Der alte Mann lief fahl an, schrie und wollte das Weite suchen. Sie packte ihn und drückte ihm die Faust fest auf seinen Solarplexus.

»Bringen Sie mich nicht um … ich bitte Sie …«

Verdutzt trat Blandine einen Schritt zurück.

»Weshalb sollte ich Sie umbringen wollen?«

»Der andere Polizist … er hat versucht … er wollte nicht, dass ich rede … er wollte nicht, dass ich davon erzähle … keine Zeugen, sagte er. Aus diesem Grund hat er auf mich geschossen.«

Perry, der am ganzen Körper zitterte, deutete auf eine Zeichnung an der Wand. Ein Mann hielt einen Revolver auf einen anderen gerichtet, der vor ihm stand und ein kleines Mädchen mit riesigen Augen zu beschützen schien. Blut spritzte aus einer Wunde in der Brust. Perry starrte die Lieutenante an und hob sein T-Shirt hoch. Eine schlimme Narbe, groß wie eine Billardkugel, unter der Brust. Eine Verbrennung zweiten Grades. Spiralförmige Hautschwellung. Ohne jeden Zweifel. Das stammte von einer Kugel.

Wieso sollte ein Polizist diesen Obdachlosen zum Schweigen bringen wollen?

Blandine spürte, wie sie eine fieberhafte Erregung überfiel. Das unbeholfene Fresko, das Perry hingeschmiert hatte, bescherte ihr Enthüllungen und Fragen zugleich.

»Was ist passiert? Ich muss es wissen.«

Der Obdachlose ließ seinen Blick noch einmal von links nach rechts über die Zeichnungen gleiten, als wollte er sich seinen Erinnerungen stellen.

»Ich lebe seit vielen Jahren hier. Früher waren wir zu mehreren … sie sind alle tot … Aber an diesem Tag kam ein Engel zu mir … Ich kehrte von der Oberfläche zurück, als … als ich im Dunkeln ein Kind weinen hörte … ich habe geglaubt, meine Freunde spielten mir einen Streich. Doch die Kleine war wirklich da ... ein kleiner verschreckter Engel.«

Ein strahlendes Lächeln huschte über sein Gesicht. Sein Blick verschleierte sich.

»Ich weiß nicht, wie lange wir zusammengeblieben sind ... sie hat viel geschlafen. Sie hatte eine Menge Alpträume. Ich gab ihr zu essen ... sie hat mir gesagt, ich wäre der netteste Mensch, den sie kennen würde. Als ich ihr sagte, dass sie diese unterirdische Behausung verlassen und an die Oberfläche zu ihren Eltern zurückkehren müsse, bekam sie Angst ... große Angst. Sie hat mir erzählt, Leute hätten ihr wehgetan ... sehr wehgetan ... sie hat diese Worte an die Wand geschrieben und dann ...«

Er war ganz zappelig, als er las, was das Kind geschrieben hatte. Ein dunkler Schleier senkte sich über sein Gesicht und vertrieb jäh die vorübergehende Freude, die die Erwähnung von Alice' Namen in ihm hervorgerufen hatte. Seine Stimme wurde leiser, ferner und bekam durch die schmerzliche Erinnerung an diesem Spätnachmittag eine dunklere Farbe. Perry sah, wie sich der Vorhang vor der Bühne hob, und wunderte sich darüber, dass er dieser unbekannten Polizistin das anvertraute, was er schon so lange auf dem Herzen hatte.

»Und dann ist ER gekommen ...«

Er hatte nie über diese Begegnung gesprochen. Auch als man ihn mit Fragen überschüttete – als ihn die Ärzte in der Notaufnahme und die Polizisten an seinem Krankenbett mit Fragen bombardierten –, hat er geschwiegen. Er hatte kein Sterbenswörtchen verlauten lassen, gegenüber niemandem, aus Aberglauben, aus Furcht, wenn er jemanden ins Vertrauen zöge, müsste er das Vergangene noch einmal durchleben. Er suchte Zuflucht im Stillschweigen.

»Alle Lampen in der Station gingen an ... es war ein Brand ... und ER war da ... ER kam sie holen ... Alice hat geschrien ... ich wollte sie beschützen, aber seine Pistole ... dieses Feuer in meinem Bauch ... und Blut ... überall Blut ... ich habe geglaubt, ich würde sterben.«

Unwillkürlich berührte er mit der Hand die Stelle, wo die Kugel in seinen Körper eingetreten war. Er drückte auf die Narbe, als wollte er sich davon überzeugen, dass die Verletzung auch wirklich da war. Diese alte Wunde, die ihm bei jedem Wetterumschwung starke Schmerzen bereitete. Diese Wunde, die seine einzige Verbindung zur Außenwelt war, zu der kleinen Ausreißerin mit den blonden Haaren, die für ein paar Tage seine Einsamkeit erhellt hatte.

»Als ich aufwachte ... war es wieder dunkel ... und seitdem warte ich ... ich warte darauf, dass sie zurückkommt, damit ich sie beschütze ...«

Er hob ein behelfsmäßiges Messer auf, das aus Matratzenfedern, die an einem kleinen Holzstab befestigt waren, gefertigt worden war.

»Meine einzige Waffe ... ich habe hier nicht viel, womit ich sie beschützen könnte. Vielleicht kommt sie deshalb nicht ...«

»Wie sah dieser Polizist aus? Dieser ER, von dem Sie sprechen?«

»ER hatte das Gesicht eines Dämons ... Er hinkte wie der Teufel ... Ich konnte nichts tun ... nichts ...«

Schluchzer verschluckten seine Worte. Aus Scham

wandte sich Blandine von dem alten Mann ab. Sie dachte an Alice, die in diesem Labyrinth ausgesetzt worden war und vor diesem ER mit seinen vielfältigen Facetten geflohen war. Alice hatte nur bei anderen Verlorenen Zuflucht gefunden. Die trotz Feuchtigkeit und Salpeterausblühungen erhalten gebliebene Inschrift hörte sich jetzt an wie ein Grabspruch:

»ER wird mich töten.«

52 | Paris, Boulevard Saint-Michel, Mordkommission

»Das ist erstaunlich …«

Der Grafologe schüttelte den Kopf, als er die Schlüsselpunkte an den Buchstaben anstrich. Unter den Fenstern des Büros erhitzten sich die Demonstranten, zusammengedrängt von Kohorten der Bereitschaftspolizei. Paris ließ seine Muskeln spielen, um Ärger und Wut Luft zu machen. Schwarzfleckige französische Fahnen flatterten in den Sträuchern wie für eine Totenwache.

Darauf wartend, dass er die Analyse dessen, was sie ihm mitgebracht hatte, beendete, betrachtete Blandine den Boulevard Saint-Michel. Wie lange hatte sie nicht geschlafen und nichts gegessen? Sie roch den sauren Schweiß und den Dreck. Zerrissene, schmutzige Kleidung. Die verbrauchte, mit Kohlenmonoxid gesättigte Luft der U-Bahn-Röhren verstopfte weiterhin ihren Rachen und ihre Lungen. Nur ihre Waffe und ihre Dienstmarke vermittelten ihr noch die Illusion, Polizistin zu sein. Der Eifer, der die Menge einte, ließ sie ihr Gefühl der Einsamkeit umso deutlicher spüren. Sie wollte nicht an Paul denken, der in einem Bett lag und darauf wartete, in ein Grab überführt zu werden. Oder ins Leben? Ihr Herz schlug stärker.

Nein, sich nicht an die Hoffnung klammern. Sich nicht an diesem allzu vertrauenswürdigen, allzu unsicheren Griff festhalten. Nicht das Risiko eingehen, noch tiefer zu fallen.

Sich mit dem Rausch begnügen und warten.

Der Grafologe setzte seine Brille ab und sah zu Blandine auf.

»Wo, sagten Sie, haben Sie diese Kritzelei noch entdeckt?«

»In der Metro. Sie befand sich an einer Wand.«

»Könnten Sie mir etwas mehr darüber sagen, damit ich mir die Umgebung vorstellen kann?«

»Nein, tut mir leid.«

Perry hatte ihr das Versprechen abgenommen, dass sie nichts von dem Schlupfwinkel, den Katakomben eines neuen Zeitalters verraten werde. Sie hatte es ihm geschworen.

»Haben Sie keine deutlicheren Aufnahmen?«

»Ich habe dieses Foto mit einem Wegwerfapparat gemacht.«

Altersschwacher Kasten wäre zutreffender gewesen, sagte sie sich, als sie an die Polaroid-Kamera dachte, die Perry aus einem Haufen Plunder gefischt hatte.

Der Grafologe seufzte, scannte das Foto ein, richtete es auf seinem Rechner neu aus und legte eine durchsichtige

Plastikfolie in den Drucker. Blandine schaute ihm dabei zu und fragte sich, ob er ihr irgendetwas Neues mitteilen könnte. Bislang hatte er nur das bestätigt, was ihr Perry gesagt hatte.

Der Grafologe legte das ausgedruckte Foto behutsam auf einen Overheadprojektor und entnahm einer kartonierten Aktenmappe ein anderes Foto, das er neben das erste legte.

»Ich muss Ihnen etwas zeigen. Würden Sie das Licht ausschalten?«

Ein Blitzlicht erhellte das Zimmer. Zwei Schriftzüge wurden übergroß an die Wand geworfen. Blandine traute ihren Augen nicht.

›ER wird mich töten. Helft mir‹ war auf der rechten Seite zu lesen, und dieser Schriftzug deckte sich mit der Inschrift, die Blandine in der Metrostation Haxo gefunden hatte: ›ER wird mich töten.‹ Sie näherte sich, fuhr die Großbuchstaben mit dem Finger nach und wandte sich, ungläubig, zu dem Grafologen um.

»Was bedeutet das?«

»Ich dachte, Sie könnten mir das sagen.«

Er legte eine Folie mit Millimeter-Einteilung auf den Overheadprojektor. Die Buchstaben der beiden Schriftzüge fügten sich in Felder ein.

»Wenn man berücksichtigt, dass sie nicht mit denselben spitzen Gegenständen geschrieben wurden, kann ich Ihnen versichern, ohne mich zu weit vorzuwagen, dass diese Botschaften von ein und demselben Kind geschrieben wurden.«

Blandine gelang es nicht, sich der Anziehungskraft der Buchstaben an der Wand zu entziehen. Sie konnte die

Verzweiflung von Alice gewissermaßen in doppelter Ausfertigung lesen.

»Sie haben mir noch nicht gesagt, woher diese Inschrift stammt.«

»Ein junger Polizist hat sie bei einem Einsatz entdeckt und mich um Hilfe gebeten.«

»Was für ein Einsatz?«

»Ich weiß es nicht genau. Ein Fall von Pädophilie, in einem Haus außerhalb von Paris, wenn ich es richtig verstanden habe. Der Beamte hat mir einen Satz Fotos überlassen, damit ich mir eine genauere Vorstellung von den Örtlichkeiten machen kann.«

Er entnahm der Aktenmappe eine Reihe von Abzügen, die er auf dem Schreibtisch ausbreitete. Darauf war das Innere eines Hauses aus allen erdenklichen Gesichtswinkeln und in allen möglichen Einstellungen zu sehen. Blandine erkannte die Inschrift, die in eine Ecke eines offenbar ziemlich heruntergekommenen Kellers geritzt worden war. Eine Großaufnahme enthüllte einen fensterlosen Raum, dessen Wände von Schimmel und dunklen Flecken überzogen waren, die sie erst nach einiger Zeit als Blut erkannte. Sie unterdrückte einen Schrei des Erstaunens, als ihr Blick auf die Außenaufnahme des Hauses fiel. Sie hatte es schon einmal irgendwo gesehen.

»Unmöglich ...«, stammelte sie.

Sie legte die Fotos nebeneinander und kniff die Augen zusammen, in der Hoffnung, das Gefühl eines Déjà-vu-Erlebnisses ginge weg. Aber das half nicht. Diese runden Fenster. Dieser Rasen. Dieses Schwimmbecken von einem unwirklichen Türkisblau.

Und diese Tür.

Diese grell blutrote Tür!

Amandine hatte Fotos von diesem Haus an die Wände ihres Schlafzimmers gepinnt. Die große Aufregung in Verbindung mit der Unterzuckerung zwang sie dazu, sich zu setzen.

»Wie heißt der Polizist, der Ihnen diese Fotos gebracht hat?«

»Léopold Apolline, Lieutenant Léopold Apolline.«

53 | Nanterre, Räumlichkeiten der OCLCTIC

Léopold eilte mit hastigen Schritten durch die Gänge des Polizeipräsidiums von Nanterre; er versuchte sich auf das zu konzentrieren, was gleich passieren würde. Zoé erwartete ihn, nervös rauchend, vor den Vernehmungszimmern. Sie deutete auf die Tür, hinter der sich Stairway to Heaven befand.

»Du hast nicht viel Zeit, der Anwalt ist bereits unterwegs. Alles, was du wissen musst, ist da«, sagte sie, wobei sie ihm die Akte hinhielt, die sich auf die verdächtige Person bezog.

Léo nahm sich nicht die Zeit, sie durchzublättern. Er strich mit der Hand über sein Hemd, um es zu glätten, und kämmte sich noch einmal flüchtig.

»Wie lief die Festnahme?«, fragte er.

»In aller Ruhe. Sie hat keinen Widerstand geleistet. Es ist seltsam, sie wirkte verängstigt und zugleich erleichtert.«

»Sie?«, entfuhr es Léo.

»Ganz genau. Stairway to Heaven ist eine Frau.«

»Bist du dir sicher? Kein Zweifel?«

»Die Spyware wurde auf ihrem Computer gefunden. Ich hab's zweimal überprüft.«

»Glaubst du, dass sie jemanden deckt?«

»Diese Frage musst du ihr stellen.«

Als er den fensterlosen Raum betrat, sah er sich einer verstörten jungen Frau gegenüber, einer zerlumpten Stoffpuppe. Ihre weiße Haut war von einem Ausschlag überzogen – kleine rote Flecken auf den Wangen und am Hals, wie von einem Ekzem. Dunkle Ringe unter den Augen unterstrichen einen Gesichtsausdruck, der echte Angst verriet.

Der Lieutenant nahm gegenüber der jungen Frau Platz und starrte sie an. Pädophile Frauen waren so seltene Sonderfälle, dass sie noch immer mit einem Tabu belegt waren. Während seiner Laufbahn hatte Léo nur zwei kennengelernt. Die erste war eine Tagesmutter, die die Jungen, die sie beaufsichtigte, zum Austausch von Zärtlichkeiten verführte. Sie hatte gestanden, Fellatio praktiziert und wenigstens drei der Jungen zu Cunnilingus gezwungen zu haben. Die zweite war selbst ein ehemaliges Missbrauchsopfer. Im Rahmen einer schwierigen Beziehung zu einem kleinen Gauner hatte sie bei der mehrfachen Vergewaltigung ihrer achtjährigen Tochter mitgemacht und sich schließlich zusammen mit ihr prostituiert. Der für diesen Fall zuständige Richter hatte ihre Einweisung in eine psychiatrische Klinik angeordnet.

»Nennen Sie mir bitte Ihren Vor- und Zunamen, Ihr Alter und Ihren Beruf.«

»Clarisse Katz. In drei Tagen werde ich dreißig. Ich bin Psychotherapeutin und Dozentin an der Universität Jussieu«, antwortete sie in mechanischem Tonfall und starrte ihn aus ihren geröteten Augen an.

»Wissen Sie, weshalb Sie hier sind?«

Sie antwortete nicht, flocht nervös ihre Finger ineinander und warf ängstliche Blicke Richtung Tür. Sie rang die Hände, und ihre Handgelenke wiesen Kratzspuren auf. Sie schien nicht zu wissen, wo sie war, ihr Körper und ihr Geist schienen voneinander getrennt zu sein. Léo fragte sich, ob sie unter dem Einfluss einer Droge stand, und beschloss, ohne Umschweife zum Punkt zu kommen.

»Mademoiselle Katz, geben Sie zu, dass Sie das Pseudonym ›Stairway to Heaven‹ benutzt haben?«

Er schob ihr die Kopien der E-Mails zu, die er erhalten hatte.

»Ja«, antwortete sie kaum hörbar.

»Könnte eine andere Person ohne Ihr Wissen Ihren Computer benutzt haben?«

»Nein … niemand.«

Er bemerkte, dass sie leicht zusammenzuckte und dass eine Vene an ihrer Schläfe anschwoll. Ihre Stimme zitterte, aber das hatte nichts mit dem Verhör zu tun. Etwas anderes ließ sie in Panik geraten.

»Ein Liebhaber vielleicht? Eine Person aus Ihrem Umfeld, die Zugang zu dem Rechner hat?«

»Ich … ich lebe allein.«

Die Psychologin wurde unruhig und kratzte wütend an den roten Flecken, die wie Bläschen an ihrem Hals auftauchten.

»Ich … ich will meinen Anwalt sprechen.«

»Er wird gleich kommen«, sagte Léo und beschloss, es anders zu probieren. »Sie haben ein Video heruntergeladen, das die Vergewaltigung eines Kindes zeigt.«

»Ich habe mich geirrt, als … als ich einen Film downloaden wollte.«

»Sie sagen, Sie hätten sich geirrt – warum haben Sie dann nicht die Polizei verständigt?«

»Ich habe den Film sofort gelöscht, und ich wollte es einfach nur vergessen.«

»Sie lügen«, sagte er mit ruhiger Stimme, erstaunt über die Schlichtheit ihrer Verteidigung. »Ich habe die Spyware an die Videos angehängt. Wir werden die Festplatte Ihres Computers analysieren.«

»Dazu brauchen Sie eine richterliche Anordnung.«

»Der Richter hat sie bereits ausgestellt.«

Léo reichte ihr das Dokument über den Tisch. Die Bresche war mittlerweile so groß, dass er in sie eindringen konnte. Behutsam, ohne ihr eine Rückzugsmöglichkeit zu lassen.

»Das unbefugte Herunterladen kinderpornografischer Bilder und Filme ist eine schwere Straftat.«

»Das war nicht für mich … ich habe es für sie getan …«

»Ich bin auf Ihre Mitarbeit angewiesen, Mademoiselle Katz. Dafür werde ich den Ermittlungsrichter davon in Kenntnis setzen, dass Sie bereitwillig kooperiert haben. Erzählen Sie mir alles von Anfang an.«

»Das … das ist unmöglich. Ich kann nicht …«

»Für Sie stellt sich das Problem ganz einfach dar: Zehn Jahre im Frauengefängnis von Fleury-Mérogis oder fünf

Jahre auf Bewährung. Erzählen Sie mir, wie Sie die Filme *Neverland* und *Wonderland* entdeckt haben?«

Keine Antwort.

»Zu welchem Zweck haben Sie diese Videos heruntergeladen?«

Keine Reaktion. Léo spürte, wie sich sein Nacken vor Anspannung verkrampfte.

»Was hat Alice Deloges mit alldem zu tun? Wieso haben Sie die Filme von ihrer Vergewaltigung bestellt?«

Als Alice' Name fiel, blinzelte sie schneller. Sie geriet in Panik und suchte hinter dem Spionspiegel Unterstützung. Doch von dort kam keine Hilfe – sie sah nur ihr Spiegelbild.

»Ich habe ihr nur geholfen … aber ich … ich darf nichts sagen.«

»Es ist nur in Ihrem ureigenen Interesse.«

Unvermittelt stand sie auf, die Nerven zum Zerreißen gespannt, und warf dabei den Stuhl um.

»Sie werden mich umbringen.«

Sie setzte sich wieder, mit gebeugtem Rücken, als fürchtete sie, geschlagen zu werden. Der Lieutenant konnte nicht abschätzen, wie aufrichtig ihre Einlassungen waren. Der Schrecken, der sie ergriffen hatte, war nicht vorgetäuscht. Er konnte den sauren Geruch riechen, der so typisch für Angstschweiß war, ein Geruch, den selbst der beste Schauspieler nicht reproduzieren konnte.

»Wer?«

»Diejenigen, die Alice ermordet haben … Mit mir werden sie das Gleiche tun.«

»Aber von wem sprechen Sie? Wer wurde getötet?«

»Sie sind überall …«

»Sie sind in einem Polizeirevier, Mademoiselle. Ihnen kann nichts passieren.«

»Sie wissen bereits, dass ich hier bin … sie wissen alles.«

Sie durchbohrte den Lieutenant mit ihrem Blick. Die dunklen Ringe um ihre Augen fesselten ihn. Er sah, wie die Augen tränenfeucht wurden.

»Glauben Sie mir nicht? Sie haben sie getötet, und ich bin die Nächste! Weder Sie noch irgendjemand sonst kann mich schützen!«, schrie sie, und ihr traten Tränen in die Augen. »Ich … ich kann Ihnen nur sagen, dass noch achtundvierzig Stunden bleiben …«

»Achtundvierzig Stunden, bis *was* geschieht?«

»Bis die Kinder wieder auftreten.«

Nanterre, Räumlichkeiten der OCLCTIC | 54

»Achtundvierzig Stunden? Was bedeutet das, verdammt noch mal?«

»Keine Ahnung. Zoé muss sie in die Mangel nehmen, um sie zum Reden zu bringen.«

Léo folgte der Kommissarin ins Informatiklabor des Dezernats. Mit hastigen Schritten betraten sie einen langen Raum voller entbeinter Computer, Zentraleinheiten, Kabel und verstreut herumliegender Bauteile. Zwei Ingenieure beugten sich über einen Laptop, der an einen Kontrollbildschirm angeschlossen war, und notierten die einzelnen Schritte, die sie durchführten.

»Wie weit sind Sie?«

»Schwer zu sagen. Das Archivierungssystem ist besser gesichert als ein Safe.«

Der Ingenieur zeigte mit der Spitze eines Schraubenziehers auf die codierten Daten der Hauptplatine, die auf dem zweiten Bildschirm angezeigt wurden. Zahlenkolonnen liefen in einem gleichbleibenden Rhythmus über den Bildschirm.

»Bis jetzt haben wir nichts Kompromittierendes gefunden. Entweder hat sie ihren PC gründlich gesäubert oder es war noch nie etwas drauf.«

»Unmöglich. Es muss Spuren geben. Was ist mit ihren Dokumenten, ihren E-Mails? Irgendwas Auffälliges? Sie hat erwähnt, dass sich in achtundvierzig Stunden irgendein Vorfall ereignen soll – habt ihr da was herausgefunden?«

»Nein, bislang nicht. Wir haben alles genau unter die Lupe genommen. Ah, doch … Moment …«

Der Ingenieur klickte, um zu den Dokumenten von Clarisse Katz zurückzukehren. Er öffnete einen Ordner mit der Bezeichnung »Dissertationen«, worauf etwa dreißig Texte angezeigt wurden. Er klickte auf »Dissertation: Die Gesellschaft, in der die Kinder Könige sind«.

»Wir haben das hier gefunden. Es scheint die Dissertation einer ihrer Studentinnen zu sein. Wir haben sie quergelesen. Es ist ziemlich verstörend. Mehrfach kommt das Wort ›Pädophiler‹ vor.«

»Wer hat sie geschrieben?«

»Eine gewisse Amandine Clerc. Es findet sich keine Adresse. Nur ihre Telefonnummer. Wir haben versucht anzurufen, aber da war nur der Anrufbeantworter.«

»Leitet einen Vermerk darüber an Zoé im Vernehmungszimmer weiter. Sie soll versuchen, mehr über diese Amandine in Erfahrung zu bringen.«

Der Ingenieur fragte:

»Frau Kommissarin, sind Sie sicher, dass man bei der Durchsuchung nicht mehr gefunden hat? Keine CD? Keine austauschbare Festplatte?«

»Drei Beamte haben die Wohnung auf den Kopf gestellt. Alles, was sie gefunden haben, befindet sich hier.«

Die Kommissarin wandte sich zu Léo um:

»Apolline, glauben Sie, dass Sie damit klarkommen?«

Er nickte. Die Ingenieure überließen ihm ihre Aufzeichnungen und verließen das Labor. Léo setzte sich hin und konzentrierte sich.

Der Rechner erwartete ihn auf dem Operationstisch wie ein riesiges neuronales Netzwerk, das er auseinandernehmen sollte. Er überlegte, wie lange er bräuchte, um bis zum Festplattenspeicher des Rechners vorzustoßen – den Schaltkreisen bis zur Verschlüsselung zu folgen, auf den Speicher zuzugreifen und endlich die Dateien wiederherzustellen. Drei hochkomplexe Operationen. Normalerweise brauchte man mehrere Tage, um das System komplett zu zerlegen.

Er hatte nicht so viel Zeit.

Er hatte nur ein paar Stunden.

55 | Paris, Nanterre, Büros der OCLCTIC

Ein alarmierendes Dröhnen.

Léo achtete nicht weiter darauf – er konzentrierte sich auf die gelöschten Geheimnisse, die die Festplatte in sich barg.

Die Zeit war verschwunden. Geblieben war nur das Gefühl höchster Dringlichkeit. Er konnte den Blick nicht vom Bildschirm abwenden. Schicht für Schicht folgte er dem verschlungenen Weg und grub sich immer tiefer zum Speicher des Computers von Clarisse Katz vor.

Er hatte nur fragmentarische Indizien entdeckt, die allein durch Hypothesen miteinander in Verbindung gebracht werden konnten. Obwohl das System gesäubert worden war, hatten sich Spuren von Fotos und Videos erhalten. Ihre numerischen Koordinaten ließen sich nur lückenhaft rekonstruieren – ähnlich wie bei einem Gemälde, dessen Farben verblichen und wo nur die Konturen erhalten geblieben waren.

Léo ordnete diese Elemente nacheinander, in der Hoffnung, die Codes der Dateien würden denen der Videos *Neverland* und *Wonderland* entsprechen. Das Archiv der aufgerufenen Websites hatte ihm etwa hundert Adressen geliefert, die auf Unteradressen verwiesen, welche durch Passwörter geschützt wurden. Digitale Schlösser. Verschlüsselte Inhalte.

»Schlechte Nachricht. Der Anwalt von Clarisse Katz ist gerade gekommen. Sie wird auf freien Fuß gesetzt. Wir haben nichts gegen sie in der Hand.«

Zoé machte die Tür zu, wie um sie gegen das ungewöhnlich hektische Treiben auf den Gängen abzuschirmen.

»Und die Videos? Sie hat sie doch heruntergeladen!«

»Sie hat sie nicht behalten. Man kann sie nicht wegen Besitzes von kinderpornografischem Material belangen. Ich habe alles versucht, aber sie hat einen tüchtigen Anwalt.«

»Diese Geschichte mit den achtundvierzig Stunden, hast du da Genaueres herausgefunden?«

»Nichts. Nachdem du weg warst, hat sie nur das wiederholt, was sie dir schon gesagt hatte. Ich habe ihr versprochen, dass wir sie beschützen werden, doch sie wollte nicht auspacken.«

»Und Amandine Clerc? Was ist da rausgekommen?«

»Sie hat seltsam reagiert und schien Angst zu haben. Allerdings hat sie nichts gesagt, was wir nicht schon wissen. Es ist eine ihrer Studentinnen.«

»Mist! Mist!«

Hinter den Scheiben des Labors eilten Polizisten und Fachleute von einem Zimmer ins andere, als würden die Posaunen der Apokalypse erschallen. Léo spürte die Angst, die sich in den Räumlichkeiten breitmachte.

»Was ist los? Seit einer Stunde geht es hier drunter und drüber! Man kann sich nicht konzentrieren.«

»Eine Kettenreaktion im Netz. Ein stark frequentierter Blog, der von Sarcelles aus verwaltet wird, hat zu einer allgemeinen Mobilisierung in den Vororten aufgerufen. Paris soll in Schutt und Asche gelegt werden. Der Verfassungsschutz hat sich eingeschaltet. Und du, wie weit bist du?«

»Ich vergleiche die Koordinaten der Dateien, die sie gespeichert hat, mit denen der Filme, die sie mir geschickt hat. Sobald ich sie habe, sollte ich in der Lage sein, den Server zu identifizieren, von dem sie die Videos heruntergeladen hat. Anschließend muss ich das Ganze dann nur noch bis zu der Website zurückverfolgen, auf der sie die Filme gefunden hat.«

»Wobei wir nur hoffen können, dass diese Website noch existiert«, flüsterte Zoé skeptisch.

Léo verkrampfte sich. Auch er hatte schon die Möglichkeit erwogen, dass die Webseite geschlossen worden war. Seit einigen Jahren florierten pädophile Sites, die nur für begrenzte Zeit geöffnet waren. An einem Stichtag wurden die Daten auf eine neue Site und einen neuen Server ausgelagert, sodass die Zerschlagung des Netzwerks einem Katz-und-Maus-Spiel glich.

»Ich übersehe irgendetwas ... dabei ist es vor meinen Augen. Es muss einen schnelleren Weg geben ... es ist nur eine Sprache ...«, flüsterte er zu sich selbst.

Die CPU ächzte unter der Zahl der zu erledigenden Aufgaben. Hinter diesen verfluchten, unübersetzbaren Zahlen standen Kinder, die litten. Er konnte sie weinen hören. Stöhnen, Angstschreie, kaltblütig digitalisiert, entwichen dem Bildschirm und hallten in seinem Kopf wider. Er wollte sie zum Schweigen bringen, die Stille wiederfinden, aber die Schreie wurden lauter und schürten seine Migräne. Kinder in großer Zahl gaben ein entsetzliches Konzert, einen gemeinsamen Klagegesang, den er allein lindern konnte.

»Es ist nur eine Sprache.«

Die Lösung lag viel näher. Der Rechner, die Algorithmen waren nur Ablenkmanöver, die ihn vom Wesentlichen entfernten. Was hatte er übersehen?

Er ging Schritt für Schritt noch einmal alles durch und spürte, wie sich seine Nerven und seine Muskelfasern anspannten, wie seine Lider immer schwerer wurden. Der Kampf zwischen seinem Körper und seinem Geist hatte begonnen. Erste Runde.

Er ging die Liste der aufgerufenen Websites durch, tauchte in die virtuelle Chronologie ein, um die Beweggründe von Clarisse Katz ans Licht zu bringen. Das schwebende Gefühl, der allwissende Zuschauer einer Intimität in zwei Dimensionen zu sein. Vor seinen Augen sah er die Vergangenheit, die Geheimnisse einer Frau Revue passieren. So nahe war er ihnen noch nie gewesen. Aus den aufgelisteten Daten und Uhrzeiten konnte er ihren Alltag, ihre schlaflosen Nächte rekonstruieren. Auf die Minute genau konnte er ihre Einsamkeitsgefühle nachzeichnen. Die Tatsachen sprangen ihm ins Auge.

Die Daten.

»Wie konnte mir das entgehen! Die Archivierung pädophiler Dokumente erstreckt sich nur bis September.«

»Vielleicht hat sie einen anderen Computer benutzt.«

»Nein, sie hat ihn erst vor zwei Jahren gekauft.«

Eine erste Spur: Stairway to Heaven befand sich erst seit Kurzem auf pädophilen Websites.

Annahme eins: Sie hatte diese Sites nicht aufgesucht, weil sie sich von Kindern sexuell angezogen fühlte.

Annahme zwei: Etwas oder jemand hatte sie in diese Welt getrieben, in der sie sich verirrte.

Kurz sah er einen Aspekt des Falls in einem neuen Licht. Die Filme, die Clarisse Katz im Austausch für *Never-*

land gefordert hatte, waren diejenigen, in denen Alice Deloges zu sehen war. Sie wollte diese Videos und keine anderen. Es musste einen schwerwiegenderen Grund dafür geben. Aber welche Verbindung bestand zwischen Clarisse Katz und Alice Deloges?

»Es ist keine Verbindung, sondern eine Beziehung ...«, murmelte er – mit einem Mal ahnend, wie die Frau mit dem Mädchen in Kontakt getreten sein konnte.

Er wandte sich Zoé zu.

»Clarisse Katz unterrichtet Psychologie, oder?«

»Sie praktiziert auch. Ihre Praxis ist an der Place d'Italie.«

Einer Intuition folgend, öffnete Léopold die Dateien über die Patienten von Clarisse. Namen, Adressen, Zusammenfassungen analytischer Sitzungen. Er ging direkt zu den Monaten August und September.

In diesen beiden Monaten hatte sie achtunddreißig Personen in Therapie gehabt. Eine davon hatte womöglich die Neugier der Therapeutin derart angestachelt, dass sie die Schranke zwischen Wort und Bild überschritt. Léo öffnete die Aufzeichnungen der Therapeutin über die betreffenden Patienten.

Keine Deloges. Falsche Fährte. Noch eine. Er wollte klicken, um das Fenster zu schließen, als Zoé mit dem Finger auf einen der Namen zeigte.

»Amandine Clerc ... das ist die Studentin, die in ihrer Dissertation von Pädophilie sprach.«

»Sie war ihre Patientin und ihre Studentin ...«

Léopold stand mit einem Satz auf, stürzte Hals über Kopf aus dem Labor und ließ Zoé perplex zurück. Er lief durch Gänge, alles umstoßend, was ihm in den Weg kam.

Er musste einen dringenden Anruf bei der einzigen Person, die ihm helfen konnte, tätigen: der Jugendrichterin, mit der er bei diesen Ermittlungen zusammengearbeitet hatte.

»Madame la Juge? Hier ist Léopold. Ich brauche Ihre Hilfe.«

»Léopold? Aber ich ...«

Er schnitt ihr das Wort ab.

»Erinnern Sie sich an den Prozess von Alice Deloges?«

»Ja, klar. Ich habe in dieser Sache den Staatsanwalt vertreten. Wenn ich mich recht entsinne, haben Sie und ich das Mädchen befragt.«

»Haben Sie die Akte?«

»Ich muss eine Kopie des Urteils und der Prozessakten besitzen. Aber würden Sie mir um Himmels willen erklären ...«

»Dafür habe ich keine Zeit. Ich will wissen, ob es ein Zeugenschutzprogramm gab. Oder einen Antrag der Mutter von Alice Deloges auf Namensänderung.«

»Solche Informationen darf ich nicht weitergeben!«

»Bitte, es ist äußerst wichtig«, sagte er und bohrte förmlich die Finger in den Hörer.

Die junge Richterin am anderen Ende der Leitung zögerte, verunsichert durch den Ton des Polizisten. In den acht Jahren, in denen sie sich kannten, hatte sie ihn noch nie so aufgewühlt erlebt, und das, was er verlangte, war illegal. Sie riskierte viel, sehr viel, und daher zögerte sie, ehe sie sagte:

»Lassen Sie mir zwanzig Minuten. Ich werde sehen, was ich tun kann.«

Léo ging um die Kaffeemaschine herum und fragte

sich, ob ihn die Richterin mit seiner Bitte nicht einfach ins Leere laufen lassen würde. Die Kommissarin könnte die Information zweifellos beschaffen, doch er würde mindestens einen halben Tag verlieren. In seinem Schädel tickte es. Der Minutenzeiger verhöhnte ihn, weil er die Gegenwart festhalten wollte. Dabei wollte er nur, dass seine Vermutungen bestätigt wurden. Er atmete tief ein, als sein Handy läutete.

»Léopold? Ich habe das, was Sie wollen. Aber alles, was ich Ihnen sage, ist streng vertraulich und darf nicht im Rahmen eines Ermittlungsverfahrens verwendet werden.«

Sie sicherte sich ab. Man konnte es ihr nicht verdenken.

»Abgemacht.«

»Es gibt einen Vermerk in den Akten, der ein Jahr nach dem Ende des Prozesses hinzugefügt wurde. Auf Antrag der Mutter des Opfers, Madame Deloges, und gemäß Abschnitt XXI der Strafprozessordnung, Zeugenschutz, und auf Verfügung des Staatsanwalts gemäß Paragraf 61 des Bürgerlichen Gesetzbuchs wird eine Namensänderung eingetragen …«

Ihm wurde schummrig. Die Zeit schien stillzustehen.

»Könnten Sie mir jetzt mal erklären, was los ist? Léopold? Hallo? Hallo?«

Er legte auf, ohne zu antworten. Die Vergangenheit kollidierte mit der Gegenwart.

Die Familie Deloges hatte ihren Namen gewechselt.

Alice Deloges und Amandine Clerc waren ein und dieselbe Person.

Broissard ließ seine Gelenke knacken, als er sich streckte. Der Schlafmangel machte sich auf schmerzliche Weise bemerkbar. Weder er noch Carrère hatten Ruhe gefunden. Sie waren den Tag und die Nacht durchgefahren, hatten sich am Steuer abgewechselt und Kilometer um Kilometer hinter sich gebracht. Ihre einzige Entspannung seit ihrer Rückkehr an Land waren ein Club-Sandwich und literweise Kaffee gewesen. Alle beide träumten von einer echten Mahlzeit, von einem Whirlpool und von einer Nacht mit sechsunddreißig Stunden.

Die Adresse, die sie auf dem Boden des Kartons gefunden hatten, war die eines Montagestudios, das den Film *Neverland* herausgebracht hatte. Sie hatten sie einfach im Telefonbuch nachgeschlagen.

Videothek. Ein unscheinbarer DVD-Verleih in Chenôve, einem Vorort von Dijon.

Broissard kontaktierte gegen sieben Uhr morgens Christian Franju und bat ihn, in den Strafvollzugs- und Verwaltungsarchiven über den Mieter zu recherchieren. Eine Stunde später erhielt er per E-Mail den Strafregisterauszug. Alain jubelte. Sie hatten ihren Mann.

Auszug Nummer 3. Der Ladenbesitzer war zu acht Jahren verurteilt worden, weil er kinderpornografisches Material in Verkehr gebracht hatte. Broissard las die großen Linien diagonal. Ein ehemaliger Regisseur von Werbefilmen. Verliert 1993 seine Arbeit und wird im selben Jahr geschieden. Verdingt sich als Cutter für Amateurpornos.

Wird 1995 eingebuchtet. Wird unter Auflagen auf freien Fuß gesetzt und zieht einen Videoclub auf. Keine weiteren Verurteilungen.

Um 10 Uhr rief er in der Wohnung des Verdächtigen an. Um 10.10 Uhr erklärte sich dieser bereit, auszusagen, sofern er in ein Zeugenschutzprogramm aufgenommen würde. Alain log ihn an und sagte ihm alles zu, was er wollte.

Der Tag begann mit strahlendem Sonnenschein, und er hatte das Gefühl, dass ihm Flügel wachsen.

Der Wagen fuhr langsam durch die verwüsteten Außenbezirke von Dijon. Die Ausschreitungen schienen sich wie eine Seuche ausgebreitet zu haben. Das verkohlte Gerippe eines Busses stand quer auf der Fahrbahn. Der Rauch des Brandes hatte die Fassaden bis zum dritten Stock geschwärzt.

»Siebenundzwanzig... neunundzwanzig. Da sind wir.«

Carrère beugte sich zur Scheibe vor und deutete mit dem Zeigefinger auf einen gewöhnlichen Laden mit einer verblichenen blauen Fassade; am Schaufenster klebten Werbeplakate für Pornofilme.

»Park den Wagen da!«

Sie hielten in einer Querstraße, die von zwei Wohnblocks eingeklemmt wurde. Die zerbrochene rote Leuchtreklame eines Lebensmittelladens blinkte. Die Aufheiterung war nur von kurzer Dauer gewesen. Der Regen begann auf die Karosserie und die Gehsteige niederzuprasseln und jagte die letzten Passanten in die Flucht.

Broissard sank auf seinem Sitz zusammen und ließ einige Minuten verstreichen. Übermüdung und Erregung wetteiferten in ihm. Er zählte bis zehn und nahm seine Waffe aus dem Handschuhfach.

»Wollen Sie wirklich, dass ich nicht mitkomme?«

»Er will allein mit mir sprechen. Keine Angst, alles wird gut gehen.«

Er schlug die Tür hinter sich zu und wiederholte, ohne sich dessen bewusst zu sein, den Satz, wobei er versuchte, mehr Überzeugungskraft in seine Stimme zu legen. Der Regen trommelte gegen seinen Schädel, und einige Tropfen glitten über seinen Rücken. Er schlug seinen Kragen hoch und überquerte die Straße im Laufschritt, wobei er in vollen Zügen den warmen Teergeruch einatmete.

Broissard schlug dreimal gegen das Metallgitter vor dem Laden. Keine Antwort. Das Gesicht ans Schaufenster drückend, sah er, dass das Innere in Dunkelheit gehüllt war. Auf seinem Handy wählte er die Nummer des Vermieters. Durch das Grollen des Gewitters hindurch hörte er eine Melodie im Laden. Er ließ es läuten, aber niemand hob ab. Der Regen wurde stärker, setzte die Gehsteige unter Wasser und riss den Unrat mit sich in die Rinnsteine. In der Mitte der menschenleeren Straße, die von dem sintflutartigen Regen überspült wurde, quietschte das Buswrack und schwankte bedrohlich.

Er ging um die Videothek herum und schlich in einen schmalen Innenhof hinein, in dem dicht gedrängt Mülleimer standen. Er brach das Vorhängeschloss auf, mit dem die Tür zum Hinterzimmer des Ladens gesichert war. Kein Alarmsystem. Keine Überwachungskamera. Er betrat einen Raum, der vollgestopft war mit alten Filmprojektoren und -spulen. Er ging dicht an der Wand entlang, bog nach links ab und gelangte in den Laden.

Das Licht der äußeren Neonröhren traf schräg auf das Eisengitter auf, und nur schmale Lichtstreifen durchdrangen das Halbdunkel. Erstarrte Figuren auf den Postern. Totenstille zwischen den Regalen.

Broissard ließ seine Augen sich an das Halbdunkel gewöhnen und spähte den Raum ab. Er schlich hinter die Theke und begann nach einem Warenregister zu suchen. Rechnungen. Mitgliedskarten. Liste der Filme. Er sichtete den Wust von Papieren, ohne etwas zu finden, was für ihn von Interesse gewesen wäre.

Eine Fliege schwirrte um ihn herum. Er verjagte sie mit dem Handrücken. Er versank in Gedanken. Ganz offensichtlich hatte sich der Ladenbesitzer aus dem Staub gemacht; vermutlich war er längst über alle Berge. Die Gendarmerie verständigen, damit sie die leichte Kavallerie losschickte, um die Region nach dem Flüchtigen zu durchkämmen, hieße so viel wie sich stellen und ein einfaches Ticket in die Hasenställe der Strafanstalt La Santé zu lösen.

Er begab sich wieder Richtung Ausgang und widerstand dem Impuls, diesen Laden, in dem seine letzten Hoffnungen zunichtegemacht geworden waren, kurz und klein zu schlagen, als eine weitere Fliege auf seinem Gesicht landete. Die Berührung durch das Insekt ließ ihn vor Schreck erstarren, da sie die Erinnerung an den Tod von Gaspard Fogeti wachrief.

Dabei waren alle Fenster geschlossen.

Woher kamen diese verdammten Fliegen?

Eine schlimme Vorahnung schnürte ihm die Kehle zu. Ein dumpfes Surren wie ein Radiorauschen erhob sich von rechts, aus dem hinteren Teil des Ladens. Er durchquerte den Raum und verkrampfte sich, als er einen schmalen Lichtstreifen entdeckte, der unter der wackligen Toilettentür durchschien. Er schob die Hand in seine Jacke und umklammerte seine Waffe. Sehr behutsam lud er sie durch, um das Ladegeräusch zu dämpfen. Vor Aufregung krampfte sich ihm der Magen zusammen. Er drückte die Mündung des Laufs gegen die Tür und lehnte sich an die Wand, gespannt horchend.

Zwei lange Minuten verstrichen, doch er hörte nichts als das unterbrochene Surren. Er trat einen Meter zurück und holte mit dem Fuß aus. Der Tritt ließ zwar den Rahmen bersten, aber die Tür widerstand. Ein weiterer Tritt.

Ein Schwarm Fliegen schwirrte in dem Raum, und wuselnde Trauben überzogen die Neonröhren, deren Licht dadurch gedämpft wurde. Broissard bahnte sich einen Weg zu der Stelle, wo der Schwarm herzukommen schien. Ein Geruch ähnlich dem von Wild mit Hautgout entströmte der Toilette, deren Sitz heruntergeklappt und von einem feinen Flaum aus Flügeln und Haaren überzogen war. Unvermittelt klappte er den WC-Deckel zurück.

Auf dem Boden des Klosettbeckens, das von Kesselstein überzogen war, schwammen verwesende Fleischstücke, auf denen Käsemaden krochen. Alain erblickte etwas Funkelndes, einen glitzernden Gegenstand, der halb ins Abflussrohr eingeklemmt war. Von den Mückenschwärmen bestürmt, kniete er sich hin, versuchte, einen Brechreiz zu unterdrücken, und tauchte die Hand in das faulige Wasser, um nacheinander Fleischstücke herauszunehmen. Das Fleisch war noch warm. Das Blut noch nicht geronnen. Seine Finger strichen über die Metallklinge, die den Siphon verstopfte, und zogen ein Springmesser in XXL-Größe heraus. Ein Schauder lief ihm über den Rücken.

Jemand war ihm zuvorgekommen.

Kurzatmig nahm er seine Glock in die Hand und verließ, rückwärtsgehend, die Toilette. Als er sich umdrehte, sah er im Hintergrund des Hauptraumes eine Treppe und ein Schild mit der Aufschrift »Privat«. Sein Herz schlug schneller. Mit der Linken den hölzernen Treppenlauf umfassend, richtete er seine Waffe sachte nach unten und setzte den Fuß auf die erste Stufe.

57 | Paris, Dijon, Sondereinheit

Broissard betrat ein schummriges niedriges Gewölbe. Neben einem Feldbett thronten fünf Rechner, die an einen Videoprojektor angeschlossen waren. Benutzte Taschentücher und Kaffeebecher, randvoll mit Kippen, tüpfelten einen Tisch. Ein vor der Rückwand hängendes Leintuch diente als Leinwand. Regale, brechend voll mit Test-DVDs, nahmen den größten Teil des Raumes ein. Da haben wir ins Schwarze getroffen, sagte er sich.

Ein Knirschen unter seinem Schuh weckte seine Aufmerksamkeit. Eine Schabe. Weitere Insekten lagen verstreut auf dem Boden herum. Inmitten der Chitinpanzer entdeckte der Capitaine einen ausgerissenen Fingernagel, den er aufhob. Der Betonboden war mit einigen Tropfen Blut besprenkelt.

Seine schlimme Vorahnung bestätigte sich für seinen

Geschmack etwas zu schnell. Er begann zu hyperventilieren. Einatmen. Ausatmen. Anhalten. Im Zeitraffer. Aber der ungesunde Geruch nach Blut und Kot stieg ihm in die Nase.

Er bewegte den Lauf seiner Waffe immer ruckartiger von links nach rechts und umgekehrt. Sorgfältig darauf achtend, nichts zu berühren, um keine Fingerabdrücke zu hinterlassen, folgte er den Bluttropfen. Die makabre Schnitzeljagd führte ihn zu der Leinwand im dunkelsten Bereich des Gewölbes. Er nahm seinen ganzen Mut zusammen und hielt den Atem an. Der Gestank nach Blut und Kot war mittlerweile unerträglich. Er stieß mit dem Kopf gegen eine der Glühbirnen, deren matter Lichtkegel über den Boden pendelte. Broissard wäre beinahe auf den Rücken gefallen. Die Glühbirne schaukelte und enthüllte dicke rote Streifen auf der Leinwand.

Blut tropfte in Schnörkeln herab und tränkte die Gewebefasern. Feinere Spritzer beschrieben abenteuerliche Kurven, die sich an der Wand fortsetzten. Der Polizist konnte gerade noch eine menschliche Gestalt erkennen, als die Szenerie schon wieder in Dunkelheit gehüllt war. Er stieß gegen den Videoprojektor hinter ihm, sodass das Lesegerät ansprang und eine eingelegte DVD abgespielt wurde. Die Maschine surrte und warf einen weißen Lichtkegel, in dem sich der Körper hinter der Leinwand deutlich abzeichnete. Mit gezogener Waffe näherte sich Broissard und zog das Tuch mit einer jähen Bewegung zur Seite, worauf das ganze Blutbad zum Vorschein kam.

Alain verstand nicht sofort, was er sah. Eine blutüberströmte Gestalt mit gefesselten Handgelenken baumelte gleich einer schlaffen, schleimigen Krake von der Decke herab. Sein Blick wanderte dorthin, wo sich das Gesicht seines Verdächtigen befinden musste, das von den gestreckten Armen eingerahmt wurde. Seile schnitten die Muskeln und die Sehnen bis auf die Knochen ein. Die Hände waren auf das Doppelte ihrer ursprünglichen Größe angeschwollen, und geplatzte Adern färbten die Finger blau. Die Füße schwebten über dem Boden und spiegelten sich in einer glänzenden Lache aus Blut und Fäkalien wider. Die Schließmuskeln hatten sich entspannt und die herauslaufenden Exkremente eine riesige Pfütze gebildet, in der eine ganze Kolonie von Schaben umherwatete. Wie ein zweites Lächeln öffnete eine tiefe Schnittwunde die Kehle von einem Ohr zum anderen, und die durchtrennte Aorta schien aus der Wunde hervorzutreten. Broissard warf den Kopf in den Nacken, um sich nicht zu übergeben.

In einem mechanischen Rauschen begann die Video-DVD abzulaufen. Der Film wurde auf den Leichnam projiziert, und das Bild eines nackten jungen Mädchens, das ausgestreckt auf einem Sofa lag, überblendete den makabren Anblick.

Großaufnahme. Eine alptraumartige optische Täuschung. Das Geschlecht des Mädchens überlagerte das Gesicht des Toten und schien es zu verschlingen.

Broissard wandte sich ab. Jenseits der Übelkeit war da der hartnäckige Eindruck eines Déjà-vu-Erlebnisses. Er kannte dieses Mädchen. Er hatte die Fotos gesehen, wie es von Luc Digler gecastet wurde.

Was machte die Kleine hier?

Er drängte den Anblick, der sich ihm bot, in einen Winkel seines Bewusstseins zurück und begann mit einer oberflächlichen Leichenschau. Er tastete die Muskeln an den Handgelenken ab und schauderte. Das Opfer hatte noch gelebt, als es aufgehängt worden war. Etwas steckte in der Luftröhre. Mit den Fingerspitzen spreizte er die Knorpelringe und zog ein Insekt heraus, das auf einer Nadel aufgespießt war.

Musca domestica. Eine Fliegenart.

Die Signatur. Die gleiche wie bei Gaspard Fogeti.

Broissard durchsuchte die Kammer wieder und wieder, zog die Schubladen heraus und drehte sie um, aber sie waren leer. Der Mörder hatte sämtliche Spuren beseitigt. Die Fährte endete in der Blutlache. Er glaubte die hämisch lachende Fratze Montoyas vor sich zu sehen. Der Erzengel hatte nicht lange gebraucht, um zu begreifen, wohin sich die beiden Polizisten nach ihrer Entdeckung auf offener See begeben würden.

Wut und Angst ließen seine Schläfen pochen. Dabei hatte er an sein Glück geglaubt und den Triumph zum Greifen nah gewähnt. Doch diese Hoffnungen waren nun zunichtegemacht. Er griff nach einem Stuhl und schlug damit auf die Rechner. Während er sich umdrehte, schleuderte er ihn gegen die Regale, sodass der Videoprojektor herunterfiel. Der Film blockierte, weshalb die gleiche Szene immer wieder ablief und die Schauspielerin zu einer Marionette wurde, die ruckartige Gesten ausführte.

Er stockte unvermittelt, den Stuhl hochhaltend. Irgendetwas hinter dem Mädchen weckte seine Aufmerksamkeit. Wie hypnotisiert starrte er auf das Himmelbett, das in der Mitte des Schlafzimmers stand. Die Farbe des Holzes, das Druckmuster auf dem purpurnen Stoff – alles stimmte haargenau mit dem Bett überein, das in *Neverland* benutzt worden war.

Aus dem Projektor ertönte ein Knacken, begleitet von einem Brandgeruch, und schon verflüchtigten sich die an die Wand geworfenen Bilder. Alain stürzte zum Lesegerät und warf die DVD aus.

Und dann sah er es.

Unmöglich. Das ergab keinen Sinn.

Benommen, als hätte er zehn Drinks heruntergestürzt, strauchelte Broissard zur Treppe. Ihm wurde schwindlig. Er setzte sich auf die Stufen.

Das Opfer hatte ihm eine letzte Nachricht hinterlassen, bevor ihm die Kehle durchgeschnitten worden war.

Auf der DVD stand mit schwarzem Filzstift und in Großbuchstaben ein einziges Wort: JARNAGES.

58 | Paris, Sondereinheit

Léo betrachtete die Wirbel der Seine. Die Strömung stieß gegen die Spitze der Île de la Cité und spaltete sich in zwei getrennte Arme auf, die sich am Ende der Île Saint-Louis wiedervereinigten. Diese Konfiguration des Flusses rief ihm die Identität von Alice in Erinnerung, die ebenfalls gespalten war.

Amandine. Alice. Amandine. Alice. Amandine. Alice.

Die beiden Vornamen klangen wie eine Melodie, die einem nicht aus dem Sinn geht. Man hatte diesem Mädchen alles genommen. Ihre Unschuld. Hoffnung. Die Zukunft. Nur den Anfangsbuchstaben des Vornamens hatte man ihr gelassen. Unmöglich zu vergessen.

Paris war in Aufruhr. Am Beginn des Boulevard Saint-Michel, unter der Statue des Erzengels, der den Drachen niederstreckt, versammelte sich eine dichtgedrängte Menschenmenge. Léo dachte an das wahre Gesicht des Erzengels, als ihn das Läuten seines Handys aus seinen Träumereien riss.

»Apolline, ich höre.«

»Lieutenante Blandine Pothin am Apparat. Ich bin von der Mordkommission. Ich führe Ermittlungen über eine gewisse Amandine Clerc durch, und ich brauche Ihre Hilfe.«

»Moment, ich ...«

»Ich habe nicht die Zeit, es Ihnen näher zu erklären. Treffen wir uns in fünfzehn Minuten im Leichenschauhaus. Ich erwarte Sie dort.«

Sie legte auf, ohne ihn antworten zu lassen.

Leichenschauhaus.

Mordkommission.

Léo erschauderte. Was hatten diese Wörter mit Amandine zu tun? Er ging schneller. Die Entfernung zum Institut für Rechtsmedizin schien sich auf unangenehme Weise zu vergrößern.

Ein grauer Wolkenschleier riss auf, als er den Backsteinbau betrat. Eine junge Frau, die ebenso verstört war wie er, ging im Foyer auf und ab. Kaum hatte sie ihn erblickt, stürzte sie auf ihn zu.

»Léopold Apolline? Ich habe Sie angerufen.«

Sie reichten sich die Hand in dem Bewusstsein, dass sie auf diese Weise die Glieder der Kette zusammenfügten, die sie fesselte. Ihre jeweiligen Ermittlungen waren zu langwierig, zu verwickelt, als dass sie gewusst hätten, wo sie anfangen sollten. Blandine kam ihm zuvor:

»Ich wollte Sie sehen ... Was wissen Sie über Alice Deloges?«

»Alice beziehungsweise Amandine war ...«

Blandine schnitt ihm das Wort ab.

»Was sagen Sie?«

»Alice und Amandine sind ein und dieselbe Person. Nach dem Prozess hat sie ihren Namen geändert.«

Sie sah Léopold an, als hätte er ihr mitgeteilt, dass die Welt untergegangen war und sie die einzigen Überlebenden waren.

»Mein Gott ...«

»Haben Sie sie gefunden? Amandine? Ich muss sie sehen.«

»Sie haben sie bereits gesehen«, antwortete Blandine mit düsterer Stimme.

Léo starrte sie an, in Erwartung des Gnadenstoßes.

»Genau hier. Als wir uns das erste Mal begegnet sind.«

Léopold sah in der erbarmungslosen Klarheit des Obduktionssaals noch einmal die nackten Körper vor sich. Selbst im Tod glänzte ihr blondes Haar noch.

Das Kind, das mit seinem Lächeln sein Leben tiefgreifend verändert hatte, war nur noch kaltes Fleisch. Der Schmerz war nicht so heftig, wie er geglaubt hatte, weil er durch die Erschöpfung gelindert wurde. Da er keinen Gegner hatte, kapitulierte sein Geist. Weder Rebellion noch Wut. Nur Unterwerfung.

»Was ist passiert?«

»Sie wurde vor die U-Bahn gestoßen. Und das Gleiche

widerfuhr dem Mädchen, das sie begleitete. Es wurde als Selbstmord kaschiert.«

Léo steckte es weg. Er zwang sich dazu, sich nicht von Emotionen überwältigen zu lassen und rational zu handeln. Als Polizist.

»Ich ermittle meinerseits in einem Fall, in dem es um pädophile Filme geht. Die Psychoanalytikerin und Professorin von Amandine hat sie gefunden.«

»Clarisse Katz?«, entfuhr es Blandine.

»Ja, sie hat die Filme gewissermaßen mit mir gegen die Videos von Amandines Vergewaltigung getauscht. Aber wie sind Sie auf mich gekommen?«

»Ich bin zur Metrostation Haxo zurückgekehrt, dort, wo Alice – ich meine Amandine – aufgefunden wurde. Sie hatte etwas auf die Mauer geschrieben. Die gleiche Botschaft wie in dem Keller, den Sie entdeckt haben.«

»Das ist unmöglich … Nicht sie ist in diesem Keller missbraucht worden. Maxime Kolbe hat das Haus des Vergewaltigers mit allen Beweisen im Inneren gefunden.«

Doch kaum waren ihr die Worte über die Lippen gekommen, als sich schon wieder Zweifel und Fragen bezüglich der Methoden von Maxime Kolbe meldeten.

»Ich dachte mir das Gleiche. Doch der Grafologe ist sich seiner Sache ganz sicher. Die beiden Inschriften stammen von derselben Person. Amandine hatte Fotos von diesem Haus in ihrer Wohnung. Man hätte geradezu meinen können, dass sie dessen Bewohner ausspionierte.«

Léo runzelte die Stirn.

»Während der gesamten Vernehmung sprach das

kleine Mädchen immer wieder von einer roten Tür. Die Psychologen, die es behandelten, sagten, es leide an Halluzinationen und Alpträumen.«

»Weshalb sollte dieses Haus unentdeckt bleiben?«

»Das ist noch nicht alles. Die Filme, die im Umlauf sind, spielen in einem Zimmer, das bis ins Kleinste mit dem Keller übereinstimmt, in dem wir die Inschrift gefunden haben.«

»Könnte Amandines Ermordung mit alldem in Zusammenhang stehen?«

»Étienne Caillois, der Vergewaltiger von Amandine, sitzt noch. Aber das andere Mädchen? Haben Sie es identifiziert?«

Es dauerte eine Zeit lang, bis Blandine antworten konnte. Der Vergewaltiger von Amandine. Sie hatte das Gefühl, sich in einen Eisberg zu verwandeln.

»Nein, ich habe keine Spur von ihm gefunden. Es ist so, als hätte es nie existiert.«

Léo erinnerte sich an seinen Eindruck beim Anblick der Leiche. Das Mädchen sah Amandine im Kindesalter zum Verwechseln ähnlich.

»Ich muss es sehen.«

Lärmend betraten sie den Obduktionssaal. Ein Assistenzarzt im weißen Kittel wusch im hinteren Teil des Saals eine Leiche mit einem Schwamm, indem er deren Haut in kleinen Kreisen abrubbelte. Er hob den Kopf, als er Blandine und Léopold hereinschneien sah, und stürzte ihnen entgegen, um sie aufzuhalten.

»Sie dürfen diesen Saal nicht betreten. Würden Sie bitte zum Ausgang zurückkehren.«

Blandine hielt ihm ihren Dienstausweis vor die Nase.

»Polizei. Wir sind hier, weil wir in einem Kriminalfall ermitteln. Wir wollen Professor Firsh sprechen.«

Der Arzt setzte seine Brille wieder auf, um ihre Ausweise zu überprüfen, und stammelte:

»Firsh … also Professor Firsh hat Sonderurlaub genommen … er wird sich bei seiner Rückkehr mit Ihnen in Verbindung setzen … also wenn er zurückkehrt.«

»Was wollen Sie damit sagen?«

»Wissen Sie nicht Bescheid? Professor Firsh bekam Besuch von Mitarbeitern der Abteilung für Interne Ermittlungen. Er hat gestern Abend auf unbestimmte Zeit den Dienst quittiert.«

Léo verstand nicht, wieso der Arzt einstweilen den Dienst quittiert hatte, ohne ihn davon zu unterrichten. Es sei denn, die internen Ermittler wollten ihn in Bezug auf Broissard ausquetschen. Da war es nur logisch, dass der Rechtsmediziner lieber den Ausgang genommen hatte, als den Aasgeiern zu helfen, seinen Freund zu verjagen.

Ein kurzer, stechender Schmerz. Léo fühlte sich schlecht, als ihm bewusst wurde, dass er keine Medikamente, keine Rezepte mehr hatte. Aber er hatte nicht die Zeit, um darüber nachzudenken. Noch nicht. Sein Körper würde sehr schnell reagieren. Er packte den Arzt am Kittel und schüttelte ihn.

»Wo ist die Leiche von Amandine Clerc?«

Der Arzt stieß einen kurzen Schrei aus und machte einen Satz zurück.

»Von wem sprechen Sie? Einige Leichen, die niemand zurückgefordert hat, wurden fortgebracht, um sie bei Lehrveranstaltungen an der Polizeiakademie zu verwenden.«

»Wie viele?«

»Ähm … zwei. Ein Mädchen und ein Kind.«

Sprachlos schaute sich Blandine um. Zwei Leichen lagen auf Tischen, eine davon unter einem weißen Leintuch. Sie hob das Tuch an. Ein etwa fünfzigjähriger Mann mit durchschnittener Kehle. Blandine sah im Verzeichnis der tiefgekühlten Leichen nach.

Keine Amandine.

Léo konnte es nicht glauben.

Er öffnete die Tür zum Büro von Stéphane Firsh, wobei er die Siegel aufbrach. Die Regale und die Schubladen mit den amtlichen Akten waren leer. Er versuchte den persönlichen Schrank des Arztes zu öffnen. Er wusste, dass der Rechtsmediziner Kopien aktueller Ermittlungsakten in diesem Schrank aufbewahrte. Sofern die Mistkerle vom Dezernat für interne Ermittlungen diese nicht mitgenommen hatten. Er holte den Aktenordner hervor und fand den Bericht. Zusammen mit zehn Fotos der Leichen von Amandine und der Kleinen.

»Das sind sie«, sagte Blandine.

Léos Blick fühlte sich von dem Gesicht des Mädchens wie magisch angezogen.

Das Geburtsmal. Das dunkle Herz am Halsansatz. Das Herz auf der Haut.

Vor Aufregung schlüpfte ihm der Bericht durch die Finger.

»Ich erkenne es wieder.«

Paris, Quai des Orfèvres 36, Mordkommission, Sondereinheit | 59

Ein Knäuel nackter Körper.

Übergroße Geschlechtsteile.

Verrenkte Kinderkörper.

Stöhnen.

Röcheln.

Blandine spürte, dass diese Alpträume sie von innen her leerlaufen ließen. Ihr Mitgefühl versiegte. Unbewusst klammerten sich ihre Hände an ihrem Bauch fest. Sie verdrängte den morbiden Gedanken, ein ähnliches Unglück könne ihrem Kind widerfahren. Sie gab ein Handzeichen.

Sofort hielt Léo den Projektor an. Sie schwiegen. Blandine unterdrückte den Impuls, alles hinzuschmeißen, und zwang sich dazu, sich nichts von ihrer Wut anmerken zu lassen. Léo reichte ihr die fotografischen Abzüge einzelner Standbilder aus den Filmen *Neverland* und *Wonderland*.

»Das zusammen mit Amandine getötete Mädchen taucht im ersten Film, nicht aber im zweiten auf. Sie ist die Einzige, die ich nicht identifizieren konnte. Sie wurde nicht als vermisst gemeldet.«

Léo deutete auf zwei Aufnahmen. Er hatte das Gesicht des Mädchens mit einem weißen Kreis markiert.

»Wie lässt sich das erklären? Ist sie von zu Hause ausgerissen?«

»Oder man hat ihr dabei geholfen.«

»Amandine? Wurde sie aus diesem Grund umgebracht?«

Léo nickte. Er hatte die Ergebnisse der Ermittlungen im Fall Blandine im Zeitraffer verarbeitet, und alle Elemente waren da. Man musste die Puzzleteile nur richtig zusammensetzen. Er durchdachte sämtliche Details, um Übereinstimmungen zu finden.

Blandine wollte die schändlichen Bilder, die auf sie einstürzten abschütteln. Sie hatte das dringende Bedürfnis nach frischer Luft und streifte ihren Mantel über.

»Wohin gehen Sie?«

»Sie haben mir gesagt, der Mann, der Amandine vergewaltigte, sitze im Gefängnis La Santé. Er muss etwas wissen. Vielleicht weiß er sogar zu viel. Geben Sie mir seine Akte.«

»Ich weiß nicht …«

»Wir können uns jetzt keine Skrupel mehr erlauben, Léopold. Wir haben keine Zeit mehr. Ich werde Sie decken.«

Als sie das Zimmer verließ, blieb er allein mit einem seltsamen Gefühl zurück, das ihn das Schlimmste befürchten ließ.

Tick-tack. Tick-tack.

Seine innere Uhr begann wieder zu laufen und verstärkte den Eindruck, die Zeit verstreiche mit großer Geschwindigkeit. Er wählte die Nummer von Zoé, um sie über den Verlauf der Ermittlungen zu unterrichten. Doch eine Bemerkung von Blandine machte ihn stutzig.

Wie war es Amandine gelungen, das andere Mädchen aufzuspüren?

Der Hörer lag starr in seiner Hand. Er vernahm nicht das »Hallo?« am anderen Ende.

Die Antwort machte ihn sprachlos. Sie hatte die Filme

gesehen. Sie kannte diejenigen, die sie gedreht hatten, und die Orte, an denen sie aufgenommen worden waren. Ihm wurde klar, dass Clarisse Katz die Filme nicht zufällig gefunden hatte. Amandine selbst hatte ihm die Adresse der Website gegeben. Alles war nun sonnenklar. Die Psychologin hatte sich davon leiten lassen, was die Patientin ihr in der Therapie anvertraute.

Aber wieso hatte sie sich nicht an die Polizei gewandt?

Er ließ den Hörer einfach über dem Boden pendeln und fegte wie ein Wirbelwind aus dem Gebäude der Pariser Kripo. Ein heftiger Graupelschauer peitschte ihm ins Gesicht. Er begann zu laufen – durch menschenleere Straßen.

Amandines Wohnung war nicht weit entfernt. In ihrem Bericht hatte Blandine bestätigt, dass sie dort einen Laptop gefunden hatte.

Vor dem Gebäude in der Rue Limé atmete Léo tief durch. Er steckte seinen Universalschlüssel in das Schloss der Eingangstür. Sein pfeifender Atem verriet ihn. Er legte zwei Finger unter seine frei endenden falschen Rippen und drückte daran, um seinen Schmerz zu lindern.

Sechster Stock.

Er eilte die Stufen des Dienstbotenaufgangs in großen Sprüngen hinauf und huschte in den schmalen Gang hinein, der zu den Dienstbotenkammern führte. Weil er keine Aufmerksamkeit auf sich ziehen wollte, betätigte er nicht den Schalter und schlich auf leisen Sohlen die Wände entlang, wobei er im Dunkeln die Türen zählte.

Er betrat Amandines Zimmer und brauchte kein Licht, um zu verstehen, dass ihm jemand zuvorgekommen war.

Die Kammer war leer. Die Möbel und das Bett waren

nicht verrückt worden, aber sämtliche persönliche Habseligkeiten verschwunden. Ihr Rechner war nicht mehr da und mit ihm Adressen, Websites und die Chance, die Kinder aufzuspüren.

»Nein, nein, nein ...«

Léo öffnete mit Gewalt die Einbauschränke in der Kochnische. Er sah flüchtig sein Spiegelbild und zertrümmerte den Spiegel über der Spüle. Er glitt an der Wand entlang und klopfte gegen die Nuten des Holzfußbodens. Seine Hoffnungen zerrannen.

»Ist da jemand?«

Léo verharrte reglos. Jemand drückte die Tür auf und schlüpfte ins Zimmer. Versteckt hinter dem Mauervorsprung der Küche, sammelte er seine Kräfte.

»Was machen Sie da?«

Der Schatten fuhr schreiend zusammen. Der Lieutenant schaltete das Licht an und stand einem verschreckten jungen Mann gegenüber.

»Ich habe ein lautes Geräusch gehört. Ich bin der Nachbar. Bitte. Ich ...«

»Schnüffelst du oft hier herum?«

»Nein ... ich ... habe gedacht, der Bulle ... ich will sagen, der Polizist ... hätte etwas vergessen.«

»Welcher Polizist?«

»Na derjenige, der gestern Abend hier war.«

»Hat er Ihnen seinen Namen gesagt?«

»Er war von der Mordkommission. Das hat er mir jedenfalls gesagt. Kommissar Rilk, glaube ich, bin mir aber nicht ganz sicher.«

Léopold brauchte nur wenige Sekunden, um den Namen mit einem Vornamen zu versehen.

Jean-François Rilk. Der Bär.

Blandine hatte ihm gesagt, sie führe die Ermittlungen ohne Zustimmung ihres Vorgesetzten durch. Aber was hatte Rilk dann hier gesucht?

Léo dachte noch einmal an die Vernehmung von Clarisse Katz. Sie wollte nichts sagen, weil sie sich nicht sicher fühlte. Amandine war umgebracht worden, da sie etwas herausgefunden hatte. Keine von beiden hatte sich der Polizei anvertraut.

Das musste einen Grund haben.

Was sie wussten, stellte eine Bedrohung für jemanden dar, der ihnen sehr nahestehen musste.

Und Amandines Rechner enthielt den Schlüssel zur Lösung des Rätsels.

La Creuse, Sondereinheit | 60

Broissard betrachtete die Natur, die sich endlos vor ihm erstreckte. Raureif überzog wildwachsende Pflanzen und puderte die Hügel weiß. Äste überragten das Auto, das zur Hälfte vom Waldsaum verhüllt wurde. Sylvain Carrère, der zusammengekrümmt im Fonds lag, hatte einen unruhigen Schlaf. Alain konnte nicht verhindern, dass ihn jedes Mal, wenn der junge Mann, von Alpträumen gequält, zusammenfuhr, ein Schuldgefühl überkam.

Weshalb hatte er ihn da hineingezogen?

Weshalb wiederholte er mit Sylvain seine Beziehung zu Maxime?

Er rauchte, bis er den Duft der Linden nicht mehr

riechen konnte, und riss sich von der Betrachtung der Landschaft los. Jarnages war nur noch einige Kilometer entfernt. Sie waren weit weg von den gewalttätigen Ausschreitungen, und dennoch verbarg sich hinter dem friedlichen Anschein der Ortschaft eine Hölle.

Er war der Sache nicht mehr gewachsen. Zu alt. Zu verbraucht. Er hatte das Gefühl, in diesem Fall mit der Lernäischen Hydra kämpfen zu müssen. Maxime und er hatten dem Netzwerk das Haupt abgeschlagen, und trotzdem waren andere nachgewachsen. Je intensiver er nachdachte, umso weniger blieb von seinem Pragmatismus übrig. Er musste sich den Tatsachen beugen. All das überforderte ihn. Seine Nervenzellen fanden keine logischen Verbindungen mehr.

Was er in dem Kabuff in Dijon entdeckt hatte, war ihm auf den Magen geschlagen, und die Krämpfe hatten ihn einen Großteil der Nacht wach gehalten. Jemand kam ihnen systematisch zuvor und tilgte alle Indizien. Kein Zweifel, dass sie die nächsten auf der schwarzen Liste waren.

Und dieses Mädchen in dem Film.

Er hatte sie bereits gesehen, bevor Luc Digler ihm die Fotos zeigte. Er schabte die dünne Frostschicht auf der Windschutzscheibe ab, setzte sich ans Lenkrad und fuhr los. Das Knattern des Motors weckte Carrère, der sich streckte, während ihm die Zunge am Gaumen klebte.

»Warum haben Sie mich nicht früher geweckt?«

»Es schien, als würdest du tief schlafen.«

»Dabei hatte ich nur einen Alptraum nach dem anderen«, sagte er gähnend.

Carrère ließ sich in seinen Sitz sinken und heftete die

Augen auf die Straße, um das Gefühl der Übelkeit abzuschütteln.

»Ich habe von ihnen geträumt ... von Kindern.«

Broissard warf ihm im Rückspiegel einen Blick zu und murmelte zwischen den Zähnen:

»Tut mir leid.«

Carrère quetschte sich über den Schalthebel nach vorn und nahm auf dem Beifahrersitz Platz. Er durchwühlte das Handschuhfach, um eine Schachtel Zigaretten herauszunehmen. Ein drückendes Schweigen, das nur durch das Klicken des Zigarettenanzünders unterbrochen wurde, senkte sich über den Fahrgastraum. Carrère zog an seiner Zigarette und atmete den Rauch langsam ein. Er wartete, bis sich die letzten Nebelschleier des Schlafs gelichtet hatten, ehe er sich an Broissard wandte.

»Haben Sie viele solcher Filme gesehen? Ich meine, mit Kindern?«

»Zu viele. Viel zu viele.«

»Und ... Sie sind nicht verrückt geworden?«

»Das kannst du besser beurteilen als ich.«

»Hat Sie nie das Gefühl beschlichen, dass Sie Ihr Leben geopfert haben? Sie haben keine Kinder, keine Frau. War es das wirklich wert?«

Broissard wusste nicht, was er antworten sollte. Er sah sich im Geiste noch einmal zwanzig Jahre jünger, als er seine Hand nicht auf den gespannten Bauch von Tatiana legen und nicht glauben wollte, dass er Leben geschenkt hatte, als er seine Vaterschaft nicht annehmen konnte. Aber in den letzten Jahren waren diese Gewissheiten erschüttert und die Fundamente seiner Existenz brüchig geworden. Der allzu tiefe Schmerz, den er spürte, öffnete ihm die Augen. Und er ließ alles, was er versäumt hatte, Revue passieren. Inmitten dieses unförmigen Chaos sah er flüchtig alles, was gewesen war und was nie mehr sein wird.

»Ich hatte eines.«

»Wie bitte?«

»Ich hatte einen Sohn, als ich so alt war wie du. Na ja, ich habe ihn nie gesehen. Ich habe ihn und seine Mutter vor seiner Geburt verlassen.«

Drei Tage bevor ihm Tatiana die Neuigkeit eröffnete, hatte er der Obduktion eines achtjährigen Kindes beigewohnt. Die Tatsache, dass er die beiden sitzengelassen hatte, hatte er vor sich selbst immer mit dem Anblick dieses ausgeweideten schmächtigen Körpers auf dem chromierten Seziertisch gerechtfertigt. Jetzt wurde ihm bewusst, dass alles nur ein Vorwand gewesen war, ein vorgeschobener, fadenscheiniger Grund, um seine Feigheit zu kaschieren. Sein Fluchtimpuls war wie immer stärker gewesen.

Carrère wand sich auf seinem Sitz umher und kaute nervös auf dem Filter seiner Zigarette, als ob die Erinnerungen an den Alptraum auf die Windschutzscheibe projiziert würden.

Broissard beobachtete ihn aus den Augenwinkeln, als er seine Zigarette ausdrückte und eine neue anzündete. Er deutete eine plumpe Geste an, um ihn aufzumuntern, doch ein jäher Schauder ließ ihn innehalten. Eine Erinnerung, eine Schlussfolgerung, und schon zog ihm eine blitzartige Erkenntnis den Boden unter den Füßen weg.

Er trat unverwandt auf die Bremse. Der Wagen geriet ins Schleudern und wäre um ein Haar von der Fahrbahn abgekommen. Das Gesicht des Mädchens tauchte direkt aus seinem Gedächtnis auf. Ihm fiel ein, wo er es gesehen hatte.

Die Wohnung von Maxime.

Die Fotos von Étienne Caillois, auf denen er den Wodka verschüttet hatte.

Auf den Aufnahmen der Überwachungskameras war zu sehen, wie sie sich im Sprechzimmer des Gefängnisses mit dem Häftling unterhielt.

Er stellte den Wagen auf dem Seitenstreifen ab.

»Was ist los?«, schrie Carrère.

Ohne zu antworten, wählte Alain die Nummer von Digler.

»Luc? Broissard am Apparat.«

»He, Cowboy! Ich habe deine Birne im Fernsehen gesehen. Was machst du nur für Sachen? Bist du auf der Flucht? Deine Kumpels sind gekommen, um mich auszuquetschen. Sie haben zwei meiner Mädchen eingebuchtet! Ich dachte, wir hätten einen Deal!«

»Ich habe keine Zeit, es dir zu erklären. Erinnerst du dich an das Mädchen, von dem du mir erzählt hast? Blond, etwa zwanzig Jahre alt?«

»Na klar, wie könnte ich die Kleine vergessen!«

»Kennst du ihren Namen?«

»Ich habe irgendwo eine Fotokopie ihres Ausweises. Du weißt, wie genau ich es mit dem Alter meiner Darstellerinnen nehme. Du solltest es deinen Kollegen von der Sitte erklären!«

Er hörte, wie Digler seine Schubladen durchwühlte. Seine Finger umklammerten den Hörer.

»Da habe ich sie. Amandine Clerc. Zwanzig Jahre. Als

Künstlername wollte sie Alice Deloges. Nicht sehr spannend als Pseudonym.«

61| Jarnages, Sondereinheit

Der spitze Kirchturm deutete auf eine verschleierte Sonne. Am Ortseingang bremste Broissard ab; er fuhr über die Brücke, das Flüsschen Verreau, und bog in eine Gasse ein, um die Hauptstraße zu umfahren. Seit seinem letzten Besuch schien sich nichts verändert zu haben. Als hätte die Zeit stillgestanden. Er sah sich im Geist neben Maxime sitzen. Noch immer diese menschenleeren Alleen, diese niedrigen Häuser. Noch immer die scheinbare Banalität, die bedrückende Ruhe.

Dennoch hatten ihn die Spuren nach *Neverland* hierher, in diese Gegend, geführt. Zwei Pädophilen-Netze am gleichen Ort. Ein Ding der Unmöglichkeit. Die Wahrscheinlichkeit war gleich null. Jetzt tauchte das Phantom von Alice Deloges auf. Ein weiterer Anhaltspunkt. Sie stellte die Verbindung zwischen dem Erzengel und Kolbe her. Er ahnte, dass sie der Kern der Geschichte war oder vielmehr ihr Auslöser. Aber das Warum ihrer Anwesenheit blieb im Dunkeln.

Zwei Gesichter prägten diesen Fall: das von Montoya und das von Kolbe, beide ineinandergeblendet. Die Idee von Gut und Böse, von Schwarz und Weiß war wie weggefegt. Der Manichäismus zertrümmert. Alain erwog die Möglichkeit, dass bei den Ermittlungen über die Vorfälle in Jarnages Fehler unterlaufen waren, doch er musste den Tatsachen ins Auge sehen. Er versuchte Maxime die Unschuldsvermutung angedeihen zu lassen, die er Gérard Maurois vorenthalten hatte.

Carrère beugte sich zur Scheibe vor, um die Fassaden genauer in Augenschein zu nehmen, die Dramen zu ergründen, die sich hinter der unveränderlichen Gleichförmigkeit der alten Steine abspielten. Die Szenerie der Verbrechen, die sich in Jarnages abspielten, hatte nichts mit dem zu tun, was er sich vorgestellt hatte. Durch den Filter der Zeitungsausschnitte und der Fernsehnachrichten war in seinem Kopf ein entstelltes, äußerst düsteres Bild einer elenden, nebelverhangenen Ortschaft entstanden. Er musste zugeben, dass er sich auf der ganzen Linie getäuscht hatte. Sein Blick blieb an nichts hängen, was aus dem Rahmen gefallen wäre. Trotzdem wurden nicht weit von hier, irgendwo in der Umgebung, Gräueltaten begangen. Gräueltaten, die er nie für möglich gehalten hätte.

Wie um ihm recht zu geben, fuhr der Wagen wie von selbst über eine Landstraße außerhalb des Marktfleckens. Ein Schild hieß den Autofahrer »Herzlich willkommen in der Siedlung Des Mirabelles«. Broissard fuhr, ohne zu zögern, über das schmale Asphaltband, das die Felder durchschnitt. Er atmete stärker, als er den schwärzlichen Haufen erblickte, der das Grün tüpfelte. Die Überreste des Hauses drohten einzustürzen. Der Wind kühlte seine feuchten Wangen.

Das Portal quietschte, als er den Garten betrat und über den fahlen Rasen ging. Er näherte sich der Vorderseite, die als einzige Hausmauer noch stand, wie eine künstliche Kulisse, die die Stigmata des Domizils der mutmaßlichen »Bestie von Jarnages« kaschierte. Er drückte die wacklige, mit einem Beil zerhackte Eingangstür auf und blieb auf der Schwelle stehen.

Die Balken des Dachstuhls waren heruntergestürzt und lagen wie Mikado-Stäbchen kreuz und quer im Wohnzimmer. Ein bis auf die Federn verbranntes Sofa stand mit anderen Möbelresten herum. Die Spuren der Verwüstung und der Feuersbrunst bildeten einen Kontrast zur strengen Aufgeräumtheit und Nüchternheit der Einrichtung. Chaos und Ordnung schienen in Harmonie zu sein. Die Natur hatte schon begonnen, das Gebäude wieder in Besitz zu nehmen, Efeu rankte sich über den Bauschutt. Von dem kleinen Bambusgehölz unter der Veranda war nur eine Reihe schwarzer Stängel übrig geblieben.

Broissard versuchte für die Familie Maurois zu beten. Vergeblich. Das ganze Haus glich einer schwärenden Wunde, aus der sich der Eiter von Wut, Leid und Trauer ergoss. Eine unsichtbare Mauer, die keine Gebete durchdringen konnten. Vor dem Hauseingang spürte Alain, wie ihn die Kräfte verließen. Gérard Maurois hatte immer seine Unschuld beteuert, und er hatte ihn verurteilt, blindlings Maximes Überzeugungen folgend.

»Alain?«

Ihm fiel auf, dass ihn Sylvain zum ersten Mal mit seinem Vornamen anredete.

»Wir können nicht hierbleiben«, murmelte der Brigadier.

Broissard sammelte sich und zwang sich dazu, seine Aufgewühltheit zu verbergen. Aus Scham darüber, in diesem Moment der Schwäche ertappt worden zu sein, kehrte er unvermittelt zum Wagen zurück und ließ die Asche hinter sich.

»Die Zeit drängt. Sie werden nicht lange brauchen, um uns aufzuspüren. Wenn sie es nicht schon getan haben«, sagte Carrère und ließ seinen Blick durch die Umgebung schweifen. »Wo fahren wir jetzt hin?«

»Uns bleibt nur ein Weg, um bis zu den Kindern vorzudringen: Wir müssen die Ermittlungen in Sachen *Neverland* und die Ermittlungen zu den Straftaten in Jarnages übereinanderlegen.«

Buchstäblich, wie Pauspapier, um die Grundlinien und die Schnittpunkte zum Vorschein zu bringen, in der Hoffnung, dass dies irgendetwas erklären konnte. Ein Teil seines Selbst bekam Risse. Er hatte das quälende Gefühl, die düsteren Trümmer des Hauses wären eine dreidimensionale Projektion seiner eigenen Existenz.

»Erinnern Sie sich noch hinreichend an die Details des Falls?«

»Ich kennen jemanden, der uns helfen kann.«

Guéret, Sondereinheit | 62

In seiner Küche bereitete Robert Musil den Nachmittagsimbiss für seinen Sohn zu. Der fast fünfzigjährige Kommissar aus Guéret war groß und hager, nichts als Haut und Knochen. Er hatte wunderbare bernsteinfarbene Augen, einen sonnengebräunten Teint, mächtige Kiefer und militärisch kurzgeschnittenes blondes Haar, das ihm das Aussehen eines alternden Schauspielers, eines Überlebenden von Hollywoods goldenem Zeitalter verlieh. Er entnahm dem Wandschrank ein Päckchen Schokokekse und unterdrückte ein Stöhnen. Sein Magengeschwür meldete sich, ein genau umschriebener stechender Schmerz im Bauchraum. Der Stress, im Prozess gegen Maxime Kolbe aussagen zu müssen, hatte das Loch in seinem Verdauungstrakt weiter vertieft.

Ein beschissener Tag folgte dem anderen.

Der Kommissar verkrampfte sich und goss seinem Sohn ein Glas Fruchtsaft ein. Er trug das Tablett in die Nähe des Fernsehers und schob mit dem Fuß den Wust an Krimskram vom Couchtisch. Der Lieblingszeichentrickfilm von Corentin begann in fünf Minuten; er servierte sich einen Gin Tonic und ließ sich auf das Sofa fallen, schon im Vorhinein vom Aufräumen und Putzen der Wohnung erschöpft. Obwohl er für gewöhnlich so ordentlich war, fühlte er sich seit mehreren Monaten in einer Lotterwirtschaft aus ungewaschener Wäsche und schmutzigem Geschirr wohl. Wenn die Sozialarbeiterin an die Tür klopfen würde, wäre mit Sicherheit eine Meldung ans Gericht fällig. Der Gedanke, das Sorgerecht für Corentin zu verlieren, trieb ihm die Tränen in die Augen.

Seine Karriere als Polizist, sein Alltag – alles zerrann ihm zwischen den Fingern. Er musste sich wieder fangen. Ihm blieb nichts anderes übrig.

Er hatte geglaubt, wenn er Maxime Kolbe auf der Anklagebank sähe, zur Rechenschaft gezogen für seine Mauscheleien bei den Ermittlungen in den Missbrauchsfällen von Jarnages, würde dies genügen, um ihm einen heilsamen Schock zu versetzen. Doch dem war nicht so gewesen. Im Gegenteil.

Der Anwalt des Pariser Kommissars hatte angedeutet, sein beruflicher Ehrgeiz habe ihn, Musil, dazu bewogen, den Verhaltenskodex für Polizisten zu missachten. Er hatte ihn als einen einfachen Polizisten vom Land hingestellt, ganz versessen auf Anerkennung, der einfach die Gelegenheit ergriffen hatte, um von sich reden zu machen. Er hatte nichts von alldem verstanden.

Er mochte diese behagliche Stille, dieses vergleichsweise angenehme Landleben im Departement La Creuse. Nach sechs aufreibenden Jahren in Lille und ständigen Auseinandersetzungen des menschlichen Abschaums überdrüssig, hatte er seine Versetzung beantragt. Ein Abschied, der ihn schließlich seine Ehe kostete. Der Anwalt lag völlig daneben. Die einzige Motivation von Robert Musil in diesem Fall war im Endeffekt äußerst simpel.

Mehr noch als Polizist war er Vater.

Und ein Vater musste sein Kind beschützen. Gegen alles und alle.

Als er die Leiche entdeckt hatte, hatte ihn bei dem Gedanken, dass es sein eigener Sohn sein könnte, der mit seinen zehn Jahren ausgestreckt da auf dem Boden lag, den Kopf in den Torf gedrückt, eine lähmende Angst erfasst. Die Autopsie des Jungen, sein bleicher Körper mit dem Skalpell zerschnitten, sein kleines Herz in einer Schale liegend, die Haut von Knutschflecken übersät, der Anus abgescheuert, totgeschlagen von einem wahnsinnigen, perversen »Schwarzen Mann«, die ganze schreckliche Geschichte, die dieser Leichnam erzählte, hatte ihn in ein regelrechtes Drogendelirium geschleudert, in dem

Angst, Mitleid und Hass ununterscheidbar miteinander verschmolzen. Er hatte schnell seine Schlüsse gezogen: Bestien trieben in der Region ihr Unwesen, und er musste sie fassen, bevor sie seinem Sohn etwas antun konnten, ihnen entweder Handschellen anlegen oder sie mit drei Dum-Dum-Geschossen der neuesten Generation abknallen.

Mehr steckte nicht dahinter.

In dieser Hinsicht hatte er seine Arbeit im Einklang mit seinen Überzeugungen erledigt.

»Corentin? Kommst du, dein Essen ist fertig«, rief er vom Wohnzimmer aus.

Er hörte, wie sich etwas über seinem Kopf regte, und ein Tornado stürzte die Treppe hinunter. Ein zerzauster Blondschopf warf sich aufs Sofa und stopfte sich die Kekse in den Mund.

»Papa, gehen wir heute Abend ins Kino?«

»Wenn du willst. Ich werde nachsehen, was läuft.«

Corentin erblickte auf dem Couchtisch einen Zeitungsartikel, den sein Vater ausgeschnitten hatte. Darin war ein Foto des einzigen Sohns von Gérard Maurois abgebildet.

»Glaubst du, dass er dort glücklich ist?«, fragte er und zeigte auf das Blatt.

»Ich weiß es nicht. Ich hoffe es«, antwortete der Kommissar. »Hier! Dein Fruchtsaft. Orange mit Aprikose, den wolltest du doch, oder?«

Corentin trank gierig und schmiegte sich in die Arme seines Vaters, um sich eine Folge der Simpsons anzusehen.

Corentin und der Sohn der Maurois spielten in derselben Hockeymannschaft. Er war ein fröhlicher Junge, ein bisschen draufgängerisch, der gern den Halbstarken gab. Bei Spielen gegen Mannschaften aus anderen Departements war Musil zwei- oder dreimal dessen Vater begegnet. Nicht im Traum wäre er auf den Gedanken gekommen, dass dieser Mann ein Vergewaltiger und Mörder sein konnte. Vielleicht war dies einer der Gründe, weshalb er die Augen davor verschlossen hatte, dass Maxime Kolbe Berichte fälschte. Um seine Verblendung nicht wahrhaben zu müssen.

Als Maxime Gérard Maurois als Hauptverdächtigen bezeichnete, bekannte er sich schuldig, dass er diesen Mistkerl so nahe an seinen Sohn herankommen hatte lassen, dass er die Schattenseite dieses freundlichen Mannes nicht erkannt hatte, der sich abseits hielt und es höflich ablehnte, sich zu den übrigen Vätern, die ihre Söhne unterstützten, zu gesellen. Und als die aufgebrachten Dorfbewohner sein Haus in Brand steckten, war er nicht sofort eingeschritten. Er hatte seine Männer davon abgehalten, die Feuerwehr zu rufen, weil ein Teil von ihm es als gerecht und billig ansah, dass er für seine Verbrechen bezahlte.

Dann wurde er freigesprochen.

Von den schändlichen Beschuldigungen, die auf ihm lasteten, reingewaschen, war Gérard Maurois nur noch ein Vater, dessen Sohn und Ehefrau auf bestialische Art und Weise umgebracht worden waren. Der Kommissar fragte sich ein weiteres Mal, was aus ihm würde, wenn man ihm jemals sein Kind wegnehmen würde. Es waren nicht die Verfehlungen von Maxime Kolbe, sondern seine eigene Mitverantwortung an diesem grausamen Tod in den Flammen, die ihm keine Ruhe ließ. Und das Loch in seinem Magen erinnerte ihn jeden Tag, jede Nacht daran.

»Papa, wieso bellt Danny so laut?«

Der Kommissar stellte den Fernseher leiser und spitzte die Ohren. Aus ihrem Zwinger bellte die Deutsche Dogge, was das Zeug hielt.

»Er hat bestimmt Hunger. Ich werde …«

Die Türglocke läutete zweimal und schnitt ihm die Worte ab.

»Wer ist das?«, fragte Corentin.

»Keine Ahnung.«

Er hatte noch drei Tage Urlaub, und seine Leute hätten ihn angerufen, wenn es auf dem Polizeirevier ein Problem gegeben hätte. Wer könnte ihn wohl stören?

Mit schleppenden Schritten begab er sich zur Tür und sagte sich, wenn es wieder diese bescheuerten Zeugen Jehovas wären, würde er den Hund auf sie hetzen. Es verschlug ihm den Atem, als er auf der Freitreppe eine Gestalt erblickte, die er nur allzu gut kannte.

»Kommissar Musil. Erinnern Sie sich an mich?«

63 | Guéret, Sondereinheit

Die Dogge in ihrem Zwinger witterte die Spannung, die in der Luft lag und begann wieder zu bellen. Kommissar Musil musterte Broissard.

»Sie sollten sich wieder fangen. Sie sehen ziemlich mitgenommen aus, Capitaine.« Mit dem Kopf deutete er auf Sylvain Carrère. »Und der da, wer ist das? Ihr Leibwächter?«

»Ein Kollege.«

»Sind Sie nicht suspendiert? Was treiben Sie sich vor meinem Haus herum? Wollen Sie offene Rechnungen begleichen, dann sagen Sie es gleich.«

Er drehte sich so weit zur Seite, dass der Schlagstock, der auf einer Kommode lag, zum Vorschein kam. Broissard hielt die Hände hoch.

»Wir müssen mit Ihnen über etwas sprechen ... etwas, das die Affäre Jarnages betrifft.«

»Ach ja? Was wollen Sie? Mich dazu überreden, den Mund zu halten, damit Maxime Kolbe nicht den Rest seiner Tage im Knast verbringen muss? In dem Fall sind Sie hier falsch! Ich werde euch mit Tritten in den Hintern überzeugen! Ich ...«

Broissard fiel ihm ins Wort.

»Wir haben neue Erkenntnisse. Erkenntnisse, die alles in Frage stellen.«

Musil starrte sie von Kopf bis Fuß an. Er fragte sich, was die beiden da mit ihm vorhatten. Aber seine Neugier war angestachelt. Schließlich trat er zur Seite und ließ sie eintreten.

Er deutete mit der Hand ins Wohnzimmer und packte im Vorübergehen seinen Schlagstock. Er lümmelte sich auf das alte Ledersofa, ließ die Federn quietschen und schaltete den Ton des riesigen Fernsehbildschirms aus. Broissard stellte sich in die Mitte des Raumes, Carrère hinter ihm. Musil griff wieder zum Glas, das er auf der Armlehne abgestellt hatte, und nahm einen Schluck.

»In den letzten Tagen hat man viel über Sie gesprochen, aber nicht unbedingt das Beste.«

»Haben Sie schon ausgesagt?«, fragte ihn Broissard.

»Ich bin gestern Abend aus Paris zurückgekehrt. Mein Anwalt hat mir versichert, dass kein Ermittlungsverfahren gegen mich eingeleitet würde. Aber von Kolbe und Ihnen kann man das nicht behaupten«, fügte er hinzu und beobachtete die Reaktionen seines Gastes.

»Wie geht es Maxime?«

»Er hat seit Beginn der Verhandlung kein Wort gesagt. Nicht einmal, als ich ihn einen manipulativen Dreckskerl nannte«, sagte er und klopfte mit dem Schlagstock leicht gegen den Handteller.

»Ich bin nicht hier, um darüber zu sprechen. Wir brauchen Ihre Hilfe.«

»Sieh einer an ... wollen Sie, dass ich bei den internen Ermittlern anrufe? Aber gern, Capitaine.«

Broissard fuhr fort, ohne auf Musils Worte zu achten.

»Wir haben uns beim ersten Mal geirrt. Wir haben uns auf der ganzen Linie geirrt. Es hat wieder begonnen.«

»Was hat wieder begonnen?«

»Ein Film. Wir haben die Spur zurückverfolgt und sind hier gelandet.«

»Was für eine Art von Film?«

»Schlimmer als alles, was Sie sich vorstellen können.«

Musil streckte sich und ließ die Fingergelenke knacken.

»Was soll das? Noch so eines Ihrer Lügenmärchen?«

Statt zu antworten, ging Carrère zum Fernseher und öffnete die Schublade des DVD-Players. Der Kommissar lief hochrot an und verschluckte sich an seinem Gin.

»Nein, aber ... hey, Blödmann! Wo glaubst du eigentlich, dass du bist?«

Er kam nicht dazu, seinen Satz zu beenden. *Neverland*

begann wie eine fürchterliche Explosion. Musil verschlug es den Atem. Eine tonlose Stimme fragte hinter ihnen:

»Papa … was machen sie mit den Kindern?«

»Corentin, mach die Augen zu!«

Der Vater sprang zu seinem Sohn hin, um ihm die Sicht auf den Bildschirm zu nehmen, umarmte ihn und drückte ihn an sich.

»Pst … Ich bin da, mein Schatz. Ich bin da … warte im Garten auf mich. Ich komm sofort.«

Er wartete, bis der Junge das Haus verlassen hatte, um seiner Wut freien Lauf zu lassen. Er durchquerte das Wohnzimmer, den Schlagstock schwingend, und stieß Broissard gegen die Wand, wobei er ihm den Knüppel unter die Kehle drückte. Er bedeutete Carrère, sich herauszuhalten.

»Mistkerl! Eure Ermittlungen haben schon genug Schaden angerichtet. Durch eure Schuld sind eine Frau und ihr Kind bei lebendigem Leib verbrannt. Du und Kolbe, ihr wart nicht da, als man die Leichen aus den Trümmern geborgen hat. Ich war da! Und jetzt wagst du es, bei mir aufzukreuzen und diesen Dreck vor meinem Sohn zu zeigen!«

»Es tut mir leid …«

Der Kommissar traute seinen Ohren nicht und drückte stärker auf den Adamsapfel.

»Es tut dir leid? Du bist ein verdammter Mörder! Du und Kolbe, ihr seid Mörder! Den Tod eines Kindes kann man nicht einfach ausradieren! Der Sohn von Gérard Maurois war sechs Jahre alt! Sechs Jahre, verstehst du? Wegen euch hat dieser kleine Junge die letzten Stunden seines Lebens damit verbracht, versteckt auf einem Dachboden, langsam zu ersticken! Niemand sollte so etwas erleben müssen!«

Broissard begann seinerseits zu schreien.

»Ich wurde ebenfalls reingelegt! Ich habe nur meine verdammte Arbeit getan! Ich werde dafür fünf Jahre in den Knast wandern, und während dieser fünf Jahre werde ich die Zeit haben, um über die Fehler nachzudenken, die ich gemacht habe. Aber im Grunde habe ich nur einen Fehler begangen!«

»Welchen?«

»Maxime ... er hat uns eine Falle gestellt. Ich weiß weder wie noch warum! Ich weiß nur, dass es in ein und demselben Ort keine zwei pädophilen Netze gibt!«

Er verkrampfte sich, biss die Kiefer zusammen und sprach so schnell, dass er spürte, gleich ohnmächtig zu werden.

»Wir beide wissen nicht, wie Maxime Gérard Maurois identifiziert hat. Wir haben ihm aufs Wort geglaubt, ohne jemals zu fragen, welcher Spur er gefolgt war, um zu ihm zu gelangen. Wir haben lediglich Anklagepunkte für einen Mann ausgetüftelt, den man uns als Schuldigen hingestellt hat.«

Er brach zusammen, das Kinn vom Schlagstock gestützt. Musil machte einen Schritt zurück, lockerte die Umklammerung und betrachtete Broissard, der wie ein Lumpen zu Boden sank. Mit aschfahlem Gesicht sah er zum Kommissar auf.

»Ich bin mir sicher, dass hier auch jetzt noch Filme gedreht werden. Aber glauben Sie mir. Es geht nicht mehr um uns. Die Kinder ... wir müssen sie retten. Helfen Sie uns, dem ein Ende zu setzen.«

»Wie geht es ihm?«

»Er ist eingeschlafen«, antwortete Musil, während er auf Zehenspitzen aus dem Schlafzimmer seines Sohnes schlich.

»Es tut mir wirklich leid ...«

»Schon gut. Selbst wenn man sie noch so sehr zu beschützen versucht, ist es nie genug. Seit sich seine Mutter aus dem Staub gemacht hat, habe ich ihn allein großgezogen, und ich glaube, ich habe einen robusten kleinen Kerl aus ihm gemacht«, sagte er mit einem traurigen Lächeln.

Broissard dachte kurz an Tatiana und an seinen Sohn, die irgendwo in Südfrankreich lebten. Musil hatte Entscheidungen getroffen, die das genaue Gegenteil seiner eigenen waren: Er hatte seinem Sohn Vorrang vor seiner Karriere gegeben. Es schien ihn glücklich zu machen. Er verjagte das Gefühl des Unbehagens. Die Zeit verflog, und mit ihr die Spuren.

»Die Kopien der Ermittlungsakte liegen auf meinem Schreibtisch.«

Über eine Stunde lang schilderten Broissard und Carrère, was sie auf ihrer Fahrt durch Frankreich herausgefunden hatten, wobei sie sich auf die wichtigen Punkte konzentrierten. Erstens: die Entdeckung von Kinderpornos auf einem Frachter in Le Havre. Zweitens: die geografischen Koordinaten der Plattform. Drittens: die Adresse des Studios, wo der Film geschnitten worden war, und die

Leiche, die sie dort gefunden hatten. Und bis jetzt tauchte Alice Deloges dreimal im selben Fall auf.

Vier Indizien, die sie nach Jarnages geführt hatten.

Musil zerbrach sich den Kopf, wie das alles zusammenhängen konnte.

»Wenn ich recht verstehe, ist dieses Mädchen, Alice, das Opfer eines schon länger zurückliegenden Verbrechens.«

»Ja, die Ermittlungen in diesem Fall wurden in den Jahren 2000 und 2001 geführt.«

»Und im Verlauf dieser Ermittlungen soll Kolbe Jésus Miguel Montoya begegnet sein?«

»Ganz genau.«

»Schön, lassen wir für den Augenblick einmal das Mädchen beiseite. Was Sie herausgefunden haben, legt die Vermutung nahe, dass Kolbe einen Pakt mit dem Erzengel geschlossen hat. Gesetzt den Fall, Kolbe hätte sich auf einen anrüchigen Deal eingelassen, was folgt daraus?«

»Der Kindermord von Jarnages. Ein tot aufgefundenes vergewaltigtes Kind. Maxime manipuliert die Ermittlungen, um den wahren Täter zu schützen.«

»Einige Monate später entdeckt ein Zöllner in Le Havre etwas, was nie hätte entdeckt werden sollen. Und dann ergibt eins das andere, und ihr landet hier. Folgerst du daraus, dass derjenige oder diejenigen, die den Jungen im Juni ermordet haben, nie behelligt wurden, und irgendwo hier in dieser Gegend mit ihren Schweinereien weitermachen, oder irre ich mich?«

»Was bedeutet, dass man die Ermittlungen in dem Mord an dem Jungen wiederaufnehmen muss, wenn man die Kinder finden will. Wenn man die Spur zurückverfolgt, gelangt man zu dem Ort, wo die anderen Kinder gefangen gehalten werden«, äußerte Broissard.

Aber was immer Musil darüber denken mochte: Es war zu einfach, Alice Deloges vom Schachbrett zu nehmen. Sie war die Königin. Ohne Deloges hatten sie nur einen bruchstückhaften Einblick in die Partie. Das zweite Problem war mehr subjektiver Natur. Alain verstand das Verhalten von Kommissar Kolbe nicht. Maxime hatte in keiner Weise versucht, sich dem Prozess und seinen Konsequenzen zu entziehen. Seine Schicksalsergebenheit passte nicht zu seiner Rolle in dieser Geschichte.

Musil rekapitulierte die Chronologie der Affäre von Jarnages.

»27. Mai: Der Junge ist in einer Reihe von Filmen zu sehen, die auf pädophilen Internetforen veröffentlicht werden.«

Broissard fuhr fort:

»Am späten Vormittag werden wir alarmiert. Klassische Vorgehensweise: Man beschafft sich die Fotos, und man versucht, die Aufnahmen so zu modifizieren, dass man das Gesicht des Vergewaltigers erkennt. Doch das bleibt weitgehend erfolglos. Das einzige Indiz: Der Mann spricht mit seinem Opfer Französisch. Klassische Vorgehensweise: Man besucht die Kinderschänder, die unter Auflagen freigelassen wurden, sowie die Wiederholungstäter. Ohne Erfolg. Am 28. Mai geht eine Personenbeschreibung des Kindes an alle regionalen Polizeidienststellen raus.«

»Am 1. Juni wird in einem Feld etwa fünfzig Meter vom Ufer der Creuse entfernt, unweit der Festung von Crozant, eine Leiche gefunden. Die Gendarmerie informiert mich.«

»Wer hat die Leiche gefunden?«

»Der Grundstückseigentümer. Er hat nachgesehen, ob der Fluss kein Hochwasser führte, als er das Kind entdeckte. Ich bin Schlag 20 Uhr mit dem Staatsanwalt vor Ort eingetroffen. Ich habe fünf verschiedene Folgen von Fußspuren entdeckt, die jedoch aufgrund der Gewitter, die das Feld in einen Sumpf verwandelt hatten, unbrauchbar waren.«

»Und die Obduktion?«

»Sie wurde von dem Rechtsmediziner durchgeführt, der das üblicherweise für uns macht.«

Der Kommissar las mit lauter Stimme den rechtsmedizinischen Befund vor:

»Todesursache: Ersticken. Mehrere Verletzungen am After. Keine Spuren von Sperma oder von körperfremden Epithelzellen. Neun sichtbare Knutschflecke. Vier an den Hoden. Drei am Glied. Zwei am Hals. Die Zähne wurden postmortal ausgerissen und die Fingerbeeren verbrannt.«

Carrère notierte alles, was die beiden Männer sagten, wobei er versuchte, sich die wichtigsten Informationen anschaulich vorzustellen. Musil schenkte sich noch ein Glas ein, um ganz bei der Sache zu sein.

»Die organischen Rückstände, die auf der Leiche gefunden wurden, wurden zur Untersuchung ins Labor geschickt. Am 3. Juni triffst du zusammen mit Kolbe vor Ort ein. Rücksendung der Analysen. Erneute Obduktion. Ankunft der Eltern. Die Identität des Jungen wird bestätigt. Alter: acht Jahre. Nachmittags beginnt man damit, von Haus zu Haus zu gehen sowie die Familie und nahen Verwandten zu befragen. Auf der ganzen Linie Fehlanzeige ...«

»Moment mal, geschieht das häufig, dass zwei Obduktionen durchgeführt werden?«, fragte Carrère.

»Nein ... das ist merkwürdig. Als ich vor Ort war, habe ich nur einen Bericht gelesen. Ich wusste nicht, dass es zwei gab.«

Stirnrunzelnd nahm Broissard den ersten an sich.

»Es gibt keinen Fehler im Protokoll. Alles schien ganz normal zu sein. Wieso hat der Rechtsmediziner die Leiche dann ein zweites Mal untersucht?«

»Er hat das getan, gleich nachdem er das Ergebnis der Rückstandsanalysen erhielt«, sagte Carrère, als er den Laborbefund noch einmal durchlas. Die Erde, die in der Lunge des Jungen gefunden wurde. Zusammensetzung: 0,27 Gramm Kalium je Kilogramm; 1,9 Gramm Phosphor; PH-Wert 6. Und dann eine zweite Folge: 0,55 Gramm Kalium; 0,90 Gramm Phosphor; Gesamtkalk 465,34 ... Was bedeutet dieses Kauderwelsch?«

»Es haben sich wohl zwei verschiedene Sorten Erdreich in seinen Lungen befunden.«

»Sie stammen von dem Ort, an dem der Junge umgebracht wurde, und von dem Ort, wo er gefangen gehalten wurde?«, fragte Musil.

»Vermutlich. Aber es gibt noch etwas anderes, das in dem Bericht, den ich gelesen habe, nicht erscheint. Bei der ersten Obduktion stellte der Arzt eine leichte Entzündung und gelborange Flecken unter der rechten Fußsohle fest. ›Die Toxine zeigen, dass das Kind auf einen Hundertfüßer getreten ist.‹«

Broissard verzog das Gesicht. Er hatte ähnliche Male auf der Haut zweier der Opfer in dem Film *Neverland* gesehen. Seine Intuition hatte ihn nicht betrogen. Der Junge war am selben Ort gefangen gehalten worden wie die Kinder in dem Film.

»Eine Bisswunde von einem Hundertfüßer heilt nach ein bis zwei Wochen. Diese Tierchen mögen kein Tageslicht und leben in einer feuchten Umgebung. Da die Bisswunde im zweiten Obduktionsbericht nicht erwähnt wird, muss der Junge ungefähr fünfzehn Tage vor seinem Tod gebissen worden sein. Das hilft uns nicht weiter!«

»Im Gegenteil, damit lässt sich der Ort, wo er gefangen gehalten wurde, etwas genauer eingrenzen.«

Musil versuchte den Rechtsmediziner telefonisch zu erreichen, doch als nur der Anrufbeantworter dranging, hinterließ er eine kurze Nachricht. Unmittelbar danach rief er beim Umweltamt in Aubusson an.

»Kommissar Musil am Apparat, ich ermittle in einem Mordfall, und ich möchte auf der Grundlage der chemischen Zusammensetzung des Bodens ein Gebiet lokalisieren. Ja, im Departement.«

Er las seinem Gesprächspartner die Laborbefunde vor und wartete darauf, dass dieser ihm die Daten entschlüsselte.

»Sind Sie sicher?«

Verblüfft legte er auf.

»Es sind zwei verschiedene Herkunftsorte. Die erste Probe ist übersättigt mit Düngern, Stickstoff, kompostiertem Dung und zermahlenem Horn. Auf den ersten Blick entspricht dies dem Fundort der Leiche. Aber am erstaunlichsten ist der Rest: mit Kalk und gediegenem Blei gesättigter Staub. Äußerst selten. Und das bestätigt die Bisswunde von einem Hundertfüßer.«

»Und das heißt?«

»Der Junge wurde unterirdisch gefangen gehalten.«

Paris, Gefängnis La Santé, Mordkommission | 65

Die Erschöpfung, der Stress und die Enthüllungen hatten ihre harte Schale durchgescheuert. Ihre Nerven lagen blank. Sie hatte das Gefühl, ihr Körper vibriere von einer unkontrollierbaren Wut, die jederzeit explodieren könne; einer Wut, die nur einen Sündenbock brauchte. Und zu seinem Pech war Étienne Caillois dieser Blitzableiter.

»Noch einmal, beschränken Sie sich darauf, mir dic Wahrheit zu sagen.«

Étienne Caillois war hinter der Scheibe des Sprechzimmers zusammengebrochen. Er hatte dunkle Schnittwunden an den Wangen und ein blaues Auge. Der Häftling war verprügelt worden. Aber Blandine empfand kein Mitleid.

»Ich habe Ihnen schon x-mal gesagt, dass ich mit der Vergewaltigung dieses Mädchens nichts zu tun habe.«

»Ich bin Ihre Akte, die Anklagepunkte und Ihr Strafregister durchgegangen.«

Sie hatte jeden Absatz, jede Zeile der Biografie dieses Mannes unter die Lupe genommen. Die Schilderung dessen, was er Amandine angetan hatte, hatte Blandine einen unbändigen Hass gegen ihn eingeflößt. Das Zittern in ihrer Stimme legte sich, und sie erhob sich eintönig, ohne jedes Gefühl.

»Ich habe Ihre Lebensgeschichte immer wieder durchgelesen, bis zum Erbrechen. Sie haben im Jahr 2000 ein zwölfjähriges Kind vergewaltigt. Sie haben Ihre abartigen-Schweinereien gefilmt und die Filme ins Netz gestellt.«

»Das stimmt nicht!«

»Sie sind ein Perverser, ein Kranker.«

»Das stimmt nicht!«

Étienne Caillois schrie lauter. Ein Wärter näherte sich, aber Blandine bedeutete ihm, sich zurückzuhalten.

»Sie haben sie vergewaltigt. Sie haben sie bedrängt. Vor Ihnen hatte sie Angst.«

Die Erinnerungen trafen Blandine wie Dolchstöße. Amandines von der U-Bahn zerfetzter Körper. Die Leiche der Mutter in der Badewanne. Die Schreie in ihrem Kopf verschmolzen mit dem Quietschen der U-Bahn. Was Amandine durchgemacht hatte, war unmenschlich. Jemand musste dafür bezahlen.

»Ich habe gesehen, was sie geschrieben hat, als Sie sie in dem U-Bahn-Tunnel aussetzten. Sie war erst zwölf Jahre. Zwölf Jahre, als Sie sich an ihr vergangen haben.«

»Ich habe sie nie angerührt! Ich bin ihr nur einmal begegnet!«

»Einmal zu viel.«

»Nein! Es ist nicht so, wie Sie glauben! Sie ist zu mir gekommen! Hierher!«

»Sie haben sie umbringen lassen, nicht wahr? Wen haben Sie bezahlt, um sie zu ermorden?«

»Nein! Nein! Nein! Ich bin unschuldig!«

Dieses Wort war zu viel.

Unschuldig.

Aus dem Mund dieses Mannes klang es wie Hohn.

Unschuldig.

Eine Schramme auf der Zunge. Ein Dorn im Ohr.

Unschuldig.

Der Klang blieb ihr im Hals stecken, bitter wie Galle.

Blandine spürte, dass sie die Kontrolle über sich verlor. Sie schmetterte die Faust gegen die Schutzscheibe, die sie von Étienne Caillois trennte, und sie sprach ganz leise, mit einer immer härteren, vor Wut tonlosen Stimme.

»Hören Sie mir gut zu ... ich werde beweisen, dass Sie ihren Mörder gedungen haben. Ich schwöre es bei meinem Leben, dass ich es beweisen werde ... und ich werde alles in meiner Macht Stehende tun, damit Sie bis ans Ende Ihres Hundelebens hierbleiben. Ich werde dafür sorgen, dass sich Ihre Zellengefährten um Sie kümmern ... darauf können Sie sich verlassen ...«

»Ich habe sie nicht vergewaltigt! Sie haben mir ein Tauschgeschäft vorgeschlagen!«

Der letzte Satz brach regelrecht aus ihm heraus. Die Aufrichtigkeit seiner Stimme traf Blandine mitten ins Herz. Sie schwankte einige Sekunden lang unentschlossen. Erschöpft von der Anspannung, die seinen Körper steif machte, brummte Étienne Caillois zwischen den Zähnen:

»Ich habe einen Geldtransporter überfallen. Aus diesem Grund haben sie mich eingebuchtet. Bewaffneter Raubüberfall. Kriminelle Bande. Wiederholungstäter. Wenn ich noch einmal erwischt würde, bekäme ich lebenslänglich. Sie haben mir ein Tauschgeschäft vorgeschlagen.«

»Was heißt das?«

Blandines Stimme zitterte vor Verblüffung.

»Für die Vergewaltigung eines Minderjährigen würde ich zwölf Jahre bekommen. Acht bei guter Führung. Überlegen Sie selbst. Lebenslänglich oder die Chance, eines Tages auf freien Fuß zu kommen. Was würden Sie tun?«

Blandine suchte nach einer Unebenheit, nach irgendetwas, woran sie sich festklammern könnte, aber um sie herum war nichts. Ihre Gewissheiten, ihr Glaube, ja sogar ihr Leben schienen sie zu verlassen.

»Ich will alles wissen.«

»Ende 2000 hat jemand in einem Pariser Vorort einen bewaffneten Raubüberfall organisiert. Eine einmalige Gelegenheit.«

»Wer? Ein Name?«

»Jésus Miguel Montoya. Er hat sich über einen seiner Handlanger an uns gewandt. Wir sollten einen Transporter überfallen und Inhaberanweisungen für ihn beschaffen.«

»Wie ist er auf euch gekommen?«

»Der Kreis von Personen, der für solche Operationen in Frage kommt, ist nicht sehr groß. Unser ehemaliger Hehler, Gaspard Fogeti, hat die Verbindung zwischen Montoya und uns hergestellt. Er hatte uns geholfen, das Geld zu waschen, das wir uns 1981 verdient hatten. Fogeti hat uns auch an die Bullen verraten.«

»Woher wissen Sie das?«

»Das Dezernat gegen Bandenkriminalität und die

Mordkommission sind uns auf die Pelle gerückt, kaum dass wir wiederaufgetaucht waren.«

»Wer hat euch festgenommen?«

»Kommissar Rilk. Er wusste alles über uns und den Überfall. Ganz offensichtlich hatte jemand geplaudert. Gaspard war der Einzige, der zu diesem Spagat fähig war, ein Fuß bei Montoya, der andere bei den Polizisten. Dieser Mistkerl hat sogar in meinem Prozess gegen mich ausgesagt. Er hat auch Informationen über Montoya preisgegeben. Da wurde mir klar, dass Fogeti und Montoya mich von Anfang an reingelegt hatten.«

»Und dann?«

»Nachdem uns die Bullen entdeckt hatten, haben wir nicht verstanden, wieso sie uns beschatteten, ohne zuzugreifen. Unsere Wohnung wurde rund um die Uhr überwacht. Das ging eine Zeit lang so. Dann haben eines schönen Tages zwei untere Dienstgrade an unsere Tür geklopft. Sie haben uns einen Deal vorgeschlagen. Sie sprachen von einem ›Wechsel der Anschuldigungen‹. Sie würden den bewaffneten Überfall vertuschen, und wir würden im Gegenzug das auf unsere Kappe nehmen, was anderen zur Last gelegt wurde. Acht Jahre ohne Bewährung gegen lebenslänglich. So ein Angebot kann man nicht ablehnen. Damals wusste ich nicht, dass ich den Platz eines Pädophilen einnehmen sollte. Ich schwöre Ihnen, dass ich es nicht wusste.«

»Wollen Sie mir sagen, dass Polizisten Sie als Deckmantel benutzten, um die wahren Kinderschänder unbehelligt zu lassen? Wer sind sie? Ich will ihre Namen.«

»Sie verstehen nicht. Sie sind überall. Selbst im Gefängnis bin ich nicht in Sicherheit.«

»Ihre Namen. Nennen Sie mir ihre Namen.«

»Ich kann nicht! Sie müssen jetzt gehen. Wärter!«

Der schweißgebadete Étienne Caillois gab dem Gefängnisaufseher ein Zeichen. Blandine presste sich an die Scheibe des Sprechzimmers.

»Warten Sie!«

Der Häftling beugte sich vor und flüsterte sehr schnell:

»Ich kann Ihnen nur sagen, dass Alice hergekommen ist, um mich um eine DNA-Probe zu bitten.«

»Eine DNA-Probe? Aber warum ...«

»Um zu beweisen, dass ich nicht der Vater ihrer Tochter war.«

Blandine starrte ihn an. Die Worte fehlten ihr. In diesem Moment blickte der Gefangene unverwandt etwas hinter ihr an, und seine Augen weiteten sich vor Schrecken, als würden sie aus den Höhlen springen.

»Guten Abend, Lieutenante Pothin.«

Die Stimme, die sich in ihrem Rücken erhob, ließ Blandine zusammenfahren. Unvermittelt drehte sie sich zu der Gestalt um, die mit dem Rücken zum Licht vor ihr stand. Sie erkannte die Person nicht sofort.

»Ko... Kommissar Rilk? Sind Sie das?«

Ohne zu wissen, wieso, drang die Angst in all ihre Glieder.

»Aber ... Aber was machen Sie denn hier?«

Die Kälte lähmte seine Füße. Auf dem Gehsteig trat er von einem Fuß auf den anderen, während er in die Hände hauchte. Ein Auto fuhr ohne Licht die Rue de la Monnaie hinunter und hielt auf seiner Höhe an. Léo sah sich flüchtig um und stieg dann rasch ein.

»Hast du's gefunden?«

»Ich habe den Ort.«

Zoé Hermon ließ beim Schalten die Kupplung quietschen. Der Lieutenant zuckte zusammen, als die Hand der jungen Frau seinen Oberschenkel streifte. Sie fuhr mit Vollgas in die Place du Châtelet und raste in Richtung der Tunnel, die unter den Pariser Markthallen verlaufen.

»Ich habe die Dienstunterlagen kopiert. Jean-François Rilk zeichnet minutiös den täglichen Kilometerstand auf, um sich seine Auslagen rückerstatten zu lassen. Eine Chance für uns, dass er auf den Pfennig schaut und keinen Dienstwagen benutzt. Ich habe seine letzten Fahrtstrecken unter Berücksichtigung der Uhrzeiten, die du mir genannt hast und die ich in eine Karte übertragen habe, überprüft. Ich habe zwei Orte identifiziert, wo man Leichen beseitigen könnte. Die Mülldeponie von Malakoff und eine stillgelegte Fabrik in der Nähe von Montreuil. Ich habe die Öffnungszeiten der Müllkippe überprüft. Aber sie wird auch nachts bewacht. Ich würde also eher auf Montreuil tippen. Es ist eher eine schwache Spur, doch ich habe nichts Besseres.«

»Wir haben seit Beginn der Ermittlungen Pech gehabt,

vielleicht wendet sich jetzt das Blatt«, antwortete ihr Léo und zog an der Zigarette.

»Willst du mir noch immer nicht sagen, was eigentlich los ist? Weshalb sind wir hinter einem Kommissar der Mordkommission her?«

»Ich habe Grund zu der Annahme, dass er ermittlungsrelevante Beweise unterdrückt. Er lässt Leichen verschwinden. Die Leichen von Amandine Clerc und dem jungen Mädchen sind, entgegen den Angaben im Register des Instituts für Rechtsmedizin, nie in der Polizeifachschule eingetroffen. Ich habe das überprüft. Außerdem beteuert ein Zeuge, Kommissar Rilk habe die Wohnung von Amandine leer geräumt.«

»Weshalb sollte er ihre persönlichen Sachen verschwinden lassen?«

»Wenn ich recht habe, wurde Amandine Clerc umgebracht, weil sie etwas herausgefunden hatte. Etwas, das mit *Neverland* zusammenhängt. Das Mädchen, das mit ihr starb, ist in dem Film zu sehen. Das bedeutet, dass Amandine die Spur bis zum Drehort zurückverfolgt hat. Ich vermute, dass sie sich ihrer Psychotherapeutin Clarisse Katz anvertraut hat.«

»Die ihrerseits gesehen hat, was sie nicht sehen sollte.«

»Amandine muss irgendwo Spuren ihrer Entdeckungen hinterlassen haben.«

Zoé fuhr mit lauter Stimme fort:

»Und du glaubst, dass sich alles in ihrem Computer befindet ...«

Der Horizont war wie gespickt mit Ziegelsteinschloten, die über einer schneebedeckten Fläche aufragten. Das

GPS zeigte an, dass sie sich in einer Sackgasse befanden. Sie fuhren noch einige Hundert Meter, ehe sie auf ein großes Schild mit der Aufschrift »Betreten verboten« stießen, das den Weg versperrte.

»Da lang.«

Léo deutete auf eine Öffnung im Zaun. Zoé trat voll auf die Bremse und riss das Lenkrad herum. Der Wagen rutschte Richtung Straßenrand und durchbrach den Zaun, der die Karosserie verkratzte. Sie fuhren in einen Kiesweg hinein, der von entbeinten landwirtschaftlichen Maschinen gesäumt wurde, die von Raureif überzogen waren. Im Süden umhüllte ein gelblicher Lichthof den Stadtrand von Montreuil. Die imposante Masse einer stillgelegten alten Fabrik füllte die Windschutzscheibe aus und versperrte den Blick.

»Unheimlich …«, äußerte Zoé.

Das unbebaute Gelände, das die Industriebrache säumte, war eine von Unkraut überwucherte Müllkippe. Sie parkten abseits des Weges, in der Nähe einer Reihe von Wohnmobilen mit aufgeschlitzten Dächern, die auf Leichtbausteinen standen, und wateten über gefrorene Schlammpfützen, bis zu den Lieferrampen.

Schienen und Rohre tauchten in die Dunkelheit ein. Sie gingen bis zu dem Loch, das in die Eisentür geschnitten worden war und von Efeu- und Brombeerranken überwuchert war. Den Tiefen der Fabrik entströmte ein beißender Geruch von Schwefel, Benzin und Aas. Léo ging als Erster hinein, die untere Gesichtshälfte zum Schutz vor dem Gestank von seinem Schal bedeckt. Er schüttelte seine Taschenlampe, und der Lichtkegel verlor sich in einem Labyrinth ineinander verkeilter metallischer Strukturen.

In der Haupthalle war ein Teil des Gebälks eingestürzt und hatte dabei die großen Dachfenster mit sich gerissen. Im Halbdunkel erstreckte sich ein halb zerfallenes, langes Fließband, das stellenweise in mit Brackwasser gefüllte Krater eingesunken war. Flechtentriebe hingen von Bauteilen herunter und wanden sich um Stahlpfeiler. Trotz der extremen Kälte in der Fabrik wärmte sich Léos Körper in beunruhigender Weise auf.

»Wir werden hier nichts finden. Wir müssen am helllichten Tag mit einem ganzen Team zurückkommen«, flüsterte ihm Zoé zu.

»Wir haben keine Zeit zu verlieren. Wenn Clarisse Katz recht hat, dann bleiben uns nur noch zwei Stunden. Wir müssen uns trennen und jeder für sich suchen.«

»Ich durchsuche den rechten Flügel und das Obergeschoss.«

Zoé verschwand in der Dunkelheit. Schon bald sah und hörte man von ihr nur noch das dumpfe Geräusch der Glasscherben, die unter ihren Schritten knirschten.

Léo richtete seine Taschenlampe auf die dunkelsten Zonen und bückte sich, um unter einem Stapel Balken hindurchzuschlüpfen. Karren türmten sich zu einem unförmigen Gebirge auf, das von Rost zerfressen war.

Sein Fuß stieß gegen etwas Weiches, Gummiartiges. Im Schein seiner Lampe entdeckt er eine wimmelnde kleine Schar von Ratten, die durch das Licht aufgeschreckt worden waren. Er konnte nicht erkennen, worüber sich die Ratten hergemacht hatten. Er hob eine Eisenstange auf und näherte sich ganz langsam, wobei er die Taschenlampe weiterhin auf die Nagetiere richtete. Blitzschnell schlug er in den Haufen. Die Ratten quiekten wütend, bevor sie sich in der Finsternis zerstreuten. Léo ging in die Hocke, um die Reste ihres Mahls zu beleuchten.

Knochen lagen auf einem kleinen Haufen, doch waren sie für Tierknochen zu dick. Er begann sie zu sortieren und unterdrückte dabei einen starken Brechreiz. Mittelfußknochen, Zehengrundglieder, Fußwurzelknochen. Als er die Identifizierung abgeschlossen hatte, hob er die Augen zum Himmel und atmete tief ein. Er hatte so vielen Obduktionen beigewohnt, dass er wusste: Es handelte sich um menschliche Gebeine. Um Fragmente der Fußknochen.

Ein Detail machte ihn stutzig. Im Schein der Taschenlampe betrachtete er seine Hände. Kohlenstaub schwärzte seine Finger. Er musterte die Knochen eingehender und stellte mit Schrecken fest, dass einige an den Enden verkohlt waren. Die hohle Hand auf dem Mund, zwang er sich, dem pestilenzialischen Gestank zu folgen; er richtete den Lichtkegel ins Innere der Fabrik, wo der Geruch herzukommen schien. Die riesigen Schlünde der Hochöfen, die sich zu langen Backsteinschloten dehnten, gähnten ihn an. Der Gestank nach verkohltem Fleisch drang in seine Nasenlöcher und seine Poren und drehte ihm den Magen um.

Er blieb gebeugt vor der Flucht der Öfen stehen und steckte die Arme bis zu den Schultern in die Asche. Er siebte den Staub, der ihm wie bei einer umgedrehten Sanduhr durch die Finger rann, und kehrte zu dem Zeitpunkt zurück, als Amandine ihren zweiten Tod gestorben war. Etwas Festes verfing sich zwischen dem Mittel- und dem Ringfinger seiner Hand. Er entnahm dem Aschenbett das Fragment eines bezahnten Kiefers.

Léo trat einen Schritt zurück und betrachtete die riesige Urne, in der Amandine ruhte. Das Mädchen, das er von ganzem Herzen geliebt hatte, war wieder zu Staub geworden und hatte jenes Lächeln mit sich genommen, das seinem Leben einen Sinn gegeben hatte. Ein Lächeln, das er zwischen seinen Fingern hielt, entblößt bis auf die Knochen.

Er dachte an das, was ihm Maxime am Ende der Ermittlungen gesagt hatte.

»Wir alle brauchen ein Phantom oder eine Schuld, an der wir uns festhalten. Ohne sie ist das Leben unerträglich.«

Léo fühlte sich hilflos. Seltsamerweise war in Anbetracht dieses behelfsmäßigen Krematoriums das Gefühl der Befreiung jedoch stärker als die Bedrückung. Diese erzwungene Trauer erleichterte ihn. Die unsichtbaren Ketten, die ihn fesselten, gaben nach.

Amandine. Alice. Amandine. Alice.

Die Melodie verhallte mit dem Bild des Mädchens. Übrig blieben eine unermessliche Leere und eine vollkommene Ruhe.

Zum ersten Mal begriff er in aller Klarheit, welcher Sache er sein Leben gewidmet hatte.

Die Krankheit in seinem Kopf hatte seine Kindheit aufgefressen, seine Träume aufgezehrt. Genau wie die Opfer, die zu retten er sich abrackerte. Durch ihr Lächeln hindurch war er sich selbst auf der Spur, jenem Teil seines Lebens, den ihm die Ärzte entrissen hatten, dieser verlorenen Unschuld.

Er richtete die Taschenlampe auf den Boden, der mit Schrott und Abfällen übersät war. Kleidungsstücke verrotteten in Öllachen. Er hob einen Fetzen an und fand darunter zerbrochene Teller, Küchengeräte, Badehandtücher, Schönheitsprodukte. Blandines ganze Habseligkeiten lagen verstreut unter Blechstücken herum. Er stöberte hastig herum, räumte den Metallschrott beiseite und fand das, was er suchte. Er klemmte die Stiftlampe zwischen die Zähne und grub ein Notebook mit gesprungenem Bildschirm und zertrümmerter Tastatur aus. Léo drehte das Gerät um und unterdrückte einen Freudenschrei. Die Festplatte hatte überlebt.

»Zoé! Zoé! Ich hab's gefunden!«

Er schrie sich die Lunge aus dem Hals, und seine Schreie hallten düster aus den Tiefen der Fabrik wider. Die Stiftlampe beschrieb große Kreisbögen. Eine ferne Stimme antwortete ihm:

»Wo sind Sie?«

Einen kurzen Augenblick lang erkannte er die Stimme nicht wieder. Weshalb siezte ihn Zoé? Er führte diesen Eindruck auf eine weitere akustische Halluzination zurück, richtete die Lampe aber instinktiv auf den Boden.

»Wo sind Sie?«

Er bemerkte eine Bewegung in der Dunkelheit. Jemand rührte sich in der Finsternis, dicht neben ihm. Die Silhouette kam rasch näher. Léo griff nach seiner Pistole.

»Zoé?«, fragte er mit erstickter Stimme.

Er setzte gerade zu einer Geste an, als sich ein Körper auf ihn warf und ihn flach auf den Boden drückte. Zoé hielt ihm mit einer Hand den Mund zu und flüsterte ihm ins Ohr:

»Wir müssen fliehen. Wir sind nicht allein.«

67 | Montreuil, stillgelegte Fabrik, Sondereinheit/OCLCTIC

Zoé, von Panik ergriffen, drückte die Hand gegen Léos Rücken und schubste ihn, damit er einen Zahn zulegte. Keiner von beiden wusste, vor wem sie eigentlich flohen, aber ein sechster Sinn, wie ein lautes Alarmsignal, ließ sie losrennen.

Eine hellere Zone in der Backsteinmauer. Eine schmale Öffnung. Léo hechtete durch die Lücke und fiel der Länge nach in den Schlamm. Sie stürzten sich blindlings in das Labyrinth aus Wracks und Abfällen, das die Fabrik umgab, schlitterten über zugefrorene Pfützen und wären beinahe gestürzt. Sie liefen, ohne sich umzudrehen, die Beine vor Schrecken bleischwer. Auf halbem Weg zum Wagen schrie Zoé plötzlich auf, fasste sich ans Bein und fiel der Länge nach hin, wobei ihr die matschige Brühe in den Mund strömte.

»Zoé! Bist du verletzt?«

»Mein Fuß! Ich kann ihn nicht mehr bewegen!«

Ein Schuss fiel in der dunstverschleierten Dämmerung. Eine Kugel vom Kaliber 9 mm ließ die Eisdecke auf einer Pfütze, die weniger als ein Meter von Zoé entfernt war, in tausend Teilchen zersplittern. Wieder schrie sie vor Angst, vor ohnmächtiger Wut. Ihr linker Fuß, der schwer wie ein Holzklotz war, wollte sie nicht länger tragen. Einer allzu großen Kraftanstrengung unterworfen, übermittelten die Nerven widersprüchliche Signale an die Muskeln und erzeugten dadurch eine Vielzahl von Krämpfen. Gestützt von Léo, versuchte Zoé aufzustehen, aber die Schmerzen waren so stark, dass sie den Eindruck hatte, in einer Wolfsfalle zu stecken. Zwei Spannbacken aus Stahl, scharf wie Rasierklingen, die ihren Knöchel zermalmten.

»Wir müssen hier weg!«, schrie Léo, der sie, eine Schulter unter ihre Achsel geschoben, mitschleifte.

Sie taumelten im Gleichschritt über den spiegelglatten Weg, als eine Kugel vom Kühlergrill eines zerquetschten Ford abprallte. Öl spritzte heraus. Ein zweiter Schuss, besser gezielt. Flach gefeuert. Die Windschutzscheibe eines Citroën zersplitterte. Sie erreichten das Auto nach einem Sprint.

Zoé ließ sich auf den Beifahrersitz fallen und zog, noch ganz außer Atem, ihre Waffe. Sie schoss blindlings um sich. Das Krachen der Schüsse glich einem ohrenbetäubenden Donnern. An den Einschussstellen in den Mauern des Fabrikgebäudes stoben kleine Staubwölkchen auf. Léo drückte das Gaspedal durch. In dem Morast drehten die Reifen durch und gruben sich immer tiefer. Dann scherte der Wagen plötzlich zur Seite aus und schleuderte zehn Meter durch den Schlick.

Ein Knall.

Die Kugel durchbohrte die Karosserie.

In der nächsten Sekunde steuerte Léo, dicht über das Armaturenbrett gebeugt und das Lenkrad mit aller Kraft umfassend, den Wagen mit halsbrecherischer Geschwindigkeit zur Ausfahrt des Lagerplatzes.

Sein Blick streifte das halb verkohlte Notebook, wegen dem er sein Leben aufs Spiel gesetzt hatte, und er fragte sich, ob er die Antworten, nach denen er suchte, darin finden würde. Die digitale Uhr elektrisierte ihn und ließ ihn neue Kraft schöpfen. Er hatte nicht mehr viel Zeit.

»Zoé Hermon, Kripo Nanterre. Geben Sie mir das Hauptkommissariat der Pariser Kripo, die Mordkommission, sofort!«

Zoé sprach sehr schnell – sie schrie regelrecht, um den Motorlärm zu überdecken.

»Hermon am Apparat. Kripo Nanterre. Kennnummer 806 342. Ich bin in Begleitung von Lieutenant Apolline. Wir haben Leichen gefunden. Hören Sie zu, verdammt! Jemand hat versucht, in einer Fabrik, zwei Kilometer von Montreuil entfernt, Leichen verschwinden zu lassen. Wir wurden beschossen. Zwei Verdächtige. Sie müssen sofort ein Einsatzkommando und ein kriminaltechnisches Team dorthin schicken. Die Verdächtigen halten sich noch immer dort auf und werden vielleicht versuchen, Beweise zu vernichten. Ich …«

Sie hielt mitten im Satz inne und schwieg einige Sekunden lang, ins Leere starrend, als könnte sie das, was ihr Gesprächspartner sagte, nicht fassen. Schließlich explodierte sie.

»Aber das ist unmöglich! Hören Sie mir zu! Ich sage dir doch, dass das unmöglich ist! Man hat versucht, uns umzubringen! Verstehst du, was ich dir sage, Dummkopf!«

Wütend tippte Zoé auf die Tasten ihres Handys.

»Mist! Mist! Verfluchter Dreckskerl!«

Sie schlug mit der Faust auf ihr Mobiltelefon, bis es ganz zertrümmert war, und wandte sich leichenfahl Léo zu.

»Sie haben mir gesagt, sie wären bereits verständigt

worden. Kommissar Rilk hätte zwei seiner Männer losgeschickt. Sie haben gemeldet, dass sie Verdächtige festnehmen wollten, und dabei haben sie auf uns geschossen! Aber warum? Sag mir, wieso Kollegen von uns versucht haben, uns kaltzumachen?«, schrie Zoé.

»Keine Ahnung!«, brüllte er zurück. »Ich weiß es nicht!«

Als sie ein Wohngebiet erreichten, wurden sie ruhiger. Die Lichter hinter den Fenstern und die wenigen Passanten vermittelten ihnen ein Gefühl von Sicherheit.

»Wir dürfen niemanden mehr anrufen. Niemand darf wissen, wo wir uns aufhalten. Sie haben den Wagen und das Nummernschild gesehen. Wir müssen ihn so schnell wie möglich loswerden.«

»Wohin fahren wir?«, fragte Zoé.

»Zu mir, dort sind wir sicherer als in Nanterre.«

Léo gab noch mehr Gas und fuhr ins 20. Arrondissement hinein. Seine Nerven waren zum Zerreißen gespannt. Die Lage spitzte sich bedenklich zu. Selbst die Zeit schien zu schrumpfen. Die Minuten verstrichen immer schneller. Und das Gespenst einer neuen verheerenden Krise ließ ihm keine Ruhe. Die fiebrige Unruhe in seinem Körper versetzte ihn in Panik. Bei jeder Kurve schwirrten ihm die Sinneseindrücke nur so im Kopf herum und gefährdeten seine Fahrtüchtigkeit.

Er lehnte sich an die Wagentür, hielt die Augen weit aufgerissen, um die vorbeiziehenden Fassaden und Straßenlaternen in sich aufzunehmen, und vor allem, um nicht in einem paradoxen Schlaf zu versinken, der von Alpträumen heimgesucht wurde.

Der orangefarbene Schimmer, der einen Teil des Himmels färbte, als sie sich dem 10. Arrondissement näherten, zwang sie dazu, langsamer zu fahren. Ein Polizeikordon unter dem Bogen der Porte Saint-Denis versperrte die Zufahrt. Hunderte von Personen strömten zusammen, um zu beobachten, was sich auf der Straße ereignete. Feuerwehrautos und Krankenwagen mit heulenden Sirenen rasten aus den Querstraßen in die Rue du Faubourg Saint-Denis hinein, die in dichte Rauchschwaden gehüllt war. Über den Dächern war der Himmel in gelbrote Glut getaucht. Eine Schicht aus Asche bedeckte Gehsteige und Gebäude und häufte sich wie gräulicher Schnee in den Rinnsteinen an. Die großen Boulevards wurden von gepanzerten Fahrzeugen dominiert, aus denen Bereitschaftspolizisten sprangen. Léo wollte den Sicherheitsgürtel umfahren, aber Polizisten in Uniform versperrten ihm den Weg. Einer klopfte auf die Motorhaube und brüllte:

»Drehen Sie um! Sie können hier nicht durch! Stoßen Sie zurück!«

»Was ist denn hier los?«

Zoé nahm ihren Dienstausweis heraus und hielt ihn dem Polizisten vor die Nase.

»Verzeihen Sie, Madame. Aber auf der Straße herrscht das totale Chaos. Etwas weiter oben ist ein Brand ausgebrochen, und als die Feuerwehr eintraf, wurde sie von Halbstarken angegriffen. Dann lief die Sache aus dem Ruder. Sie haben zehn Autos angezündet und bewerfen die Feuerwehrleute, die die Brände löschen wollen, mit Steinen.«

Léo spürte, wie sich ihm der Magen zusammenschnürte.

»Wo ist der Brand ausgebrochen?«

»Weiter oben in der Straße. Im Haus Nr. 54.«

Léo drückte den Laptop fester an sich.

Jemand hatte Feuer in seiner Wohnung gelegt.

Die Welt um ihn herum stürzte ein. Er stieg mit dem Gefühl aus, dass seine Füße nicht den Boden berührten. Was um ihn herum geschah, nahm er in Zeitlupe wahr. Er hörte Zoés Stimme wie von fern und spürte kaum die Wärme des Polizisten, der ihn mit beiden Armen umfasste, um ihn zurückzuhalten.

»Clara! Clara!«

Im selben Moment erhellte eine jähe Lichtexplosion die gesamte Straße.

68 Guéret, Stadtbibliothek, Sondereinheit

Ein muffiger Geruch, überlagert von einer Mischung aus Weinessig und Schmierseife. Der sich neigende Tag färbte den Staub auf den Büchern der Stadtbibliothek gelb.

Carrère begann ernsthaft die Geduld zu verlieren. Auf Musils Anraten unterhielt er sich seit über einer Stunde mit der Bibliothekarin, die ein wandelndes Heimatkunde-Lexikon war, doch die Langsamkeit der alten Frau war eine echte Geduldsprobe für ihn.

Über eine Karte Frankreichs gebeugt, legte sie ihre knorrige Fingerkuppe auf einen Punkt südlich des Departements Puy-de-Dôme.

»Die Höhlen von Cornadore?«, sagte sie und hob ihr Gesicht, das wie eine überreife tropische Frucht von Adern durchzogen war.

»Nein, nein, wir entfernen uns zu weit. Es muss näher sein.«

Der Brigadier trat ungeduldig von einem Fuß auf den anderen. Alle verdufteten. Der Rechtsmediziner ging nicht ans Telefon, also versuchten ihn Broissard und Musil in seiner Wohnung zu erreichen. Dass der Junge in einem unterirdischen Versteck gefangen gehalten worden war, schien eine Spur zu sein, die in eine Sackgasse führte. Kalk, Blei und Bisse von Hundertfüßern. Drei Indizien wie drei Sandkörner auf einem ganzen Sandstrand voller Möglichkeiten. Nichts im Umkreis von hundert Kilometern.

»Die Höhle von Fage im Departement Corrèze? Wissen Sie, dass sich dort die größte Ansammlung von Fledermäusen in Europa findet? Aber da gibt es auch …«

Kopfschütteln. Er hatte vorgegeben, einen Artikel für ein kommunales Fan-Magazin schreiben zu wollen, und die Siebzigjährige hatte sich sehr über die Gelegenheit gefreut, ihre Belesenheit zu demonstrieren.

»Die Höhlen von Lamouroux? Aber sie sind für die Öffentlichkeit gesperrt.«

Ein weiteres Kopfschütteln. Er begann seine Sachen einzusammeln, deprimiert über den Misserfolg und die absehbaren Konsequenzen, die sich daraus ergaben. Sie tappten weiterhin im Dunkeln.

»Ich befürchte, dass ich Ihnen nicht wirklich weiterhelfen kann, junger Mann. Diese Region ist für die Höhlenforschung und für unterirdische Exkursionen nicht besonders ergiebig. Ehedem gab es die Katakomben der Festung von Crozant, aber heute …«

Ein heiseres Murmeln.

»Moment mal, wovon reden Sie?«

Crozant. Sofort erkannte er die Verbindung. Gérard Maurois hatte dort vor seiner Verhaftung als Fremdenführer gearbeitet.

»Man nannte sie zwar Katakomben, tatsächlich aber handelte es sich um einen Steinbruch, den man benutzte, um die Burg zu errichten. Doch ich versichere Ihnen, dass dort niemand begraben wurde.«

Genau das war überaus fraglich, dachte er. Sein Herz schlug schneller.

»Erzählen Sie mir mehr darüber.«

»Nur wenige Menschen wissen überhaupt von ihrer Existenz. Ihre Spuren finden sich nur in alten Büchern über die Geschichte des Departements. Die meisten Zugänge wurden bei einem Erdbeben im Jahr 1606 verschüttet.«

»Und wie finde ich diese Zugänge?«

»Theoretisch gibt es zwei. Der Haupteingang befindet sich in Saint-Jallet. Der zweite Eingang liegt gegenüber der Burgruine, jenseits des Flusses. Dort vereinigt sich die Sédelle mit der Creuse zu einem Fluss.«

Die Leiche des Kindes war in der Nähe des Ufers, sieben Kilometer von der Stelle entfernt, geborgen worden.

»Das ist ein sehr schöner Ort. George Sand beschreibt ihn in …«

Schon war Carrère draußen.

Es würde schon bald dunkel werden. Ein Wettrennen mit der Sonne hatte begonnen.

Der Brigadier schaltete in den fünften Gang, worauf der Wagen einen Satz machte. Das Straßenband wand sich kurvenreich vor ihm, bevor es, je näher er den Höhlen kam, zunehmend ausfranste.

Weshalb hatten Musil und seine Männer nicht das Gebiet unterhalb des Tatorts abgesucht?

Er schimpfte vor sich hin, als er an die Unfähigkeit der Polizisten dachte, denen die Ermittlungen übertragen worden waren. Aber etwas anderes ließ ihm keine Ruhe. Wenn sich seine Ahnung als richtig erweisen sollte, würde dies die Ermittlungen auf den Kopf stellen.

69 | Crozant, Sondereinheit

Carrère stieg aufs Gas und raste in die Ortschaft Crozant. Dort standen niedrige Häuser, die sich an der Hauptstraße irgendwie aneinanderreihten. Das einzige Licht war das Leuchtschild einer Bar, in der nicht viel los war. Er fuhr quer über den Dorfplatz, der so menschenleer schien, als wäre eine Ausgangssperre verhängt worden. Rechts glitten sie an einer massiven Kirche vorbei, deren Dach mit Raureif überzogen war. Er nahm den Fuß vom Gaspedal. Vor ihm erhob sich die düstere Burgruine.

Unter einem ockerfarben schimmernden Himmel sah man die eingefallenen Wachtürme an der Spitze einer Halbinsel. Die beiden Flussarme vereinigten sich und legten sich wie ein Hufeisen um den Felsen. Carrère stellte den Wagen an der Zufahrt zu einem Parkplatz voller

Schlaglöcher ab und entnahm dem Handschuhfach eine Taschenlampe. Er entschied sich für den Nebeneingang zu den Katakomben, da er das Risiko, entdeckt zu werden, dort geringer veranschlagte. Er konnte nur hoffen, dass der historische Felssturz nicht jegliches Durchkommen unmöglich machte.

Niemand in der Nähe. Nur er, die Felsen und die grimmige Kälte.

Die Abenddämmerung drohte von einer Minute auf die andere hereinzubrechen. Er sprang über die Schranke, die den Zugang zur Burg versperrte. Am Eingang zum Bergfried lagen zusammengedrückte Getränkedosen verstreut auf dem Unkraut herum. Er erklomm in ausgreifenden Schritten die Stufen des Wehrgangs und erreichte den höchst gelegenen Punkt des Felsvorsprungs. Die Schönheit der Aussicht verschlug ihm den Atem. Er konnte das von einem eisigen Nordwind gepeitschte Tal auf ganzer Länge übersehen.

Langsam ließ er den Blick über die Felsschlucht gleiten, die sich unter ihm öffnete. Der Kessel lag bereits in tiefem Schatten. Er musterte eingehend den Kamm der Felskuppe, dann wanderte sein Blick zu beiden Flussufern, ehe er sich wieder in die entgegengesetzte Richtung bewegte. Das Halbdunkel verwandelte die Felslandschaft in eine unergründliche Mauer. Keine Bresche. Keine Spalte.

»Ich kann mich nicht geirrt haben«, murmelte er zwischen den Zähnen.

Er schaltete die Taschenlampe ein, die einen fast unsichtbaren Lichtkreis auf die Mauer warf. Beim dritten Anleuchten fiel ihm ein Bereich auf, der dunkler war als die Umgebung und von einem dichten Gewirr von Sträuchern verdeckt wurde. Der Lichtkegel begann zu zittern und umriss den Eingang zu einem Stollen der Dunkelheit.

Carrère eilte die Stufen hinunter und folgte dem abschüssigen Weg bis zum Flussbett. Dort blieb er unvermittelt stehen. Sein Instinkt hielt ihn zurück.

Der Fluss wälzte sich in öliger Trägheit dahin. Ein unheilvoller Styx. Alptraumhafte Visionen von Verdammten, die mit panisch verzerrten Fratzen im Schlamm begraben lagen, schwirrten ihm durch den Kopf.

»Du kannst nicht mehr zurück. Du kannst nicht mehr zurück …«

Beim ersten Schritt erreichte das eiskalte Wasser seine Knöchel. Langsam ging er weiter, damit sich sein Organismus an die Temperatur gewöhnte. Schlotternd klemmte er die Stiftlampe zwischen die Zähne und stapfte unbeirrt weiter, bis ihm das Wasser bis zur Taille reichte. Als er etwa in der Mitte des Flusses angelangt war, zitterte er vor Kälte.

Die Nacht brach herein, und mit dem letzten Tageslicht verstummten die Geräusche der Natur. Um ihn herum gab es nur das weiße Schillern der Taschenlampe und eine feindselige Stille. Carrère blieb stehen und lauschte der Strömung.

Bedächtig schaltete er die Lampe aus und kroch, seine Dienstbeflissenheit verfluchend, ans Ufer. Mit tauben Muskeln zog er sich auf festen Boden und schlich durch das hohe Gras. Aus der Öffnung in der Felswand drangen keinerlei Geräusche. Er ging näher heran, wobei er sich dicht an der Mauer hielt, und zog seine Waffe. Es schien ihm, als wäre er im Zentrum Frankreichs und zugleich am Ende der Welt angekommen.

Er hockte sich nieder und warf einen Blick in den Stollen. Eine einzige undurchdringliche Finsternis. Nicht das kleinste Lüftchen. Mit pochendem Herzen betrat er den Gang. Seine Taschenlampe leuchtete auf. Er hatte einen Finger am Abzug seiner Pistole. Der Lichtkegel verlor sich in einem schmalen Stollen. Sein Keuchen durchbrach die Stille, und er tauchte in das Halbdunkel ein.

Etwa zehn Meter vom Eingang entfernt schimmerte im Schein der Taschenlampe etwas seltsam. Es dauerte einige Sekunden, bis er begriff, was sich seinem Anblick bot.

Verrostete Zangen, Flaschen mit Ätznatron und Müllsäcke lagen auf dem kreideweißen Boden verstreut. Blut stand in kleinen Lachen, und getrocknete Krusten schlängelten sich in einem schmalen Rinnsal.

Er kniete sich vor der Blutquelle hin. Der weiße Emaille-Schimmer erinnerte an das Funkeln von Edelsteinen.

Die Höhle der Schlächter.

In diesem Stollen zerlegten sie die Leichen, damit sie nicht identifiziert werden konnten. Am ganzen Körper zitternd, wählte er hastig die Nummer von Broissard.

»Sie müssen sofort kommen! Ich bin in Crozant. Maxime Kolbe hat Ihnen keine Falle gestellt. Rufen Sie mich an, sobald Sie diese Nachricht abgehört haben. Machen Sie schnell. Das ... das sind verdammte Bestien.«

Er legte auf, die Taschenlampe noch immer auf die kleinen Häufchen aus Kinderzähnen gerichtet.

70 | Paris, Mordkommission

Eine dichte Menschenmenge strömte vor den Ringmauern zusammen. Der Geruch nach einer Mischung aus Grillparty und Benzin hing über den Gassen. Sie verließen das Gefängnis und bahnten sich, Demonstranten anrempelnd, einen Weg durch die lärmende Menge. Blandine wäre am liebsten in der Masse untergetaucht und verschwunden, aber die Hand, die ihr Handgelenk umklammerte, zog sie hinter sich her.

»Wir nehmen meinen Wagen.«

»Um wohin zu fahren?«

Rilk antwortete nicht und öffnete ihr die Tür. Sie setzte sich nach vorn. Die Enthüllungen von Étienne Caillois brodelten in ihr.

Eine DNA-Probe.

Um zu beweisen, dass Caillois nicht der Vater von Amandines Tochter war.

Aus den schrecklichen Offenbarungen ließen sich mehrere Schlüsse ziehen. Alice/Amandine hatte während ihrer Gefangenschaft ein Kind bekommen. In den Ermittlungsakten stand kein Wort darüber. Kalter Schweiß floss Blandine über den Rücken.

Die gynäkologische Untersuchung der Leiche. Verletzungen in der Gebärmutter. Der Altersunterschied hatte Stéphane Firsh in die Irre geführt. Der Rechtsmediziner nahm an, dass sie in ihrer Jugend eine Abtreibung hatte vornehmen lassen. Genau das Gegenteil war der Fall gewesen.

Das junge Mädchen auf dem Gleis war Fleisch von ihrem Fleisch, die zerbrechliche Frucht einer widernatürlichen, abscheulichen Verbindung. Die Mordopfer waren eine Mutter und ihr Kind.

Das gleiche Gesicht, das gleiche Martyrium, das gleiche Schicksal.

Blandine begriff im gleichen Moment, wieso ihre Ermittlungen mit denen von Léopold zusammenhingen. Amandine hatte ihren Dämonen die Stirn geboten, um ihre Tochter zu retten, und sie war bis zu den Bestien von *Neverland* vorgestoßen. Ein Akt der Liebe, den sie mit ihrem Leben bezahlte.

Der Wagen fuhr an einem Rotlicht vorbei. Jean-François Rilk sagte noch immer kein Wort. Ein Gewirr aus wütenden Transparenten und Weihnachtsbeleuchtungen tauchte ganz Paris in goldbraune Töne. Der Blick des Kommissars blieb auf die Avenue des Champs-Élysées fixiert. In der Ferne schwärzte, vom Arc de Triomphe kommend, ein gigantischer Menschenauflauf die Placc de L'Étoile. Blandine versuchte das Schweigen zu brechen.

»Wieso wussten Sie, wo ich war?«

Die Frage ignorierend, umfuhr Rilk die Polizeisperren und verriegelte die Türen.

»Was hat Ihnen Caillois gesagt?«, erkundigte er sich, ohne die Straße aus den Augen zu lassen.

Er warf ihr die Frage brüsk an den Kopf, die augenblicklich weitere nach sich zog.

Woher kannte er den Namen des Häftlings?

Blandine machte Ausflüchte, um Zeit zu gewinnen und sich an das Pochen in ihrer Brust zu gewöhnen.

»Nichts Wichtiges … ich …«

»Lügen Sie mich nicht an, Lieutenante Pothin.«

Die Finger des Bären knackten, als er das Lenkrad fester umklammerte, und er fügte brummend hinzu:

»Es ist in Ihrem Interesse.«

Das Trommeln in ihrer Brust wurde immer lauter. Drohung oder guter Rat? Sie hatte ihren Vorgesetzten noch nie in einem solchen Zustand gesehen.

»Er hat unzusammenhängendes Zeugs über seine Vergangenheit erzählt. Jemand hätte ihn verpfiffen.«

Das Gespräch mit dem Häftling fiel ihr in Auszügen wieder ein, die sie schleunigst sortierte. Ein Strudel von Schicksalen, die alle miteinander zusammenhingen, sein eigenes, das von Amandine und den anderen, alle mitgerissen von einer starken Rotationsbewegung.

Untere Dienstgrade haben uns einen Deal vorgeschlagen.

Sie zuckte zusammen, als eine Gruppe von Jugendlichen das Auto mit Flaschen bewarf. Das Glas zersprang auf der Motorhaube. Der unerschütterliche Rilk trat unter Buhrufen aufs Gas.

»Was hat er Ihnen über Alice Deloges gesagt?«

»Alice Deloges … ich habe diesen Namen Ihnen gegenüber nie erwähnt …«

»Es gibt so viele Dinge, die Sie nicht wissen.«

»Ich … ich weiß nicht mehr …«

»Lügen Sie nicht!«

Um sie herum beleuchteten in Brand gesteckte Abfallberge die Gehsteige. Ein fauliger Geruch stieg von den Rinnsteinen und den Mülltonnen auf und hing über den Boulevards. Blandine schob ihre Hand unter ihre Achseln und ertastete die Waffe, die sie einschnürte. Ihr Instinkt wurde von einer dumpfen Angst gebremst.

»Sie haben den Finger auf etwas gelegt, dem Sie nicht gewachsen sind, etwas, das Sie niemals hätten entdecken dürfen.«

»Ich … ich bin nicht die Einzige, die Bescheid weiß …«

»Falls Sie auf Léopold Apolline anspielen sollten – er hat auch nicht mehr sehr lange.«

Diese letzten Worte waren wie ein Urteilsspruch. Blandine strich mit den Fingernägeln über den Lauf ihrer Pistole und kratzte über das Korn.

»Wovon sprechen Sie?«

Die Fingernägel folgten der Falz des Holsters und stießen auf den Druckknopf.

»Alice stellte eine Gefahr für Freunde dar. Sehr einflussreiche Freunde. Und Sie kennen doch die Redensart: Die Feinde meiner Freunde …«

»Weshalb erzählen Sie mir all das?«

Ihre Stimme schnappte über. Rilk riss das Steuer herum und wich knapp einer Menschenmenge aus, die aus der Avenue Georges-V herausstürmte.

»Ich weiß, dass Étienne Caillois eine Anspielung auf mich gemacht hat. Und selbst wenn er mich nicht namentlich erwähnt hat, wären Sie schon bald von sich aus auf mich gekommen.«

Er nahm den Fuß vom Gas. Die Gebäude ragten himmelwärts und schienen sich nahtlos aneinanderzufügen und ein riesiges Gewölbe zu bilden. Freier Fall. Sie stürzte ins Zentrum des Strudels, die Zeit existierte nicht mehr. Weder Vergangenheit noch Gegenwart noch Zukunft. Die Fluchtlinien liefen in einem ganz bestimmten Punkt zusammen. Ein Geständnis, das von einem Gesicht überlagert wurde. Und ringsherum war es nur schwarz.

Die Leichen auf den Gleisen. Die U-Bahn, die die Körper zerschmettert. Rilk auf dem Bahnsteig über den toten Mädchen.

Es fiel ihr wie Schuppen von den Augen. Und schon beschlich sie eine panische Angst.

ER saß neben ihr.

ER. Amandines Mörder.

»Dabei habe ich Ihnen deutlich zu verstehen gegeben, sich aus dieser Sache rauszuhalten.«

Es ging über ihren Verstand. Der tief bekümmerte Mann, den sie im Krankenhaus, an Pauls Bett, gesehen hatte, war verschwunden. Von diesem Menschen war nichts mehr übrig, sodass sie sich fragte, ob sie nicht geträumt hatte, dass jemand – irgendjemand – ihren Schmerz teilte, einen Teil dieser unerträglichen Last von ihren Schultern nahm. Sie hörte nicht mehr die lächerlichen Rechtfertigungen von Jean-François Rilk.

»Ich glaube, dass unsere Gesellschaft am Ende ist, Pothin«, fuhr er fort. »Es gibt nichts mehr zu retten. Keine Ideale mehr, kein Glauben mehr. Gott, die Idee des Guten, einer höheren Ordnung, all dies ist längst zerbrochen. Hören Sie, Pothin, ich wirke lieber am Sturz des Systems mit, indem ich Leuten wie Montoya helfe, denn ihr Zynismus widert mich wenigstens nicht an. Ich mache das nicht einmal wegen des Geldes. Ich behaupte nicht, dass mir der Gedanke missfällt, meinen Lebensabend auf einer Südseeinsel zu verbringen, aber es geht um mehr. Ich wünsche mir nichts anderes, als dass dieser ganze Mist eines Tages weggefegt wird, ein Großreinemachen, und wenn ich einen kleinen Beitrag dazu leisten konnte, wäre das nicht übel.«

Seine Augen funkelten seltsam. Blandine wollte schreien. Rilk war schneller. Seine Faust traf sie am Kinn. Ihr Kiefer schien zu zersplittern. Knochen knackten. Sie hatte einen kupferartigen Geschmack von Blut in ihrem Mund. Ihre Hand suchte nach ihrer Waffe. Ihre Finger waren zu schwach, um den Kolben festzuhalten. Der Schein der weihnachtlichen Lichterketten und die Funken, die die Fassaden emporschlugen, waren nur noch eins.

Nicht ohnmächtig werden. Vor allem nicht ohnmächtig werden.

Ihr Körper sackte in sich zusammen. Ihre Stirn stieß gegen das Armaturenbrett. Die Wolkenbänder am Himmel schlangen sich ineinander und wickelten sich spiralförmig um einen unsichtbaren Punkt.

Guéret, Haus des Rechtsmediziners, Sondereinheit | 71

»Im ersten Stock brennt Licht«, sagte Musil.

Broissard stellte den Motor ab. Am Ende eines von Hortensien gesäumten Weges sah man die dunkle Silhouette eines imposanten zeitgenössischen Hauses. Es herrschte eine eisige Stille.

»Glauben Sie, dass er zu Hause ist?«

»Der Pförtner des Instituts für Rechtsmedizin hat mir gesagt, er habe am Abend seinen Hochzeitstag feiern wollen.«

Broissard sammelte die Obduktionsberichte vom Armaturenbrett ein. Er bedauerte es, dass er Carrère mit so wenigen Indizien auf die Suche nach Informationen geschickt hatte. Sie suchten die sprichwörtliche Nadel im Heuhaufen. Er konnte nur hoffen, dass der Rechtsmediziner ihnen die fehlenden Antworten geben würde.

»Herr Professor! Machen Sie auf!«

Musil klopfte an die Tür. Keine Antwort. Er beugte sich dicht ans Fenster und betrachtete das Innere einer Küche, die in Dunkelheit gehüllt war. Im hinteren Bereich des Zimmers glaubte er eine Bewegung wahrzunehmen. Er klopfte stärker und spitzte die Ohren. Leise Musik, kaum ein Säuseln, war durch die Tür zu hören.

»Lass uns hintenrum gehen.«

Der Rasen um das Haus wurde von uralten Bäumen gesäumt. Das Blattwerk verdeckte die untergehende Sonne und schattierte den Garten in verschiedenen dunkelgrünen Tönen. Das Licht hinter den Gardinen im ersten Stock flackerte. Der Capitaine kniff die Augen zusammen, in dem Bemühen, ins Innere des Schlafzimmers hineinzusehen.

»Wir werden ihm seine Liebesnacht verderben«, feixte Musil. »Man könnte meinen, du wärst darauf abonniert, anderen Leuten auf die Nerven zu gehen.«

»Heute Abend ist mir wohl jemand zuvorgekommen«, sagte Broissard, während es unter seiner Sohle knirschte.

Spitze Splitter übersäten den Boden. Er deutete auf das zertrümmerte große Glasfenster im Wohnzimmer und legte einen Finger auf den Mund, um Musil aufzufordern, still zu sein.

Broissard stieg als Erster durch das Fenster ins Wohnzimmer. Ein riesiges Aquarium schimmerte in einem türkisfarbenen Licht, das von der weißen Decke zurückgeworfen wurde. Exotische Fische schwammen seltsam unruhig durchs Wasser, als ob die Angst zwischen den Glasscheiben Einzug gehalten hätte. Der Kommissar sicherte die entgegengesetzte Ecke des Zimmers, indem er zwischen dem Sofa und den sperrigen Clubsesseln hindurchschlüpfte. Er drehte sich, schlich dicht an den mit abstrakten Gemälden behängten Wänden entlang und stieg über den niedrigen Couchtisch.

Broissard warf einen Blick ins Esszimmer. Rosen lagen verstreut auf dem Tischtuch herum. Zwei leere Teller, eingerahmt von heruntergebrannten Kerzen. Keinerlei Anzeichen für einen Kampf. Kein verdächtiges Geräusch übertönte die eindringliche Musik aus der Stereoanlage.

»Alain, komm her!«, flüsterte Musil.

Er stand an der Treppe, seine SIG 9 mm nach oben gerichtet. Die Stahlstufen waren von Blütenblättern und Blutspritzern übersät. Die Spur der gesprenkelten Tröpfchen führte zu einer Tür, unter der ein schmaler Streifen Licht durchsickerte. Der Capitaine atmete tiefer ein.

Sie stiegen bis zum Treppenabsatz hinauf. Das klare Licht des Sternenhimmels fiel durch die Dachfenster ins Innere und erzeugte helle Zonen auf dem Teppichboden. Sie drückten sich, zu beiden Seiten der Tür, flach gegen die Wand.

Musil wischte sich die Schweißtropfen von der Stirn. Um sich zu beruhigen, versuchte Broissard sich alles vorzustellen, was sie hinter dieser dicken Holztür erwarten konnte. Es war die gleiche Vorahnung, die er beim Betreten des Nebenraums im Videoladen von Dijon gehabt hatte. Jemand kam ihnen zuvor und beseitigte sämtliche Spuren.

Er konnte den Geruch des Todes deutlich wahrnehmen. Allmählich war er ihm auf eine unangenehme Weise vertraut.

72 | Guéret, Haus des Rechtsmediziners, Sondereinheit

Die Tür sprang auf und gab den Blick frei auf ein Schlafzimmer, das in Beige und Rot getaucht war. Ein quer über dem Bett liegender nackter Mann warf sich, seine Kehle umklammernd, wild hin und her. Blut sprudelte zwischen seinen Fingern hindurch und tränkte die Kopfkissen und die Bettdecke.

»Verdammter Mist!«

Broissard stürzte sich auf den Rechtsmediziner und drückte seine Hände zur Seite. Die Wunde war tief, aber die Arterie unverletzt. Er riss ein Stück vom Leintuch ab und steckte es in die Wunde, um die Blutung aus den durchtrennten Venen zu stillen.

»Hören Sie mich?« Statt einer Antwort vernahm er nur Gurgeln und Blutspucken. »Wir müssen einen Krankenwagen rufen! Ich kann die Blutung nicht stoppen!«

Musil brüllte Befehle in sein Handy. Das Blut sprudelte weiter aus der Kehle. Der Arzt wand sich auf der Matratze vor Schmerzen. Alain wollte gerade ins Bad laufen, um die Hausapotheke zu plündern, als ihn zwei Gedanken erstarren ließen.

Der erste: Wo war die Frau des Rechtsmediziners?

Der zweite jagte ihm den Schrecken in alle Glieder. Der Arzt war noch am Leben, weil sie denjenigen, der ihn umbringen wollte, aufgestöbert hatten. Er packte den Kommissar am Arm.

»Er ist noch da. Der Mörder ist noch im Haus.«

»Was?«

»Kümmern Sie sich um ihn. Drücken Sie auf die Abschnürbinde, bis der Notarzt kommt.«

Er ließ Musil nicht die Zeit, etwas zu erwidern, und stürzte aus dem Schlafzimmer auf den Flur. Mit gesenktem Kopf eilte er nach rechts und schlug die Tür eines großen begehbaren Kleiderschranks ein. Er richtete die Pistole auf die aufgehängten Jacken, die Kleider auf den Bügeln und den freien Raum dazwischen. Ein leises Zischen im Halbdunkel veranlasste ihn, sich umzudrehen. Er sah noch eine dunkle Silhouette, die die Treppe hinunterrannte. Sofort stürzte er ihr nach.

Er eilte die Stufen hinab und wäre beinahe gestolpert. Das Wohnzimmer. Es schien ihm, als würde die laute Musik die Wände in Vibration versetzen. Er kauerte sich hinter dem Sofa zusammen und bemühte sich, wieder ruhiger zu atmen. Rechts von ihm vernahm er Schritte. Er entsicherte seine Waffe und schöpfte tief Atem. Da läutete sein Handy. Wütend warf er es weg. Durch das Klingeln hindurch hörte er ein Rascheln, das sich schnell auf das große Fenster zubewegte.

Broissard sprang auf und zielte. Die Gestalt zeichnete sich vor dem schimmernden Aquarium ab.

»Polizei! Stehen ...«

Sein Finger rutschte über den Abzug. Der Schuss löste sich von selbst, und schon zersplitterte das Glasbecken.

Unter einem ohrenbetäubenden Donnern ergoss sich ein türkisschimmernder Wasserschwall samt Fischen auf den Boden. Ihm blieb keine Zeit für einen weiteren Schuss. Der Schatten machte einen Satz durch die zertrümmerte Scheibe, Broissard ihm auf den Fersen.

Kalte Luft. In vollen Zügen Sauerstoff einatmen. Zehn Meter Abstand. Er begann zu laufen, wie elektrisiert vom Widerhall des Knalls in seinem Kopf. Der gefrorene Rasen knisterte unter seinen Füßen. Die Lichtung verschmolz mit der Nacht. Die Wipfel der Bäume des Waldes ragten hoch in den Himmel. Wenn es der Killer bis zum Waldsaum schaffte, würde er im Dickicht verschwinden.

Broissard versuchte vergeblich zu zielen und schoss einfach blindlings drauflos. Die Kugeln und die Hülsen spritzten wie ein Feuerwerk aus dem Pistolenlauf. Die Gestalt schlug plötzlich einen Haken und wurde unabsichtlich langsamer. Ein unverhoffter Fehler. Nur noch fünf Meter. Alain lief schneller und verringerte die Distanz. Er streckte die Hand aus. Seine Beute konnte ihm jetzt nicht mehr entwischen.

Zu spät sah er die schimmernde Fläche vor sich. Sein Fuß versank wie in Treibsand. Von Entsetzen gepackt, spürte er, wie er das Gleichgewicht verlor. Er wollte schreien, aber sein ganzer Körper wurde eingesaugt. Eine eiskalte Welle. Ein Dolchstich, der ihn in die Brust traf. Vergeblich schlug er um sich. Seine Kleider klebten ihm auf der Haut, beschwert durch das Wasser, und lähmten ihn regelrecht. Da er sich nicht rühren konnte, fiel er wie ein Stein auf den Boden des Schwimmbeckens.

Das Chlorwasser drang in seinen Mund, wo es einen ekelhaft bitteren Geschmack auf der Zunge hinterließ.

Seine Lungen schrumpften auf Apfelgröße. Er biss die Zähne zusammen und sah zur Oberfläche empor. Die Mondsichel und die Silhouette des Killers, der sich über ihn beugte, zeichneten sich ab.

Ein kurzes Knacken, gefolgt von einer gleißenden Helligkeit. Die Unterwasserscheinwerfer sprangen nacheinander an. Ein starkes Schwindelgefühl überkam Broissard. Von unten erblickte er mehrfarbige Bojen, Luftmatratzen in Neonfarben und den nackten Körper einer Frau, der träge im Wasser trieb. Blut strömte aus mehreren Wunden unter ihren Brüsten, die das Wasser im Becken blasslila und purpur färbten.

Alain schlug mit den Armen um sich, das Gesicht zur Oberfläche gerichtet, in der Hoffnung, einen Schwall frischer Luft einzuatmen. Die Mosaiksteine, mit denen der Boden des Schwimmbeckens ausgelegt war, begannen zu wogen. Er gab nicht auf. In seiner Kleidung gefangen, schnürte er sich die Luft weiter ab. Das chlorierte Wasser brannte ihm in den Augen und ließ Farben und Linien noch stärker verschwimmen.

Leuchtende Punkte tanzten vor seinen Augen. Er würde bald ersticken. Er hatte die Gewalt über seinen Körper verloren. Eine bittersüße Benommenheit verzerrte seine Wahrnehmungen. Sein Unterleib verkrampfte sich. Sein Geschlecht schien gleich zu platzen und mit ihm sein ganzer Körper.

In der Stunde der Wahrheit dämmerte ihm die Eitelkeit seiner Überzeugung, Herr seines Schicksals zu sein. Er verstand nicht, welche innere Kraft ihn dazu bewogen hatte, diese Entscheidungen zu treffen. Sein ganzes Leben war eine einzige Flucht vor der Reue gewesen, und er hatte es durchquert, ohne Wurzeln zu schlagen, ohne Bindung, mit dem nachdrücklichen Gefühl, auf der Jagd nach sich selbst zu sein. Ein Mensch ohne Spiegelbild. Allerhöchstens ein Phantom. Er hätte sich gewünscht, dass es nicht mit diesem Bedauern endete. Dem Tode nahe, spürte er mit erschreckender Deutlichkeit die ganze Liebe, die er noch zu verschenken hatte.

Er sah noch einmal Tatianas Gesicht vor sich, als sähe er sie zum ersten Mal, und dankte ihr stumm.

73 | Guéret, Haus des Rechtsmediziners, Sondereinheit

Hände packten ihn und zogen ihn gewaltsam an die Oberfläche.

Wie durch eine Nebelwand spürte Broissard, wie ein tiefer Atemzug seinen ganzen Körper durchflutete. Seine Rippen spreizten sich. Es war, als würde ein Pfahl in seine Brust gerammt. Eine Hand versetzte ihm einen harten Schlag – das in seinen Schläfen angestaute Blut konnte wieder frei fließen. Er beugte sich weit vor und erbrach ein Gemisch aus Galle, chloriertem Wasser und Blut. Eine zweite Ohrfeige ließ seine Halswirbel knacken und beruhigte ihn. Er riss die Augen weit auf, geblendet, und konnte sich kurzzeitig an nichts erinnern – er wusste weder, wo er war noch warum er dort war. Von einem weiteren Schwindel erfasst, sackte er zusammen. Eine nebelhafte Empfindung. Ein diffuser Schmerz. Nach und nach kam sein Körper wieder zu Kräften, wie aus einem Traum erwacht. Er sah das Gesicht von Musil, der sich über ihn beugte, und dahinter, in dem blutrot schimmernden Schwimmbecken, die erdolchte Frau, die wie eine Ophelia ohne Anmut im Wasser trieb.

Der Kommissar rubbelte ihn ab. Broissard massierte sich den Solarplexus, um die Blutzirkulation anzuregen. Er hatte gerade noch die Kraft, um zu fragen:

»Der Rechtsmediziner?«

»Er hatte mehr Glück als seine Frau. Der Notarzt kümmert sich um ihn. Aber er ist nicht ansprechbar.«

»Und der Täter?«

»Geflohen.«

Schrillende Sirenen durchbrachen die Stille. Blaulichter von Polizeiautos blinkten zwischen den Baumstämmen wie aufflatternde unglücksverheißende Vögel. Musil schob seinen Arm unter Alains Schulter und half ihm auf. Er überreichte ihm trockene Kleidungsstücke, die er dem Mediziner entwendet hatte.

»Beeilen Sie sich. Hier ist Ihr Handy, ich habe es im Wohnzimmer gefunden. Ich rufe Sie an, sobald ich mit den Polizisten fertig bin. Nehmen Sie mein Auto, ich komme schon zurecht!«

Broissard trat das Gaspedal durch, ohne zu wissen, wohin er fuhr.

Nach drei Kilometern verließen ihn die Kräfte, sodass er auf einem mit Radspuren übersäten Feld anhalten musste. Pferde galoppierten zwischen verrosteten Traktoren umher. An einer Straßenkreuzung stand eine steinerne Christusstatue. Die Figur, die sich am Kreuz vor

Schmerzen wand, brachte ihm sein eigenes Leid ins Bewusstsein zurück.

Seine Schläfen hämmerten. Er konzentrierte sich auf einfache Gesten. Die des Abtrocknens. Des Sichumziehens. Das Blut, das an ihm klebte, entfernen. Seine Fassung zurückgewinnen. Er presste seine Finger auf die Heizung und spürte die Verbrennung nicht.

Die Erschöpfung setzte ihm schwer zu und weckte alte Dämonen. Krampfartige Zuckungen überfielen ihn. Er begann, die Nerven zu verlieren. Tränen stürzten ihm aus den Augen. Mit den Handgelenken schlug er fest gegen das Lenkrad. Die Hupe hallte in der menschenleeren Landschaft wider und jagte die Pferde in die Flucht.

Die Korruption, die Morde, die Vergewaltigungen, das Elend, die ganze Verkommenheit dieser Welt – er hatte diesen Kelch bis zur Neige geleert, in der Hoffnung, die Schandtaten der anderen würden seine eigene Schuld erträglicher machen. Da hatte er sich getäuscht.

Wie viele Kinder müsste er retten, um wiedergutzumachen, dass er sich nie um seinen eigenen Sohn gekümmert hatte?

Du darfst nicht schwach werden. Du darfst nicht schwach werden. Du darfst nicht schwach werden.

Ihm blieb nur eine Lösung. Sich dem zuzuwenden, was er schon immer getan hatte. Seiner Arbeit als Polizist.

Er presste die nötige Kraft, um weiterzumachen, aus sich und schüttelte den Schlafmangel und das letzte Frösteln von sich ab. Er klappte sein Handy auf. Eine neue Nachricht. Die panische Stimme von Carrère wirkte wie ein Elektroschock auf ihn. Heftig aufwallende gegensätzliche Emotionen verstärkten seine Migräne.

Das sind verdammte Monster.

Er düste los. Die voll aufgeblendeten Fernlichter huschten über den Asphalt. Der Tachometer schnellte steil nach oben, auf etwa 130 Stundenkilometer.

Kolbe hat euch keine Falle gestellt.

Die Unschuld von Gérard Maurois verflüchtigte sich mit der landschaftlichen Szenerie. Aber wieso hatte Maxime, in diesem Fall, die Anschuldigungen einfach hingenommen, ohne sich zu wehren? Weshalb hatte er die Ermittlungen manipuliert? Fragen schwebten vor ihm, ohne dass er sie zu fassen bekam.

Er gab Vollgas.

Crozant, Sondereinheit | 74

»Broissard am Apparat.«

»Haben Sie meine Nachricht erhalten?«

»In diesem Moment. Wo sind Sie?«

»Vor der Ruine. Ich habe einen Stollen im Felsen entdeckt – dort zerlegen sie die Leichen.«

Die ersten Gebäude des Dorfes zogen vorbei, durch die Geschwindigkeit verzerrt.

»Ich habe gerade Crozant erreicht. Ich ruf dich in zwei Minuten wieder an. Noch etwas. Halt dich versteckt, bis ich da bin. Der Mörder hat erneut zugeschlagen, und er ist spurlos verschwunden. Wenn du jemanden siehst, erschieß ihn.«

Mit quietschenden Bremsen hielt er direkt neben dem Wagen von Carrère und durchwühlte das Handschuhfach, in der Hoffnung, Musil hätte dort eine Zweitwaffe deponiert. Volltreffer. Eine MR73 mit kurzem Lauf und geladener Trommel. Das würde es schon tun. Er stürmte los, durchgerüttelt von den heftigen Windstößen eines von Norden heraufziehenden Sturms.

Am Fuß des Wachturms vögelte ein junges Pärchen in aller Ruhe. Die beiden schrien, als sie den struppigen Broissard mit der Pistole in der Hand erblickten, und suchten das Weite, ohne ihre Kleidung anzuziehen. Er achtete nicht weiter auf sie. Seine Entschlossenheit, diese Sache zu Ende zu bringen, trübte seine Wahrnehmung. Er rannte geradeaus bis zur Felsspitze.

Um ihn herum und in seinem Kopf war alles schwarz.

»Ich sehe dich nicht«, nuschelte er in den Hörer.

Licht. Ein dreifaches Blinken vom Felsen her. Er eilte den Hang hinunter zum Ufer.

»Schon wieder Wasser«, brummte er, während er bereits im Schlamm einsank.

Das andere Ufer war etwa zwanzig Meter weit entfernt. Die Durchquerung des Flusses war ein selbstmörderisches Unterfangen. Ohne Deckung würde er ein perfektes Ziel abgeben.

Er verdrängte die Alarmsignale in seinem Kopf und watete auf Zehenspitzen durch das Flussbett, um nicht zu versinken. Carrère empfing ihn aschfahl, als wären Geister über ihn hergefallen.

»Dort oben ist es«, sagte er, auf die Öffnung im Felsen deutend.

Broissard hielt ihn zurück.

»Diesmal gehe ich allein.«

Der Brigadier blickte ihn verdutzt an.

»Aber Sie …«

»Lass mich ausreden. Einer von uns beiden muss wegen der Kinder hierbleiben. Verständige die Gendarmerie, sobald ich reingegangen bin. So bleiben mir ungefähr fünfzehn Minuten.«

Der Tonfall ließ keinen Widerspruch zu. Carrère nickte widerwillig, er begriff, dass dies das Ende ihres gemeinsamen Abenteuers bedeutete. Alain wollte ihn an sich drücken, aber sein Körper rührte sich nicht.

»Für den Fall, dass … ich nicht wieder rauskommen sollte, wollte ich dir sagen …«

»Ich weiß«, antwortete Sylvain Carrère mit einem traurigen Lächeln.

Broissard kletterte den Hang hinauf und blieb am Eingang zu dem unterirdischen Stollen stehen. Die Atmosphäre war von einer erdrückenden Schwere. Er schloss die Augen und genoss zum letzten Mal die frische Luft.

In seinem Kopf erschallten die sieben Posaunen der Apokalypse, untermalt von der Musik Gustav Mahlers. Der erste Satz der *Kindertotenlieder* erklang. Seine Finger umklammerten den Kolben des Revolvers.

Er drückte die Augen fester zu und starrte in die Finsternis unter den geschlossenen Lidern, die Halluzinationen bändigend, die auf den Trümmern seiner Identität tanzten.

Mit einer übernatürlichen Klarheit sah er einen Schauer von Kometen auf die Erde niedergehen, Bäume in Brand setzend, das Eis schmelzend. Donner und Blitze durchzuckten den finsteren Himmel. Der Mond wurde rot, blutgetränkt wie eine klaffende Wunde in den Eingeweiden der Nacht. Das Blut des Gestirns vermischte sich mit dem Hagel, mit den Flammenzungen des Sturms. Die Naturgewalten wurden entfesselt und geißelten die Erde, bis nur noch Asche von ihr übrig war.

Es gab weder Licht noch das Jüngste Gericht.

Broissard öffnete die Augen. Er hatte die Wahrheit gefunden, nach der er suchte.

Den Boden berühren bedeutete nichts.

Eine seltsame Gelassenheit machte sich in ihm breit.

Endlich war er am Grund seiner selbst angelangt.

75 | Paris, Mordkommission

Ein blutiges Orange.

Ein klebriges Zinnoberrot.

Blandine zwinkerte mit den Augen, aber die Wimpern waren verklebt. Durch den Schleier hindurch sah sie verschwommen das Chaos und den Wahnsinn, der sich wie eine Pandemie um sie herum verbreitete. Das ohrenbetäubende Konzert von Sirenen und Gebrüll ließ den Schmerz in ihrem Kiefer wieder aufleben und entlockte ihr einen stummen Schrei. Sie riss die Augen weit auf, um die verklebten Wimpern zu lösen. Ihre erste klare optische Wahrnehmung war ihr Spiegelbild im Rückspiegel.

Ihre Augen waren blutunterlaufen, und ihre Wange war auf das Doppelte ihrer ursprünglichen Größe angeschwollen, eine bläulich-rote Beule. Der Backenknochen war angeknackst, eine tiefe Schnittwunde. Weiches Muskelfleisch hing wie eine Zunge aus der Wunde. Getrocknete Blutspritzer überzogen ihr Gesicht wie Sommersprossen.

Blandine rührte sich nicht und versuchte sich Klarheit über ihre Lage zu verschaffen. Ihre Handgelenke waren hinter ihrem Rücken stramm gefesselt. Sie schaute sich flüchtig um. Sie saß allein in dem geparkten Wagen, nur etwa dreißig Meter von der Place de l'Étoile entfernt. Der Zündschlüssel war verschwunden, die Drähte herausgerissen.

Würde Rilk zurückkommen, um sie umzubringen?

Die Avenue de Friedland war zum Schauplatz des Weltuntergangs geworden. Ausgebrannte Karosserien standen kreuz und quer auf der Fahrbahn.

Sie rollte sich zur Seite und verrenkte sich, um mit der Stirn gegen das Lenkrad zu drücken. Ein schwaches Hupen, das vom Lärm auf dem Platz verschluckt wurde. Sie versuchte sich zu beruhigen, aber kurze Momente der Angst jagten ihr einen kalten Schauder nach dem anderen über den Rücken. Sie zog die Beine an und wand sich auf ihrem Sitz, um ihre Arme unter ihr Gesäß zu schieben.

Die Schnüre schnitten in die Haut und die Adern ein. Sie schrie. Warmes Blut sprudelte auf ihre Hände. Ihre Bänder waren zum Zerreißen gespannt. Sie strengte sich noch etwas stärker an, vor Schmerz setzte der Schweißfluss aus. Die Fesseln zogen sich zusammen und kerbten sich in die Muskeln ein, als wären sie Butter. Nach der x-ten Verrenkung gelang es ihr, die Unterarme unter ihrem Po durchzuschieben.

Die Fahrgastkabine wackelte. Sie kämpfte gegen die drohende Bewusstlosigkeit an und versuchte, die Fesseln zu zerbeißen. Ihre Zähne rutschten an den Plastikbändern ab. Sie biss fester zu. Doch auch das brachte nicht den gewünschten Erfolg. Und dann erblickte sie ihn.

Seine Silhouette zeichnete sich hinter der Windschutzscheibe ab. ER. Blandine schrie aus vollem Hals. Zwischen den ausgebrannten Wracks, den Überresten der Raserei, näherte sich Jean-François Rilk.

In einem Anfall blinder Panik warf sie sich in alle Richtungen, um sich zu befreien. Sie bemerkte, wie der Schatten weniger als zehn Meter vom Wagen entfernt größer wurde. Ihr Blick fiel auf den Gegenstand in seiner Hand. Der Bär knipste das Feuerzeug an und entzündete den Fetzen, der aus dem Flaschenhals herausragte.

»Erbarmen! Nein! Nein!«

Der Molotow-Cocktail explodierte, und Flammenzungen tanzten wie Irrlichter auf der Motorhaube. In wenigen Sekunden verwandelte sich das Fahrzeug in eine Fackel. Die Temperatur im Inneren stieg jäh an. Dichter schwarzer Rauch umhüllte den Innenraum und drang durch die einen Spaltbreit geöffnete Heckscheibe. Blandine bekam keine Luft mehr.

Die Reifen platzten. Ein vierfacher Knall, überdeckt vom Knistern der Flammen und den verzweifelten Schreien der jungen Frau. Tränen liefen ihr übers Gesicht. Mit hysterischer Wut zog sie an den Fesseln, die sie gefangen hielten. Doch sie konnte den Türgriff nicht erreichen.

Benzindämpfe vergifteten die Luft. Sie hustete, um die giftigen Gase, die ihr in den Bronchien brannten, auszustoßen. Sie begann zu fantasieren. Inmitten des Chaos ihrer inneren Bilder sah sie, wie alles enden würde.

Eine Gewissheit.

Sie würde sterben.

Die Rauchgase würden sie umbringen. Der Wagen würde explodieren und ihr Fleisch, ihre Knochen und ihr Blut ringsherum verstreuen. Alles würde in einer delikaten Vereinigung ihres Körpers mit dem Stahl des Fahrzeugs enden. Das Armaturenbrett würde ihr das Gesicht wegreißen. Die Leuchtzifferblätter würden ihre Wangen mit funkelnden Pailletten überziehen. Die Flammen würden die Körperflüssigkeiten, die unter ihrer Haut flossen, trocknen. Der Fötus in ihrem Bauch würde in der Hitze verdorren, durch das Feuer aus ihrem Bauch herausgetrieben und alles mit sich reißend, was noch von ihr, von Paul und den gemeinsamen Nächten übrig geblieben war.

Erbarmen.

Niemand würde einen Mord vermuten. Niemand könnte sie identifizieren. Ein tragischer Unfall bei den Ausschreitungen. Ihr Verschwinden bliebe ein Rätsel, ein ungeklärter Fall – ähnlich rätselhaft wie der Tod von Amandine und ihrer Tochter. Ihre drei Schicksale wären in unheilvoller Weise miteinander verflochten.

Erbarmen.

Feuer auf allen Seiten. Das Wageninnere war nur noch eine Strahlenblase. Von einer Art animalischem Selbsterhaltungsinstinkt getrieben, versuchte sie, die Fesseln an ihren Fußknöcheln zu durchreißen. Das heisere Pfeifen ausgehend von ihren Rippen alarmierte sie. Mit jedem Atemzug inhalierte sie heiße, mehlige Asche. Die Agonie setzte ein. Nur noch wenige Minuten bis zum letzten Atemzug. Eine Litanei entrang sich ihren Lippen.

Erbarmen. Erbarmen. Erbarmen.

Die Hitze des Infernos war ihre Hölle.

Ein letztes Aufbäumen. Sie zerrte und kratzte an der Schnur und wetzte den Kunststoff durch. Mit einem kurzen Ruck gelang es ihr in letzter Minute, die Fessel zu zerreißen.

Sie warf sich gegen die Wagentür und versuchte, sie zu öffnen. Der Schmerz in ihren Armen betäubte sie. Sie schlug gegen die Scheibe, immer wieder. Endlich entstanden Risse. Bevor sie implodierte.

Die Flammen griffen auf den Fahrraum über.

76 | Paris, Sondereinheit/OCLCTIC

»Polizei! Machen Sie Platz! Kommen Sie alle heraus!«

Der Inhaber des Cybercafés versuchte dazwischenzutreten, doch Zoé packte ihn am Kragen und warf ihn hinaus. Léo drängte die Leute vor dem Schaufenster zurück. Er schlug die Tür zu, versperrte sie und entnahm Amandines verkohltes Handy dem Pullover, in den er es eingewickelt hatte.

Er ging hinter die Theke, riss das Schild »PRIVAT« herunter und betrat die Abstellkammer. Ein angrenzender Raum führte zu einer winzigen Dusche und einem Stehklosett.

War Clara noch am Leben?

Der Brandherd lag in dem Gebäude, in dem sich ihre Wohnung befand. Das konnte kein Zufall sein. Welcher Sache war er auf der Spur, dass man ihn beseitigen wollte?

Er stellte den Verschlag auf den Kopf und brachte

Werkzeuge, Bauteile und Kabel ans Licht. Zoé tippte auf der Tastatur und nahm die letzten Einstellungen vor.

»Wir sind mit einem gesicherten Netzwerk verbunden. Ich werde den Inhalt der Festplatte überspielen.«

Léopold schraubte den Deckel des Laptops ab und nahm die Tastatur heraus. Mit fachmännischer Hand entfernte er die im Inneren des Computers festgelöteten Bauteile.

Als würde er einen Organempfänger auf die Transplantation vorbereiten, baute er die Festplatte aus und schloss das Stromkabel an.

Auf ein kurzes Knistern folgte ein gleichmäßiger Ton. Léo prüfte den Plattenantrieb und den Lesekopf, der die Platte abtastete. Er verband die Ausgänge der Schnittstelle mit der Zentraleinheit seines Rechners, bevor er im abgesicherten Modus neu startete.

»Und das soll funktionieren…?«

»Diese Festplatte ist durch Duplexing abgesichert. Die Rillen scheinen nicht beschädigt zu sein. Es gibt keinen Grund, dass es nicht funktionieren sollte.«

Reihen mit Zahlen und Codes liefen über den schwarzen Bildschirm. Die Temperatur des Computers stieg allmählich an. Der Ventilator drehte sich immer schneller. Die externe Festplatte sandte ein dumpfes Pfeifen aus.

Léo umging das Erkennungsprotokoll und aktivierte die Anwendung, die ihm Zugriff auf die Festplatte von Amandine gewährte. Der Rechner bootete und öffnete ein Fenster, in dem Léo die Steuerungsparameter modifizierte. Die Begrüßungsseite blitzte auf. Alles, was auf Amandines Rechner gespeichert war, wurde jetzt auf seinem dargestellt. Er öffnete den Arbeitsplatz und dann die Seite »Dokumente und Einstellungen«. Etwa dreißig Dokumente wurden scheinbar ungeordnet angezeigt.

»Ich durchsuche das Internet-Archiv, du nimmst die Dokumente unter die Lupe.«

Zoé begann, alles, was Amandine auf ihrem Computer gespeichert hatte, systematisch zu durchforsten. Léo lief ein Schauder über den Rücken, langsam und Wirbel für Wirbel. Er spannte seine Glieder an und schüttelte dann seine Beine aus, um die Durchblutung anzuregen. Er öffnete den Ordner mit den Parametern des Anwenders, die Software-Archivierung, worauf der Zugangscode abgefragt wurde. Es war ein Kinderspiel, die Festplatte zu knacken, während es eine intellektuelle Herausforderung darstellte, den Sicherheitsschutz des Betriebssystems zu überwinden. Wäre er jünger gewesen, hätte er die elektronischen Schlösser bereits mit Methoden der Kryptoanalyse umgangen. Er konzentrierte sich, um sich an das Protokoll zu erinnern, an das er sich halten musste, und begann, die symmetrischen Schlüssel zu knacken – eine Folge von Algorithmen, mit denen sich Dateien verschlüsseln ließen.

Eine halbe Stunde später erschien eine vollständige Liste der von Amandine aufgerufenen Websites in Form eines riesigen Kryptogramms vor seinen Augen. Inmitten dieses Wusts von Code-Zeilen befand sich, wenn er sich nicht irrte, die Adresse der Website, von der das Mädchen *Neverland* und *Wonderland* heruntergeladen hatte. Léo zwang das Betriebssystem dazu, die Informationen zu entschlüsseln. Die Festplatte lief heiß und verlangsamte sich bei jedem weiteren Schritt, der zum Kern ihres Speichers führte. Der Ventilator würde schon bald nicht mehr genügen, um das System zu kühlen.

Chronologie der Internetzugriffe: zugelassen.

Entschlüsselung läuft.

Léopold unterdrückte einen Triumphschrei und begann seine Recherche mit Schlüsselwörtern. *Neverland. Wonderland.* Die Websites ratterten zu Dutzenden über den Bildschirm. Die Alpträume lauerten in einem Winkel seines Gehirns und warteten nur auf einen Moment der Schwäche, um ihn in den Wahnsinn zu treiben.

»Das musst du dir ansehen.«

Léo klickte auf das Fenster, das über der Symbolleiste blinkte, und öffnete ein Dokument, das Zoé ihm schickte.

Vertraulich.

Er überflog die Berichte über die Nachforschungen, die das Mädchen angestellt hatte.

Der Ton war kalt, klinisch, eine Aneinanderreihung lückenhafter Informationen, Gerüchte und Andeutungen. Die Schilderung der Erinnerungen an sein Martyrium enthüllten unmittelbar die Unstimmigkeiten der Ermittlungen. Ein Foto, auf dem angeblich das Haus des Vergewaltigers zu sehen war, versehen mit dem Kommentar:

»Das ist nicht das Haus, in dem ich dem Teufel begegnet bin. Ich erinnere mich an eine rote Tür, die mich in Angst und Schrecken versetzte. Ich habe es nicht gewagt, sie zu berühren, denn ich war mir sicher, dass sie mit dem Blut der anderen Mädchen, die vor mir hier waren, gestrichen worden ist.«

Wie um das Grauen dieser Enthüllungen zu unterstreichen, blinkte die Suchmaschine.

Objekt gefunden.

Léopold hüpfte das Herz im Leib. Seine Vermutungen erwiesen sich als richtig. Amandine war viel schlauer als sie gewesen. Sie hatte eine pädophile Website aufgespürt, die bislang allen Dienststellen, allen Dezernaten, die das Internet überwachten, entgangen war. Wo alle anderen gescheitert waren, war es ihr gelungen, den Styx bis zu seiner Quelle zurückzuverfolgen.

Die Inspektoren gaben die Internet-Adresse ein. Die digitalen Ziffern der Uhr blieben stehen. Zoé wandte die Augen ab.

»Verdammt … das gibt es doch nicht.«

Léo blinzelte nicht, er zwang sich, die Website auf dem Bildschirm bis zum Erbrechen zu betrachten, hin und her gerissen zwischen Trauer und Wut.

Unvermittelt ergriff Zoé seine Hand.

»Spürst du es nicht?«

Sie trat an das Eisengitter heran, das vor dem Cybercafé heruntergelassen worden war.

»Und diese Stille …«

Durch die schmalen Metallschlitze hindurch betrachtete sie die menschenleere Straße, in der alles hektische Treiben wie fortgeblasen war. Ein unnatürliches Dämmerlicht senkte sich auf die Gebäude herab.

Kein Mensch auf den Gehsteigen.

Niemand auf den Balkonen.

Kein Lebenszeichen.

Und eine immer bedrückendere Stille.

»Irgendetwas ist im Gange …«

Dann eine plötzliche Veränderung des Lichts. Der purpurrote Himmel wurde zunächst hellbeige, bevor er sämtliche Grautöne bis zum Schwarz durchlief. Weiter oben in der Straße flogen Fackeln aus den Fenstern. Ein sengend heißer Wind pfiff zwischen den Schaufenstern und wehte den Geruch nach Katastrophen heran.

Zoé versagte die Stimme.

»Das Feuer ... kommt näher.«

77 Katakomben von Crozant, Sondereinheit

Im Schein der Taschenlampe öffnete sich das Nichts vor Broissard. Er betrat den Stollen. Der Lauf der MR73 diente ihm als Kompass. Er beleuchtete die Zähne und die Kieferfragmente, die den Boden übersäten, und ging weiter.

Schmutzige Seile verliefen wie Ariadnefäden in der Dunkelheit. Er spitzte die Ohren. Wasser sickerte aus der Decke, und die Kalkabscheidungen bildeten ein Geflecht von schmalen Stalaktiten. Auf der rechten Seite war ein Teil des Stollens eingestürzt. Eisenbahnschwellen stützten das Gewölbe.

Gesichter entstiegen seinem Gedächtnis und nahmen unmittelbar Gestalt an.

Gérard Maurois als Kindermörder. Ein jämmerlicher Befehlsempfänger. Ein Helfershelfer im Sold eines Netzwerks. Ein Parasit. Abschaum.

Der zweite, vorerst noch gesichtslose Mörder. Er konnte jederzeit auftauchen. Auch er war cin armer Schlucker. Ein gedungener Folterknecht, der die grausame Drecksarbeit erledigte. Das Blutbad, das er anrichtete, deutete darauf hin, dass es sich um einen Anfänger handelte. Zweifellos um den Nachfolger von Maurois.

Vor dem Visier das Gesicht des Erzengels. Des Erben von Antonio Diaz. Des großen Drahtziehers. Des großen Mistkerls. Abschaum in Person. Der Schutzpatron des Lasters.

Der Stollen, ein Resonanzboden seiner Einsamkeit, raubte ihm den klaren Verstand und stärkte seine Instinkte. Seine Gedanken prallten von den Wänden ab und wurden immer wirrer und unbändiger.

Broissard dachte daran, dass Maxime vergeblich versucht hatte, das Böse an der Wurzel auszumerzen, und sich dabei selbst zugrunde gerichtet hatte. Dass er den gleichen Weg eingeschlagen hatte – ohne Bindung an moralische Werte und Normen – und auf einen Abgrund zusteuerte, aus dem es kein Entrinnen gäbe. Es war zu spät, um den versäumten Gelegenheiten nachzutrauern.

Zum ersten Mal in seinem Leben fühlte er sich vollkommen frei.

Die Wände verengten sich. Die Katakomben wirkten wie ein feuchter, düsterer Trichter. Er stieg eine Treppe hinab, geleitet von dem asthmatischen Surren eines Generators. Zugluft trug einen ranzigen, würzigen Geruch heran.

Der Schlupfwinkel war ganz in der Nähe.

Eine massive Holztür versperrte den Zugang zum hinteren Teil des Ganges. Aber das Schloss war nicht gepanzert. Er hatte Glück. Mit der Klinge seines Taschenmessers löste er die Stifte des Schlosses. Unter einem unheimlichen Quietschen ging die Tür auf.

Broissard drang in einen Gang vor, dessen Wände mit gräulichen Flecken besprenkelt waren. Schimmel. Salpeter. Kaputte Rohre funkelten in dem orangefarbenen

Lichtschein von Glühbirnen. Grüne Röhren überzogen die Decke wie die Fäden eines abgewetzten Gobelins. Er folgte den in der Zugluft baumelnden Hängelampen und ging weiter, ohne zurückzublicken auf das, was er hätte anders machen können, ohne in seinem Gedächtnis nach dem genauen Zeitpunkt zu suchen, als ihm sein Leben entglitten war.

Unvermittelt hielt er inne, ihm war plötzlich speiübel, die Beine wie gefroren.

In den Fels gehauene Nischen, die jedoch nicht einmal mannshoch waren. Rattenlöcher. In diesen dunklen Zellen lagen aufgerissene, stockfleckige Matratzen, zusammengeknüllte Leintücher und Decken. Nachttöpfe waren in einem Winkel aufgestapelt. Von Insekten wimmelnde Harnpfützen.

Es war zu spät, um umzukehren. Er stand bereits am Rand des Abgrunds.

Der Capitaine durchquerte das Chaos.

In der Mitte eine Art Spielplatz des Grauens.

Rutschen, verstreut herumliegende Spielsachen, Puppen und, an der Wand, Dutzende von Zeichnungen. Kinderhände hatten ein bunt zusammengewürfeltes, schauriges Fresko gemalt. Monströse Körper, Gesichter von Menschenfressern. Riesige rote Geschlechtsteile mit Fangzähnen, die Kinder verschlangen.

Die Gewalt und die Hoffnungslosigkeit, die das Fresko ausstrahlte, schnürten ihm die Kehle zu.

Links von ihm hörte er ein leises Geräusch. Wie ein Atemzug, der unterdrückt wird. Angst überkam ihn. Er überstrich die Zellen mit dem Lauf seines Revolvers.

Eine Bewegung im Dunkeln. Stille.

Broissard spannte seinen Finger am Abzug und ging einen Schritt nach vorne. Finsternis füllte den Hohlraum aus. Noch ein Schritt. Er umklammerte den Kolben des Revolvers so fest, dass seine Hand weiß anlief.

»Kommen Sie heraus, oder ich … ich schieße!«

Der Schweiß stand ihm auf der Stirn. Langsam hob er die Taschenlampe.

»O mein Gott, nein …«

Gefangen in dem Lichtkegel, blickte ihn ein nacktes, zum Skelett abgemagertes Mädchen aus Augen an, in denen panische Angst stand. Es kauerte sich im hintersten Winkel der Nische zusammen und fauchte wie ein in die Enge getriebenes Tier. Es starrte Broissard an und suchte nach einer Lücke, durch die es entschlüpfen könnte. Er kniete sich langsam hin und zog seine Jacke aus, um sie der Kleinen umzuhängen.

»Hab keine Angst.«

Er streckte die Hand aus. Ihre Arme und ihre Beine glichen krummen Spinnenbeinen. Ihre Wirbelsäule ragte hervor wie ein Bergkamm, ihre Haut war so durchscheinend, dass ihre blauen Adern ihren Oberkörper wie mit Sternen übersäten.

»Ich bin hier, um dich zu retten! Verstehst du? Dich zu retten!«

Das Mädchen starrte ihn an, ohne zu begreifen. Broissard spürte, dass er gleich schwach werden würde.

»Wo sind die anderen? Du musst …«

Das Rasseln eines Schlosses.

Sein Herz begann heftig zu pochen.

Er gab dem Mädchen durch eine Geste zu verstehen, still zu sein und sich nicht zu rühren.

Sich unter keinen Umständen zu rühren.

Er warf sich in eine der Zellen, prallte mit den Rippen gegen die Felswand. Er sah das Schimmern einer Jagdbüchse. In der Höhle eingezwängt, dem Gestank hilflos ausgesetzt, zielte er und betete, er möge die Kraft besitzen, die Sache konsequent durchzuziehen.

Eine Stimme drang aus der Hölle.

»Julia, du bist dran.«

Paris, Mordkommission | 78

Blandine, ihr Gesicht mit einem Arm schützend, wurde in einem Funkenschauer förmlich aus dem Wagen herausgeschleudert und fiel auf den Asphalt. Sie wälzte sich auf dem Boden, um das Feuer, das auf ihre Kleidung übergegriffen hatte, zu löschen. Die Schmerzen waren so stark, dass sie das Gefühl hatte, ihr ganzer Körper wäre von Brandwunden übersät.

Sie konnte nicht aufstehen, denn das Bild ihres in Flammen stehenden Körpers und des von der Haut abdampfenden Schweißes ging ihr nicht aus dem Sinn. Ihre Trommelfelle vibrierten, das rechte war in der heißen Druckwelle sogar geplatzt. Alle Schallwellen der Stadt schienen, enorm verstärkt, in ihrem Schädel zusammenzulaufen.

Sie kämpfte gegen die Migräne an, um ihre Selbstbeherrschung zurückzuerlangen. Sofortige Betäubung. Ein Krampf im Unterleib.

Am Ende der Avenue erblickte sie die Silhouette von

Kommissar Rilk, der sich umdrehte. Sie sah, wie er kehrtmachte und auf sie zuging. Er zog seine Waffe und zielte auf sie.

Ein Aufblitzen. Ein Knall. Das Zischen eines Projektils, das ihre Wange streifte. Eine Schramme unter ihrem Backenknochen und ein Bluttropfen auf dem Asphalt.

Blandine schrie und sprang auf. Verwirrt begann sie, taumelnd, zu laufen und betete, die nächste Kugel möge sie verfehlen. Die Place de l'Étoile lag direkt vor ihr. Das Gejohle der Menge. Sie mischte sich unter die Demonstranten, strauchelte und stand unvermittelt vor einer Brandungswelle aus Menschen.

Im Westen drängte der Vorstoß eines Zugs Bereitschaftspolizisten die tobende Masse zum Arc de Triomphe ab. Die Lieutenante wollte zurückweichen, aber eine Tränengasgranate explodierte und hüllte eine Ecke des Platzes in dichten Nebel.

Alles ging jetzt sehr schnell.

Sie wurde von der wogenden Bewegung der Demonstranten mitgerissen, die zu den Metro-Eingängen strömten. Hier geschubst, da von Händen gepackt, verlor sie das Gleichgewicht und hielt sich strauchelnd an Körpern fest. Schon fürchtete sie, niedergetrampelt zu werden.

Eine zweite Granate explodierte. Blandine lief los, wie getragen von der Menschenmenge, die die Place de l'Étoile verwüstete. Hinter ihr dehnte sich die Rauchwolke rasch aus. Falls sie sie einholen sollte, könnte sie nicht mehr atmen, sich nicht mehr bewegen und würde überrannt. Der Druck der Menge in ihrem Rücken wurde stärker, er entsprach einer mit Vollgas betriebenen Dampfwalze.

Sie eilte die Treppe am Eingang der Metro-Station wie im Flug hinunter. Nur nicht stürzen. Der kleinste Fehltritt wäre fatal. Sie wurde gegen das Geländer geschleudert und hatte das Gefühl, dass das Eisen ihr Brustbein zerquetschte. Sie stöhnte unter der Wucht des Aufpralls und japste nach Luft.

Um sie herum Geschrei. Den Atem anhaltend und die Augen mit den Händen abschirmend, durchquerte sie eine Gaswolke. Sie registrierte das dumpfe Geräusch eines Körpers, der vor ihr stürzte. Ihre Füße versanken in etwas Weichem. Sie lief weiter – während ihre Haut und ihre Augen von den Rauchgasen glühten.

Die Menge ergoss sich auf die Bahnsteige und verlief sich in den Gängen. Die Scheiben eines U-Bahn-Zugs zerbarsten, und die Scherben flogen in alle Richtungen. Eine kollektive Angst hatte sich der Menschen in der Station bemächtigt.

In einem Anfall von Paranoia drehte sich Blandine um und suchte mit den Augen die verzerrten Gesichter in der Menge ab.

Dann erblickte sie ihn.

Etwa dreißig Meter entfernt.

Ihre Blicke begegneten sich, und sie sah die Pistole in seiner Hand funkeln.

»Lassen Sie mich durch! Ich flehe Sie an!«

Von der Menge verschluckt, versuchte sie sich einen Weg gegen den Strom zu bahnen. Sie stieß Menschen beiseite, gebrauchte die Ellbogen, aber ER verringerte den Abstand zu ihr.

In Todesangst warf sich Blandine auf den Boden und sah sich von einem Gewirr von Beinen umstellt. Sie kroch auf allen vieren durch diesen Hindernisparcours, wich Fußtritten und Kniestößen aus und schlich blindlings weiter.

Eine neue Tränengaswolke legte sich über die Station. Rauchschwaden hingen über den Rolltreppen, bevor die Zugluft sie auf die Bahnsteige trieb. Menschen brachen zusammen und übergaben sich. Das Geschrei wurde immer lauter, die Menge begann wieder zu rennen. Sie kroch weiter und spürte, wie die Bedrohung überall um sie herum wuchs.

Jetzt war ER nur noch zehn Meter von ihr entfernt.

Nur noch ein paar Sätze bis zu seiner Beute.

Blandines Hand griff ins Leere. Die Schienen unter ihr. Zu spät, um zurückzuweichen. In ihrem Rücken ein wütendes Gewimmel. Vor ihr ein Gewirr von Gängen. Ihr einziger Ausweg.

Mit dem bedrückenden Gedanken, dass ihr das gleiche Schicksal wie Amandine drohte, sprang sie auf die Bahnschwellen. Sie lief geradeaus. Sie schlitterte und strauchelte, bis der Schlund eines Tunnels sie verschluckte.

Sie hörte deutlich, dass ER ebenfalls aufs Gleisbett gesprungen war und ihr nachsetzte.

79 Paris, Cybercafé, Sondereinheit/OCLCTIC

»Wir müssen hier raus! Das Feuer ist ganz nah!«

»Ich kann nicht!«, schrie er.

Léopold hatte das schmerzliche Gefühl, von einem Malstrom mitgerissen zu werden, in dem sich zwei Strömungen vereinigten: Gräueltaten in der virtuellen Realität und die sozialen Unruhen im realen Frankreich. Er hatte soeben eine Welt der tiefsten Verzweiflung betreten, ein Cyber-Sodom, in dem buchstäblich alles erlaubt war.

Kinder. Hunderte von Kindern jeden Alters, aller Hautfarben. Ein Sklavenmarkt. Und überall Fotos, Filme. Minderjährige Prostituierte beiderlei Geschlechts in Kambodscha, in Indonesien, Angola, im Senegal, in der Elfenbeinküste und in der Ukraine. Kleine Jungen in den Favelas von Rio, Mexico City und Buenos Aires. Sexorgien mit jungen Schwarzen auf einem Crack-Trip. Sexuelle Ausbeutung von Elend und Not. Nacktes Fleisch, Sperma und Schreie. Ein Panorama des Lasters. Der Schandfleck einer verrottenden Gesellschaft. Eine verborgene Welt, die für die klassischen Suchmaschinen unzugänglich war. Keine Meldezettel. Keine Spur von einer Person, die die Missbrauchsopfer beherbergte. Eine Phantom-Website unter den Hundert Millionen »real« existierender Sites.

Ihre Wut wich einer tiefen Niedergeschlagenheit.

»Ich habe so etwas noch nie gesehen. Ich kenne kein Protokoll für Webseiten dieser Art.«

»Jedes System hat eine Schwachstelle.«

Léo ließ die Liste der verfügbaren Filme im Schnelldurchlauf abspielen. Die Eintönigkeit der Bilder ermüdete ihn. Immer wieder wurde das gewaltsame Eindringen in Scheide, After oder Mund in Großaufnahme gezeigt. Sein Gehirn speicherte die visuellen Informationen mechanisch ab.

Aber die Hitze beeinträchtigte seine Konzentrationsfähigkeit und sein Aufnahmevermögen. Er knöpfte sein Hemd auf. Es wurde immer heißer.

Seine Stimme war kraftlos. Die Worte kamen ihm wie von selbst über die Lippen.

»Wir wissen, dass Amandine die Filme von dieser Website heruntergeladen hat. Wenn wir die Links zurückverfolgen können, gelingt es uns vielleicht, den Rechner aufzuspüren, auf dem sie gespeichert sind.«

Er hörte nicht die zustimmende Äußerung von Zoé. Er hörte gar nichts mehr.

Er war taub für die Brandgeräusche.

Taub für das Rattern der Computer.

Taub für das Brodeln in sich.

Diese Webseite war nur eine Fassade. Was eigentlich zählte, befand sich hinter den Bildern, hinter den Algorithmen und den Codes. Man musste die Spur bis zum Ursprungsrechner zurückverfolgen, demjenigen, auf dem die Daten gespeichert waren, komprimiert wurden, von wo aus sie jemand ins Netz gestellt hatte. Léopold zügelte das Tempo seiner Gedanken und bereitete seinen Angriff vor.

Der Zielrechner war als virtuelle Festung mit digitaler Architektur gestaltet, die jeden Eindringversuch abwehren sollte. Firewalls. Zugbrücken, die den binären Datenstrom unterbrechen können. Und im Bergfried, im

Zentrum des Systems, eine Blackbox, die es erlaubte, herauszufinden, wo sich dieser Rechner befand. Genau das wollte Léo wissen. Die Ziffern der Wanduhr hinter ihm spiegelten sich auf der Bildschirmoberfläche und überlagerten sich mit den Ziffern, die in Spalten über den Bildschirm liefen.

Er lud ein Malware-Programm, das er auf die Schnelle bei einem Forum aufgetrieben hatte, auf einen Computer. Es handelte sich um eine minderwertige Software, ein Abfallprodukt, das sich leicht modifizieren ließ, um daraus eine Waffe zu schmieden, die das Betriebssystem des feindlichen Rechners stören konnte. Der Trojaner würde die Grundlagen des Systems angreifen und die Schutzmechanismen aktivieren, die verhindern sollten, dass das Programm die Kontrolle über den Zentralspeicher übernahm. Aber das würde nicht genügen, um die Informationen zu beschaffen, die er wollte. Es wäre lediglich eine Ablenkung, die ihm erlauben würde, die Firewall mit Hilfe eines viel besser getarnten Virus zu umgehen. Während der Trojaner den fremden Rechner mit Anforderungen von Modifikationen der IP-Adresse überflutete, konnte sich das Virus installieren und die Verteidigungssysteme von innen infizieren.

Schweißtropfen perlten an den Achseln und liefen über seine Arme. Seine Finger flogen weiterhin von Taste zu Taste.

Er wollte in sich gehen, keine Gefühle zeigen und an etwas Schönes denken.

Aber dann sah er doch nur das Bild der kleinen Amandine vor sich, wie sie ihn im Vernehmungszimmer angeschaut hatte. Ein Bild, das ihm wie mit Keulenschlägen den Grund einhämmerte, warum er sich diesen Abstieg in die Hölle antat, diese Fahrt auf einer Achterbahn, die jeden Moment einstürzen konnte.

Er hatte keine andere Wahl.

Hinter dem Schaufenster flirrte die Straße im Widerschein der vorrückenden Flammenwand.

Er ließ nicht locker. Sein Körper befand sich in einem Ausnahmezustand. Er beugte sich über die Tastatur und durchforstete wie ein Besessener die Liste der Filme, eingetaucht in orangefarbene und rote Streiflichter, die durch das Cybercafé tanzten.

Er konzentrierte sich ganz auf seinen Sehsinn. Die Lider waren geschwollen wie die Ränder einer Wunde. Jedes Zwinkern war, als würde diese Wunde wieder aufgerissen.

Zwanzig Minuten waren vergangen. Er überprüfte alles ein letztes Mal. Seine Artillerie stand an der Front, bereit für die Offensive.

Dichter Rauch drang durch den Spalt unter der Tür. Zoé stürzte herbei, um den Schlitz mit ihren Kleidern abzudichten. Sie wollte noch nicht die Flucht ergreifen. Es war noch Zeit. Und die Besessenheit, mit der Léo bei der Sache war, gab ihr die Kraft, nicht aufzugeben.

»Ich hab's«, rief Léo und deutete auf einen Download-Link für die Filme *Neverland* und *Wonderland*. »Ruf sofort die Zentrale an. Sag ihnen, sie sollen sich bereithalten und das Sondereinsatzkommando verständigen.«

»Moment mal, was … was ist das denn?«, fragte Zoé und zeigte mit dem Finger auf eine Bildschirmeinblendung in schwarzen Buchstaben.

Wer bietet mit?/LIVE ANGELS WebCam.

»Nein! Nein! Nein! Verdammt, Léo, die werden sie doch nicht live vergewaltigen!«, schrie sie.

Er antwortete nicht. Sein Herz hörte nicht auf zu schlagen, sein Blut floss weiterhin durch die Adern, und trotzdem hatte er das Gefühl, zu sterben – hier, vor diesem Bildschirm. Die Person, die die Augen öffnete, war nicht mehr Lieutenant Apolline. In ihm lebte jetzt jemand anders.

Auf der Webseite, unter den schwarzen Buchstaben, lief ein Countdown:

Neun Minuten und sechsunddreißig Sekunden.

Der Geruch des Flammenmeers draußen kündigte das Ende an.

Léo ging zum Angriff über.

Katakomben von Crozant, Sondereinheit | 80

Ein Schuss ohne Vorwarnung.

Das Echo des Knalls hallte dumpf. Explosion in den Ohren. Donner und Stille. Rötliche Spritzer an den Stollenwänden. Broissard sprang aus seinem Versteck und prallte gegen den Mann, den er mit einem Schlag niederstreckte. Er schlug und schlug auf ihn ein. Unter seiner Faust: Blut, Nasenschleim, Speichel. Unter der Wucht eines Hakens, der ihn unvorbereitet traf, platzten ihm die Lippen auf, und sein Kiefer wurde ausgerenkt. Höllische Schmerzen durchzuckten sein Gesicht. Seine Lider zuckten unkontrollierbar. Reflexartig bohrte er seine Finger in den Bauch des Mannes. Mit dem Zeigefinger ertastete er das Einschussloch und steckte diesen bis zum ersten Fingerglied in das Loch.

Taumelnd richtete er sich auf und zielte auf die Bestie, die sich stöhnend den Bauch hielt.

Das Heulen des Mädchens hinter ihm lenkte ihn eine halbe Sekunde lang ab. Einen Moment zu lange. Die Gestalt drückte auf den Abzug des Jagdgewehrs. Broissard rührte sich nicht. Der Schuss der Büchse riss ihm die Schulter auf. Er fiel auf die Knie. Ihm schwindelte. Er konnte sich nicht mehr auf den Beinen halten.

Der Capitaine klammerte sich an den Schmerz, folgte ihm wie einem Seil, um wieder an die Oberfläche zu gelangen. Er rollte sich auf die Seite, um dem zweiten Schuss zu entgehen. Der Salpeter wirbelte in großen Schwaden auf. Eine Faustschlag aufs Auge, und er sah nur noch Sternchen. Er wischte sich die Tränen ab, während er seinen Revolver auf die Stelle richtete, von wo der Knall gekommen war.

»Lass dich von der Musik leiten.«

Er schoss das Magazin leer, ohne das Ziel zu sehen.

Durch den Staub kroch Broissard, dessen Auge weiterhin tränte, zu dem leblos daliegenden Körper. Der von den Kugeln wie gekreuzigte Mann lag ausgestreckt da. Die klauenartig gekrümmten Finger schienen noch immer im Boden zu scharren.

Er betrachtete das aufgedunsene Gesicht – eine Maske aus Blut und Lehm. Der obere Teil der Schädelkalotte war weggeschossen, und Haarbüschel flatterten sanft in der Zugluft. Ein junger Mann von kaum zwanzig Jahren. In etwa das Alter meines Sohnes, dachte er.

Alain stützte sich auf den Lauf seines Revolvers und schleppte sich zu dem Mädchen. Er umarmte es fest, wobei er die Schluchzer und die Tränen unterdrückte. Er schwor sich, diesen Augenblick niemals zu vergessen.

»Hör mir gut zu, ich lass dir diese Lampe und meine Uhr. Wenn ich nicht zurück bin, wenn der große Zeiger auf der Zwölf steht, musst du so schnell laufen, wie du kannst. Am Ausgang erwartet dich jemand.«

Er entwand dem Toten das Gewehr und durchsuchte dessen Taschen. Sechs Patronen. Am Eingang eines langen Ganges lud er das Gewehr nach. Seine zerschmetterte Schulter blutete stark. Es bliebe ihm wohl gerade genug Zeit, um seine Arbeit zu Ende zu führen, bevor er verblutete. Die Kälte, diese schreckliche, arktische Kälte, die für ihn schon so lange wie ein Freund war, forderte ihn zu einem weiteren Ausflug ans Ende der Welt auf, einer Reise, auf sich allein gestellt, ins Herz der Finsternis. Alles verdüsterte sich in seinen Gedanken. Er betrachtete seine Hände.

Blut auf der Glückslinie.

Blut auf der Herzlinie.

Blut auf der Lebenslinie.

Mit dem Fuß trat er die letzte Höllenpforte ein.

81| Paris, Untergeschoss der Metro, Mordkommission

Irgendein Streckenabschnitt. Ein Gewirr von Gleisen. Ihr Gesichtsfeld glich dem einer Handkamera. Um sie herum Graffiti und Dreck. Darüber Geräusche der Stadt, Geschrei der Menge. Krämpfe bei jedem Schritt. Schenkel, Waden, der Schollenmuskel, der große Oberschenkelanzieher. Sie hatte das Gefühl, dass ihre Muskeln förmlich verbrannten. Sie spürte sie nicht mehr, nur noch den Schmerz, allein der Selbsterhaltungsinstinkt hielt sie aufrecht.

Wenn du stehen bleibst, bist du tot.

ER war noch immer hinter ihr. Sie spürte seine Anwesenheit, seine Bedrohung, unmittelbar hinter sich, in ihrem Rücken. Sie wusste, dass er ihr jeden Moment eine Kugel zwischen die Schulterblätter jagen konnte.

In der Ferne ratterte ein U-Bahn-Zug.

Sie riss die Augen weit auf. Das Ungetüm aus Eisen raste mit siebzig Stundenkilometern dahin und verschlang alles, was ihm in den Weg kam. Sie warf sich gegen die Wand, die zwei Tunnels voneinander trennte. Scheinwerfer zitterten in der Kurve und tauchten den Raum in ein gleißend helles Licht. Weiß auf weiß. Geblendet, torkelte sie.

Ein starker Schwindel überfiel sie. Die Waggons schossen nur ein paar Zentimeter von ihrem Gesicht entfernt dahin. Ihre Fingernägel bohrten sich in die Wand. Schatten, unheimliche Fratzen hinter den Scheiben. Sie klammerte sich fest, um dem Erdbeben standzuhalten.

Der letzte Waggon raste vorbei. Sie ließ los. Sie hatte weiche Knie. Atemlos stürzte sie sich in den letzten geraden Streckenabschnitt und erreichte die Haltestelle. Sie kletterte auf den Bahnsteig und holte tief Luft, um das Feuer in ihren Lungen zu löschen.

Die Station George-V war lichtdurchflutet. Sie ließ den Blick über die Leute schweifen, die alsbald Zeugen ihres Todes würden. Obdachlose und Jugendliche, die mit Brecheisen Getränkeautomaten zerlegten und alles plünderten, was nicht niet- und nagelfest war. Die Randalierer setzten Mülleimer in Brand und warfen sie in einem Funkenregen auf die Gleise. Am Ende der Station demonstierte eine Gruppe von Studenten die Überwachungskameras, einer von ihnen schwenkte eine schwarze Fahne mit dem Emblem der Anarchie, einem eingekreisten A.

A.

Der Anfangsbuchstabe von Amandine.

Der Anfangsbuchstabe von Alice.

Zwei Vornamen, die miteinander verschmolzen. Als sie den roten Kreis sah, musste sie an ihren blutigen Weg durch die Unterwelt von Paris denken. Ein Weg, der hier, über den Schienen, endete. Der Kreis schloss sich.

Die körperliche Erschöpfung raubte ihr den Verstand. Völlig aufgewühlt, stürzte sie zu den Randalierern und fiel mit tränenüberströmtem Gesicht vor ihnen auf die Knie.

»Bitte, helfen Sie mir!«, schrie sie und umklammerte die Beine eines jungen Maghrebiners.

»Verdammt, was'n mit dir los?«

Verdutzt versuchte er sich aus der Umklammerung zu befreien, doch Blandine krallte sich förmlich an seinen

Waden fest. Einer der Älteren, kaum sechzehn Jahre, kam dem jungen *beur* zu Hilfe und stieß sie mit dem Fuß zurück. Sie duckte sich, wie ein Tier, das, plötzlich von einem Scheinwerfer erfasst, in Panik verfällt.

»Hau ab!«

»Nein, nein, bitte! Er bringt mich um«, schrie sie und kauerte sich gegen die gekachelte Wand der U-Bahn-Station.

Ein dünner Blutfaden schlängelte sich durch ihr Haar.

»Bitte … ich flehe euch an, helft mir.«

»Was redest du da?«, fragte einer der Jugendlichen. Er war klapperdürr, und drei Viertel seines Gesichts waren von Akne überzogen.

»Was geht das uns an?«, stieß der Älteste hervor, der sich kaum aufrecht hielt, mit einem Riesenjoint zwischen den Lippen.

Er torkelte und wäre beinahe aufs Gleisbett gestürzt. Eine Mischung aus Angel Dust, Bier, Wodka und Hasch versetzte ihn in Trance – ein Rauschzustand, der ihn aggressiv machte. Die drei anderen stanken zwar ebenfalls nach Fusel und Shit, schienen den Trip aber besser zu verkraften.

»Mademoiselle, du darfst nicht hierbleiben«, sagte der junge Maghrebiner, an den sich Blandine festklammerte.

Sie schreckte zusammen, von Panik ergriffen, als sie den Bären aus dem Tunnel herauskommen und am anderen Ende der Station auf den Bahnsteig klettern sah. Sie stieß einen gellenden Schrei aus und legte die Hände instinktiv auf den Bauch, um das Leben zu beschützen, das sie in sich trug.

»Was hat sie bloß?«, schrie der Typ mit dem Akne-Gesicht.

Blandine konnte nicht antworten – der Schreck versiegelte ihr den Mund. Farben schwirrten vor ihren Augen herum. Eine Arrhythmie der Sinneswahrnehmungen. Sie hörte das Echo des Verdikts in der Form eines ordinären, wütenden Keifens.

»Die muss abhauen! Die bringt uns nur Ärger!«

»Ganz genau, Alter.«

Sie drehten sich zu Rilk um, weniger als drei Meter von ihnen entfernt. Das Gesicht vor Anstrengung angeschwollen, troff er von Schweiß, und die fingerdicken Adern an seinem Hals zuckten.

»Scheiße, verdammt, was bist du denn für einer?«

»Das geht dich nichts an, Kameltreiber. Macht, dass ihr hier abhaut«, keuchte er, während er sich die Stirn abwischte.

Der junge *beur* ging auf ihn zu, sich zwischen den Kommissar und Blandine schiebend.

»Ich habe gesagt, du sollst die Fliege machen. Verdammt noch mal, du und deine Kumpel, ihr …«

Rilk brachte den Satz nicht zu Ende, denn plötzlich sah er das Funkeln eines Messers, das der junge Maghrebiner aus seinem Gürtel zog. Die Klinge sauste kreuz und quer durch die Luft und durchschnitt den Raum zwischen ihm und dem Kommissar. Rilk räusperte sich, spuckte aus und richtete sich vollkommen auf, wobei er mit einem Mal um mindestens zehn Jahre jünger wurde.

»Mensch, Pothin, Sie sind wirklich in Form. Ich weiß nicht, wann ich zum letzten Mal so rennen musste«, zischte er.

Er starrte den Halbstarken an, der noch immer mit dem Messer vor seiner Nase herumfuchtelte.

»Steck das ein und verdufte. Das Spiel ist vorbei.«

»Ich glaube, du wirst dich verpissen. Sonst ...«

»Sonst was?«, fragte Rilk, der sich wieder berappelt hatte.

Die Selbstsicherheit und die rohe körperliche Stärke, die der Mann ausstrahlte, ließen den Halbwüchsigen einen Schritt zurückweichen. Sein sehniger Körper von vielleicht sechzig Kilogramm war nichts im Vergleich zu dem Doppelzentner an schlagkräftigen Muskeln, der sich vor ihm aufgebaut hatte. Und die fünfzehn Zentimeter gehärteter Stahl, die er in der Hand hielt, erschienen ihm mit einem Mal unzureichend, um die Speckschicht des Kolosses zu durchstoßen. Die anderen Jungs wirkten ebenfalls unschlüssig und warfen nervöse Blicke zum Ausgang, da sie mit dem Gedanken spielten, sich aus dem Staub zu machen. Blandine spürte, dass ihr unverhoffter Beschützer ohne die Unterstützung seiner Gang kniff.

»Ich ... ich schneid dir die Eier ab«, stammelte er endlich. »Ich werd sie dir abschneiden und ins Maul stopfen.«

»Die Eier des Bullen fressen!«, schrie der Fixer rechts von ihnen, der in eine bessere Welt abgewandert zu sein schien.

»Lass mir das Mädchen.«

»Verpiss dich!«

»Mit deinem Messerchen bist du aufgeschmissen. Du weißt es, und ich weiß es. Und wieso? Weil solche Scheißaraber wie du nicht den Mumm haben, eine Sache durchzuziehen. Ich sag dir also noch mal: Lass mir das Mädchen.«

»Und ich sag dir, dass deine weiße Nutte bei uns bleibt!«

»Na schön, wenn du es nicht anders willst.«

Das Gesicht von Rilk verwandelte sich von einer Sekunde zur nächsten in eine wutverzerrte Fratze. Blitzschnell griff er mit der Hand hinter seinen Rücken und zog seine Waffe. Den Hahn gespannt. Finger am Abzug.

»Polizei! Mordkommission! Lass das Messer fallen, du Scheißkerl! Und Gesicht auf den Boden!«

»Verdammt! Verdammt!«

Der Kiefer des jungen Maghrebiners begann zu zittern, und seine Zähne klapperten. Er konnte seine Augen nicht von der Pistole abwenden, von dem schwarzen Loch. Das Messer entglitt seinen Fingern und fiel auf den Bahnsteig. Rilk schubste es beiseite und schlug mit dem Lauf seiner Waffe auf den Backenknochen des *beur*, wobei er ein haselnussgroßes Stück Wangenfleisch herausriss. Der Halbwüchsige rührte sich nicht.

»Gesicht zum Boden!«

Seine Füße wollten sich nicht bewegen, seinem Befehl nicht gehorchen. Der hypnotische Schrecken, den ihm die Halbautomatik einjagte, ließ ihn wie angewurzelt stehen.

Rilk spürte, dass er die Kontrolle über sich verlor. Sein kaltes Blut begann zu kochen. Die Gewaltimpulse, die in seinem Kopf herumtanzten, bemächtigten sich seines Körpers, und er bekam jäh eine Erektion. Er senkte das Korn und drückte auf den Abzug. Das Knie platzte auf. Blandine schrie. Der junge Maghrebiner sackte zusammen und wurde ohnmächtig. Seine Kumpels zitterten wie Espenlaub.

»Woraufwartet ihr? Zischt ab!«, brüllte Rilk und schoss aus nächster Nähe dem am Boden liegenden Jungen in den Fuß.

Die Kugel trat auf der Höhe des Sprungbeins ein, markierte es mit einem blutigen Stigma und trat unter der Sohle wieder aus. Der Fuß verwandelte sich in gallertartigen Brei, aus dem roter Schaum spritzte.

Der Kommissar genoss für den Bruchteil einer Sekunde ein starkes Lustgefühl, ehe ihm die Wirklichkeit einen Schlag versetzte.

Was machte er da, verdammt? War er nicht mehr ganz bei Trost?

Der ausgestreckt daliegende Junge schien in seinem eigenen Blut ertrunken zu sein, und Pothin war noch am Leben. Er hatte vor Zeugen und unter den unbestechlichen Augen der Überwachungskameras mit seiner Dienstwaffe geschossen. Scheiße. Er hatte gehandelt, ohne nachzudenken, ohne die Folgen zu berücksichtigen. Er hatte sich gehenlassen. Was war nur in ihn gefahren?

Wie kam er aus dieser Falle wieder heraus?

Die Eisenspitze, die sich in sein linkes Auge bohrte, riss ihn jäh aus seinen Gedanken.

»Hagra! Hagra!«, schrie der Fixer und zog dabei den Metallstift aus dem Augapfel.

Losgelöst von der Wirklichkeit, zu verstrahlt, um sich von der 9 mm beeindrucken zu lassen, kicherte er ins Leere, als er die Eisenstange betrachtete. Jean-François Rilk begriff nicht sofort, wie ihm geschah – sein Gehirn konnte die Sinneseindrücke nicht sofort verarbeiten. Sein

Körper reagierte zuerst. Ein heftiger Krampf drehte ihm den Magen um, sodass er sich erbrach. Der Fixer wirbelte wie ein Verrückter mit der Eisenstange herum und schlug sie ungeschickt gegen das Schlüsselbein des Polizisten. Der gebrochene Knochen durchstieß in einem rechten Winkel die Haut. Rilk schrie und schrie, bis ihm die Laute im Hals stecken blieben. Die Pistole entglitt seinen Fingern. Als er versuchte, dem Angriff auszuweichen, rutschte er auf dem Blut seines Opfers aus und fiel hin.

»HAGRA! Bullen-Schwuchtel! HAGRA!«

Der Fixer lachte laut auf, verdrehte die Augen und schlug, einen Schwinger nachahmend, die Nase von Rilk zu Brei.

Als die anderen Gangmitglieder sahen, dass sich das Kräfteverhältnis jetzt, wo die Bestie am Boden lag, umgekehrt hatte, überließen sie sich ihrer Grausamkeit und Zerstörungswut und feierten die grenzenlose Lust am Chaos in einem Bacchanal geschundenen Fleisches, gebrochener Knochen und geplatzter Organe. Mit jedem Fußtritt, den sie ihrem Opfer verpassten, fielen die letzten Hemmungen, und in blinder Wut wollten sie dieses Stück Dreck, das auf dem Beton des Bahnsteigs lag, nur noch ausbluten sehen.

»Tanz, Bullen-Arsch! Tanz!«

Blandine hielt es nicht mehr aus. Sie nahm all ihren Mut zusammen und begann zu laufen, getrieben von der absurden Furcht, Rilk könnte wieder aufstehen, um sie umzubringen, und der handfesteren Sorge, ihre unfreiwilligen Beschützer könnten sich gegen sie wenden. Sie rannte durch die Gänge und konnte es kaum erwarten, das Tageslicht wiederzusehen, weit weg von den Tritten und Schlägen, die weiterhin auf den Kommissar hagelten, der bald nur noch eine leblose Puppe sein würde.

Ein eiskalter Nordwind. Ein verhangener Himmel mit grellen Farben, von Mintgrün bis Hellblau. Die Luft unter freiem Himmel war jedoch nicht erfrischend, sondern gesättigt von stechenden Rauchschwaden und heißer Asche. Der Wind blies über die Champs-Élysées, auf der Demonstranten lauthals protestierten, und lud sich weiter unten, Richtung Place de la Concorde, mit dem starken Duft der Seine auf.

Nicht ganz bei sich, folgte die fliehende Blandine den Polizeisirenen, die in den Straßen heulten, in denen das gemeine Verbrechen, die Revolte und blanke Mordlust regierten. Sie folgte dem Echo der Krankenwagen, die Verletzte und Tote vom Schlachtfeld entfernten. Sie folgte der wütenden Wehklage, der zornigen Agonie der Stadt des Lichts. Und Paris, der Krake, das wunderschöne Monster, Paris, die Geschundene, schrie herzzerreißend.

82 | Paris, Cybercafé, Sondereinheit/OCLCTIC

Neun Minuten und einunddreißig Sekunden.

Die Nervenzellen in Léos Gehirn feuerten schneller. Die Warnung von Clarisse Katz erwies sich als begründet.

Noch neun Minuten und fünfundzwanzig Sekunden, bis die Kinder auftraten.

»Hallo! Kommissarin Dussaud? Hermon am Apparat.«

»Wo sind Sie denn? Wir suchen Sie schon seit Stunden!«

»Ich habe jetzt keine Zeit, es Ihnen zu erklären. Wir haben etwas gefunden. Es ist höchste Eile geboten.«

Zoé quetschte den Hörer an ihren Mund, um die Adresse der Website zu diktieren. Sie hörte klar und deutlich, wie die Kommissarin vor Schreck aufschrie.

»Benachrichtigen Sie die Dienststellen der Gendarmerie. Sie müssen sich bereithalten, um loszuschlagen, sobald Léopold die IP-Adresse der LiveCam lokalisiert hat.«

»Glauben Sie, dass er das hinkriegt?«

Sie legte auf und ließ die Frage in der Schwebe. Ein Ja wäre ihr zu teuer zu stehen gekommen.

Mit der Hand verjagte Léo die umherwirbelnden Gespenster, die Kindergesichter, auf denen das Lächeln gefror. Der Countdown ließ ihn wieder klar denken. Er schielte, damit die Vertikalen und die Horizontalen wieder im rechten Winkel zueinander verliefen.

Die erste Software, die er verschickte, hatte den gewünschten Effekt. Der Computer aktivierte seine Firewall. Der Trojaner begann ein Loch in die digitale Schutzmauer zu bohren und löste eine Kettenreaktion des Antivirenprogramms aus. Jetzt startete Léo den zweiten Angriff. Der Trojaner drang problemlos ein und begann sofort, Schranken zu errichten, mit der Folge, dass er ohne vollständige Wiederherstellung des Systems nicht entfernt werden konnte. Léo begann mit der Unterwanderungsarbeit, indem er nacheinander die Firewall und die Säuberungsprogramme neutralisierte und so das Abwehrsystem des angegriffenen Computers lahmlegte. Er leitete das Virus zu der IP-Adresse und zur Quelle der Übertragung des Internet-Signals, seinen Spuren im Labyrinth des Netzes folgend.

Null Minuten und null Sekunden.

Die Gespenster schrien lauter. Der Bildschirm der LiveCam wurde hell und enthüllte ein großes Zimmer mit grauen Wänden. Girlanden in allen Farben. Schwarze Bettlaken aus Satin. Schimmelspuren.

Zoé und er hörten auf zu atmen. Sie hatten den Verbindungspunkt erreicht, die Stelle, wo die virtuelle Realität und die physische Realität aufeinandertrafen.

Vier maskierte Männer kamen ins Bild.

Zoé klammerte sich an das, was sie gelernt hatte, und wandte die Regel wortwörtlich an, aber das Zucken der Adern an ihrem Hals verriet panische Angst.

Léo vernahm nur ein fernes Murmeln, sein Blick auf den Anzeiger der Internet-Übertragungsrate geheftet, in der Erwartung, dass sie sich stabilisierte. Der angegriffene Rechner war ihm jetzt schutzlos ausgeliefert. Er musste ihn nur noch physisch lokalisieren, indem er der Verbindungsspur bis zu ihrem Ursprung folgte.

IP-Sortierung aktiviert. WINS-Proxy aktiviert. InterNIC. Default-Gateway. Subnetzmaske. Anzahl der versandten Datenpakete. Verbindungsgeschwindigkeit. Anzahl der empfangenen Datenpakete.

Zwei weitere Männer kamen ins Bild, sie trieben die Kinder vor sich her und zwangen sie, sich auf die Matratzen zu legen.

Léo wurde übel. Die Schluchzer und das Wehgeschrei wurden lauter.

Er sah Kinder auf Knien, die von Bestien aufs Schändlichste, Entwürdigendste misshandelt wurden.

Die Übertragungsrate sank und stabilisierte sich.

Sofort begann die Verfolgungssoftware zu surren und ließ den Rechner vibrieren. Zoés Körper war gespannt wie eine Saite, ihre Hand lag auf dem Handy, bereit, den Alarm auszulösen.

Die Rechner liefen heiß. Die Software näherte sich dem Ziel und schränkte den geografischen Suchbereich immer weiter ein.

Frankreich.

Region: Mittelfrankreich.

Departement: Creuse.

Der Name des Ortes blinkte auf.

»Nein, nein, nein, nein. Das ist nicht möglich.«

Ihre eigene Stimme wie in einem verzerrten Echo vernehmend, schrie Zoé Befehle in ihr Handy. Léopold hatte das Gefühl, dass alles um ihn herum kippte. In dem Augenblick, als er eine verschwommene Silhouette ins Bild stürmen und aus nächster Nähe auf die Männer schießen sah, die die Kinder vergewaltigten, glaubte er, den Verstand zu verlieren.

Die Gestalt hielt weiter auf die Maskierten zu, die sich in ihrem Blut wanden. Ihr Röcheln übertönte das Geschrei der Kinder.

Die Gestalt wandte sich Léo zu, und im Bruchteil einer Sekunde glaubte er Broissards verzerrtes Gesicht zu erkennen. Blutspritzer überzogen die Wände mit Arabesken. Entsetzt betrachtete Léopold den einfarbig roten Bildschirm.

Wie aus großer Ferne hörte er Polizeisirenen und Stimmen, die nach ihm riefen, kaum hörbar und unwirklich. Er spürte Hände, die ihn berührten, abtasteten.

In den Fluten, schwerelos in einer gefühlsfreien Welt.

Er versuchte sich vorzustellen, wie er nach dem, was er gesehen hatte, weiterleben konnte.

In einem Narkolepsie-Anfall kippte er nach hinten und fiel in eine seltsame und beruhigende Bewusstlosigkeit.

83| Paris, Hôpital Saint-Louis, Sondereinheit

Eine Reihe von Panoramaaufnahmen zeigte zerstörte Stadtviertel und Flammenmeere, die die Feuerwehr zu löschen versuchte.

»Offenbar hat alles mit Berichten auf Blogs begonnen, die ›Gerechtigkeit und Wahrheit‹ für einen jungen Maghrebiner forderten, der nach einer Razzia in seiner Wohnung spurlos verschwunden ist.«

Ein Bereitschaftspolizist in Schutzkleidung, das Helmvisier hochgeklappt, holte Luft und deutete mit dem Finger auf die Barrikaden, die quer über die Straße verliefen.

»Eine ganze Generation greift zu den Waffen. Niemand kann vorhersagen, wie das enden wird.«

Nach einer raschen Überleitung zeigte die folgende Reportage den Eingang des Gebäudes Quai des Orfèvres 36 im Morgenlicht. Blandine Pothin mit einer dunklen Sonnenbrille, die die Hälfte ihres Gesichts bedeckte, flankiert von zwei Beamten, bahnte sich einen Weg durch die Horde der Journalisten, die sich gegenseitig beiseiteschubsten, um sie zu interviewen.

»Mademoiselle Pothin! Was können Sie uns über Gerüchte sagen, wonach es in der Pariser Kripo Personen gibt, die mit dem organisierten Verbrechen gemeinsame Sache machen?«

Blandine stieß die Mikrofone zurück, die man ihr vor die Nase hielt, und stieg rasch in ein Zivilfahrzeug der Polizei ein. Eine Delegation von Offizieren verließ ihrerseits den Sitz der Pariser Kripo und blieb stehen, um sich den Fragen der Reporter zu stellen, die sich wie eine Mauer vor ihnen aufgebaut hatten.

Léopold, geschwächt, noch schwer angeschlagen von dem Hirntrauma, das er erlitten hatte, wandte die Augen von dem Bildschirm ab, der über seinem Bett hing. Mit der Fingerspitze drückte er auf die Fernbedienung und schaltete den Fernseher aus.

Sein rechter Arm war wie taub, und an der Stelle, wo ihm die Infusion gelegt worden war, spürte er ein Kribbeln. Der Tinnitus verwandelte das laute Treiben in der Klinik in wie durch Watte gedämpfte, ferne Klänge, die ihm den Eindruck vermittelten, die Ereignisse wie im Halbschlaf zu erleben. Er ließ seinen Blick zum x-ten Mal über die Einrichtung seines Zimmers gleiten, die im blendend weißen Licht der Neonröhren abweisend wirkte. Nicht nach diesem Weiß sehnte er sich. Ihn verlangte nach einem unbefleckten, reinen Weiß, das nicht nach Krankheit und Tod roch.

Er versuchte sich in seinem Bett aufzurichten, aber sein Herz schlug immer schneller. Eine bleierne Müdigkeit überfiel ihn und zwang ihn, auf jede Anstrengung zu verzichten.

In seinem Gedächtnis klaffte ein schwarzes Loch, in

dem die Erinnerungen der letzten Stunden verschwunden waren. Lückenhafte Szenen ohne Chronologie. Sporadisch aufblitzende Eindrücke.

Mehr schlecht als recht zähmte er den Strom der Bilder. Gesichter, die sich über ihn beugten. Unverständliche Sätze. Die Fahrt im Krankenwagen ins Hôpital Saint-Louis hatte sich lange hingezogen, bevor er ein zweites Mal das Bewusstsein verlor. Allmählich verschwamm alles in einem großen Einerlei, in dem sich Träume und bruchstückhafte Sinneseindrücke vermengten.

Was war geschehen, bevor die Rettungssanitäter aufgekreuzt waren?

Eine tief sitzende Unsicherheit. Ungeachtet der medikamentenbedingten Benommenheit wünschte er sich nichts sehnlicher, als dass es ihm gelungen wäre, die Kinder zu retten. Der Drang zu reagieren ließ ihn all seine Kräfte zusammennehmen, um sich auf die Seite zu wälzen. Zunächst schaffte er es nicht. Eine unsichtbare Zwangsjacke behinderte ihn. Im zweiten Anlauf gelang es ihm seinen Arm auszustrecken und die Klingel an der Wand zu drücken. Wenig später erschien eine Krankenschwester im Zimmer.

»Sind Sie aufgewacht?«, fragte sie ihn lächelnd.

Léo nickte und verkrampfte sich bei dem Versuch, sich mit dem Rücken gegen die Kopfkissen zu lehnen.

»Wie lange bin ich schon hier?«

»Das dürften fünf Tage her sein.«

Die Krankenschwester zog die Jalousie hoch, und das Tageslicht verdrängte die kalte künstliche Beleuchtung. Er kniff die Augen zusammen und genoss das Licht der Morgendämmerung, das sich über Paris herabsenkte.

»Freunde von Ihnen warten draußen. Soll ich sie hereinbitten?«

Er nickte.

Die junge Frau ging hinaus auf den Gang und bedeutete Zoé Hermon und ihrer Vorgesetzten, hereinzukommen.

»Wie fühlen Sie sich, Léopold?«

Er flüsterte mit erstickter Stimme:

»Die Kinder?«

Die Kommissarin trat ans Bett und legte ihre Hand auf seine.

»Es geht ihnen gut. Sie befinden sich zur Beobachtung im Krankenhaus von Limoges. Ihre Eltern sind bei ihnen.«

Ein unglaublich warmes Gefühl durchrieselte seinen Körper. Er genoss diesen Moment.

»Was ist passiert?«

»Der Arzt, der Sie behandelt, hat Ihnen viel Ruhe verordnet und ...«

»Ich muss es wissen.«

»Nach dem, was wir wissen, ist jemand dem Einsatzkommando zuvorgekommen. Die Kinder sind wohlauf, aber ...«

Die Kommissarin machte eine Pause, um nach den passenden Worten zu suchen. Ihr Gesicht verschloss sich, und ihre Stimme wurde ernster.

»Die Kinderschänder sind tot. Es gab keinen Überlebenden. Den genauen Ablauf kennen wir noch nicht. Vielleicht eine Abrechnung.«

Léo sah die Szene noch einmal klar und deutlich vor sich – Broissard, der ein Blutbad unter den Tätern anrichtete –, doch er wusste nicht, ob er das nur geträumt hatte.

»Wir wissen im Moment noch nicht sehr viel, aber alles deutet darauf hin, dass einige Kommissare in den Fall verwickelt sind.«

»Jean-François Rilk …«

»Ja, sowie Maxime Kolbe. Tut mir leid. Ich weiß, dass er Ihr Vorgesetzter und Ihr Freund ist.«

»Wessen werden sie verdächtigt?«, fragte Léo mit schwacher Stimme.

»Nach dem gegenwärtigen Stand der Ermittlungen glauben wir, dass sie Geld erhielten, um bestimmte Verbrechen zu vertuschen oder lästige Zeugen aus dem Weg zu räumen. Man verdächtigt sie der Einschüchterung, der Erpressung und auch illegaler Deals mit Verbrechern, die Delikte auf ihre Kappe nehmen sollten, die sie nicht begangen hatten.«

»Zu welchem Zweck?«

»Um die wahren Täter zu beschützen. Mehrere Häftlinge haben bereits Anzeige erstattet.«

Léo schloss die Augen. Gewissheiten wurden erschüttert. Es fiel ihm schwer, sich damit abzufinden. Der Gedanke, dass ihn Maxime Kolbe verraten und manipuliert hatte, erschien ihm unfassbar. Selbst jetzt, wo ihm die Maske vom Gesicht gerissen und dessen ganze Hässlichkeit zum Vorschein gekommen war, behielt er die Hoffnung, die Ermittler hätten sich in der Person geirrt und einen Verfahrensfehler begangen, der dazu führte, dass Maxime zu Unrecht beschuldigt wurde, seine Seele und die der Kinder verkauft zu haben. Was er war und was er tat, verdankte er Maxime Kolbe. Er hatte ihm beigebracht, dass sein Leben nichts zählte, dass es nur darauf ankam, anderen das Leben zu retten. Wie konnte so jemand die ganze Zeit über lügen? Wie konnte er ihn, ohne mit der Wimper zu zucken, zu einem blinden Werkzeug seines Willens machen? Ein Tränenschimmer stieg Léo in die Augen, aber er wollte nicht weinen.

Zoé spürte die Verwirrung des Rekonvaleszenten und drückte seine Hand fester. Sie alle schwiegen einen Moment lang und genossen die Freude darüber, am Leben zu sein.

»Du konntest es nicht wissen. Und selbst wenn Maxime Kolbe verurteilt wird, hat er aus dir doch einen ausgezeichneten Polizisten gemacht.«

»Man hat mir kräftig unter die Arme gegriffen«, sagte er und lächelte Zoé an.

»Das Vergnügen war ganz meinerseits, Kollege.«

»Ich habe etwas für Sie«, sagte die Kommissarin und öffnete ihre Tasche.

Sie überreichte ihm einen nagelneuen Polizeiausweis, der das Akronym OCLCTIC trug.

»Ich würde mich glücklich schätzen, Sie in meiner Abteilung begrüßen zu dürfen, Capitaine.«

»Capitaine ...«, wiederholte er mit einem müden Lächeln.

Er hatte einen großen Schritt auf der Karriereleiter gemacht. Trotzdem konnte er sich, seltsamerweise, darüber nicht freuen. Er betrachtete sein Foto hinter der Plastikfolie. Seit seinem Eintritt in den Polizeidienst hatte es sich nicht verändert. Er hatte sich schon verändert. Er gab den Ausweis zurück.

»Danke, aber ich will den Dienst quittieren. Es hat nichts mit Ihnen zu tun. Ich glaube nur, dass es Zeit für mich ist, etwas anderes zu tun.«

»Wollen Sie nicht Ihre Genesung abwarten, ehe Sie sich entscheiden?«

»Nein, meine Entscheidung ist gefallen. Für mich ist es vorbei. Ich steige aus.«

Weihnachten zog sich in die Länge. Die von Girlanden erleuchtete Fassade des Pariser Rathauses spiegelte sich goldbraun auf der Kunsteisbahn wider. Clara stürmte voran, wobei sie sich fest an Léos Hand klammerte, während sie ihm zurief, schneller zu laufen.

Er legte einen Zahn zu, bis sich die Schattenrisse der anderen Läufer auflösten und die Welt um sie herum weicher wurde. Er schlief nicht. Er war nicht wach. In diesem Übergangszustand, in dem alles kippen kann, wurde er von nebelhaften Bildern überflutet. Er sah, wie sich die maßgeblichen Personen in seinem Leben auflösten und zu einer Gestalt verschmolzen – zu einem unbekannten und zugleich vertrauten Gesicht. Wie ein Gespenst, das all seine Ängste verdeutlichte. Er sah, wie es alterte. Falten gruben sich ein, als wären es Schnittwunden. Flüchtig sah er andere alptraumhafte Gestalten, die über der Stadt schwebten, und verjagte sie. Er drückte Claras Hand fester und lauschte ihrem Lachen.

Etwas in ihm, klar wie eine Kinderstimme, flüsterte ihm zu, dass sein Platz hier sei.

Cayeux-sur-Mer, Sondereinheit | 84

Alain Broissard wachte gegen Mitternacht auf, schlief wieder ein wie ein nasser Sack und wurde um drei Uhr in der Früh munter.

Drei Wochen lang schlief er quasi ohne Unterbrechung. Der lange Genesungsprozess schien kein Ende zu nehmen. Er hatte viel Blut verloren, und Sylvain Carrère hatte für die Transfusionen Blut gespendet.

Kommissar Musil hatte seine heimliche Verlegung nach Cayeux-sur-Mer organisiert. Er wurde in einem kleinen Zimmer bei Christian Franju untergebracht, der sich rund um die Uhr um ihn kümmerte. Die Wunden heilten – doch die Alpträume blieben.

Ohne sich zu rühren, betrachtete der Capitaine seine schlechten Erinnerungen. Er sah sie dem Meer entsteigen, über den Kieselstrand wandeln und durch das Fenster ins Zimmer schleichen. Erinnerungen an die mörderische Raserei, die ihn überkommen hatte, lähmten ihn. Der Strom toxischer Bilder vergiftete ihn abermals.

Als er die Kinder rettete, hatte er gewissermaßen den eigenen Sohn vor Augen, um den er sich nie gekümmert hatte. Aber die Wiedergutmachung seiner Schuld hatte nicht den erhofften Geschmack: weder lieblich noch süß. Die Bitterkeit war nur weniger widerlich, fast erträglich.

»Bist du wach?«

Eine Stimme, auf die er nicht gefasst war, zwang ihn dazu, sich umzudrehen.

»Was machst du denn hier?«

»Christian hat mich benachrichtigt. Ich bin so schnell gekommen, wie ich konnte.«

Maxime Kolbe, der auf einem Stuhl neben dem Bett saß, beugte sich zu Broissard vor und tätschelte ihm die Hand. Er wollte sie zurückziehen, aber sein Arm war zu schwach.

»Ich will jetzt die Wahrheit wissen ...«

»Du bist zu erschöpft.«

»Nein, nach allem, was ich durchgemacht habe, stehen mir diese Antworten zu.«

»Wie du willst.«

Maxime Kolbe atmete tief ein.

»Alles hat 1983 begonnen. Damals hat das, was ich gesehen habe, mir ein wenig ... den Verstand geraubt. Ich wurde eingewiesen. Das gab mir Zeit zum Nachdenken. Monatelang habe ich die Gründe zu verstehen versucht. Wieso tut man Kindern so etwas an? Wieso tut man das x-beliebigen Kindern an? Ich habe das Bedürfnis verspürt, dem Grauen einen Sinn zu geben. Ich wollte der Sache auf den Grund gehen. Da bin ich in diese Welt der Schande und Verkommenheit eingetaucht, um den Ursprung dieses Übels zu verstehen und meine eigenen Grenzen auszutesten. Das war eine Art Initiation, wie es die letzten Tage zweifellos für dich gewesen sind. Ich wusste, dass ich nicht mehr derselbe sein würde, aber ich musste das durchziehen.«

Seine Stimme wurde tiefer. Broissard fühlte sich wie ein Beichtvater.

»Am Ende meiner Reise konnte ich dem Schrecken ein Gesicht geben. Antonio Diaz. Dieser Mann verkörperte das genaue Gegenteil dessen, woran ich glaubte. Ich entdeckte in den Augen von Diaz ein Unheil bringendes Double, das mich jeden Tag, jede Nacht verfolgt. Er ist der Geist, den ich brauchte, um meinem Leben einen Sinn zu geben. Als ich ihn eigenhändig umbrachte, schwor ich mir, alles in meiner Macht Stehende zu tun, um auszumerzen, was er symbolisiert.«

Maxime stand auf und wandte Alain den Rücken zu. Er betrachtete die Öllache, die von den Lichtern der Fährschiffe gesprenkelt wurde.

»Im Jahr 2001 erfuhr ich von Interpol, dass ein Agent in das unmittelbare Umfeld von Montoya eingeschleust wurde. Damals haben Léopold und ich Ermittlungen im Fall Alice Deloges durchgeführt. Ich nahm Kontakt zu dem Agenten von Interpol auf, um ihn zu bitten, mir eine Kopie der Liste jener Personen zu besorgen, die kinderpornografische Filme in Europa vertreiben. Ich benutzte diese Liste, um an Montoya heranzukommen. Ich wollte ihn wie Diaz umlegen. Aber der Erzengel machte mir ein Angebot: Ich solle mit anderen korrupten Polizisten zusammenarbeiten, um einen internationalen Schleuserring für Kinderprostituierte zu schützen. Ich war damit einverstanden.«

»Warum?«

»Es war eine unverhoffte Gelegenheit, um alle Personen im Umfeld Montoyas zu identifizieren. In all diesen Jahren habe ich Beweise gesammelt, Akten angelegt, um ein für alle Mal mit diesem Abschaum aufzuräumen. Die Methode, die der Erzengel anwendet, um seine Geschäfte am Laufen zu halten, ist einfach: Er schützt seine wichtigsten Abnehmer, um mit Hilfe korrupter Polizisten und Staatsanwälte getürkte Ermittlungsverfahren und Prozesse durchzuführen. Kleine Fische begleichen ihre Schulden, indem sie die Verbrechen der großen Fische auf ihre Kappe nehmen. Falls jemand Nachforschungen anstellen sollte, würde ihm alles vollkommen legal erscheinen. Um meine Ergebenheit zu beweisen, habe ich Étienne Caillois der Vergewaltigung von Alice Deloges bezichtigt und den wahren Täter geschützt.«

»Und das war? …«

»Eine einflussreiche, sehr bedeutende Persönlichkeit. Nachdem ich den Erzengel überzeugt hatte, brachte ich ihn auf die Idee, ein Produktions- und Vertriebsnetz hier in Frankreich aufzubauen.«

»Ich verstehe nicht …«

»Durch die Mitwirkung am Aufbau dieses Netzwerks hatte ich Zugriff auf sämtliche Daten und Personen, die in ganz Europa darin verwickelt waren. Namen, Gesichter, Adressen. Wie du erraten hast, arbeitet Franju für den Auslandsgeheimdienst. Er hat es mir ermöglicht, den üblichen Dienstweg und die Dienststelle in Nanterre zu umgehen.«

»Und Christian war die ganze Zeit über eingeweiht?«

»Ohne ihn und seine Vorgesetzten wäre das alles nicht möglich gewesen. Die Produktion der Filme lief im Jahr 2006 an, und die Einnahmen wuchsen exponentiell. Die Mundpropaganda zog ihre Kreise, und schon bald kamen Abnehmer aus ganz Europa.«

Mit leuchtenden Augen drehte er sich um.

»Stell dir vor, was ich in Händen hielt! Der Abschaum, der sich bislang Reisen nach Thailand, auf die Philippinen und nach Brasilien leistete, kam direkt hierher! Ich gab ihre Namen an Christian weiter, der Ermittlungsakten anlegte, die Anklageerhebung vorbereitete und die zukünftigen Verhaftungen plante.«

»Weshalb hast du mir nichts gesagt?«

»Ich habe versucht, mit dir darüber zu reden. Aber du warst wie zugenagelt. Du warst wie besessen von deiner Vergangenheit. Und in dieser Schlacht muss man sich selbst vergessen – vergessen, wer man ist. Der Kampf um das Gute ist ein spiritueller Kampf.«

»Und wie geriet Alice in die Sache?«

»Alice Deloges hätte beinahe alles zum Scheitern gebracht. Vor einem Jahr erhielt ich einen Anruf von einer jungen Frau namens Amandine Clerc. Sie äußerte Zweifel an den Ermittlungen im Fall Deloges. Mir wurde recht schnell klar, dass das kleine Mädchen, das im Jahr 2000 missbraucht worden war, und diese Amandine Clerc ein und dieselbe Person waren. Im Februar bin ich ihr zum ersten Mal begegnet. Sie teilte mir mit, dass sie während der Zeit, in der sie gefangen gehalten wurde, ein Kind bekommen hatte, eine Tochter, um genau zu sein.«

»Verdammt …«

»Sie hatte herausgefunden, dass ihre Tochter am Leben war und gefangen gehalten wurde. Sie hatte richtig gelegen. Das Mädchen tritt in *Neverland* auf. Mein Fehler, meine Schwäche bestand darin, Amandine helfen zu wollen, ihre Tochter zurückzubekommen. Ich setzte alles in Bewegung, um sie wiederzufinden und aus den Höhlen von Crozant herauszuholen. Aber zu diesem Zweck musste Gérard Maurois, der Auftragskiller von Montoya, aus dem Weg geräumt werden.«

Kolbe machte eine Pause und ordnete seine Gedanken. Broissard schwieg. Tief im Inneren war er bestürzt über die eiskalte Manipulation, die Maxime ins Werk gesetzt hatte. Die Unmenschlichkeit und Abgefeimtheit dieses Planes standen der Skrupellosigkeit des Erzengels in nichts nach. In diesem Moment wurde ihm klar, dass man nichts von den Menschen erhoffen durfte, dass Moral, Ethik, Gerechtigkeit und Ordnung nur fadenscheinige Werte waren. Allein das Chaos regierte in der Welt. Maxime griff nach einer Flasche, die auf der Kommode stand, und schenkte sich einen Bourbon ein, den er in einem Zug runterkippte. Die Wärme und euphorische Wirkung des Alkohols verflogen in wenigen Sekunden. Ihn berauschte etwas anderes.

»Im Juni musste der Killer die Leiche eines seiner Opfer entsorgen. Ich ergriff diese Gelegenheit, um die Affäre von Jarnages einzufädeln. Ich redete dem Erzengel ein, sein Handlanger schade der Organisation, und daher müsse man ihn loswerden. Ich wollte verhindern, dass Gérard Maurois Amandine aufspürte. Ich dachte, Sie hätte genügend Zeit, um mit ihrer Tochter ins Ausland zu fliehen, aber Jean-François Rilk war schneller. Er hat seinen Mord als Selbstmord getarnt.

»Rilk? Von der Mordkommission?«

»Ja, unter anderen. Die Liste ist lang. Polizisten aus der Provinz, Befehlsempfänger, Ermittlungsrichter …«

»Aber wieso hast du die Affäre von Jarnages manipuliert, obwohl es eindeutige Beweise für die Täterschaft dieses Mistkerls gab?«

»Aus zwei Gründen: Erstens, das Netzwerk in Crozant sollte nicht entdeckt werden. Wir hatten noch nicht genug gerichtsverwertbare Beweise, um den Erzengel zu Fall zu bringen. Zweitens, Montoya hatte erste Zweifel an meiner

Aufrichtigkeit. Indem ich die Ermittlungen in ganz offenkundiger Weise manipulierte, konnte ich mir sicher sein, dass mir die Abteilung Interne Ermittlungen auf die Schliche kommen würde. Eine Anklage gegen mich wäre zugleich zwangsläufig der beste Schutz.«

»Dein Schutz? Und was ist mit den Kindern? Wie konntest du es zulassen, dass sie das durchmachen?«

»Wenn man den totalen Sieg will, gibt es eben Opfer. Ihre Leiden waren der Preis, der bezahlt werden musste.«

»Das ist doch der helle Wahnsinn! Du hattest kein Recht dazu!«

»Glaub mir, all das war nicht umsonst. Wir haben genug Beweise, um Montoya vor Gericht zu stellen. Zu dieser Stunde ist ein mit mir befreundeter Richter dabei, die Berichte durchzuackern und das Verfahren vorzubereiten. Es ist vorbei, und ich … wir haben gewonnen.«

Broissard gab durch ein Handzeichen zu verstehen, dass er genug gehört hatte. Müdigkeit und Wut überfielen ihn erneut. Die vielen Enthüllungen bedrückten ihn. Zum ersten Mal sah er Maxime so, wie er wirklich war, die hässliche Fratze eines kaputten Mannes, der durch seinen Kreuzzug verrückt geworden war. Kein Sieg über das Böse rechtfertigte die Verwerflichkeit seiner Taten. Kolbe flüsterte Worte, die er nicht hörte, und schloss leise die Tür hinter den Ermittlungen, den Dämonen und der Vergangenheit.

Er hatte Kopfschmerzen. Die Migräne, seine alte Freundin, kehrte in alter Frische zurück. Broissard suchte nach einer Musik, die ihn beruhigen konnte. Tränen sprenkelten sein Kopfkissen mit runden Flecken. Er hatte das Gefühl, nur ein Bauer, ein Springer oder ein Läufer in einem

Schachspiel gewesen zu sein. Das Gefühl verflog. Eine seltsame geistige Klarheit erfasste ihn.

Emotionslos stellte er sich vor, was ihn erwartete. Jemand, der für immer auf der Flucht wäre. Horizonte, die unentwegt zurückwichen. Das große Unbekannte, in dem er verschwinden würde. Die Zeit hätte für ihn keine Bedeutung mehr. Weder Sekunden noch Minuten noch Stunden. Zeiger, die stillstehen, und Sonnenfinsternisse. Alles Herausforderungen, die er mit der Gewissheit bestehen konnte, dass das Schlimmste hinter ihm lag.

Er lächelte über die irrationale Hoffnung, dass noch alles möglich wäre, und eine leise innere Stimme machte sich zum Echo der erlösenden Nacht.

85 | Küste bei Biarritz, Sondereinheit

Der Strand an der südwestfranzösischen Atlantikküste flirrte im Altweibersommer. Es herrschte eine dunstgesättigte Atmosphäre, in der die schroffen Kurven der Dünen und die weicheren Linien der bewegten See miteinander verschmolzen. Große Möwen segelten dicht über den Wellen, wobei sie akrobatische Kunststücke in der Luft vollführten, und Kinder spielten schreiend mit der Gischt – ihr Gelächter wurde durch den schweren Rhythmus der Brandung gedämpft. In der Ferne schrumpfte Biarritz, die weiß schimmernde Stadt, unter der senkrecht stehenden Sonne zu einem Lichtpunkt auf blauem Hintergrund.

Alain Broissard ließ sich auf dem Sand nieder und betrachtete den Ozean, er atmete mit vollen Zügen die Jod- und Salzdämpfe ein, die der Wasserstaub mit sich führte. Zehn Meter von ihm entfernt schien eine Frau den gleichen Träumereien nachzuhängen. Ihr feuerroter Bikini schmiegte sich an die grazilen Rundungen ihrer Brüste und unterstrich ihre gazellenartige Schönheit. Der Mann neben ihr, zweifellos ihr Ehemann, streichelte ihren Arm, wobei er unwissentlich der Melodie der Wellen folgte. Broissard nahm die Geste in sich auf, er erahnte die Erregung und das Prickeln, das die Liebkosung in ihrem Körper hervorrief. Wie ein Vampir sog er die Partikel von Glück und Zärtlichkeit ein, welche die sanfte Brise zu ihm hintrug. Das Pärchen war nicht mehr ganz jung, aber das Leben hatte, wie es Broissard schien, keine sichtbaren Spuren – erst recht keine Narben – bei ihnen hinterlassen. Und auch keine Schwere.

Sein Herz schlug heftiger, als sich ein junger Mann und seine Freundin, beide braungebrannt, mit einem strahlenden Lächeln auf den Lippen zu dem Pärchen gesellten und sich neben ihm ausstreckten. Er hörte sie sprechen, lachen, sich vergnügen und wartete mit ihnen auf den Sonnenuntergang – schon war das Meer glutrot gefärbt, hie und da durchzuckt von grünen Hoffnungsschimmern. Er lächelte, als er an die Abfolge der Generationen dachte, von der er jetzt ausgeschlossen war. Schließlich ließ er das Gemälde mit den fauvistischen Farbtönen hinter sich.

Auf dem Parkplatz, der sich allmählich leerte, warf er einen letzten Blick auf das Azurblau, das der Abendröte wich, und schaute dann auf seine Uhr. Er würde die spanische Grenze mitten in der Nacht überqueren und dann über Marokko und Mauretanien in den Senegal fahren. Die würzigen Düfte Afrikas, seine bunten Farben, die Anonymität und der Gedanke an einen möglichen Neuanfang lockten ihn.

»Noch immer auf der Flucht, was ich so sehe«, sagte eine Stimme in seinem Rücken.

Überrascht drehte er sich um und lächelte der Erscheinung zu. Die Frau im roten Bikini und mit umgebundenem Hüfttuch vor ihm war von strahlender Schönheit. Die Jahre waren an ihr spurlos vorbeigegangen.

»Ich habe gedacht, du hättest mich nicht gesehen«, antwortete er.

Sie schaute ihn neugierig an, aber auf dem Grund ihrer Augen funkelte etwas Hartes, Bitteres, das ihm zu verstehen gab, dass sie das Geschehene nicht vergessen hatte.

»Tatiana, ich ... ich wollte dir sagen, dass ich fortgehe.«

»Das hast du schon vor über zwanzig Jahren getan«, flüsterte sie sanftmütig. »Lüg nicht, Alain. Das ist zwecklos. Sag mir lieber, warum du gekommen bist.«

»Ich bin seinetwegen gekommen. Ich wollte meinen Sohn sehen. Wenigstens einmal, bevor ich verschwinde.«

»Willst du mit Adrien sprechen?«

»Nein, richte ihm einfach Grüße von einem alten Freund aus.«

Sie umarmten sich mit der plumpen Zärtlichkeit ehemaliger Geliebter. Ohne sich mit Worten Lebewohl zu sagen. Broissard stieg in seinen Wagen und drückte das Gaspedal durch – er nahm Kurs auf die große unbekannte Welt, seine Zukunft lag zum ersten Mal vor ihm, ein winziges Funkeln, das größer wurde, dort, am Ende der Straße.

»Adrien, Adrien«, wiederholte er, als wäre es das erste Wort, das er jemals ausgesprochen hatte.

86 Marne-la-Vallée, Haus mit der roten Tür, Mordkommission

Der Wagen raste mit Vollgas über die leer gefegten Straßen. Das verblassende Mondlicht wich der Morgendämmerung. Ein schmales rosafarbenes Band lag über dem Horizont und schwächte sich in der Dunkelheit ab. Blandine bog in die Landstraße ein und drang weiter in den Pariser Vorortgürtel vor.

An ihrem Ziel angekommen, stellte sie den Wagen am Straßenrand ab und ging bis zu einem Feld, das von Raureif überzogen war. Sie lehnte sich gegen den Zaun und betrachtete die Eingangstür eines Hauses, das etwa fünfzig Meter entfernt war. In dieser Entfernung und im Morgenlicht wirkte die rote Farbe der Tür weniger grell und spielte ins Blasslila. Der Ort, wo Amandine die Hölle erlebt hatte, strahlte jetzt Heiterkeit aus. Die moderne Fassade und ihre runden Fenster spiegelten sich verzerrt in der schillernden Oberfläche des Schwimmbads wider. Ein sanfter Wind kräuselte die Oberfläche und ließ die Linien und Formen tanzen.

Sie fuhr zusammen, suchte nach einigen angemessenen Worten, aber der sinnträchtige Charakter des Ortes ließ sie verstummen. Sie dachte an den Weg, den sie zurückgelegt hatte, um dieser Fremden zu folgen, in unbekannte Regionen, jenseits ihrer selbst.

Die Silhouette einer Familie, die hinter den großen Glasfenstern am Tisch saß, fesselte ihre Aufmerksamkeit. Sie kniff die Augen zusammen, um die beiden Kinder, die neben ihren Eltern saßen, deutlicher zu erkennen. Die Wonnen des Alltags, auf die sie einen flüchtigen Blick erhaschte, flößten ihr ein unbekanntes Gefühl ein. Schweigend gedachte sie ein paar Sekunden Amandines.

Aber schon musste sie an die Jagd denken, die sich abzeichnete. Die Jagd nach dem Mörder von Alice. Ihrem Versetzungsgesuch war stattgegeben worden. Die Kommissarin der OCLCTIC hatte sie in der Dienststelle in Nanterre herzlich willkommen geheißen, und die Mordkommission würde ihr nicht fehlen. Sie spürte frische Energie in ihren Adern.

Ein Schatten blieb jedoch. Ein weiteres Mal beobachtete sie die Familie, die sich zu Tisch gesetzt hatte, und dachte an Paul. Eine Mischung aus Neid und Traurigkeit übermannte sie. Sie beneidete das Paar um die schlichte Freude, die sie miteinander teilten und die ihr versagt bleiben würde.

Sie wollte eine Zukunft, einen Horizont fixieren. Aber der Horizont, den sie suchte, lag hinter ihr. Sie hatte ihn überschritten, ohne ihn zu sehen, und derjenige, der jetzt zu erkennen war, war nur ein Einschnitt in der Ferne, zwischen Himmel und Erde.

Eine letzte Sache blieb zu tun, ein letzter Besuch, die letzte Ehre, die es jemandem zu erweisen galt.

Blandine ging über den mit Grabsteinen gespickten Friedhof, eine graue Einöde, die von bunten Blumen aufgebrochen wurde. Das helle Tageslicht betonte die Winkel, die Kreuze, die chaotische Anordnung der Gräber, und der wie mit Aquarellfarben gemalte Himmel erfüllte die Atmosphäre mit einer bittersüßen Melancholie.

In der Nähe eines ausgehobenen Grabes, unter einer riesigen Trikolore, hatten etwa zwanzig Polizisten in Paradeuniform die Augen auf den dunklen Holzsarg gerichtet, in dem die sterblichen Überreste von Paul Garcia ruhten. Blandine trat zu ihren Kollegen, die ihre Trauer und ihren Kummer zu teilen schienen, und sprach aus Aberglauben ein Gebet ohne Adressat für die ewige Ruhe des Vaters ihres Kindes. Sie wagte es nicht, zu seinen Angehörigen zu gehen. Der gebrochene alte Mann, der seinen toten Sohn beweinte, hielt eine winzige Rose in seinen Fingern, eine Knospe von zartem Weiß, und er legte sie, ohne die Zeremonie abzuwarten, auf das Eichenholz. Sie nickte ihm zu, doch er hatte keine Augen für sie, und sie überraschte sich bei dem Gedanken, dass dieser alte Mann keinerlei Ähnlichkeit mit Paul hatte.

Seltsamerweise erleichterte sie dieser Eindruck und vermittelte ihr das vage Gefühl, an der Beisetzung eines Unbekannten teilzunehmen. Kummer und Trauer waren da, frische Wunden, aber ein unbewusster Mechanismus verhinderte, dass sie den Menschen in dem Sarg als einen Teil von sich erlebte. Das, was sie an Paul geliebt hatte, überlebte und wuchs in ihrem Bauch.

Der Priester begann mit seiner Grabrede, die Worte des Requiems klangen allerdings hohl. Anschließend sprach der Leiter der Mordkommission, der die Tugenden, den

Mut und die Kameradschaftlichkeit des Offiziers Garcia rühmte.

Als der Sarg in der Grube verschwand, warf Blandine eine Rose auf die Erinnerung ihrer Liebe, und sie hatte das deutliche Gefühl, dass ihrer beider Herzen im gleichen Takt schlugen.

DANKSAGUNG

Ich möchte Alain und Martine für ihre unerschütterliche Unterstützung danken; Stéphanie und Karim Berrada, Nicholas Petiot, Stéphanie Condis und Aurélie Larribère für ihr Vertrauen und ihre Ermunterung; Éloïse, dem Polarstern, der mich auf Kurs hielt.

Mein besonderer Dank gilt Roxane Duru, der Literatur-Koryphäe, sowie Arnaud Gonzague, meinem lieben Freund und einzigartigen Lektor, der mir wertvolle Anregungen gegeben hat.

Ebenfalls danken möchte ich Françoise Chaffanel-Ferrand für unsere Begegnung und dafür, dass sie mir mit ihren klugen Ratschlägen neue Horizonte eröffnete.